DIE BERÜHRUNG DES TODES

EIN FESSELNDER KRIMINALROMAN

DS TOMEK BOWEN KRIMI-THRILLER-SERIE
BUCH 3

JACK PROBYN

CLIFF EDGE PRESS

eBook ISBN: 978-1-80520-116-8
ISBN: 978-1-80520-117-5
Erste Auflage
Besuchen Sie Jack Probyns Website unter www.jackprobynbooks.com.

ÜBER DAS BUCH

Als eines kalten Dezembermorgens in Essex der Nebel sich lichtet, offenbart sich ein Albtraum.

Die Leiche der 17-jährigen Lily Monteith wird auf einem Feld gefunden, ihr Mord erschreckend einzigartig - nur für sie entworfen.

DS Tomek Bowen, der zwischen einer anspruchsvollen Ermittlung und seinem Leben als alleinerziehender Vater jongliert, deckt eine beunruhigende Verbindung zwischen Lilys Tod und einer Reihe ungelöster Morde aus vergangenen Jahren auf. Die Tötungen hörten abrupt auf - aber jetzt scheint der Raubtier zurück zu sein.

Während die Uhr tickt, muss Tomek die Vergangenheit enträtseln, um einen Killer zu stoppen, der sein Handwerk perfektioniert. **Denn dieses Mal sind sie nicht nur auf der Jagd - sie bereiten sich auf etwas viel Schlimmeres vor.**

TRETEN SIE DEM VIP-CLUB BEI

Ihr KOSTENLOSES Buch wartet auf Sie

Verfügbar, sobald Sie dem Club beitreten
Holen Sie sich jetzt Ihr KOSTENLOSES Exemplar der Prequel-Novelle
zur DS Tomek Bowen-Reihe auf jackprobynbooks.com, wenn Sie
meinem VIP-E-Mail-Club beitreten.

KAPITEL
EINS

Etwas lag heute Nacht in der Luft. Eine Rohheit, ein elektrisierendes Kribbeln, das durch den John Burrows Park waberte. Als ob sich alles zurückgesetzt hätte, als die Uhr Mitternacht überschritten hatte. Die Straßenlaternen rund um den Park hatten geflackert und bekamen nun neuen Schwung. Selbst der Wind schien neue Energie zu bringen. Bestimmter, kraftvoller, in eine bestimmte Richtung strebend statt eines zufälligen Bewegungsschubs, der die Wolken vertrieb und die unzähligen Konstellationen blinkender Lichter am Himmel zum Vorschein brachte.

Ja, heute Nacht lag definitiv etwas in der Luft.

Und besonders der Geruch.

Der Geruch von geilen Teenagern, getränkt in Litern von Parfüm und Rasierwasser, der Geruch von Alkohol in ihrem Atem. Der Geruch von Verzweiflung, Unentschlossenheit, Verlangen.

Und bald würde es nach Tod riechen.

Er beobachtete sie aus der Ferne, von der anderen Seite des Parks, verborgen unter einem Baldachin tief hängender Bäume auf einer Bank. Ihre Schreie und Rufe waren von hier aus hörbar, die Geräusche rollten über das wellige Feld, getragen vom zielstrebigen Wind. Jedes ihrer Worte brachte seinen Körper zum Kribbeln.

Aber eines ganz besonders.

Ihres.

Das lauteste, lebendigste.

Sie trug so gut wie nichts. Einen knappen kleinen schwarzen Rock mit einem weißen Crop-Top. Eine mutige, aber naive Wahl bei diesem Wetter. Die Temperatur war unter null gesunken, und eine dünne Frostschicht begann sich auf dem Gras und der Parkbank abzusetzen. Er bemühte sich, seinen Atem vor dem Nebeln zu bewahren, damit er nicht entdeckt würde. Aber im Nachhinein war es ein sinnloses Unterfangen; sie waren zu beschäftigt, hatten zu viel Spaß, waren zu betrunken, wie es Kinder in ihrem Alter nun mal sind, um ihm auch nur die geringste Beachtung zu schenken.

Trotzdem schadete es nicht, vorsichtig zu sein.

Er schaute auf seine Uhr. Fast 1 Uhr morgens. Mit etwas Glück würden sie bald gehen, nachdem sie den Elementen erlegen waren und gezwungen wurden, Zuflucht zu suchen, Schutz an einem wärmeren Ort.

Das Timing war entscheidend. Das Timing war vielleicht der wichtigste Teil dieser Nacht. Zu früh und er riskierte, gesehen zu werden. Zu spät und er riskierte, sie zu verlieren, seine einzige Chance, das Ganze richtig hinzubekommen. Wie Goldlöckchen musste er das Timing perfekt hinbekommen.

Während er wartete, schloss er die Augen und ließ die Elektrizität in der Luft durch seinen Körper strahlen und seine Sinne kitzeln.

Es war eine Weile her. So lange. Zu lange, eigentlich. Ein Teil von ihm hatte fast vergessen, wie es war. Der Hunger, die Empfindung, die Euphorie.

Aber das Warten war ein notwendiges Übel gewesen. Alles musste akribisch vorbereitet werden. Grundlagen mussten gelegt werden. Schritte mussten nachvollzogen werden. Jede Ecke seiner Geschichte musste berücksichtigt werden.

Heute Nacht würde er töten. Und er musste sicherstellen, dass er damit davonkommen würde.

Die Zeit verging wie immer: langsam, besonders wenn man auf etwas wartete. Ein beobachteter Topf und all das. Es war kurz nach 1:30 Uhr morgens, als die Gruppe beschloss, dass sie genug von der Kälte hatte. Als er beobachtete, wie sie zum Rand des Parks schlurften, erhob er sich schwerfällig von der Bank und folgte ihnen, von der

Dunkelheit maskiert. Ihr Jubel und Lachen prallten weiterhin von den Häusern ab, die den Park umgaben. Kurz darauf nahm die Gruppe einen schmalen Pfad, der auf die Hauptstraße führte.

Er wusste, dass er für diesen nächsten Teil nicht viel Zeit hatte, also eilte er die hundert Meter Entfernung zur Gasse ein Stück weiter unten und rannte zu seinem Auto. Er sprang hinein, startete den Motor, dimmte die Scheinwerfer und schaltete dann die Heizung ein. Volle Kraft. In seiner Abwesenheit hatte die Kälte der Nacht das Auto erstickt und es in eine dünne Frostschicht gehüllt.

Ähnlich wie das, was er heute Nacht für sie geplant hatte.

Er umklammerte das Lenkrad und massierte es mit seinen behandschuhten Fingern. Latex, schwarz, passend zur Lenksäule und seinem Mantel. Da er keine Zeit mehr verschwenden wollte, fuhr er hinter dem geparkten Auto hervor und steuerte auf die Gruppe zu. Als er an ihnen vorbeifuhr, standen sie am Eingang der anderen Gasse, redeten immer noch, drängten sich zusammen und schützten sich vor der Kälte.

Noch nicht. Zu früh.

Er müsste warten und zurückkommen, noch ein wenig im Hintergrund verweilen, irgendwo, wo er beobachten konnte, ohne gesehen zu werden. Genauso wie er es in den letzten Tagen getan hatte. Er hatte sie schon eine Weile beobachtet, ihre Bewegungen verfolgt, gesehen, wie sie mit ihren Freunden ausging, genau wie heute Abend. Aber jedes Mal hatte es ein Problem gegeben, eine Ablenkung. Sie war nie allein gewesen, immer mit jemandem zusammen, immer mit ihrer Freundin oder diesem Jungen verbunden, der anscheinend in sie vernarrt war. Heute Nacht schien nicht anders zu sein. Mit der Ausnahme, dass er es in der Luft spüren konnte. Etwas Anderes.

Er kurbelte sein Autofenster herunter und lauschte. Die Stimmen waren entfernt, und er konnte nur das Ende des Gesprächs auffangen.

»Kommst du klar auf dem Heimweg?«, fragte einer der Jungen Lily.

»Mir geht's gut. Ich laufe. Ich wohne nur um die Ecke«, sagte sie mit einer Trotzigkeit, die er bewunderte.

Er wartete ein paar Minuten, bis die Gruppe in die andere Richtung verschwunden war und sie auf ihn zukam. Nachdem sie auf der anderen Straßenseite an ihm vorbeigegangen war, startete er den

Motor und massierte das dicke Gummi des Lenkrads. Dann wendete er auf der Straße und holte sie zwei Ecken später ein.

Vernünftiges Mädchen, dachte er, sie hielt sich an die Hauptstraßen, blieb im Licht, machte sich so sichtbar wie möglich. Er verlangsamte das Auto und hielt neben ihr an, die Räder drehten sich, das Auto rollte aus. Er ließ das Fenster herunter und lehnte sich so weit wie möglich hinüber, behielt mit einem Auge die Straße im Blick und mit dem anderen ihren kurzen Rock.

»Lily? Bist du das? Lily, geht es dir gut?«

Ihre Reaktion war sofort - und genau wie er es erwartet hatte. Zuerst war sie beim Klang ihres Namens zusammengezuckt, hatte ihn aber nicht angesehen, wagte es nicht, ihn anzusehen. Dann hatte sie den Kopf gesenkt gehalten, die Augen auf den Bürgersteig vor ihr gerichtet, ihre Hand schützte ihre Tasche und zog sie näher an ihren Körper. Aber als sie zu erkennen begann, dass die Stimme Freund und nicht Feind war, hatte sie sich entspannt, ihre Hand gesenkt und sich umgedreht.

»Du solltest zu dieser Nachtzeit nicht hier herumlaufen«, sagte er zu ihr. »Es gibt Fremde und Verrückte hier draußen.«

Ja, ja, die gab es. Außer dass sie nicht immer auf dem Bürgersteig waren; einige von ihnen bevorzugten ein Auto als Fortbewegungsmittel.

»Nennst du mich etwa einen Verrückten?«, fragte sie mit einem Hauch von Verspieltheit in ihrer Stimme.

»Leg mir keine Worte in den Mund.« Er brachte das Auto zum Stehen, überblickte seine Umgebung und fuhr dann fort: »Komm schon, ich gebe dir eine Mitfahrgelegenheit. Du solltest nicht allein hier draußen sein. Es ist ein Dschungel hier draußen.«

»Und es gibt Krabbelviecher überall.«

Wetten.

Lily rutschte vom Bordstein und hüpfte ins Auto, zuerst mit dem Hintern. Als sie sich hineindrehte, rutschte ihr Rock an ihrem Oberschenkel hoch, und er zwang sich, nicht hinzusehen.

Dafür würde später noch genug Zeit sein, wenn er es brauchte.

»Was machst du um diese Zeit hier in der Gegend?«, fragte Lily, nachdem er losgefahren war.

Er drehte sich zu ihr, die Augenbrauen zusammengezogen. »Das könnte ich dich genauso fragen. Und ich könnte sogar fragen, warum du nach Alkohol riechst.«

Ihr Gesicht errötete in der Farbe ihres Lippenstifts, ein Ausdruck, der sie fünf Jahre jünger aussehen ließ.

»Fairer Punkt«, räumte sie ein.

»Wenn du es unbedingt wissen musst«, antwortete er, »ich habe meine Mutter besucht. Sie ist im Krankenhaus. Ich kann sie nur zu dieser Nachtzeit besuchen, sonst sehe ich sie überhaupt nicht.«

»Das tut mir so leid«, sagte sie. »Geht es ihr gut?«

»Nicht wirklich, aber es ist in Ordnung. Es ist, wie es ist. Ich habe mich damit abgefunden.«

Sie fuhren den Rest der Strecke schweigend. Das war, bis sie die Sackgasse erreichten, in der Lily wohnte. Anstatt in ihre Straße einzubiegen, fuhr er weiter geradeaus und manövrierte um die geparkten Autos herum.

»Wir haben gerade meine Straße verpasst«, sagte sie und drehte den Kopf, um zurückzuschauen.

Er blieb stumm, die Augen auf die Straße gerichtet. Seine Hand bewegte sich geschickt zum Bedienfeld an der Seite seiner Tür und verriegelte das Auto.

»Wohin fahren wir?«, fragte Lily. Die Angst und Besorgnis waren offensichtlich in ihrer Stimme. Genau wie er es mochte. »Wohin bringst du mich?«

»Umweg.«

»Wohin?«

»An einen kleinen Ort, den ich kenne.«

»Welchen Ort?«

Sie stellte zu viele Fragen. Er wollte keine Fragen. Mochte sie nicht.

Es war Zeit für sie, jetzt den Mund zu halten. Er trat auf die Bremse, packte ihren Sicherheitsgurt, um ihn festzuhalten und um zu verhindern, dass sie ihn löste, und schlug ihr dann in die Kehle. Als sie würgte und nach Luft schnappte, griff er in seine Tasche auf dem Rücksitz und zog einen dünnen Latexhandschuh heraus. Schwarz, ähnlich denen an seinen Händen. Dann, eine Hand über ihrem Mund haltend, ihren Kopf gegen die Kopfstütze drückend, begann er, den Handschuh über ihr Gesicht zu ziehen, bis ganz zum Hinterkopf.

Sie wehrte sich heftig, ihre Nägel schwangen in seine Richtung, aber jedes Mal verfehlten sie ihn. Und dann begann sie zu begreifen, was mit ihr geschah.

Was mit ihr geschehen *würde*.

Das Letzte, was sie tat, bevor er sie bewusstlos schlug, war zu schreien, bis ihre Lungen fast geplatzt waren.

KAPITEL
ZWEI

»**K**ann ich das haben?«

»Nein.«

»Aber es wird-«

»Nein.«

Sie drehte sich zu ihm um, als letzter Ausweg. Die Hundeaugen.

»Immer noch nein.«

»Aber ich finde, es würde gut aussehen!«

»Ich finde, ein Ferrari würde auch gut aussehen, aber du siehst mich keinen kaufen.«

»Nur weil du ihn dir nicht leisten kannst.«

Tomek ignorierte den Seitenhieb und seufzte schwer. Dann streckte er die Hand nach dem Gegenstand in ihrer aus und zögerte. Ein Ausdruck von Aufregung und Vorfreude blühte in ihrem Gesicht auf.

»Oh mein Gott, *wirklich*?«, sagte sie und konnte sich nicht mehr zurückhalten.

Ohne ein Wort zu sagen, nahm Tomek die Weihnachtsdekoration von ihr und stellte sie zurück ins Regal zu all den anderen Weihnachtsbäumen, die wie Marihuana-Blätter aussehen sollten. Daneben befand sich eine Auswahl an kindischen und unreifen Weihnachtsdekorationen, die Tomek insgeheim bewunderte und durchaus witzig fand, was er aber niemals zugeben würde: eine Figur des Weihnachtsmanns, der sich bückte und seinen Hintern entblößte; Jesus, der einen Joint rauchte und Passanten das Peace-Zeichen zeigte; und ein schwarzer Weihnachtsmann, der Basketball spielte.

Weihnachten war für ihn genauso Zeitverschwendung wie alle anderen Feiertage. Valentinstag, Halloween, Ostern. Obwohl er aus einer tiefgläubigen polnischen Familie stammte, war er nicht der Einzige, der sich von den gesellschaftlichen und kulturellen Erwartungen seiner Eltern, insbesondere seiner Mutter, entfernt hatte. Sein älterer Bruder Dawid hatte sich, seit er Vater geworden war und eine eigene Familie gegründet hatte, vom religiösen Aspekt entfernt und sich mehr dem kapitalistischen zugewandt. Wohingegen Tomek keines von beiden war. Es lag nicht daran, dass er nicht daran glaubte oder dass er die Vorstellung, jedes Jahr Geschenke zu bekommen, nicht mochte. Es lag daran, dass er historisch gesehen die Weihnachtszeit nie für das genießen konnte, was sie war. Er wusste, dass es eine Zeit für Familie, für Lachen, für Zusammensein war. Aber wenn man so lange allein gelebt hatte und von den Familieneinladungen zum Abendessen seiner Eltern jedes Jahr ausgeschlossen worden war, war es ein bisschen schwierig, sich darauf zu freuen.

Es gab nichts Schlimmeres als jemanden vom anderen Ende des Spektrums. Jemanden, der weihnachtsverrückt war. Jemanden, der Monate vor dem gesellschaftlich akzeptablen Zeitpunkt anfing, George Michael und Mariah Carey zu hören. Jemanden, der von der nicht vorhandenen Weihnachtsdekoration in seiner Wohnung besessen war.

»Du musst nicht so ein...«, Kasia überlegte, welches das freundlichste Wort wäre. »Du musst nicht so ein *Haufen Kacke* deswegen sein.«

»Bin ich nicht.« Er schaute auf den Einkaufswagen vor ihnen und die mehreren Einkaufstüten in seinen Händen. »Denkst du nicht, dass wir genug haben?«

Er hatte bereits ein paar hundert Pfund für eine brandneue Schachtel Lametta ausgegeben; eine riesige Schachtel mit vierzig verschiedenfarbigen Kugeln; einen Kranz, der besser in einem Vogelnest hoch oben in den Bäumen aufgehoben wäre; über zehn Meter blinkende Lichter, bei denen zweifellos er derjenige sein würde, der sein Leben riskieren müsste, um sie draußen über den Fenstern am oberen Teil des Hauses zu drapieren; und einen brandneuen Weihnachtsbaum, den er sofort bereute, gekauft zu haben. Törichterweise hatte er Kasia vorgelogen und gesagt, dass er jedes Jahr einen frischen kaufte, um die Welt vor Plastikmüll zu retten, aber dann hatte sie ihn daran erinnert, dass das Töten lebender Bäume umweltschädlich sei und dass ein Plastikbaum wiederverwendbar und nachhaltiger sei. Er hatte argumentiert, dass der Verzicht auf einen Kauf überhaupt, und sogar auf den Kauf von *irgendwelcher* Dekoration, der größte Schritt in Richtung Nachhaltigkeit gewesen wäre, den sie hätten machen können, aber er hatte diese Schlacht verloren, und so war der Plastikbaum in seine Arme gewandert, zusammen mit den zusätzlichen Kilos, die seinen CO2-Fußabdruck vergrößerten.

»Man kann nie genug haben, Papa«, antwortete sie. »Mama und ich haben immer alles gegeben. Wir hatten alles im Weihnachtsthema: Lebkuchenhäuser, Bilderrahmen, Schokoladendosen. Wir haben das Haus mit Lametta geschmückt und Schneemänner und Rentier-Ausschnitte an die Fenster geklebt. Wir hatten sogar einen riesigen Weihnachtsmann draußen im Garten, mit Kunstschnee überall auf dem Rasen.«

Ja, und deine Mutter hatte wahrscheinlich das Drogengeld, um das alles zu bezahlen.

Während er das nicht hatte. Er hatte seinen mickrigen Sergeanten-Lohn, der sich rapide verringerte - was mit dem kürzlichen Umzug, dem Ernähren seiner Tochter, dem Bezahlen von Schulkleidung und all den anderen Ausgaben zusammenhing, die mit einem Kind kamen, von dem man nichts wusste.

»Ich denke, wir haben vorerst genug...«, sagte er zu ihr, während er den Einkaufswagen von der Wand mit Dekorationen wegführte und sich auf den Weg zur Kasse machte.

»Du bist so ein Geizkragen.«

»Das ist unfair«, antwortete er und fragte sich, ob sie die ganze Geschichte von Dickens' Erzählung kannte. »Zumindest habe ich *Geld ausgegeben*. Das ist die meiste Dekoration, die ich seit etwa zwanzig Jahren hatte.«

»Du musst ein sehr trauriges Männlein gewesen sein«, sagte sie. Wenn sie wusste, welchen Schaden diese Worte bei jemand anderem als ihm hätten anrichten können, zeigte sie es nicht. Da war kein schiefes Lächeln, kein Hauch von Sarkasmus. Glücklicherweise für sie hatte er ein dickes Fell und hatte in seiner Zeit viel Schlimmeres erlebt - von viel jüngeren Kindern.

Sie hielten am Ende der Schlange an, die in der kurzen Zeit, seit er das letzte Mal hingeschaut hatte, bereits auf eine lächerliche Länge angewachsen war.

»Ich bin mehr als bereit, alles zurückzubringen, wenn du willst?«

Sie legte besorgt eine Hand auf seinen Arm. »Nein. Bitte nicht. Wir können kein Weihnachten ohne Weihnachtsbaum oder Dekoration haben.«

»Dann schlage ich vor-«

Er hatte Kasias Aufmerksamkeit verloren. Etwas hatte sie abgelenkt. Vielleicht eine weihnachtliche Pflanze. Oder ein mit Lametta verzierter Schürhaken. Er wusste es nicht. Für ihn sah alles wie der gleiche Scheiß aus. Aber was auch immer es war, es hatte sie gefesselt. Ohne ein Wort eilte sie zu einem Tisch, griff nach etwas und brachte es triumphierend zurück, wie eine Katze, die ihrem Besitzer gerade eine Ratte gebracht hat. Tomek schaute nach unten und sah einen Keramikteller mit einer grellen Schablonendarstellung des Weihnachtsmanns, der einen Schornstein hinunterkletterte.

»Was zum Teufel ist das?«, sagte er mit um einige Oktaven höherer Stimme.

»Sehen die nicht total süß aus?«

»Nein. Das sind genau die Dinge, die man kauft und später an wohltätige Organisationen verschenkt, weil man endlich zur Vernunft gekommen ist und begriffen hat, wie dumm die Entscheidung war, sie überhaupt zu kaufen.«

Der verwirrte Blick auf ihrem Gesicht verriet ihm, dass sie keine Ahnung hatte, wovon er sprach.

»Schon gut«, sagte er. »Das war ein spezielles Beispiel, aber sie sind trotzdem schrecklich. Und wir werden sie *nicht* kaufen.«

»Aber wir *brauchen* Weihnachtsteller!«

»Nein. Wir *brauchen* Luft. Wir *brauchen* Nahrung. Wir *brauchen* Wasser. Wir brauchen *diese* nicht. Außerdem werden wir sie nur einmal im Jahr benutzen.«

»Genau. Besondere Anlässe. Zumindest werden sie benutzt. Und wenn sie benutzt werden, landen sie nicht in irgendeinem Sozialkaufhaus, wie du gesagt hast.«

Tomek öffnete den Mund, um zu antworten, konnte es aber nicht. Sie hatte ihn erwischt. Seine eigenen Worte gegen ihn verwendet. Das konnte er ihr nicht vorwerfen. Und wie sich herausstellte, konnte das auch die Frau nicht, die vor ihnen in der Schlange stand.

»Ich glaube, sie hat Recht«, sagte die Frau und mischte sich in ihr privates Gespräch ein. »Sie sehen wirklich schön aus. Und sie passen zu den anderen Sachen, die ihr gekauft habt.«

»Toll. Danke für deinen unerwünschten Beitrag.«

Tomek wurde schnell bewusst, dass er diese neugierige Schlampe nicht vor Kasia anschreien konnte, also müsste er es bei passiv-aggressivem Lächeln und einem noch aggressiver passiven Gesichtsausdruck belassen.

»Gern geschehen«, sagte sie grinsend, und als sie zu dem zurückkehrte, was auch immer sie in der Schlange tat, zwinkerte sie Kasia verschmitzt zu.

»Das habe ich gesehen...«, flüsterte Tomek seiner Tochter zu.

»Also... Können wir? Können wir sie bekommen?«

Tomek seufzte tief. Er hatte die Schlacht verloren, eine von vielen Schlachten. Aber er würde den Krieg nicht verlieren. Ach nein. Wen wollte er hier eigentlich anlügen? Natürlich würde er auch den verlieren. Sie hatte ihn um den Finger gewickelt und ließ ihn nicht mehr los.

Zumindest nicht in nächster Zeit.

Kurz nachdem sie ihre Sachen bezahlt hatten, verließen sie John Lewis und machten sich auf den Weg zurück zum Auto auf der anderen Seite der Chelmsford High Street. Draußen hatte sich der Himmel in ein dunkleres Schiefergrau verwandelt, und ein leichter Regen hatte eingesetzt. Er war in der Vergangenheit nur ein paar Mal zum Einkaufen in der Gegend gewesen, und alles war für ihn ziemlich neu. Aber Kasia wusste genau, wohin sie gehen und was sie tun musste, obwohl sie noch nie zuvor dort gewesen war. Es war, als hätte sie einen angeborenen Orientierungssinn, der sie zu ihren Lieblingsläden führte, wie ein Bluthund, der den Geruch von H&M und Primark aus einem halben Kilometer Entfernung erschnüffeln konnte.

Während sie sich gegen die Kälte wappnend zum Auto schlenderten, beobachtete Tomek seine Umgebung. Er sah die Frau mittleren Alters, die allein mit Tüten verschiedener Ketten unterwegs war und zum nächsten Geschäft eilte, und fragte sich, was darin war, wofür sie ihr Geld ausgegeben hatte. Welche Geschenke ihre Verwandten nicht zu schätzen wissen würden. Ob es die richtigen Dinge waren oder nicht.

Das erinnerte Tomek an etwas.

»Was wünschst du dir zu Weihnachten?«, fragte er und wurde sich plötzlich bewusst, dass er es vielleicht ein bisschen spät angesprochen hatte. Noch ein paar Wochen... das würde doch reichen, oder?

»Was meinst du?«

»Für Weihnachten. Geschenke. Du weißt schon... die bekommt man zu dieser Jahreszeit... Was wünschst du dir?«

Sie schenkte ihm einen verwirrten Blick, als hätte sie gerade etwas Saures gegessen und versuchte, das Gesicht zu wahren. »Willst du, dass ich dir so was wie eine Liste gebe?«

»Idealerweise, ja...«

»Aber... Das ist nicht... So feiert man Weihnachten nicht.«

»Doch, genau so. Du sagst mir, was du willst. Ich kaufe es. Du bekommst es. Du bist glücklich. Ich bin glücklich. Alle haben gewonnen.«

»Aber wo bleibt da der Spaß? Wo bleibt die Überraschung?«

»Das ist kein Wichteln, Kasia. Wenn ich dir ein beschissenes Geschenk machen wollte, das du nach fünf Minuten wegwirfst, hätte ich dir noch mehr Teller gekauft. Ich kaufe dir lieber etwas, das du willst, anstatt zu raten. Ich bin nicht sehr gut im Raten. Ich muss es *gesagt* bekommen. Du musst mir eine Liste geben.«

Sie überlegte einen Moment und kratzte sich unter dem Auge.

»Wie wäre es mit AirPods?«, fragte sie, als sie eine kleine Brücke über den Fluss Chelmer überquerten, der durch die Stadt floss.

»Nein. Auf keinen Fall. Weißt du, wie teuer die sind? Und du wirst sie nur in der Schule verlieren. Überleg nochmal.«

»Also kann ich gar nichts bekommen, was ich will, oder?«

»Das habe ich nie gesagt. Ich sagte, gib mir eine Liste, und ich werde holen, was ich davon bekommen kann-«

»Aber du hast diesen Teil auch nicht gesagt.«

Sie hatte ihn wieder erwischt. Seine eigenen Worte gegen ihn verwendet. Sie wurde zu clever für ihr eigenes Wohl. Und er müsste in Zukunft gut überlegen, was er in ihrer Gegenwart sagte.

Sie kamen am Auto an. Tomek ließ die Taschen und den Weihnachtsbaum auf den Boden fallen und schloss das Auto auf.

»Nun, ich sage es dir jetzt, gib mir die Liste der Dinge, die du willst, und ich werde holen, was ich kann, und ich werde es so machen, dass du nicht weißt, welche ich dir schenke... *Da* hast du deine Überraschung.«

Sobald sie zu Hause ankamen, bestand Kasia darauf, dass sie den Rest des Abends damit verbringen sollten, die Wohnung auf den Kopf zu stellen und sie in eine billigere, kleinere (aber keineswegs weniger kitschige) Version von Santas Grotte zu verwandeln, noch bevor sie überhaupt überlegten, was sie zum Abendessen haben würden. Es dauerte insgesamt zwei Stunden. In dieser Zeit hatten sie es geschafft, den Baum aufzustellen und ihn mit all dem Lametta, den Kugeln, Lichtern und anderen unnötigen Dekorationen auszustatten, die er gekauft hatte. Sie hatten auch einen Kranz mit glitzernden Kugeln und Plastikblättern, die jedes Mal abfielen, wenn Tomek atmete, an die Wohnungstür gehängt. Tomek hatte darauf bestanden, ihn nicht an die äußere Haustür zu hängen, weil er meinte, dass es ein Leuchtfeuer für Kriminelle und Diebe sei, das signalisiere, dass es irgendwo in der Wohnung teure Geschenke und viel Geld gäbe. Beides traf auf ihn momentan nicht zu, aber er wollte auch nicht, dass jemand dachte, er könnte nach Belieben in sein Zuhause eindringen.

Die größte und schwierigste Aufgabe, die ihnen bei der Renovierung der Wohnung zugefallen war, bestand darin, Platz für den Weihnachtsbaum selbst zu schaffen. Der zwei Meter hohe Koloss, der nach Tomeks Meinung größer war als ein Weihnachtsbaum sein müsste, und definitiv größer als *sie* ihn brauchten, benötigte mindestens vier Quadratmeter Platz in einem Raum, der kaum groß genug für sie beide war (obwohl sie gerade aus einer noch kleineren Wohnung aufgestiegen waren), was bedeutete, dass alle Möbel verschoben werden mussten. Als Tomek die Wohnung vor einigen Wochen gekauft hatte, hatte er eine künstliche Pflanze nicht in seine begrenzten Innendesign-Fähigkeiten einkalkuliert. Jetzt, nachdem alles verschoben worden war, sah der Raum erheblich kleiner aus, und das Feng Shui des Ortes war völlig aus dem Gleichgewicht. Nicht, dass er an solche Dinge glaubte, er benutzte die Worte nur, um sie dafür ein schlechtes Gewissen zu machen, dass sie alles umstellen mussten.

»Jetzt wird mein Nacken wehtun, wenn ich fernsehe«, sagte er zu ihr. »Und mein Nacken ist nicht für solche Winkel gemacht.«

»Ich glaube, niemandes Nacken ist das-«

»Und es wird meine Rückenschmerzen noch schlimmer machen.«

»Vor zwei Minuten hattest du die noch nicht.«

Tomek ignorierte sie und massierte stattdessen die Stelle in seinem unteren Rücken, die er hatte zwicken spüren, als er den Baum an seinen Platz gehoben hatte.

»Warum bist du so ein Grinch?«, beschwerte sie sich.

»Bin ich nicht. Tut mir leid. Ich habe nur Spaß gemacht. Mein Rücken wird schon in Ordnung sein.« Er massierte ihn etwas stärker, um den Schmerz zu lindern. »Bist du zufrieden damit?«

»Ja.«

»Dann bin ich es auch.«

Zur Feier bestellte Tomek eine Pizza bei ihrem lokalen Lieferdienst. Eine Peperoni für ihn, voller Geschmack und köstlicher gesättigter Fette. Und eine langweilige Vier-Käse für sie, ohne Gluten, ohne Pfiff und ohne jeglichen Spaß. Ihr üblicher Pizzalieferant, der einzige, den sie je benutzten, kannte Kasias Nussallergien und machte die freudlose Pizza speziell für sie. Natürlich gegen Aufpreis. Abseits aller anderen Zutaten, die möglicherweise Nüsse enthalten könnten, so weit wie möglich.

Als sie im Wohnzimmer saßen, das jetzt jegliches Feng Shui vermissen ließ, schaltete Tomek den Fernseher ein und stellte auf eine Naturdokumentation um. David Attenborough belehrte sie über die Tiere der afrikanischen Savanne. Löwen, Hyänen und allerlei andere Bestien streiften durch die Wüste, jagten, pirschten und töteten.

Bis der Bildschirm zu einer Aufnahme einer Herde sanftmütiger Büffel wechselte, die ihr eigenes Ding machten, am Gras und Schlamm entlang einer Oase grasten.

»Glaubst du, du könntest gegen eine Kuh kämpfen?«, fragte Kasia und überraschte ihn. Er drehte sich zu ihr um. Sie hatte ihren Pizzastreifen aufgegessen und starrte ihn eindringlich an, mit einem ernsten Gesichtsausdruck.

»Ich glaube, du musst mich das noch mal fragen. Ich glaube, ich habe dich nicht richtig verstanden...«, antwortete er, während er langsam sein halb gegessenes Stück zurück auf den Teller legte.

»Eine Kuh. Glaubst du, du könntest gegen eine kämpfen?«

Stellte sich heraus, dass er sie beim ersten Mal absolut richtig gehört hatte.

»Was für eine Frage ist das denn?«

»Na ja, als wir neulich mit der Schule auf dem Bauernhof waren, hat sich Billy Turpin vor eine der Kühe gestellt und die Fäuste gehoben. Miss Wells musste ihn wegziehen.«

So viele Fragen. So viele Dinge, die er sagen wollte, Kommentare, die er machen wollte.

Er hatte völlig vergessen, dass sie für einen ihrer Erdkunde-Schulausflüge zum Bauernhof gefahren war. Obwohl er sich erinnerte, den Brief dafür gesehen und gedacht zu haben, dass sie etwas zu alt waren, um in der Sekundarschule Kühe, Ziegen und Hühner zu sehen. Dass das etwas war, das besser für Grundschüler geeignet wäre. Offensichtlich nicht. Und offensichtlich wirkte Billy Turpin dort nicht fehl am Platz.

»Billy Turpin klingt wie ein ziemlicher Idiot«, antwortete er.

Sie sah sichtlich beleidigt aus. »Er glaubt, er könnte gegen eine kämpfen und sie k.o. schlagen.«

Tomek schüttelte den Kopf und versuchte, das Gespräch zu erfassen. »Gegen eine Kuh zu kämpfen und sie k.o. zu schlagen sind zwei verschiedene Dinge. Jeder kann gegen eine Kuh *kämpfen*, aber das bedeutet nicht unbedingt, dass er gewinnen wird. Und es bedeutet sicher nicht, dass er sie k.o. schlagen wird.«

»Aber könntest *du* es tun?«

»Ich habe nie darüber nachgedacht. Ich kann ehrlich sagen, dass mir der Gedanke nie in den Sinn gekommen ist.«

Und er war besorgt, weil er jetzt, wo er es hatte, an nichts anderes denken könnte als an eine Kuh, die seine Faust abbekam.

»Was hat Miss Wells gesagt?«, fragte Tomek.

Kasia zuckte mit den Schultern, als hätte sie plötzlich das Interesse an dem Gespräch verloren. »Sie hat Billy dumm genannt.«

»Nun, da hat sie Recht. Billy klingt wie ein ziemlicher Trottel. Halte dich von Billy fern.«

Kasia wurde still, ihr Blick fiel auf den Teppich direkt vor dem Fernsehschrank. Sie schlug die Beine auf dem Sofa übereinander und legte beide Hände in die Lücke zwischen ihren Beinen.

»Na ja, eigentlich...«, begann sie, unfähig, seinen Blick zu erwidern. Zögern durchzog ihre Worte. »Ich wollte dich fragen...«

Uh-oh. Tomek konnte spüren, worauf das hinauslief. Das J-Wort. Jungen. Insbesondere *ein* Junge. Ein einziger Junge, den sie für einen Schnitt über dem Rest hielt. Ein Junge, der dachte, er könnte gegen eine verdammte Kuh kämpfen.

»Könnte Billy eines Nachmittags nach der Schule vorbeikommen?«, fragte sie schüchtern. Sobald die Worte draußen waren, spannte sich ihr Körper noch mehr an und sie blieb auf dem Sofa erstarrt. »Nur um fernzusehen oder so...«

Oder so. Tomek wusste genau, was dieses *so* war. Es passierte direkt vor ihm auf dem Fernsehbildschirm. Zwei wilde Bestien bei der Paarung, der männliche Löwe bestieg die Löwin und bereitete sich darauf vor, sie zu besamen.

Nur um fernzusehen oder so...

Seine Fantasie lief wild, als Paranoia und Überfürsorglichkeit einsetzten.

»Ich muss darüber nachdenken...«, sagte er. »Aber ich bin nicht begeistert von der Idee, dass ihr beiden alleine zu Hause seid. Ich muss dir doch nichts über die Bienchen und Blümchen erzählen, oder?«

»Ihh, Papa! Nein, eklig! Ich bin dreizehn! Billy ist nur ein Freund. Er ist ein Junge... *Freund*«, erklärte sie und betonte das Wort *Freund* besonders, um jeden weiteren Zweifel zu beseitigen, den er gehabt haben könnte. »Außerdem wissen wir all das schon aus der Schule. Sie bringen uns das seit Jahren bei. Bitte erzähl mir nicht, wie Babys gemacht werden.«

»Wenn ihr zwei nur Freunde seid, dann brauchst du dir keine Sorgen zu machen, dass ich dir erkläre, wie solche Sachen funktionieren.«

Darauf hatte sie keine Antwort. Und das machte ihn noch besorgter.

»Ich möchte nicht, dass Billy vorbeikommt«, sagte er zu ihr. »Deine Abende sind schon voll genug mit deinem Polnisch-Unterricht und deinen Hausaufgaben. Ich will nicht, dass er dich noch mehr ablenkt, als er es wahrscheinlich schon in deinen Klassen tut... oder auf dem Bauernhof.«

KAPITEL
DREI

Wie vermutet hatte ihn die Frage nicht losgelassen. Diese dumme, idiotische und offen gesagt nervtötende Frage. Könnte er gegen eine Kuh kämpfen? Natürlich könnte er das nicht. Er wusste, dass er es nicht konnte. Es war lächerlich, so etwas zu denken. Das Tier wog zehnmal so viel wie er. Und war noch um einiges stärker. Aber er war beweglicher... geschickter. Er hatte den Vorteil von zwei Beinen gegenüber vier.

Trotzdem war es eine verdammt lächerliche Sache, über die man den Schlaf verlieren konnte.

Und doch ließ ihn der Gedanke nicht los. So sehr, dass er, als er am nächsten Morgen im Hauptquartier der Kriminalpolizei Southend ankam, das Gefühl hatte, dass es eine weitere Diskussion verdiente. Ein breiteres Gespräch mit Erwachsenen, die mehr Logik und Intelligenz besaßen als ein dreizehnjähriger Junge in der Pubertät.

Er hatte über eine Stunde an seinem Schreibtisch gesessen und die Reste der gestrigen Arbeit durchgearbeitet, als er endlich den Mut gefasst hatte.

»Sean...«, begann Tomek, und plötzlich verspürte er dieselbe Unsicherheit und Angst, die Kasia am Vorabend gezeigt hatte, als sie ihm die Frage gestellt hatte.

»Ja, Kumpel«, antwortete DS Campbell.

»Hab eine Frage an dich...«

Sean hörte auf mit dem, was er gerade tat, und drehte sich zu Tomek um. In den letzten paar Tagen hatten sie den Sitzplan im Büro neu gestaltet, und jetzt waren sie nur noch durch einen Schreibtisch voneinander getrennt. Es war schön, seinem engsten Freund so nahe zu sein; es schuf eine förderlichere und produktivere Arbeitsumgebung. Der einzige Nachteil war das unsinnige und ständige Geplapper. Wie im Klassenzimmer, wenn man hinten sitzt und den Rest der Klasse stört.

»Das klingt wichtig«, sagte Sean.

»Ist es nicht«, erwiderte Tomek. »Ehrlich. Es ist verdammt bescheuert, das ist es.«

Sean grunzte und lehnte sich vor. »Du weißt wirklich, wie man was verkauft, Kumpel. Du hältst mich in Atem.«

Tomek wünschte, er hätte es nicht getan; DC Rachel Hamilton und DC Nadia Chakrabarti hinter Sean hatten sich ebenfalls umgedreht und drängten sich in ihre Diskussion ein.

Er atmete tief ein, bevor er die Frage stellte.

»Glaubst du, du könntest gegen eine Kuh kämpfen?«

Es gab einen kurzen Moment, einen Bruchteil einer Sekunde absoluter Stille, die Ruhe vor dem Sturm, genau bevor der Raum in ein Gelächter ausbrach.

»Das ist möglicherweise die beste Frage, die mir je gestellt wurde«, sagte Sean, nachdem er sein Lachen unter Kontrolle gebracht hatte.

»Und ich hoffe, deine Antwort ist genauso gut wie die Frage«, sagte Nadia, die sich einmischte.

Sean verschränkte seine Finger, streckte seine Arme aus und knackte mit den Knöcheln in einer fließenden Bewegung. »Ich glaube, ich könnte...«, sagte er. »*Locker*.«

»Locker?«

»Ja«, sagte er mit einem Achselzucken. »Mir ist klar, dass sie groß sind und so, aber sie sind nicht sehr schnell. Und wenn ich etwas Zeit zum Trainieren hätte, denke ich, ich könnte es mit ein paar Schlägen schaffen.«

Die Mädchen lachten.

»Natürlich denkst du das«, sagte DC Hamilton. »Ihr Männer und eure verdammten Egos.«

Sean wedelte mit dem Finger in der Luft. »Das Ego hat damit nichts zu tun. Es läuft alles auf Vorbereitung, Training und einen anständigen rechten Haken hinaus.« Seans Gesicht fiel plötzlich, als ob ihm ein Gedanke gekommen wäre. »Frage: Darf die Kuh auch trainieren?«

»Was?« Tomek hatte keine Gegenfrage erwartet, eine Frage, die sie weiter in den Kaninchenbau des Kuh-Boxens führen würde.

»Darf die Kuh auch für den Kampf trainieren?«

»Ich habe keine verdammte Ahnung. Woher soll ich das wissen?«

»Du hast die Frage gestellt, Kumpel.«

Tomek kratzte sich an der Seite seines Kopfes. »Ähm. Ich denke schon. Ja. Ich meine, das ist nur fair.«

»Nun, in diesem Fall, nein. Keine Chance. Die Kuh gewinnt jeden Tag der Woche.« Dann wandte sich Sean an Nadia und Rachel, die auf der gegenüberliegenden Seite ihrer Schreibtischbank saßen, und sagte: »Hab's euch gesagt, das Ego hat nichts damit zu tun. Es geht nur um Logik und ob du dir selbst vertraust.«

»Und in diesem Fall vertraust du dir offensichtlich nicht selbst«, sagte Nadia, während sie mit einer Hand auf ihrem Babybauch auf der Federung ihres Bürostuhls wippte.

»Nicht, wenn die Kuh das gleiche Training hat wie ich. Ich bin nicht dumm.«

»Offensichtlich«, sagte sie sarkastisch. Dann wandte sie sich an Tomek. »Welche anderen dummen Fragen gehen dir noch durch den Kopf?«

Da fühlte sich Tomek gezwungen, ihnen die Geschichte hinter der Frage zu erzählen. Er konnte nicht zulassen, dass sie dachten, er würde den größten Teil seiner Freizeit damit verbringen, davon zu fantasieren, sich mit Nutztieren zu prügeln. Keiner von ihnen schien ihm jedoch zu glauben, und sie blieben überzeugt, dass die Frage von ihm selbst stammte.

»Du kannst Kasia nicht mehr als Ausrede für alles benutzen, Tomek«, sagte Nadia zu ihm.

»Das tue ich nicht!«, protestierte er. »Sie hat mich sogar gefragt, ob sie einen Jungen nach der Schule mit nach Hause bringen kann. Den gleichen Jungen, der diese bescheuerte Kuh-Frage überhaupt erst gestellt hat.«

»Wow«, sagte Nadia. »Sie bringt schon Jungs mit nach Hause? Ich dachte, du hättest noch mindestens ein oder zwei Jahre, bevor das anfängt.«

»Bevor *was* anfängt?«

Nadias Gesicht wurde warm. Dann formte sie mit ihren Daumen und Zeigefingern zwei Ovale und begann, sie zusammenzustoßen, wobei sie Kussgeräusche machte.

»Halt die Klappe«, sagte er und schüttelte heftig den Kopf. »Das passiert nicht. Nichts passiert. Weil sie niemanden zu sich nach Hause einladen darf. Sie darf überhaupt niemanden einladen. So, das ist beschlossen.«

»Vertraust du ihr nicht?«, fragte Rachel mit leiser, sanfter Stimme, als verkörpere sie die Stimme der Vernunft.

»Mit ihr habe ich kein Problem«, antwortete er. »Es ist dieser Billy-der-kuhkämpfende-Held-Turpin, mit dem ich ein Problem habe. Jeder, der glaubt, er könne gegen eine Kuh kämpfen, sollte meiner Tochter nicht zu nahe kommen... Das gilt auch für dich, Sean.«

Der Mann warf verzweifelt die Hände in die Luft. »Warum musst du mich so in das Gespräch reinziehen?«

Bevor Tomek sich erklären konnte, bemerkte er DC Martin Brown, der am Rande des Gesprächs wartete, mit einem Zettel in der Hand. Martin war erst vor wenigen Wochen zum Team gestoßen. Er war mit der neuesten Inspektorin des Teams, Victoria Orange, aus Colchester versetzt worden. Seit seiner Ankunft hatte Tomek wenig Zeit damit verbracht, den Mann kennenzulernen. Er schloss sich selten ihren Abenden im Pub nach der Schicht an und beteiligte sich auch kaum an ihren Bürogesprächen.

»Sir«, begann er, nachdem er geduldig auf Tomeks Aufmerksamkeit gewartet hatte.

»Morgen, Martin.«

»Hier ist eine Frage für dich, Martin-«, setzte Sean an.

Tomek warf seinem Freund einen Blick zu, der ihm befahl, den Mund zu halten, was Sean auch prompt tat.

Dann wandte er seine Aufmerksamkeit dem Mann mit dem langen, zum Pferdeschwanz gebundenen Haar und dem Bart zu, um den Tomek mehr als neidisch war.

»Ja, Martin. Wie kann ich helfen?«

»Ich habe gerade einen Anruf von der Zentrale bekommen, Sarge. Im John Burrows Park in Hadleigh wurde eine Leiche gefunden.«

KAPITEL
VIER

Der sechzehnte Dezember. Nur noch etwas mehr als eine Woche bis Weihnachten. Was eigentlich eine fröhliche, festliche und angenehme Zeit sein sollte, hatte sich nun für eine Familie in einen Albtraum verwandelt.

Der John Burrows Park lag nur ein paar hundert Meter von der A127 entfernt, der Straße, die Southend mit Rayleigh und darüber hinaus verband. Auf der einen Seite des Feldes befand sich eine Reihe von Tennis- und Basketballplätzen, auf der anderen Seite eine Reihe von Fußballfeldern, deren weiße Linien im Laufe der Jahre verblasst waren. Im Sommer waren der Park und insbesondere die Tennisplätze voller Kinder aus den örtlichen Schulen, die zum Entspannen, Plaudern und Sporttreiben kamen. Jetzt jedoch, in der beißenden Winterkälte, hatte sich der Park geleert, und die Gruppen von Freunden waren durch Haufen gefallener Blätter auf dem Gras ersetzt worden.

Die Leiche war auf der Nordwestseite des Parks gefunden worden, auf der gegenüberliegenden Seite der Spielplätze. In den Büschen zusammengesunken, die Gliedmaßen in verschiedenen Winkeln ruhend. Ein geisterhafter Weißton unter den grauen Wolken am Himmel. Der Regen hatte so lange auf das Gesicht geprasselt, dass kaum noch Make-up auf dem Gesicht des Mädchens verblieben war. Sie trug einen kurzen schwarzen Rock und ein kleines weißes Crop-

Top, das nicht einmal für den Sommer warm genug gewesen wäre. Ihr Haar war zu einem Pferdeschwanz gebunden, ihre Nägel waren in der Farbe des Grases lackiert, und neben ihr lag eine kleine Clutch, die kaum groß genug für ein Handy schien. Eine dünne Frostschicht, die im Licht des Vormittags glitzerte, umgab sie, als würde sie sie beschützen.

Zunächst schien es Tomek, als wäre sie gefallen, zusammengebrochen und hätte versucht, wieder auf die Beine zu kommen, bis sie schließlich dem erlag, was auch immer sie getötet hatte. Es gab nichts, was auf ein Verbrechen hindeutete, nichts, was darauf hinwies, dass sie angegriffen worden war. Abgesehen von den geröteten Wangen und dem leicht geschwollenen Hals. Aber selbst das könnte der Beginn der Aufblähung im Verwesungsprozess sein.

Es dauerte eine Weile, bis Tomek die Szene wirklich zu würdigen begann für das, was sie war: ein Mädchen, ähnlich alt und gebaut wie seine Tochter, lag tot auf einem Feld. Seit Kasia vor weniger als drei Monaten in sein Leben getreten war, hatte er festgestellt, dass er begann, auf bestimmte Dinge anders zu reagieren und sich anders zu verhalten, bestimmte Situationen in einem anderen Licht zu sehen. Tatorte waren ein perfektes Beispiel dafür. Besonders wenn das Opfer ein Teenager-Mädchen war.

Um sich von seinen Gedanken abzulenken, wandte er sich an Rachel.

»Sag bitte etwas«, sagte er zu ihr.

»Worüber?«

»Irgendwas... Hauptsache nicht über Kühe. Von dieser Unterhaltung hatte ich heute genug.«

Zum Glück, bevor sie in eine peinliche Stille verfielen, während Rachel über etwas Interessantes nachdachte, was sie sagen könnte, schlurfte Lorna Dean, die Pathologin des Innenministeriums, auf sie zu. Hinter ihr war ein Team von Kriminaltechnikern dabei, das Zelt aufzubauen, das über der Leiche errichtet werden sollte. Dahinter, am Rande des Parks, befand sich eine Gruppe uniformierter Polizisten, die mit Hilfe von weiß-blauem Polizeiband die äußere Absperrung einrichteten.

»Ein wunderschöner Morgen dafür«, sagte Lorna aufgeregt.

Tomek hatte sie immer als übermäßig fröhlich empfunden, was ihren Job betraf, als ob sie einen gewissen Kick daraus bekäme, den ganzen Tag Leichen zu sezieren. Er selbst hätte den Job nicht machen können und gab zu, dass er von vornherein eine bestimmte Art von desensibilisierter Person erforderte, aber sie war etwas anderes. Sie war gegen jeglichen Anstand und Respekt abgestumpft.

»Wenigstens musste ich nicht meinen Morgenlauf machen«, fuhr sie fort.

Das brachte ihn auf einen Gedanken. Tomek konnte sich nicht erinnern, wann er zum letzten Mal morgens joggen war. Früher ging er jeden Morgen, bei Regen oder Sonnenschein, ohne Ausnahme. Zehn Kilometer entlang der Strandpromenade und in Richtung des Endes des Southend Piers. Aber jetzt, da sich seine Prioritäten und Verantwortlichkeiten geändert hatten, war es ans Ende der Liste gerutscht. Und jetzt, wo er darüber nachdachte, wurde ihm klar, dass er es nicht allzu sehr vermisste. Der Job und die Betreuung von Kasia taten ihr Bestes, um ihn gesund zu halten und ihn davon abzulenken, sich am Abend mit Snacks und Leckereien vollzustopfen. Allerdings gab es einen anderen Teil von ihm, der es vermisste. Vermisste es sogar sehr. Die Endorphine nach dem Laufen, der erfrischende Wind, der sein Gesicht peitschte und ihn aufweckte. Die Art und Weise, wie es ihm erlaubte, seinen Kopf freizubekommen und die Ereignisse des Vortages zu verarbeiten. Ihm erlaubte, die Dinge in einem anderen Licht zu sehen.

So wie jedes Mal, wenn er eine tote Teenagerin sah, an seine Tochter erinnert wurde.

Irgendetwas, er wusste nicht was – vielleicht Intuition, aber es war etwas Vorausahnendes und zutiefst beunruhigendes – sagte ihm, dass er mehr solcher Situationen sehen würde. Ständige Erinnerungen an Kasia. Es war nicht jeden Morgen, dass ein Teenager-Mädchen fast halbnackt in einem Park gefunden wurde. Aber irgendetwas sagte ihm, dass dies nicht das letzte Mal sein würde.

»Was sagst du also, Lorna?«, fragte Tomek, um seine Gedanken zum Schweigen zu bringen.

»Nun, sie ist tot. So viel weiß ich.«

»Toll. Ein guter Anfang. Sonst noch was?«

»Von dem, was ich bisher sehen konnte, nein. Es sieht nicht so aus, als gäbe es Anzeichen für einen sexuellen Übergriff; sie ist noch vollständig bekleidet und ihre Unterwäsche ist noch da, obwohl ich nach dem geschwollenen Hals und den Quaddeln im Gesicht zu urteilen sagen würde, dass sie irgendeine Art von allergischer Reaktion auf etwas hatte.«

»Eine allergische Reaktion?«

»Ja. Hattest du noch nie eine?«

Tomek schüttelte den Kopf. »Nie. Ich glaube, ich wurde in dieser Hinsicht gesegnet. Obwohl ich Mückenstiche nicht mag.«

Beide Frauen schauten ihn mit ausdruckslosem Gesicht an.

»Niemand mag besonders gerne Mückenstiche, Tomek«, sagte Rachel streng.

»Ich meine, ich komme mit ihnen nicht gut klar. Sie schwellen bei mir an auf die Größe von diesen fliegenden Untertassen-Süßigkeiten, die man als Kind bekommen hat-«

»Mit dem Brausepulver drin?«

»Genau.«

»Ich erinnere mich an die. Die Außenseite schmeckte wie Papier und das Innere war einfach mit Brausepulver gefüllt. Ich weiß nicht, wer je dachte, dass sie eine gute Idee wären.«

»Ich weiß nicht, warum wir sie überhaupt gegessen haben. Die haben nach Ei geschmeckt.«

Sie sahen ihn beide wieder ausdruckslos an, obwohl er nicht wusste, warum.

»Hast du gerade das Wort ›Ei‹ benutzt, um etwas Schlechtes zu beschreiben?«, fragte Rachel.

Da war es.

»Ja. Wenn etwas nicht sehr schön ist, ist es *Ei*.«

Rachel schüttelte abschätzig den Kopf. »Weiß Kasia, dass du dieses Wort benutzt?«

»Was macht das für einen Unterschied?«

»Ich denke, sie hat ein Recht, es zu wissen. Wenn ich herausfinden würde, dass mein Vater dieses Wort benutzt, um Dinge zu beschreiben, die überhaupt nichts damit zu tun haben, würde ich ihn wahrscheinlich verleugnen wollen.«

Tomek grinste sarkastisch. »Guter Spruch. Aber meinst du nicht, wir sollten zur Sache zurückkehren?«

»Du bist derjenige, der uns mit deiner dummen Wortwahl abgelenkt hat.«

Tomek ignorierte sie und bewegte sich in seinem Tatortanzug etwas näher an die Leiche heran. Der starke Regen, der zu fallen begonnen hatte, prallte vom Material ab. Bevor er auf die Leiche hinunterblickte, schaute er zum Himmel und fragte sich, wie die Bedingungen während ihres Todes gewesen waren, ob es klar oder regnerisch gewesen war. Ob es irgendeinen Unterschied in der Art ihres Todes gemacht hatte.

Als er näher kam, ging er in die Hocke und betrachtete ihr Gesicht. Nicht älter als vierzehn, fünfzehn. Vielleicht gerade mal sechzehn. Jung, aber schon reif. Hübsch, aber nicht aufdringlich damit. Leise zurückhaltend. Ihr ganzes Leben noch vor sich.

Es war dann, dass er etwas tat, was er schon lange nicht mehr getan hatte.

Er begann, mit ihr zu sprechen.

»Was ist dir passiert, hm?«, flüsterte er zu sich selbst und hielt seine Stimme leise, damit Rachel und Lorna ihn nicht hörten. »Wie konnte das passieren? Hat dir jemand das angetan?«

Natürlich gab es keine Antwort. Es gab nie eine Antwort. Und er hoffte immer, dass es keine geben würde, weil er sonst einen Herzinfarkt bekommen würde, aber es half ihm, mit der Szene umzugehen, sie zu verarbeiten. Und er dachte auch gerne, dass es ihnen half, in welches Leben oder welche Existenz auch immer sie übergehen würden. Eine tröstliche Brücke, die sie von einer Seite zur anderen verband.

Es erlaubte seinem Verstand auch, über die Umstände nachzudenken, die zum Schicksal der Person geführt hatten. Als wäre er dort, würde es aus der Ferne beobachten. Es in Echtzeit geschehen sehen.

Und diesmal war es nicht anders. Er stellte sich eine Gruppe von ihnen vor. Vielleicht sechs, sieben. Eine Gruppe, groß genug für viel Geplauder und Geschrei. Vielleicht mit etwas Alkohol dabei. Eine Mischung aus Jungen und Mädchen. Alle in ähnlichem Alter. Vielleicht von derselben Schule. Trinkend und sozialisierend zu Zeiten, zu denen sie nicht sollten, wenn ihre Eltern wollten, dass sie zu Hause sind.

Und vielleicht war sie mit dem Rest von ihnen nach Hause gegangen. Hatte jemanden getroffen, den sie kannte. Oder jemanden, den sie nicht kannte. Und sich in diesem Zustand wiedergefunden.

Oder vielleicht war sie geblieben, während der Rest ihrer Freunde nach Hause gegangen war. Geblieben mit einem Jungen, mit dem sie nicht gesehen werden sollte. Es war tabu für sie, zusammen zu sein. Jemand, von dem sie nicht wollte, dass der Rest der Gruppe es weiß. Sie war geblieben, und er auch. Eins hatte zum anderen geführt, und dann...

Das Gesicht des Mädchens wurde sofort durch Kasias ersetzt, und er konnte sie nicht mehr ansehen, konnte nicht mehr darüber nachdenken, was passiert war, *wie* es passiert war.

Er zog sich zurück und wandte sich seinen Kollegen zu.

»Kennen wir ihren Namen?«, fragte er sie.

Lorna schüttelte den Kopf und rief dann einen SOCO herbei. Kurz darauf erschien eine große Gestalt, von Kopf bis Fuß in Weiß gekleidet, leicht keuchend und außer Atem.

»Können wir in ihre Clutch schauen?«, fragte Tomek. »Ich möchte sehen, ob sie irgendeine Identifikation bei sich hat.«

Der Mann brauchte länger, um sich zu bücken, als um zur anderen Seite der Leiche zu gelangen. Als er sich auf das Gras hinunterließ, konnte Tomek das Knarren seiner Knie über das Pfeifen des Windes hören, der am Material vorbeifegte, das seine Ohren schützte. Einen Moment später zog der Mann die Clutch unter dem Arm des Opfers hervor und öffnete sie mit der feinen Präzision eines Chirurgen. Dann griff er hinein und holte ein Mobiltelefon heraus. Der Bildschirm leuchtete sofort auf, und ein Bild des Mädchens erschien, wie sie mit einer Freundin irgendwo am Strand saß und strahlend in die Frontkamera lächelte. Das Foto war aktuell, Sommerzeit, es sei denn, Tomek hätte eine Sonnenperiode zu Beginn des Winters verpasst. Das Telefon behutsam in der Hand haltend, wischte er nach oben, aber es erforderte ein Passwort. Das hätte er wissen müssen. Er hatte den Fehler gemacht zu denken, er könnte auf Kasias Handy zugreifen, wann immer sie es ihm mehrmals gereicht hatte. Jedes Mal hatte sie ihm das

Gerät aus der Hand gerissen und den Code selbst eingegeben. Eines Tages würde er herausfinden, was es war.

Er bemerkte es zunächst nicht, aber als er vom Bildschirm wegsah, sah er die Hand des SOCO vor seinem Gesicht schweben. Sie hielt einen Schulbusausweis. Mit dem Namen und Geburtsdatum des Opfers daneben.

Lily Monteith.

Fünfzehn Jahre alt.

KAPITEL
FÜNF

Tomek hatte mit jedem gerechnet, der ihm die Tür öffnen könnte, nur nicht mit DC Anna Kaczmarek. Aber andererseits war sie die Familienbeauftragte des Teams, und es war ihre Aufgabe, den Kontakt zu den Familien der Verstorbenen herzustellen und die Kluft zwischen Information und Fehlinformation zu überbrücken. Es war eine wichtige Rolle. Eine, die sich manchmal als entscheidend für die Ergreifung eines Täters erwies. In den meisten Fällen, mit denen sie es zu tun hatten, gab es irgendeine Verbindung zur Familie, und Anna war eine Expertin darin, sich im Hintergrund zu halten, so unauffällig, dass man kaum bemerkte, dass sie da war. Sie hörte zu, notierte das Verhalten der Angehörigen, ihre Reaktionen, Streitigkeiten und Meinungsverschiedenheiten. Manchmal behandelte die Familie des Verstorbenen sie wie eine der ihren und gab in ihrer Gegenwart etwas Belastendes zu, oder sie verrieten unbeabsichtigt etwas, das für den Fall entscheidend war. Sie war die Schlange im Gras, die alles an Tomek und das Team weitergab.

Ja, sie war gut in ihrem Job. Aber er hatte nicht erwartet, dass sie so gut sein würde, dass sie bereits im Haus von Lily Monteith auftauchte, bevor er überhaupt die Chance hatte, mit ihr zu sprechen.

»*Cześć*«, sagte er zu ihr, als sie die Tür aufschwang.

»*Dzień dobry*, Tomek«, antwortete Anna.

Er trat ins Haus. »Wie zum Teufel bist du vor mir hier gelandet? Schreibt ihr beide, du und Rachel, euch Direktnachrichten oder was?«

»Sie dachte, es wäre eine gute Idee, wenn ich auf dem Laufenden bleibe.«

Das war also ein Ja.

»Ich bin beeindruckt«, sagte er. »Wie lange arbeitet ihr beide schon so eng zusammen?«

Sie antwortete nicht, sondern zuckte nur verlegen mit den Schultern.

»Als Nächstes werdet ihr beide noch hinter meinem Job her sein…«

Diesmal kicherte Anna, was ihn verunsicherte. Die Aussicht, von seinen Untergebenen aus seiner Position gedrängt zu werden, während er selbst versuchte, die Position darüber zu ergattern, beunruhigte ihn. Ihm gefiel die Vorstellung nicht, sich in der Mitte eines Beförderungssandwiches wiederzufinden. Noch weniger, wenn es sich um Kollegen handelte, die er sehr bewunderte und zu seinen engsten Freunden zählte. Besonders Anna. Er kannte sie am drittlängsten (nach Sean und Nick), und weil sie beide aus Polen stammten, verband sie ein besonderes Band.

»Sie sind im Wohnzimmer«, teilte ihm Anna mit einem Kopfnicken mit.

Tomek warf einen kurzen Blick den Flur hinunter und entdeckte den Raum, auf den sie sich bezog.

»Wie geht es ihnen?«

»Wie immer.«

»Dreifach-V?«

Anna nickte.

Ah, das Dreifach-V. Ein Begriff, den Tomek geprägt hatte, als er einmal im Büro saß und versuchte, die Worte zu finden, um die Emotionen einer bestimmten Familie zu beschreiben. Er kannte die Worte natürlich, nur in diesem Moment, in diesem Moment mit all den Augen seiner Kollegen, die ihn beobachteten, hatte er Schwierigkeiten, sich an sie zu erinnern. Anfangs war der Ausdruck schrecklich angekommen, und er hatte keine Zukunft dafür gesehen, aber jetzt, da Anna sich daran erinnert hatte, zog er die Möglichkeit in Betracht, ihn wiederzubeleben, wie eine abgehalfterte Musikgruppe, die ihre

Karriere von den Toten zurückbringt, weil sie alle pleite sind und dringend einen Geldfluss brauchen.

Das Dreifach-V.

Verzweifelt.

Verstört.

Verwüstet.

Tomek stellte sich vor, dass es normalerweise die gleichen Emotionen waren, die die erwähnten Bands fühlten, bevor sie die Entscheidung trafen, ihre Reunion-Tour anzukündigen.

Vielleicht mit einem Hauch von Verachtung obendrauf.

Er betrat das Wohnzimmer, öffnete die Tür vorsichtig und steckte den Kopf hinein. Dort auf dem Sofa in der Mitte des Wohnzimmers saßen Mr. und Mrs. Monteith, einander in den Armen haltend.

Mr. Monteith war ein breitschultriger Mann mit dicken, breiten Schultern, die auf ein früheres Leben als Rugbyspieler hindeuteten. Und der Bierbauch, der sein Hemd nach vorne wölbte, bewies es.

Mrs. Monteith hingegen war in jeder Hinsicht das Gegenteil. Dünn, klein, zierlich. Dreifach-Z. Dennoch lag eine Wildheit in ihren Augen, und die Art, wie sie aufrecht saß, deutete für Tomek darauf hin, dass sie alles andere als die Schwächling war, die ihre Statur zu implizieren schien.

»Mr. und Mrs. Monteith, ich bin Kriminalhauptkommissar Tomek Bowen. Ich arbeite mit Anna im Team für schwere Straftaten. Es tut mir sehr leid für Ihren Verlust. Ich und mein Team werden alles tun, um herauszufinden, was mit Ihrer Tochter passiert ist.«

Mrs. Monteith streckte Tomek eine Hand entgegen. Er nahm sie. Ihre Handflächen waren nass, entweder von Tränen oder Schweiß, und ihr Griff war stark, so stark, wie er sich den ihres Mannes vorstellte.

»Danke, Herr Kommissar«, sagte sie. »Danke, dass Sie gekommen sind. Das hätte unserem kleinen Mädchen nie passieren dürfen.«

Tomek drückte ihre Hand sanft, bevor er sich auf die Kante des gegenüberliegenden Sofas setzte. In diesem Moment kam Anna mit einem Glas Wasser für Tomek und setzte sich neben ihn.

»Hat meine Kollegin Ihnen den Prozess erklärt?«, fragte Tomek.

Beide Eltern nickten feierlich und klammerten sich noch fester aneinander als zuvor.

»Haben Sie irgendwelche Fragen zu dem, was meine Kollegin besprochen hat?«

Diesmal schüttelten sie die Köpfe, und Mrs. Monteith begann, an der Brust ihres Mannes zusammenzubrechen.

Das erste Anzeichen des Dreifach-V.

»Na gut dann.« Tomek legte beide Handflächen auf seine Knie und atmete tief ein. »Meine Aufgabe ist es leider, einige der unangenehmen Fragen zu stellen. Wenn es welche gibt, die Sie nicht beantworten möchten, oder wenn es etwas gibt, das Sie mir nicht erklären können, dann ist Anna dafür hier. Sie können ihr alles sagen.«

Anna lächelte ihn an, als wollte sie sagen: »Danke für diese Einführung, Tomek«, und dann wandte sie sich den trauernden Eltern zu. Ohne gefragt zu werden, griff sie in ihre Tasche, holte ein Päckchen Kleenex-Taschentücher hervor und reichte es Mrs. Monteith. Die Frau dankte ihr und tupfte vorsichtig unter ihren Augen, wobei sie nach oben blickte und das Weiße ihrer Augen enthüllte, das gar nicht mehr weiß war und von einem Heer roter Schlangen in Beschlag genommen worden war.

»Könnten Sie mir sagen, was Ihre Tochter gestern Abend gemacht hat?«, fragte Tomek, nachdem Mrs. Monteith ihre Tränen weggewischt hatte.

»Sie... sie war mit Freunden unterwegs«, sagte Mr. Monteith mit einer Stimme, die so tief war, wie Tomek es erwartet hatte. »Eine Art Hausparty, aber keine Hausparty. Ein Treffen, nannte sie es. Bei einem Freund zu Hause – einem Jungen namens Marcus. Nur ein paar Freunde aus der Schule, plaudern, reden. Sie wissen schon, wie das ist.«

»Wann sollte sie nach Hause kommen?«

»Gar nicht. Sie sagte uns, dass sie danach bei Gabby übernachten würde.«

»Gabby?«

»Ihre beste Freundin seit der Vorschule. Sie gehen überall zusammen hin, machen alles zusammen.«

Tomek wusste, wie das war. Es war dasselbe bei Kasia und ihrer Freundin Sylvia. Kasia sprach immer über sie, traf sich immer mit ihr vor und nach der Schule. Es war schön, gut, dass sie so schnell nach ihrer Ankunft in der Gegend eine so enge Freundin gefunden hatte.

»Kennen Sie die Namen der anderen Personen, mit denen sie zusammen war?«

Lily Monteiths Eltern überlegten einen Moment und schüttelten dann die Köpfe. »Nur ein paar. Marcus, Brett und Thomas. Aber ich glaube, es sollten noch ein paar andere dort sein. Freunde von Freunden. Sie haben sich alle schon mal getroffen.«

Tomek nickte nachdenklich.

Die Bilder in seinem Kopf begannen sich zu ändern. Vielleicht waren Lily und die Gruppe gar nicht im Park gewesen. Vielleicht waren sie alle zu Marcus' Haus gegangen, und dann war ihr auf dem Weg zu Gabbys Haus etwas passiert. Aber warum war sie allein gewesen, wenn sie bei ihrer Freundin übernachten wollte?

»Haben Sie überhaupt von Gabby gehört?«, fragte Tomek.

»Nur von ihrer Mutter«, antwortete Mr. Monteith. »Um ihr die Neuigkeit zu sagen. Gabby geht es gut. Und sie weiß nichts darüber, was mit Lily passiert ist.«

Tomek würde das überprüfen müssen. Es erklärte immer noch nicht, warum Lily und Gabby getrennt waren, wenn sie beide zum Haus von Gabbys Eltern zurückkehren sollten. Vielleicht hatten sie sich gestritten. Vielleicht war es wegen einem der Jungen gewesen.

»Hatte Lily überhaupt einen Freund?«, fragte Tomek. Er war dabei, sich in ein heikles und unangenehmes Gebiet zu begeben – für alle im Raum, aber vor allem für Mr. und Mrs. Monteith – und daher musste er vorsichtig mit seiner Wortwahl sein. Etwas, worin er nicht besonders gut war.

»Nicht dass wir wüssten«, antwortete Lilys Mutter.

»Irgendwelche Jungen, mit denen sie vielleicht gesprochen hat? Online Nachrichten geschrieben?«

Sie schauten einander an, bevor sie die Köpfe schüttelten.

»Jemand, den sie treffen wollte?«

Wieder ein Kopfschütteln.

»Hatte sie jemals in der Vergangenheit einen Freund? Jemand, der eifersüchtig auf sie geworden sein könnte?«

»Da war jemand, als sie dreizehn war, aber das war nie ernst; nie ernst genug, um sie als Freund und Freundin zu betrachten.« Mr. Monteith rutschte unbehaglich auf dem Sofa hin und her, als ob das

Gesprächsthema ihn nervös machte. Der Gedanke, dass ein Junge mit seiner Tochter zusammen war.

Tomek hatte nach seinem Gespräch mit Kasia am Vorabend dasselbe empfunden.

Billy der verdammte Kuhkämpfer.

»Ich nehme an, die Beziehung endete vor langer Zeit...«, sagte er.

»Sie waren nur ein paar Monate zusammen. Dann erfuhr er, dass sie eine Latexallergie hat, und beschloss, Schluss zu machen.«

»Eine Latexallergie... Mit dreizehn...«, flüsterte Tomek vor sich hin. Und dann wurde ihm klar, warum der Freund sie verlassen hatte.

Latex. Kondome.

Sex.

Dreizehn Jahre alt.

Das trug nicht dazu bei, die Bedenken in seinem Kopf bezüglich Billy des Kuhkämpfers zu zerstreuen.

Um das Gespräch voranzubringen, bat Tomek Lilys Eltern um ein Profil ihres Charakters, ihrer Persönlichkeit. Was für ein Kind sie war, wie sie in der Schule und zu Hause war. Und wie erwartet, lobten sie sie in den höchsten Tönen. Wie es jeder Elternteil tun würde. Wie er es selbst getan hätte. Lily war ein fleißiges, fürsorgliches Mädchen, das die richtige Zeit zwischen ihnen, der Schule und ihren Freunden verbrachte. Ihre Lieblingsfächer waren Erdkunde, Mathematik und Spanisch. Und an den Wochenenden ging sie zu ihrem örtlichen Schwimmverein, wo sie eine eifrige Schwimmerin war. Sie kam nie zu spät zur Schule, sie hatte viele Freunde, war wohlerzogen und höflich. In ihren Augen war sie perfekt und fehlerlos. Sie hätte keiner Fliege etwas zuleide getan und auch kein Bienennest zum Spaß gestört.

All das hatte Tomek erwartet zu hören. Aber es war das, was Mr. und Mrs. Monteith nicht erwähnten, was seine Aufmerksamkeit erregte.

Die Tatsache, dass sie nie Alkohol getrunken hatte. Dass sie nie woanders als bei Gabby übernachtet hatte. Dass sie nie aus dem Haus geschlichen oder länger weggeblieben war, als sie sollte. Dass sie nie Zigaretten oder Drogen probiert hatte.

Vielleicht waren dies alles Dinge, von denen sie nichts wussten, oder vielleicht waren sie sich dessen bewusst und wollten nur nicht, dass Tomek schlecht von ihrer Tochter denkt. In jedem Fall bezweifelte er, dass die wahre Lily Monteith die Heilige war, als die ihre Eltern sie darstellten.

Denn er wusste aus Erfahrung, dass er in diesem Alter auch kein Engel gewesen war. Dass er selbst Ähnliches erlebt hatte. Was es schwieriger machte, Kasia zu bestrafen und sie davon abzuhalten, diese Dinge selbst zu erleben.

Ein Anruf für Tomek.

Ja?

Der Topf hat angerufen. Irgendwas über einen Kessel...

Als er sie ihrer Trauer überließ, ein Prozess, der von Anna und einem anderen der jungen Kriminalbeamten, mit dem sie eng zusammenarbeitete, beaufsichtigt werden würde, dankte Tomek ihnen für ihre Zeit und ging zur Haustür. Als er eine Hand auf den Griff legte, drehte er sich zu Mr. Monteith um, der ihn auf seinem Weg nach draußen begleitet hatte.

»Sie kennen nicht zufällig Gabbys Adresse?«, fragte er. »Ich glaube, sie könnte ein paar Antworten für uns haben – für *Sie*.«

KAPITEL
SECHS

G abby Longhouse war genauso unausstehlich, wie er es erwartet hatte, obwohl er es ihr zuliebe auf Vererbung schob, eine unglückliche Charaktereigenschaft, die sie von beiden Elternteilen geerbt hatte.

Während sie beteuert hatten, dass sie über Lilys Tod bestürzt seien und ihm mehrere Minuten lang versichert hatten, dass sie tatsächlich trauerten, war es eine Emotion, die sich weder auf ihren Gesichtern widerspiegelte noch in ihre Stimmen eingeflossen war.

Er dachte, dass wahrscheinlich der Cockapoo, an dem er auf der Zufahrt zum Haus der Longhouses vorbeigekommen war, mehr über den Tod von Lily Monteith aufgewühlt war.

Sogar Gabbys erste Worte an ihn - »Bin ich nicht verhaftet, oder?« - beunruhigten ihn. Wenn das ihre Einstellung von Anfang an war, wie würde sie sich dann verhalten, wenn er ihr die eigentlichen Fragen stellte?

»Nicht, solange du nichts Falsches getan hast«, antwortete er. Normalerweise hätte er seine Sprache für jemanden in ihrem Alter angepasst, in einem sanfteren, freundlicheren Ton gesprochen. Aber nicht für Gabby Longhouse. Nicht für irgendeinen der Longhouses.

»Ich wollte dir ein paar Fragen dazu stellen, wo du gestern Abend warst und was du gemacht hast.«

Sie gingen ins Wohnzimmer, Tomek und die Familie Longhouse.

Gerade als er sich auf dem Sofa niederlassen wollte, wandte sich Gabby an ihre Eltern und bat sie, den Raum zu verlassen. Nach einigem Protest gaben sie schließlich nach und schlossen die Tür hinter sich, nicht ohne sie daran zu erinnern, dass sie jederzeit für sie da wären, wenn sie sie brauchen sollte.

Tomek dachte, es würde nicht lange dauern, bis sie mit Hilfe einiger Trinkgläser ihre Ohren gegen die Tür pressen würden.

»Erzähl mir, was gestern Abend passiert ist.«

Sobald er es sich bequem gemacht hatte, stieg Tomek direkt ein. Es dauerte eine Weile, bis sie eine Position fand, in der sie sich wohlfühlte. Sie wirkte nervös, zurückhaltend, als ob es etwas gäbe, das sie ihm sagen wollte, sich aber nicht traute. Sie hatte immerhin gerade ihre beste Freundin verloren. Vielleicht sollte er ihr etwas Spielraum lassen.

»Wir waren zu zehnt. Ich, Lily, Marcus, Theo, Brett, Thomas, Liam, Henry, Callum und James.«

Tomek notierte sofort die Namen und ließ zwischen jedem eine Zeile für weitere Details, die nützlich sein könnten.

»Eigentlich sollten wir zu Marcus gehen, aber dann mussten seine Eltern ihre Pläne absagen. Also sind wir stattdessen alle in den Park gegangen.«

»Welchen?«

»John Burrows.«

Tomek sagte nichts. Wartete darauf, dass sie fortfuhr.

»Wir... wir haben ein bisschen Alkohol aus Marcus' Haus mit in den Park genommen und den größten Teil des Abends damit verbracht, auf dem Feld zu trinken und abzuhängen.«

»Nur ihr zehn?«

»Ja.«

»Und was waren die Pläne für danach?«

»Ich sollte *eigentlich* nach der Party zu Lily nach Hause gehen.«

Tomek hielt inne, zögerte, sah ihr in die Augen. Die Lüge war in ihrem Gesicht genauso offensichtlich wie in ihrer Stimme.

»Lüg mich nicht an«, sagte er. »Lilys Eltern haben uns gesagt, dass sie nach der Party zu dir nach Hause kommen sollte. Also, wo solltet ihr wirklich landen?«

Gabby senkte den Blick und begann, mit ihren Händen zu spielen.

»Ich... Wir... Wir wollten ursprünglich nach der Party bei Marcus übernachten. Aber weil seine Eltern da waren, mussten wir diesen Plan streichen. Dann hat Henry uns zu sich nach Hause eingeladen.«

»Wer?«

»Henry.«

»Das weiß ich. Aber wen hat er eingeladen?«

»Mich, Lily und Theo.«

»Warum nur euch vier?«

»Weil... weil wir alle sehr enge Freunde sind.«

»Und läuft da irgendwas zwischen euch?«

Langsam, als würde sie seine Frage beantworten, drehte sich Gabby in einer fließenden Bewegung zur Küchentür, prüfte, ob sie geschlossen war und ob ihre Eltern nicht auf wundersame Weise auf der anderen Seite erschienen waren, ohne sie zu öffnen, und wandte sich dann wieder ihm zu.

Er senkte seine Stimme. »Du kannst es mir sagen. Ich werde es ihnen nicht erzählen, wenn ich nicht muss.«

Das schien ihre Nerven etwas zu beruhigen. »Naja... Theo und ich sind zusammen. Und Lily und Henry sind... naja, also... die haben so eine Art Situationship, wenn du weißt, was ich meine.«

Er wusste es nicht. Und plötzlich fühlte er sich sehr alt. Nicht mehr auf dem Laufenden mit der jüngeren Generation, der Generation, in der seine Tochter gerade aufwuchs.

Darauf bedacht, nicht vor ihr - oder *zu* ihr - zu fluchen, sagte er stattdessen: »Tut mir leid, aber du musst mir das erklären.«

»Was? Eine Situationship?«

»Ja. Ich habe keine Ahnung, was das ist.«

»Naja, weißt du... Es ist eben eine Situationship.«

Tomek kaute frustriert auf seiner Unterlippe. Er konnte es nicht ausstehen, wenn Leute dasselbe Wort, das sie zu definieren versuchten, in der Definition verwendeten. So funktionierte das nicht ganz.

»Was bedeutet Situationship?«, fragte er noch einmal.

»Du weißt schon. Wenn sie nicht wirklich richtig zusammen sind. Sie... treffen sich einfach.«

»Von der anderen Straßenseite aus, im Klassenzimmer, wo? Was meinst du? Du kannst ehrlich zu mir sein. Du kannst die Dinge beim

Namen nennen. Ich bin ein Erwachsener. Ich habe schon alles gehört, und Schlimmeres.«

Es dauerte nicht lange, bis Gabby sich wohl genug fühlte, das Wort zu sagen, obwohl sie sich leicht nach vorne beugte und es ihm zuflüsterte, damit ihre lauschenden Eltern es nicht hörten und hereingestürmt kamen.

»Sie haben Sex, sind aber nicht zusammen. Du weißt schon... sie sind so was wie Freunde mit gewissen Vorzügen.«

Das war nun ein Ausdruck, den er kannte, den er wiedererkannte. Freunde mit gewissen Vorzügen. Er hatte selbst ein paar gehabt, aber nicht in diesem Alter. Nicht so jung wie fünfzehn. Er war auf eine reine Jungenschule gegangen und hatte das andere Geschlecht erst kennengelernt, als er im College war.

Aber *fünfzehn*...

Und dann änderte sich diese Zahl zu dreizehn. Kasia. Billy der Kuhkämpfer.

War es das, was sie waren? In einer lockeren Beziehung? War das der Grund, warum sie wollte, dass er vorbeikam?

Nun, er würde das jetzt sicherlich nicht mehr zulassen, nicht wenn er wusste, was die Jugendlichen heutzutage so trieben. Auf keinen Fall. Nein, mein Herr. Kein Sex in seinem Haus für mindestens die nächsten sechs Jahre. Ihn selbst eingeschlossen.

»Wie lange lief das schon zwischen ihnen?«, fragte Tomek, entschlossen, das Gespräch und seine Gedanken wieder auf Kurs zu bringen.

»Ein paar Wochen«, antwortete sie und spielte weiter mit ihren Fingernägeln. »Sie mögen sich aber richtig. Ich glaube, sie wären in ein paar Monaten zusammengekommen, wenn die Dinge nicht so passiert wären, wie sie passiert sind.«

»Welche Dinge?«

Die Antwort traf ihn, sobald er es ausgesprochen hatte. Wenn Lily Monteith nicht am Vorabend gestorben wäre. Wenn sie nicht mitten auf einem Feld gefunden worden wäre, dann hätten sie und Henry ihre Beziehung von einer lockeren Bindung zu Freund und Freundin aufgewertet.

Tomek notierte sich, nach diesem Interview mit Henry zu sprechen.

Nachdem er den Namen des jungen Jungen in sein Notizbuch geschrieben hatte, lenkte er das Gespräch auf die Ereignisse des Vorabends. Gabby erklärte, dass sie getrunken hätten. Dass sie den Park kurz vor zwei Uhr morgens verlassen hätten, dass sie zu Henrys Haus eingeladen worden waren. Gabby hatte ja gesagt, während Lily sie überrascht und nein gesagt hatte.

»Ich hatte nicht erwartet, dass sie das sagen würde«, fuhr Gabby fort. »Ich dachte, sie wäre voll dabei gewesen, aber plötzlich hatte sie sich entschieden, einen Rückzieher zu machen.«

Tomek nickte nachdenklich. »Wissen Sie, warum das so sein könnte? Hatte sie im Laufe des Abends irgendwelche Anzeichen gegeben, dass etwas nicht stimmte, dass sie nach Hause gehen wollte oder vielleicht jemand anderen treffen würde?«

Gabby überlegte eine Weile. Sie spielte mit ihren Händen, blickte auf ihren Schoß hinunter. In diesem Moment wirkte sie mehrere Jahre jünger als ihr Alter. Mehr ihr tatsächliches Alter als die Person, die sie der Außenwelt zu präsentieren versuchte. Obwohl er ihr nie zuvor begegnet war, hatte er das Gefühl, dass dies die echte Gabby Longhouse war. Die ruhige, zurückhaltende, rücksichtsvolle Gabby Longhouse, die keine übermächtigen und nervigen Eltern hatte, die ihr im Nacken saßen.

»Ich... ich weiß nicht, ob ich Ihnen das sagen sollte«, begann sie, ihre Stimme schwankte.

»Wenn es wichtig ist, dann sollten Sie es wahrscheinlich tun.«

»Da war... Wir waren... Theo hatte es geschafft, etwas Gras zu besorgen, also wollten wir es bei Henry rauchen. Ich habe das schon oft mit Theo gemacht, aber ich glaube, Lily hatte das nicht erwartet, also hat sie sich aus der Situation herausgenommen und gesagt, sie würde nach Hause laufen; sie wohnte nur um die Ecke, also dachte ich, es würde ihr gut gehen.«

Sie nahm sich aus der Situation heraus und lief geradewegs in ihren Tod.

»Ist jemand mit ihr gegangen? Hat jemand gesehen, wohin sie ging?«

Gabby senkte ihren Blick in ihren Schoß. Sie konnte sich nicht dazu bringen, ihn anzusehen.

»Nein«, antwortete sie langsam. »Sie ging in eine Richtung. Der Rest von uns ging in die andere.«

Sie gingen in eine Richtung, während Lily Monteith in Richtung ihres Todes ging.

KAPITEL
SIEBEN

»Ich hätte nicht gedacht, dass du Zeit finden würdest, diesen Fall in deinen Zeitplan einzubauen«, sagte Tomek.

Er beobachtete, wie Lorna von einer Seite des Raumes zur anderen sauste, mit einem Skalpell in der einen Hand und einem Stift in der anderen.

»Der Tod wartet auf niemanden«, sagte sie, merkte dann aber, dass das keinen Sinn ergab, und korrigierte sich. »Die Leiche, die ich für den frühen Nachmittag eingeplant hatte, hat nicht so lange gedauert wie gedacht, also konnte ich unser Teenagermädchen noch dazwischenschieben.«

»Sehr großzügig von dir.«

Es kam nicht oft vor, dass Tomek ins Leichenschauhaus gerufen wurde, um eine Obduktion zu überwachen – normalerweise überließ er diese Aufgabe einem der Polizeikommissare im Team –, aber am Telefon hatte Lorna besorgt geklungen. Da war etwas, das sie ihm zeigen musste, und das konnte nicht am Telefon erledigt werden.

Der Kittel, der um seinen Hals gebunden war, begann zu scheuern und seine weiche, empfindliche Haut zu reizen, und er konnte es kaum erwarten, ihn wieder loszuwerden. Es war lange her, seit er zum letzten Mal einen getragen hatte, und noch länger, seit er einen hatte tragen wollen. Aber es musste sein. Er konnte sich nicht beschweren. Es war besser als die Alternative – derjenige zu sein, der auf dem Tisch lag, mit aufgeschnittener Brust und über den Brustkorb geklappter Haut.

»Wie läuft es bisher?«, fragte Lorna ihn, während sie die letzten Vorbereitungen abschloss.

»Geschäftig, aber ohne den geringsten Fortschritt«, antwortete Tomek.

Nach seinem Gespräch mit Gabby Longhouse hatte Tomek dem Haus von Henry Swallow in Benfleet einen unangekündigten Besuch abgestattet. Der Teenager war zu diesem Zeitpunkt zu Hause gewesen, zusammen mit seinen Eltern und seiner jüngeren Schwester. Dort hatte er Tomek seine Version der Ereignisse erklärt, die mit der übereinstimmte, die Gabby ihm erzählt hatte. Inklusive Gras und einer Freundschaft mit Extras. Tomek hatte ihnen seine Kontaktdaten gegeben, ihnen gesagt, sie sollten sich bei ihm melden, falls ihnen noch etwas Wichtiges einfallen sollte, und sie dann ihrem Samstagnachmittag überlassen; einem Samstagnachmittag, der für immer als einer ihrer schlimmsten in Erinnerung bleiben würde.

»Hoffentlich wird das, was ich dir gleich erzähle, die Dynamik verändern«, erwiderte Lorna.

Tomek war ganz Ohr. Er verschränkte die Arme vor der Brust und näherte sich vorsichtig dem Tisch, auf dem Lily Monteith flach auf dem Rücken lag und unter dem Neonlicht glänzte.

Ohne etwas zu sagen, drehte Lorna sich von ihm weg und griff nach einem kleinen Metalltablett auf der anderen Seite des Tisches. Darauf lagen, unter dem hellen Licht glänzend, zwei Gegenstände. Beide sahen aus wie Schweinehaut, die geschrumpft und ausgetrocknet war. Allerdings hatten sie unterschiedliche Farben: einer schwarz, einer weiß. Lorna nahm sie in jede Hand, als wären sie schmutzige Wäsche, und Tomek erkannte sofort, worum es sich handelte.

»Anfangs habe ich nicht das Geringste an ihr gefunden«, begann Lorna. »Ja, sie hatte getrunken, die Reste davon waren noch in ihrem Magen, zusammen mit der Pizza vom Abendessen am Vorabend. Es gab keine Anzeichen von Einstichen, nichts, was darauf hindeutete, dass sie erwürgt worden wäre... nichts. Bis ich zu ihrer Speiseröhre kam.«

Lorna legte die Gegenstände zurück auf das Tablett und reichte es Tomek. Er schaute mit großen Augen darauf.

»Bis ich diese fand...«, sagte sie.

»Sind das, was ich denke?«

»Ich wäre überrascht, wenn du richtig raten würdest.«

Tomek sah sie unbeeindruckt an.

Mit einem Lächeln, in dem Versuch, ihn zu entwaffnen, zeigte sie auf den Gegenstand links. »Das Kondom ging zuerst ihren Hals hinunter, ganz nach unten, bis zum Anschlag. Dann der Latexhandschuh.«

»Und warum sollte ich nicht wissen, was diese Dinge sind?«

Lorna wurde zurückhaltend, schüchtern. Sie hatte Angst zu sagen, was sie wirklich gemeint hatte. »Nichts. Tut mir leid. Ich wollte dich nicht beleidigen.«

»Du hast mich noch nicht beleidigt, weil du noch nichts gesagt hast.«

»Nun, es ist nur... du weißt schon. Das Kondom... wegen Kasia. Es sei denn, das, das du vor dreizehn Jahren benutzt hast, ist gerissen. Und die Handschuhe, weil... nun, ich hätte dich nie für einen eifrigen Putzer gehalten.«

Tomek stieß ihr das Tablett zurück. Sie nahm es und stellte es auf den Tisch.

»Okay, jetzt bin ich beleidigt«, sagte er.

»Bist du das wirklich?«

»Kannst du es mir verübeln?«

»Vermutlich nicht.«

»Gut. Du schuldest mir also was dafür. Ich weiß noch nicht wofür oder wann ich es einlösen werde, aber du schuldest mir was. Einverstanden?«

Lornas Gesicht schien sich bei dem Gedanken, dass ihre Beziehung dank ihrer dummen und beleidigenden Kommentare nicht völlig auf dem Trockenen saß, ein wenig aufzuhellen.

»Einverstanden«, sagte sie.

»Gut. Erzähl mir jetzt mehr über dieses Kondom und den Handschuh.«

»Nun«, begann sie, »eines davon dient dazu, die Übertragung von

Geschlechtskrankheiten und ungewollte Schwangerschaften zu verhindern.«

Diesmal tat Tomek so, als wäre er wütend, aber er konnte das Grinsen nicht von seinem Gesicht fernhalten.

»Jedenfalls«, begann Lorna erneut. »Wie ich schon sagte. Das Kondom wurde ihr zuerst in den Hals geschoben. Höllisch tief hinein. Und ich vermute, unser Killer musste irgendeine Art von Hilfsmittel benutzen, um es dort hinunterzubringen.«

»Wie was? Einen Stock?«

Lorna schüttelte den Kopf. »Ein Stock wäre scharf gewesen und, wenn er es getan hätte, während sie bei Bewusstsein war, dann hätte ich Kratzer oder Abschürfungen an der Innenseite ihres Halses gesehen, aber da war nichts. Stattdessen war es weich.«

Bitte sag nicht wie ein Babypopo.

»Wie ein Babypopo.«

Tomek verzog das Gesicht bei dieser Redewendung und wünschte, er hätte sie nicht gehört. Sie war nicht nur peinlich, sondern auch nicht der richtige Zeitpunkt oder Ort, um sie zu verwenden. Obwohl er, wenn er darüber nachdachte, sich keine Gelegenheit vorstellen konnte, bei der sie angebracht wäre.

»Also hat der Killer etwas Weiches benutzt, um das Kondom in ihrem Hals zu platzieren?«, fragte Tomek.

Lorna nickte. »Möglicherweise seine Faust.«

»Aber hätte das nicht ihren Kiefer gebrochen?«

»Nicht, wenn er eine kleine Hand hatte.«

Tomek überlegte einen Moment. Versuchte, sich ein Bild von der Szene zu machen, wie sie sich abgespielt hatte, wie der Angreifer sie von der Straße geschnappt, zurück in den Park gezerrt und dann das Latex in ihren Hals geschoben hatte. Jemand, der groß genug war, um Lily Monteith zu kontrollieren und zu überwältigen, aber klein genug, um seine Hand in ihren Hals zu stecken.

Oder schlimmer.

Etwas Weicheres.

Er schauderte bei dem Gedanken.

»Was ist mit dem Handschuh?«, fragte Tomek. »Wurde der benutzt, um das Kondom überhaupt erst dort hinunter zu bekommen?«

Lorna zuckte mit den Schultern und hielt den Handschuh näher ans Licht. »Schwer zu sagen. Das werden wir erst wissen, wenn die Laborergebnisse zurück sind.«

Tomek nickte und trat einen Schritt zurück, während er den Körper des jungen Mädchens vor ihm betrachtete. Er war schlank und geschmeidig für ihr Alter. Ihre Haut war glatt und mit einer dünnen Linie von Sommersprossen entlang ihres linken Oberschenkels bis zu ihrer Taille übersät.

Während er die Sommersprossen betrachtete, fragte er: »Hatte das Kondom noch etwas mit ihrem Tod zu tun?«

»Inwiefern?«, fragte Lorna.

»Ich spreche von sexuellem Missbrauch.«

»Nein. Wie ich schon früher sagte, keine Anzeichen davon. Und, was noch interessanter ist, sie ist noch Jungfrau.«

Noch Jungfrau? Tomek überlegte, was das bedeutete. Dass jemand, irgendwo entlang der Linie, über die Beziehungssituation log. Jemand hatte die Realität dessen, was sie trieben, aufgebauscht. Ob es Henry war, der log, um vor seinen Freunden größer und erwachsener zu erscheinen; oder ob es Lily selbst war, die Gabby erzählte, dass sie Sex hatten, aus Gruppenzwang oder um älter, reifer zu erscheinen, als sie war.

»Also wurde sie angegriffen, möglicherweise zu Boden gedrückt, und dann wurde ihr das in den Hals gestopft?«

Lorna nickte niedergeschlagen. »Das ist meine fachliche Meinung«, antwortete sie. »Obwohl ich denke, es ist erwähnenswert, dass sie nicht an den Fremdkörpern in ihrer Kehle gestorben ist.«

»Es war die Anaphylaxie?«, sagte Tomek, als sei er sich nicht sicher.

Er hatte dieses Wort immer bewundert. Wie es klang. Ana-phy-la-xie. Lustig auszusprechen, lustig anzuhören. Außer unter diesen Umständen. Nicht unter vielen, wie man es auch betrachtete, um ehrlich zu sein.

»Ja. Sie war schwer allergisch. Sogar tödlich.« Lorna bewegte sich zum Ende des Tisches und blieb neben Lilys Kopf stehen. Sie legte eine zarte Hand an die Seiten der Wangen des Mädchens und öffnete dann zuerst ihren Kiefer.

»Ich habe gefunden, was ich für Spuren von Latex auf ihrer Haut und in ihrem Haar halte, obwohl wir das erst mit Sicherheit wissen werden, wenn die Ergebnisse zurück sind, was für mich darauf hindeutet, dass etwas über ihren Kopf gestülpt wurde. Etwas aus Latex. Daraufhin hatte sie eine allergische Reaktion. Zuerst hätte sie Schwierigkeiten beim Atmen gehabt, ihre Kehle wäre zugeschwollen, und dann hätte ihr Herz begonnen, langsamer zu werden, als sie in einen anaphylaktischen Schock geriet. Sie hätte dringend medizinische Hilfe gebraucht, und wenn keine kam, dann hätte es nicht lange gedauert, bis ihre Organe und ihr Herz versagten.«

»Und die Fremdkörper in ihrem Hals hätten nicht geholfen.«

»Natürlich nicht.«

Tomek wandte sich von ihr ab und sein Blick fiel wieder auf die Sommersprossen. Sechs davon in einer Reihe. Wie Sterne in einem Sternbild. Er versuchte erneut, sich vorzustellen, was mit ihr passiert war. *Wie* es passiert war. Und jedes Szenario, das sich in seinem Kopf abspielte, war so grausig wie das letzte.

Dann wurde ihm klar, dass wer auch immer Lily Monteith getötet hatte, sie aus einem bestimmten Grund ins Visier genommen hatte. Sie hatten von ihren Allergien gewusst. Sie hatten gewusst, dass sie anfällig für Anaphylaxie war.

Und das bedeutete, es war jemand, der sie gut kannte.

KAPITEL
ACHT

Kaum eine Stunde später befand sich Tomek im Büro von Victoria Orange. Heute trug die neue Kriminalhauptkommissarin ihre Plateauschuhe, die bei jedem Schritt wie Trommelschläge klangen, und eine elegante Bluse, die in ihre Chinohose gesteckt war. Sie hatte ihre Haare zurückgebunden und eine dünne Schicht Make-up aufgetragen. Egal bei welcher Gelegenheit, Tomek fand immer, dass sie in dieser Hinsicht eine Vorbildfunktion erfüllte und die Richtung vorgab. Sein Aussehen war etwas, worüber er sich nie zweimal Gedanken machte – eine Hose anziehen, ein weißes Hemd, wenn er sich studiös fühlte, oder ein kariertes, wenn er sich entspannt fühlte, und fertig – aber ihre Ankunft im Team hatte ihm die Wichtigkeit eines professionellen Erscheinungsbildes bewusst gemacht. Besonders wenn er eines Tages als Kommissar Ermittlungen leiten wollte. Wenn man Respekt haben wollte, kam es auf zwei Dinge an: den Eindruck, den man bei anderen hinterließ, und die Fähigkeit, den Job zu erledigen. Es gab keine Politiker oder Anwälte oder Ärzte, die in Pullovern mit *Star Wars*-Logos und seit Wochen ungewaschenen Jeans herumliefen. Und das hatte seinen Grund.

»Ich habe mit Nick gesprochen, und er hat mir Ihre Ambitionen für eine Beförderung zum Kommissar erklärt«, sagte sie. »Als Ergebnis dieses Gesprächs haben wir beschlossen, Ihnen die Kontrolle über diese Operation zu überlassen.«

»Wirklich?«

»Wirklich-wirklich.«

Tomek strahlte. Das erste Mal seit sehr langer Zeit, dass ihm die Gelegenheit gegeben wurde, sich zu beweisen. Besonders seit seiner Rückkehr von der Suspendierung. Schon vorher hatte er Schwierigkeiten gehabt, sich richtig einzubringen, seinen Wert zu beweisen, die Motivation zu finden. Für eine lange Zeit hatte er das Gefühl gehabt, dass seine Karriere stagnierte, hoffnungslos im Teich trieb.

Jetzt, mit Lily Monteith und den verdächtigen Umständen ihres Todes, könnte sich das vielleicht zu ändern beginnen.

»Danke, Frau Hauptkommissarin«, sagte Tomek, unfähig, das Grinsen von seinem Gesicht zu wischen. »Ich schätze diese Gelegenheit wirklich sehr.«

Doch das Lächeln war nur von kurzer Dauer.

»Ich möchte die Aufsicht über die Operation behalten«, sagte sie und ließ das Grinsen fast augenblicklich von seinem Gesicht verschwinden. »Sie werden mir wöchentlich Bericht erstatten, vielleicht sogar öfter, wenn die Situation es erfordert, und von dort aus werden wir Ziele und Prioritäten festlegen.«

»Also wird es so sein, dass Sie mir sagen, was ich tun soll, und ich es dann tue, und dann tun wir alle so, als ob ich derjenige wäre, der das Sagen hat?«

Victorias Rücken versteifte sich leicht und sie blickte auf ihre Notizen. »Nein, Tomek«, sagte sie, bestimmt, aber fair. »Ich glaube, Sie haben mich missverstanden. Sie werden die operative Aufsicht über diesen Fall haben, und ich werde meine Anleitung anbieten, wo es angebracht ist. Ich möchte niemandem auf die Füße treten, aber wenn es nötig ist, werde ich das letzte Wort haben.«

Tomek verschränkte die Arme vor der Brust und beruhigte seine Atmung. Er gab zu, dass es Sinn machte; er mochte es nur nicht. Seit Victorias Ankunft bei der Kripo Southend konnte er diese Wahrnehmung von ihr nicht abschütteln, dass sie hinter ihm her war, diejenige, die durch ihren Vorgänger, Tony Hunt, befleckt worden war. Oder Hunt, das Arschloch, wie Tomek ihn genannt hatte. Die beiden hatten nicht immer einer Meinung sein können, prallten aufeinander und verursachten Streitigkeiten mitten in Besprechungen, und er wollte nicht die gleiche Art von Beziehung mit ihr haben. Nicht, wenn er es verhindern konnte.

»Ich verstehe«, sagte er ruhig zu ihr. »Danke für die Klarstellung. Ich freue mich darauf zu sehen, was wir gemeinsam erreichen können.«

»Ich mich auch. Und ich denke, ein guter Anfang wäre, mit dem zu beginnen, was Sie bisher wissen.«

Und so erzählte Tomek ihr. Über die vermuteten Ereignisse, die zu Lily Monteiths Tod geführt hatten. Über den Park, das Trinken, das Gras, Henry und die Lügen über ihre Beziehung, die Heimreise, die abrupt unterbrochen worden war. Schließlich erklärte er ihr, wie die Teenagerin getötet worden war.

»Latex?«

»Sie war allergisch. Ana-phy-lax-ie«, sagte er und betonte jede Silbe mit jedem Teil seines Mundes. »Das Kondom war zuerst in ihrem Mund, dann der Handschuh. Obwohl Lorna vermutet, dass möglicherweise ein weiterer Handschuh benutzt wurde, um ihr Gesicht und ihre Haare zu ersticken. Wir werden es aber erst wissen, wenn wir die Laborergebnisse haben.«

Victoria nickte nachdenklich und lehnte sich leicht in ihrem Stuhl zurück. Ein zurückgezogener Ausdruck spielte auf ihrem Gesicht, als sie vor und zurück wippte.

»Was denken Sie?«, fragte sie ihn.

»Generell, oder...?«

»Über den Fall, Dummkopf«, antwortete sie. »Was bedeutet, ich weiß, dass Sie nicht daran denken, gegen irgendwelche Kühe zu kämpfen.«

Tomek wurde rot. »Sie haben davon gehört, ja?«

»Jeder hat davon gehört, Tomek. Ich glaube, es wird in unserem Newsletter erscheinen. Oder vielleicht frage ich danach in meinem Lesezirkel.«

»Sie sind Teil eines Lesezirkels?«

»Komischerweise habe ich tatsächlich ein Leben außerhalb dieser vier Wände.«

Neugierig legte Tomek ein Bein über das andere und begann, sein Kinn zu massieren.

»Was lesen Sie gerade? *Fifty Shades*?«

Victoria verdrehte die Augen. »Nein. Um Himmels willen. Wir sind nicht alle sexuell frustrierte Frauen in den Vierzigern. Obwohl es eine *Menge* davon in der Gruppe gibt. Sie sollten mal hören, wie einige von denen reden, Herrgott! Aber-«

»Wann treffen Sie sich? Ich könnte vorbeikommen und mich einigen dieser-«

»Halten Sie den Mund«, sagte sie zu ihm. »Seien Sie nicht so ein Schwein. Außerdem, wann haben Sie das letzte Mal ein Buch in die Hand genommen?«

»Tatsächlich erst heute Morgen«, sagte er und fühlte sich stolz auf sich selbst. »Eins von Kasia. *Sommernachtstraum.* Shakespeare.«

»Ja, ich weiß, wer es geschrieben hat, danke. Aber das zählt nicht. Sie haben es nicht gelesen, oder?«

Er wackelte mit dem Finger in der Luft. »Das war nicht die Frage. Wenn du gefragt hättest, wann ich das letzte Mal ein Buch *gelesen* habe, dann müssten wir ein paar Monate, vielleicht sogar ein Jahr zurückgehen.«

»Du solltest es öfter tun. Es ist gut für die Seele.«

»Grünen Tee trinken und mehr Zeit im Wald oder auf dem Land verbringen ist auch gut für die Seele, aber du siehst mich das auch nicht tun. Außerdem, findest du das Konzept des Lesens nicht verdammt bizarr?«

Ihrem Gesichtsausdruck nach zu urteilen, hatte sie beschlossen, die Frage nicht zu beantworten.

»Ich meine, denk mal darüber nach. Du starrst einfach auf tote Baumstücke mit kleinen schwarzen Markierungen darauf und halluzinierst. Ist das nicht einfach...?« Tomek machte eine Explosionsgeste, die seitlich aus seinem Kopf kam.

Als Antwort starrte Victoria ihn einfach an, fassungslos über seine Dummheit.

»Ich bin wirklich versucht, dich jetzt mitzunehmen. Erst das Kuhkämpfen, jetzt das. Die würden dich in absolute Stücke reißen.«

»Wie Frauen es mit Strippern bei Junggesellinnenabschieden machen? Oder bei Magic-Mike-Konzerten? Wilde Bestien, manche von ihnen.«

Das schiefe Grinsen auf seinem Gesicht war zu viel für sie, und sie lenkte das Gespräch zurück zum Thema Lily Monteith.

»Sag mir, was du denkst«, schloss sie.

»Abgesehen von einer Gruppe sexuell unterversorgter Frauen in ihren Vierzigern, denke ich, dass es seltsam ist, wirklich sehr seltsam. So etwas ist noch nie auf meinem Schreibtisch gelandet. Tod durch Ana-phy-lax-ie. Besonders wenn es gezielt zu sein scheint.«

»Du glaubst, wer auch immer sie getötet hat, kannte sie?«

Tomek zuckte mit den Schultern. »Unmöglich, dass es anders war. Wie sonst hätten sie von ihrer Allergie wissen können?«

»Sie könnten es in ihren Krankenakten gefunden haben.«

Und wenn das der Fall wäre, könnte das bedeuten, dass noch mehr kommen würden.

»Möglich«, antwortete Tomek. »Aber ich muss die verschiedenen Blickwinkel betrachten. Ob jemand einen Groll gegen sie hegte, irgendwelche Ex-Freunde, die sich an ihr rächen wollten, obwohl ich bezweifle, dass der Fünfzehnjährige etwas damit zu tun hatte. Vielleicht war es jemand, den sie auf dem Spielplatz verärgert hatte. Jemand, der stark genug war, um sie zu überwältigen, aber klein genug, um die Hand in ihren Hals zu bekommen. Und ich glaube nicht, dass Henry oder einer der anderen Jungen aus der Gruppe verantwortlich ist, weil sie alle nach Hause gegangen sind. Das Team hat mit ihnen gesprochen, und sie haben alle ein wasserdichtes Alibi für die Todeszeit. Mein Bauchgefühl sagt mir, dass jemand wusste, dass sie unterwegs war, und auf seine Chance wartete, und letzte Nacht hatten sie Glück.«

Während sie zuhörte, nickte Victoria nachdenklich. »Hast du die Möglichkeit in Betracht gezogen, dass sie sich vielleicht letzte Nacht mit jemand anderem treffen wollte, jemand Älterem, mit dem sie vielleicht online gesprochen hatte?«

Tomek hatte bis zu diesem Zeitpunkt nicht daran gedacht. Und wenn sie es so spielen wollte, ein Wettbewerb um gültige Argumente und Ermittlungsansätze, dann war er bereit, sein Ass auszuspielen.

»Wenn es dir recht ist«, begann er, »wollte ich etwas Zeit damit verbringen, frühere Fälle zu untersuchen.«

»Fälle wovon? Tote Teenagermädchen?«

»Fälle von Tod durch Ana-phy-lax-ie.«

Jede Ausrede, um dieses Wort zu benutzen.

Er fuhr fort. »Es erscheint mir einfach so bizarr, so einzigartig, dass ein Teil von mir sich fragt, ob es *zu* einzigartig, zu bizarr ist. Etwas, das vielleicht früher irgendwann unter dem Radar durchgerutscht ist.«

Victoria überlegte. Fuhr mit dem Finger über ihre Lippen.

»Ich möchte nicht, dass du zu viel Zeit damit verbringst. Es ist nur-«

Bevor sie ihren Satz beenden konnte, klopfte es an der Tür und erschreckte beide. Victoria forderte die Person auf der anderen Seite auf, einzutreten, und einen Moment später betrat DC Martin Brown den Raum.

»Entschuldigung für die Störung«, sagte der Mann, sein Atem ging schwer. »Aber, Tomek, ich habe diese Liste für Sie.«

»Genau zur richtigen Zeit«, sagte Tomek, als er sich in seinem Sitz drehte, um zu Martin aufzuschauen. »Wir haben das nicht geplant. Ehrlich.« Er streckte die Hand aus und nahm das Dokument vom Constable entgegen, bevor er sich wieder Victoria zuwandte.

»Was ist das?«, fragte sie, ihre Augen weiteten sich, ihre Augenbrauen hoben sich.

»Eine Liste aller Todesfälle in den Bezirken Southend und Castle Point für Mädchen im Alter von zehn bis vierundzwanzig Jahren in den letzten sechs Monaten, bei denen die Todesursache entweder Ana-phy-lax-ie war oder das Opfer an Ana-phy-lax-ie gelitten hat.«

»Du hast es also trotzdem getan?«

»Sieht so aus.«

»Warum dann um meine Zustimmung bitten?«

Tomek zuckte mit den Schultern. »Ich habe auf gut Glück gehandelt. Man verpasst hundert Prozent der Chancen, die man nicht ergreift.«

Und dies war eine Chance, bei der er absolut sicherstellen würde, dass er sie nicht verpasste.

KAPITEL
NEUN

Tomek ging an diesem Abend die kurze Strecke von seinem Auto zur Haustür mit deutlich federndem Schritt. Und das hatte absolut nichts mit der Weihnachtsstimmung zu tun. Wenn überhaupt, dann trotz ihr. Es gab kein Entkommen vor der ständigen Erinnerung an das, was nur noch wenige Wochen entfernt war: Im Radio liefen dieselben recycelten Klassiker in Endlosschleife; Weihnachtsbeleuchtung und Dekorationen hingen an den Straßenlaternen entlang der Southend Road; in seiner Straße hatten einige der Häuser und Wohnungen bunte Festtagslichter in die Fenster gehängt, sodass sie aussahen, als würden sie an einer Achtziger-Jahre-Disco teilnehmen. Und wenn das nicht schon schlimm genug wäre, gab es da noch einen Nachbarn, einen von vielen, denen er noch nicht einmal mit einem knappen Nicken begegnet war, der seinen Vorgarten mit einem riesigen aufblasbaren Schneemann ausgestattet hatte, der jedem, der daran vorbeilief, Rauch ins Gesicht blies. Abgesehen davon, dass es eine enorme Geldverschwendung war, das verdammte Ding überhaupt zu kaufen, war Tomek stark versucht, mehrmals daran vorbeizulaufen, um sicherzustellen, dass die Besitzer a) keinen Rauch mehr hatten und die zusätzlichen Kosten für Ersatzpatronen tragen mussten und b) die Stromkosten für den Betrieb eines so übertriebenen und überdimensionierten Einrichtungsstücks zu jeder Tageszeit zu tragen hatten.

Aber heute Abend war er gut gelaunt. Sein *bah, humbug!*-Verhalten müsste auf einen anderen Tag warten.

Als er durch die Haustür trat, hallten zwei Stimmen aus dem Wohnzimmer am oberen Ende der kleinen Treppe. Stimmen, die Polnisch sprachen.

»Latem lubię... podróżować z rodzicami... do Anglii.«

»Sehr gut«, kam die Antwort von Phillip Balham, Kasias Polnischlehrer. Da sie zu einem Viertel Polin war, hielt sie es für wichtig, die Sprache ihres Erbes zu lernen (mit ein paar hilfreichen und nachdrücklichen Hinweisen von Tomek), und so hatte er glücklich den besten Polnischlehrer der Gegend gefunden, um sie mindestens zweimal pro Woche zu unterrichten, mit der Option auf einen dritten Tag, wenn sie beide nicht beschäftigt waren. Bislang hatten sie ihre dritte Stunde, aber es war deutlich zu sehen, dass sie bereits große Fortschritte in die richtige Richtung machte. Polnisch war bekanntermaßen eine schwierige Sprache zum Erlernen, und selbst er war der Erste, der zugab, dass er, wenn er nicht dort geboren worden wäre und wenn er nicht von Geburt an mit dem Sprechen, Schreiben und Hören aufgewachsen wäre, nicht einmal in die Nähe gekommen wäre. Infolgedessen war er ungeheuer stolz auf sie, dass sie den Sprung gewagt hatte. Jetzt lag es nur noch an ihnen beiden sicherzustellen, dass sie dabei blieb.

»Du bist ja schon ein Profi«, bemerkte Tomek, als er das Wohnzimmer betrat. Er fand beide am Esstisch sitzend vor, über eine Reihe von Büchern und Materialien gebeugt.

»Ich werde bald besser sein als du«, sagte Kasia, während sie vom Stuhl aufstand und zu ihm eilte, um ihn zu umarmen.

»Daran habe ich keinen Zweifel«, antwortete er und streichelte ihren Rücken. Dann ging er zu Phillip hinüber und schüttelte ihm die Hand.

»Wie macht sie sich?«

»Viel besser als letzte Woche«, teilte er Tomek mit. »Ich vermute sogar, dass sie nebenbei geübt hat.«

»Das will ich verdammt nochmal hoffen«, sagte Tomek. »Bei dem, was es kostet.«

»Ich, äh-«, begann Phillip, aber Tomek legte eine Hand auf seine Schulter.

»Ich mache nur Spaß, Kumpel. Du musst ja irgendwie deinen

Lebensunterhalt verdienen, deine Miete bezahlen. Ich lasse sie fast jeden Tag üben. An Wochenenden hat sie frei. Aber wenn sie das so gut meistert, bringe ich ihr vielleicht noch was anderes bei. Wie viele Sprachen sagtest du noch, kannst du sprechen?«

Ein Ausdruck von Stolz huschte über Phillips Gesicht und blieb dort. Tomek konnte es ihm kaum übel nehmen, als er die Zahl hörte.

»Sieben«, sagte er mit all der Andeutung von jemandem, der wusste, dass er intelligent war und keine Angst hatte, es zuzugeben. »Ich bin das, was man einen Polyglotten nennen könnte.«

»Einen Poly-was?«

»Polyglotten.«

»Nur das Wort zu wiederholen, wird mir leider nicht helfen, es besser zu verstehen. Was ist ein Polyglott?«

»Ein Polyglott ist jemand, der mehrere Sprachen sprechen kann. Typischerweise mehr als drei.«

»Aber du kannst sieben sprechen, das muss dich also zu einem Super-Polyglotten machen-«

»Einem Hyperpolyglotten«, korrigierte Kasia.

Tomek drehte sich zu ihr um und sah ihr Handy in der Hand, die Google-Suche, die sie gerade im Handumdrehen durchgeführt hatte, bereits auf dem Bildschirm.

»Ein Hyperpolyglott«, sagte sie, von ihrem Gerät ablesend, »ist jemand, der mindestens sechs Sprachen sprechen kann, laut der Vereinigung der Hyperpolyglotten.«

»Wow. Es gibt einen *Verein*«, bemerkte Tomek. »Du musst also sehr gefragt sein, oder?«

»Das würde man meinen, aber leider nein. Ich muss auch nachts im Casino in Southend als Croupier arbeiten.« Er machte eine Pause. »Außerdem muss man für viele dieser Übersetzungsjobs akkreditiert sein und Qualifikationen haben.«

»In verschiedenen Sprachen für deine Bewerbung zu sprechen, reicht nicht aus?«

»Ich wünschte, es wäre so. Und versteh mich nicht falsch, es ist großartig, dass sie einen Verein haben, aber es ist alles ein bisschen inzestuös.«

»Wie Mensa? Oder die Freimaurer?«

»Fast. Aber bei weitem nicht so aufregend oder geheimnisvoll.«

Phillip nahm seine Brille ab und reinigte sie mit seinem Hemd. »Außerdem sind viele der Sprachen, die ich spreche, weitgehend gleich. Ich glaube also nicht, dass es zählt.«

»Oh, ja?«

»Nun, Englisch ist die offensichtliche. Aber wenn du Englisch sprechen kannst, dann kannst du auch Deutsch lernen, da sie nicht zu unterschiedlich sind. Und wenn du Deutsch kannst, dann kannst du Polnisch und viele der anderen osteuropäischen Sprachen sprechen, da ihre Dialekte alle gleich klingen. Und wenn du Spanisch sprichst, dann sind Portugiesisch und Italienisch praktisch identisch. Der einzige Ausreißer ist Französisch, was lustigerweise die letzte Sprache ist, die ich gelernt habe.«

»Hat dich das davon abgehalten, weitere zu lernen?«

Phillip kicherte und legte dabei seine Hand auf seine Brust. »Ich verstehe, warum du das sagen würdest«, antwortete er. »Ich wollte einfach mal eine Pause einlegen. Aber ich hatte mal ein Kind, das ich unterrichtete, das mich fragte, warum es Französisch lernt, weil es dachte, die Franzosen würden nicht existieren.«

»Pass auf, bei wem du so etwas sagst«, mischte sich Kasia ins Gespräch ein. »Wenn sie das auf der anderen Seite des Ärmelkanals hören, fangen sie vielleicht an zu randalieren.«

Tomek schaute sie einen Moment lang sprachlos an, verblüfft, dass sie in ihrem Alter mit so einem Witz ankam. Er war beeindruckt. Dann wandte er seine Aufmerksamkeit wieder Phillip zu und begann, die Sprachen an seinen Fingern abzuzählen. »Also wir haben Englisch, Spanisch, Portugiesisch, Italienisch, Französisch, Deutsch, Polnisch.«

»Fließend, ja. Den Rest kann ich in Phrasen und Wörtern aufschnappen, aber könnte mich nicht wirklich mit einem Muttersprachler unterhalten. Obwohl ich kürzlich von einer Reise nach Recife zurückgekommen bin, wo sie einen Dialekt des Portugiesischen sprachen, den ich noch nie zuvor gehört hatte, das war interessant!«

Es klang tatsächlich interessant, aber als Tomek auf seine Uhr schaute, wurde ihm klar, dass er keine Zeit hatte, im Wohnzimmer über Fremdsprachen zu diskutieren. Er hatte einen Mord aufzuklären, und das würde er nicht in Phillips oder Kasias Gesellschaft tun. Also entschuldigte er sich, dankte Phillip für sein Kommen (woran Phillip ihn prompt erinnerte, dass er nur gekommen war, weil er dafür bezahlt wurde), und ging dann in sein Schlafzimmer.

Sie waren erst vor ein paar Wochen in ihre neue Wohnung eingezogen, und die Spuren des Umzugs waren noch überall zu sehen. Kartons stapelten sich in der Ecke, gefüllt mit alten Klamotten, die er zum örtlichen Sozialkaufhaus bringen musste. Möbelstücke, die aus ihren Kartonverpackungen befreit, aber noch nicht an ihrem endgültigen Platz aufgestellt worden waren. Und schließlich gab es die Kleidungsstücke, die getragen, benutzt und an verschiedenen Verstecken im Raum abgelegt worden waren. Das Zimmer war ein Saustall, aber das störte ihn nicht. Er war es gewohnt.

Die einzigen aufgeräumten Bereiche des Zimmers waren jedoch die Fensterbank und sein Schreibtisch. Ein kleiner Bereich der Klarheit, Ordnung und der einzige Teil des Raumes, der nicht so aussah, als hätte ein vierzehnjähriger Junge, der gerade Mikrowellengerichte und Videospiele für sich entdeckt hatte, darin gelebt.

Auf der Fensterbank standen einige seiner wertvollsten Besitztümer. Diejenigen, die er bei einem Hausbrand vor allem anderen retten würde, vor seinem Laptop, vor seinem Handy, vor allem anderen (die einzige Ausnahme war der Mantel, den sein Bruder in der Nacht getragen hatte, als er starb; den würde er niemals zurücklassen). Er liebte seine Bonsai-Bäume und Pflanzen fast so sehr wie Kasia, obwohl es ein knappes Rennen war, und Kasia hatte sie erst kürzlich knapp an der Ziellinie überholt. Er besaß sie seit Jahrzehnten, pflegte sie fast jeden Tag und hatte sie länger beschnitten, gestutzt und gehegt, als er zugeben mochte. Er hatte ihnen auch Namen gegeben, aber das gab er auch nicht gerne zu und war nur bereit, diese Information, dieses streng gehütete Geheimnis, mit Menschen zu teilen, denen er wirklich vertraute. Wenn er an ihnen arbeitete, ihre Form perfektionierte und ihre Zweige in Form bog, befand er sich immer an einem Ort der Zen-Ruhe, einem Ort der Gelassenheit, der Reflexion. Nur er und seine Bäume, er und seine Pflanzen. Die Außenwelt – die Außenwelt, die er gerade jetzt betrachtete; die Straße unten, mit den Autos und den Straßenlaternen – war für ihn alles nur ein verschwommenes Bild.

Nur er und seine Bäume. Er und seine Gedanken.

»Guten Abend, Jungs«, sagte er, als er sich an seinen Schreibtisch setzte.

Big Ken, der Birkenfeige.

Dudley, die Dracaena.

Gandhi, die Friedenslilie.

Die Jungs.

»Und Dame«, fügte er hinzu und nickte zu Freya, der Monstera.

Aufgrund der Größe der Pflanze, die zuvor im Wohnzimmer ihrer alten Wohnung gelebt hatte, war Tomek gezwungen gewesen, eine kleinere zu kaufen, damit sie in sein Schlafzimmer passte, und er bedauerte diese Entscheidung jeden Tag. Es gab sehr wenig Platz für ihn, sich auf der Oberfläche auszubreiten, und oft fand er sich auf dem Bett wieder, saß mit gekreuzten Beinen und schaute auf seine Notizen, kaute auf seinem Stift, genau wie er es bei Kasia beobachtete.

Sie waren nicht häufig, aber er mochte den Gedanken, dass es Anzeichen dafür gab, dass sie definitiv seine Tochter war (abgesehen vom offensichtlichen DNA-Test), und das war eines davon.

Heute Abend hatte er seinen Laptop und einen kleinen Ordner mit nach Hause gebracht. Das Grundgerüst des Falls. Die Fakten, von denen sie wussten, dass sie wahr waren. Der Rest befand sich in einer Notizanwendung auf seinem Desktop. Aber das wichtigste Beweisstück, das er mit nach Hause gebracht hatte, waren die Informationen, die ihm DC Martin Brown gegeben hatte.

Der Mann hatte ihn überrascht. Er war zur gleichen Zeit wie Victoria ins Team gekommen, aber im Gegensatz zu ihr hatte er sich viel schneller im Team eingelebt. Tomek vermutete, dass es einfacher war, wenn man zu den Rangniedrigsten gehörte: Man kam rein, erledigte die Aufgaben, die einem übertragen wurden, verdiente sich Respekt und ging dann nach Hause. Martin hatte nicht die gleichen betrieblichen und logistischen Belastungen wie der Detective Inspector. Tatsächlich hatte keiner von ihnen die. Außer Tomek. Es waren erst ein paar Stunden vergangen, aber er begann jetzt, eine allwissende Präsenz über seinen Schultern zu spüren. Die ihn beobachtete. Die jeden seiner Gedanken, jede seiner Entscheidungen beurteilte. Wie die Stimme in seinem Kopf, die alles kritisierte, was er tat.

Diesen Gedanken in den Hintergrund drängend, wandte Tomek seine Aufmerksamkeit dem Dokument zu, das bestätigte, dass es in den letzten sechs Monaten keine anaphylaxiebedingten Todesfälle in den Bezirken Southend oder Castle Point gegeben hatte. Als Tomek jedoch gebeten hatte, das Netz für Todesfälle in den letzten zwei Jahren zu erweitern, hatte Martin im typischen *Blue Peter*-Stil ein weiteres Dokument aus seinem Stapel gezogen und es Tomek überreicht.

»Hier ist eins, das ich schon vorbereitet hatte, Sarge«, hatte Martin ihm gesagt, während er selbstgefällig in der Türöffnung stand.

»Gute Arbeit, Martin. Weiter so. Wir machen aus dir noch einen jungen Tomek Bowen.«

»Das ist das Letzte, was die Welt braucht«, hatte Victoria unterbrochen.

Woraufhin Tomek Martin angewiesen hatte, sie zu ignorieren, sagte, dass nichts daran falsch sei, Tomek Bowen zu sein, und ihn dann weggeschickt hatte.

Als er jetzt das Dokument vor sich betrachtete, erinnerte er sich an die Gefühle, die er empfunden hatte, als er die Worte ausgesprochen hatte: Vor zwei Jahren starb ein junges Schulmädchen, siebzehn Jahre alt, in der Konzerthalle des Cliffs Pavilion. Sie und ihre Freundin waren gemeinsam zum Konzert gegangen. Eine Kombination aus Ecstasy, Ibuprofen und Paracetamol wurde in ihrem System gefunden. Als Todesursache wurde eine Überdosis Drogen festgestellt, aber Anaphylaxie hatte angeblich einen erheblichen Einfluss. Sie war extrem allergisch gegen Ibuprofen.

Stolz, Optimismus und ein erneuertes Gefühl der Entschlossenheit; dass seine Vorahnung richtig gewesen war, dass ihn seine Intuition auf etwas möglicherweise viel Größeres als Lily Monteiths Tod geführt hatte, strömte durch ihn.

Das einzige Problem jetzt war jedoch, dass seine Entdeckung auf etwas anderes hindeutete. Etwas Größeres. Ein potenzieller Serienmörder, der seine Opfer über ihre Allergien anvisierte. Zuerst das Konzert, jetzt Lily Monteith. Zwei Jahre dazwischen.

Und wenn er eines über Serienmörder wusste, dann war es, dass die Zeit zwischen ihren Morden, die Zeit, die sie brauchten, um ihre Begierden zu stillen, mit jedem Mord kürzer wurde.

Wenn das der Fall war, dann befürchtete er, dass es bald mehr Leichen geben könnte.

Eher früher als später.

KAPITEL
ZEHN

Tomek hatte kaum geschlafen. Er hatte den größten Teil des Abends damit verbracht, die Zeugenaussagen und die Berichte über Mandy Butlers Tod durchzusehen. Und als die Nacht fortschritt, war er zunehmend überzeugt, dass es darin eine Methode gab, eine Methode in seinem Wahnsinn. Oder besser gesagt, im Wahnsinn des Mörders.

Mandy Butler war siebzehn gewesen, als sie starb, an der Schwelle zum Erwachsensein. Sie war mit ihrer Freundin zu einem Example-Konzert gegangen und nie nach Hause gekommen. Sie hatte einen Cocktail aus Drogen genommen, und ihr Körper war infolgedessen zusammengebrochen. Für den ahnungslosen Beamten, der den Fall untersuchte, sah es nach einer normalen Überdosis aus, einem unglücklichen und verheerenden Fall von Drogenüberdosis, allem Anschein nach. Aber jetzt, da Tomek die Verbindung zwischen ihnen entdeckt hatte – Ana-phy-la-xie – wuchs ein tieferer Verdacht in ihm. Ja, die Verbindung war dünn. Soweit er herausfinden konnte, kannten sich die Mädchen nicht, sie waren nicht auf dieselbe Schule gegangen, und dennoch waren sie aufgrund ihrer Allergie gestorben. Anaphylaktische Todesfälle waren in Großbritannien äußerst selten, nur wenige Todesfälle wurden jedes Jahr auf die tödliche allergische Reaktion zurückgeführt. Aber dass zwei Mädchen ähnlichen Alters unter ähnlichen Umständen in kurzer Zeit im selben Gebiet gestorben waren, das war mehr als ein Zufall.

Und dieser Gedanke hatte die Alarmglocken läuten lassen.

So sehr, dass Tomek, bevor er an diesem Morgen ins Büro ging, angerufen hatte, um mit Mandy Butlers Eltern zu sprechen. Aber wie er bald herausfand, war es nur noch ein Elternteil.

»Mandys Vater ist sechs Monate nach Mandy gestorben«, erklärte Jennifer Butler, als sie ihn in ihr Büro führte. Sie arbeitete für ein lokales Architekturbüro in Leigh, was bedeutete, dass die Fahrt kurz gewesen war.

»Das tut mir leid zu hören«, antwortete Tomek, als er sich setzte.

»Es war schwer, aber ich fange endlich an, damit klarzukommen.«

Tomek konnte es sich nur vorstellen. Eine Tochter und einen Ehemann zu verlieren, vergleichbar mit einer Lunge und einem Herzen, innerhalb von sechs Monaten. Schrecklich.

»Ich halte mich hier gerne beschäftigt«, sagte sie. »Es hilft mir, meine Gedanken von den Dingen abzulenken. Und es ist besser als jeden Abend in ein leeres Zuhause zu gehen.«

Tomek lächelte nachdenklich und nickte. Das Büro war schlicht, mit all den üblichen Einrichtungsgegenständen eines Architekturbüros: ein Schreibtisch, Computer und Fotos von neueren Entwürfen, die an der Wand hingen. Alles darin war minimalistisch, geradlinig und schrie förmlich nach Design.

»Haben Sie etwas entworfen, das ich gesehen haben könnte?«, fragte Tomek und zeigte auf eines der Bilder an der Wand.

Sie drehte sich um, um es zu betrachten. »Wahrscheinlich nicht. Wir machen viele Innendesigns für Büroräume sowie gelegentlich strukturelle Gebäudeentwürfe. Wenn Sie nicht im Gewerbepark in Colchester waren, kann ich mir nicht vorstellen, dass Sie etwas von unserer Arbeit gesehen haben.«

Tomek gab zu, dass er dort nicht gewesen war. Aber wenn er in der Gegend wäre, würde er vorbeischauen und einen Blick darauf werfen. Nachdem sie die Höflichkeiten ausgetauscht und die Vorstellungen hinter sich gebracht hatten, war Tomek begierig darauf, so viel wie möglich über Mandys Tod zu erfahren. Es gab nur so viel, was er aus einem Polizeibericht lernen konnte.

»Nehmen Sie sich so viel Zeit, wie Sie brauchen.«

»Darf ich fragen, warum Sie das wissen wollen?«

Tomek bewunderte die Frage und respektierte sie sehr dafür. Es hatte keinen Sinn, dass sie die schlimmste Erfahrung ihres Lebens ohne Grund noch einmal durchlebte.

»Sie wissen es noch nicht, aber gestern Morgen wurde ein junges Mädchen ermordet auf einem Feld gefunden, unter ähnlichen Umständen wie Ihre Tochter.«

»Ähnlich inwiefern?«

»Ich vermute, sie wurde durch ihre Allergie getötet.«

»Hmm.«

Und dann verlor er sie. Sie wandte ihre Aufmerksamkeit von ihm ab und starrte auf die Tastatur vor ihr, als wolle sie die Tasten dazu bringen, die Geschichte in ihrem Kopf zu tippen.

»Sie ging mit ihrer Freundin zu einem Konzert. Sie war siebzehn. Es war ihr allererstes. Example. Sie hatte ihn geliebt, seit sie ein Kind war. Ich dachte darüber nach, mit ihr zu gehen, dass ihr Vater und ich einfach hinten in der Halle stehen würden, aber das war nicht cool, das war nicht das Richtige. Sie wollte allein sein, ohne dass einer von uns ihren Stil beeinträchtigt. Freiheit, nannte sie es. Also beschlossen wir, die Ketten zu lösen und sie gehen zu lassen.«

Ein Kloß bildete sich in ihrem Hals und sie schluckte ihn hinunter. Es dauerte einige Momente, bevor sie fortfuhr.

»Wir erhielten den Anruf kurz vor Konzertende. Mein Mann sollte sie abholen, also war er bereits dort. Ich kam separat an, und als ich ankam, hatten sie die Konzerthalle geräumt und die Musik gestoppt. Sie war mitten in der Menge zusammengebrochen, aber es war zu spät für die Sanitäter, um etwas zu tun. Der Bericht des Gerichtsmediziners besagte, dass sie an einer Überdosis Drogen gestorben war. Aber, aber ich habe es nicht geglaubt. Konnte es nicht. Wollte es nicht. In den Drogen, die man in ihrem System fand, war Ibuprofen. Warum? Vielleicht wollte ich nicht glauben, dass meine Tochter so töricht sein würde, Drogen zu nehmen, nachdem wir beide ihr die Gefahren und Konsequenzen so oft erklärt hatten.«

Während sie sprach, bohrte sich Jennifers Blick immer tiefer in die Tastatur.

»Lange Zeit wollte ich glauben, dass ihr etwas ins Getränk gemischt wurde. Dass jemand absichtlich etwas in ihr Getränk getan hatte. Aber nach Elsies Zeugenaussage, dass jemand auf sie zugekommen war und ihnen Drogen angeboten hatte, wusste ich, dass es nicht möglich war. Meine Tochter hatte Drogen gekauft. Sie hatte sie gesehen, dafür bezahlt und sie konsumiert. Noch länger kämpfte ich mit dem Wunsch zu wissen, warum oder wie, wollte wissen, was sie dazu gebracht hatte, aber ich würde nie Antworten bekommen. Das änderte sich, als ich von Nisha hörte.«

Bingo. Der eigentliche Grund, warum er sie besuchen wollte. Ein kleines Informationsstückchen wie dieses.

Im Rahmen seiner Recherche gestern Abend hatte Tomek mehrere Zeitungsartikel in der Lokalzeitung mit Interviews von Jennifer Butler entdeckt, in denen sie die Polizei für ihre Handhabung des Falls kritisiert hatte, wie schnell sie bereit gewesen waren, es als Überdosis abzutun. Sie hatte öffentlich erklärt, dass sich die Polizei nicht um Mandys Tod gekümmert hatte, genauso wie sie sich auch all die anderen Male nicht darum gekümmert hatten, als es passiert war. Als er das gelesen hatte, hatte Tomek Schwierigkeiten gehabt herauszufinden, was sie damit gemeint hatte. Und er hoffte, dass sie es ihm jetzt erklären würde.

»Wer ist Nisha?«

»Jemand, den ich online kennengelernt habe.«

Tomek zog seinen Stift und Notizblock heraus und machte sich eine Notiz. »Könnten Sie das genauer erklären?«

Jennifer hielt ihren Blick weiterhin auf die Computertastatur gerichtet und fuhr fort: »Sie hat mich ein paar Tage nach dem Geschehen auf Facebook kontaktiert. Ich hatte keine Zeit, ihr vor der Beerdigung zu antworten. Es ging alles so schnell, war alles so hektisch...« Sie machte eine Pause, als sie sich aus ihren Gedanken riss. »Sie hatte mich kontaktiert und gesagt, dass ihre Tochter etwas Ähnliches durchgemacht hatte. Wie Mandy war sie auf einem Konzert gewesen und ihr war etwas angeboten worden, und wie Mandy hatte sie es genommen. Und genau wie Mandy hatte sie eine starke Reaktion darauf gehabt und war zusammengebrochen. Nur diesmal waren die Sanitäter rechtzeitig eingetroffen, um die Spritze zu verabreichen, die ihr Leben retten würde.« Jennifer hob ihren Kopf und traf zum ersten Mal Tomeks Blick. Ihr unnachgiebiges Starren verunsicherte ihn leicht. »Das Komische ist, es war nicht das erste Mal, dass so etwas passiert war.«

Tomek blieb still, während er darauf wartete, dass sie fortfuhr.

»Nisha hatte mit mehreren anderen Müttern gesprochen, die alle auf Facebook zusammenkamen, um über das zu diskutieren, was ihren Töchtern zugestoßen war. Insgesamt fünf von uns. Alle mit Töchtern ähnlichen Alters. Fünfzehn bis siebzehn. Einige von ihnen gingen auf dieselbe Schule, während andere noch nie voneinander gehört hatten. Aber es gab etwas, das sie alle verband. Sie hatten alle Drogen bekommen, die mit Ibuprofen und Paracetamol versetzt waren, und jede einzelne von ihnen wäre beinahe bei einem Konzert im Cliffs Pavilion gestorben. Es war alles zu ähnlich, als dass wir es hätten ignorieren können.«

»Sind Sie mit diesen Informationen zur Polizei gegangen?«

Tomek versuchte sich zu erinnern, ob er jemals etwas über Mandy Butler und die fünf anderen Mädchen, die vor zwei Jahren im Cliffs Pavilion unter Drogen gesetzt worden waren, gesehen oder gehört hatte, aber ihm fiel nichts ein.

»Wir haben es zur höchsten Ebene gebracht, die wir finden konnten, aber er wollte nichts davon hören.«

»Wer?«

»Wir haben es zum Hauptkommissar gebracht.«

Nick.

Fies vom Namen, fies vom Wesen.

»Und als er nichts unternommen hat, sind wir zum *Southend Echo* gegangen.«

Diesmal versuchte Tomek, sich zu erinnern, ob er den Zeitungsartikel, auf den sie sich bezog, bei seinen Recherchen letzte Nacht gesehen hatte, aber nichts. Er musste ihn übersehen haben.

»Ich habe zu Hause noch eine Kopie davon«, sagte Jennifer, ihr Fokus jetzt vollständig auf Tomek gerichtet.

»Gibt es auch eine Online-Version?«

»Natürlich.«

Es dauerte weniger als eine Minute, bis sie den Artikel gefunden hatte, auf den sie sich bezog. Tomek ging auf die andere Seite des Schreibtisches, um einen besseren Blick zu bekommen. Nur wenige Zentimeter trennten sie. Oben auf dem Bildschirm war das rote Banner des *Essex Live*-Logos zu sehen. Darunter befand sich der Titel des Artikels mit einem Bild des Cliffs Pavilion an der Seite.

Darunter stand der Name des Journalisten, der über den Fall berichtet hatte.

Seit Jennifer es zum ersten Mal erwähnt hatte, war sofort ein Name in seinem Kopf aufgetaucht. Und nun wurde er gerade bestätigt.

KAPITEL
ELF

Es gab keine perfekte Zeit, um im Morgana's Café in der Hadleigh High Street zu sitzen. Ihr All-you-can-eat Frühstücksbuffet lief von sieben bis elf Uhr, und danach boten sie ihre abgespeckte Version an, die aus allem bestand, was zu einem englischen Frühstück gehörte, außer den Teilen, die niemand wollte: Tomaten, Blutwurst und Pilze. Es war ein üppiges Festmahl für Menschen jeden Alters, und tatsächlich gingen Menschen jeden Alters durch ihre Türen. In der Stunde, die Tomek dort gewartet hatte, während er qualvoll langsam an seinem Tee nippte und versuchte, ihn so lange wie möglich zu strecken, bevor er sich der Entscheidung stellen musste, mit der nächsten Runde auch Essen zu bestellen, hatte er nicht weniger als siebzig Personen gezählt, die das Restaurant betraten, begierig und glücklich, den Zehner für das Buffet zu berappen. Männer und Frauen jeden Alters und jeder Größe. Einige waren Stammgäste, die die Besitzerin Morgana beim Namen kannten (obwohl man kein Genie sein musste, um zu erkennen, wer sie war), während andere erwähnten, dass sie von Freunden von diesem Ort gehört hatten. Die zweite Gruppe waren die Art von Menschen, die Google-Bewertungen über jeden Ort hinterließen, den sie besuchten: manche gut, manche schlecht, manche ziemlich unangenehm, und die tatsächlich glaubten, dass Menschen diese lasen und ihnen Beachtung schenkten.

Der Geruch von Bratfett, Schmalz und Öl hing dick und muffig in der Luft und hatte sich in die Möbel eingefressen; jedes Mal, wenn er sich bewegte, bekam er einen zusätzlichen Hauch dieses durchdringenden Aromas ab. Aber es störte ihn nicht. So war eben ein typisch britisches Café. Der Geruch, die Geräusche von brutzelndem Fett und das Rufen in der offenen Küche im hinteren Bereich, die billigen Zutaten, die noch billigeren mit Strasssteinen verzierten Möbel und die an der Wand hängenden Spiegel, all das wurde von Kunden verschlungen, die sich nicht um die Auswirkungen des Essens auf ihre Gesundheit scherten. Seltsamerweise fühlte er sich wie zu Hause. An einem sicheren Ort. Jeder hier war ein Freund, ein Verbündeter, vereint in ihrer Liebe zu gutem Essen. Es spielte keine Rolle, welchen Hintergrund sie hatten, woher sie kamen oder womit sie ihren Lebensunterhalt verdienten; hier waren alle Etiketten und Vorurteile vergessen.

Neben ihm saß eine Familie aus drei Generationen. Die Älteste war nicht älter als fünfzig, und die Jüngste nicht jünger als zehn. Während Tomek versuchte, die Mathematik in seinem Kopf zu berechnen, wurde er von Morgana abgelenkt, die sich zum vierten Mal vorstellte.

»Kann ich dir noch einen Tee bringen, Schätzchen?«

»Bitte«, sagte er und schaute auf seine Uhr.

Sie war zu spät. Über eine Stunde. Aber er war noch nicht bereit aufzugeben.

»Und was ist mit Essen?«

Tomek überlegte einen Moment. Sein Magen knurrte. Er hatte so lange gewartet. Und es war ihm nicht zu schade, sich vor ihr wie ein Trottel zu benehmen, während er seinen Speck und seine Eier verschlang.

»Ja, bitte.«

Sie griff nach dem Notizbuch in ihrer Schürze und machte ihren Stift einsatzbereit. »Was darf ich dir bringen?«

Tomek schaute sich im Rest des Cafés um. Auf die glücklichen Gesichter, auf die Messer und Gabeln, die Überstunden machten, um ihre Würstchen aufzuschneiden und den Speck auseinanderzureißen, auf den Zustand ihrer Servietten, mit denen sie sich das Fett vom Mund wischten.

»Ich nehme das, was alle anderen auch haben, bitte«, sagte er. »Das Herzinfarkt-Spezial.«

Morgana fand das witzig und lachte. »Vielleicht sollten wir es so nennen.«

»Wenn ihr das tut, dann will ich mindestens zehn Prozent Provision auf alle Verkäufe.«

Sie grinste ihn an und zeigte eine Reihe von Zähnen, die fast so hell waren wie die Reflexion im Strassstein-Spiegel. »Ich bin sicher, wir können da was regeln«, sagte sie.

Anfangs hatte Tomek das beiläufige Flirten nicht bemerkt, aber als sie das Notizbuch zurück in ihre Tasche steckte und noch einen Moment länger verweilte, begann er es zu bemerken.

»Woher kommst du?«, fragte er. »Ich höre einen Akzent heraus.«

»Du hast gute Ohren«, antwortete sie. »Estland, aber ich lebe schon fast mein ganzes Leben hier.«

»Genauso wie ich.«

Neugierig geworden, klickte sie ihren Stift ein zweites Mal und steckte ihn neben dem Notizbuch in ihre Schürzentasche. »Und du?«

»In Polen geboren, hierher gezogen, als ich fünf war.«

»Sehr schön«, erwiderte sie. »Ich hätte es nicht gewusst, wenn du es mir nicht gesagt hättest.«

Das hörte er oft. Und so sollte es auch sein, dachte er; nach über fünfunddreißig Jahren im Land hätte er gehofft, dass er inzwischen in der Lage wäre, die Sprache richtig zu sprechen. Obwohl, wenn er darüber nachdachte, hatte er einigen Gesprächen an den Tischen um ihn herum gelauscht und war zuversichtlich, dass er besseres Englisch sprechen konnte als mindestens die Hälfte von ihnen.

»Fährst du jemals zurück nach Estland?«, fragte er sie.

Aber bevor sie antworten konnte, öffnete sich die Tür, und die Person, auf die er gewartet hatte, trat ein. Sie hatte ihr Haar in einen dunkleren Blondton gefärbt, seit er sie zuletzt gesehen hatte. Oder die deprimierende und aufdringliche Dunkelheit des Winters hatte es in einen tieferen Farbton getaucht. Sie trug eine gemusterte Hose und einen schwarzen Baumwollpullover, ihre Haare waren zu einem Dutt hochgesteckt. Hinter ihr rollte ein kleiner Rollkoffer, der vor Dokumenten überquoll.

»Tut mir leid, dass ich zu spät bin«, sagte sie aufgeregt.

»Gerade noch rechtzeitig«, erwiderte Tomek. »Willst du was essen?«

Das wollte sie. Dasselbe wie er und alle anderen. Als sie Abigails Bestellung aufnahm, schwand das Lächeln auf Morganas Gesicht, und als sie sich von ihnen abwandte, waren es und ihr Interesse an ihm so gut wie verschwunden.

»Hoffe, du hast nicht lange gewartet«, sagte Abigail, ihre Stimme jetzt ruhiger, nachdem sie sich gesetzt hatte.

»Du weißt, dass ich das habe. Du warst diejenige, die mir gesagt hat, vor einer Stunde hier zu sein.«

»Tut mir leid. Hektischer Morgen.«

Tomek war sich sicher, dass es so war, aber er hatte kein Interesse, es zu hören. Weniger als fünf Minuten später landeten zwei Teller vor ihnen, komplett mit je zwei Eiern, zwei Würstchen, zwei Scheiben Speck, zwei Toast, zwei Tomaten, zwei Pilzen, zwei Blutwürsten und einer Portion Baked Beans.

»Wenn du mehr von irgendetwas möchtest, frag einfach«, sagte Morgana, als sie die Teller abstellte.

Tomek dankte ihr und bemerkte die schwache Andeutung eines Lächelns auf ihren Lippen.

»Hör auf zu flirten«, ermahnte ihn Abigail.

»Ich flirte nicht.«

»Doch, tust du. Du flirtest mit allem, was atmet.«

»Mit dir flirte ich nicht.«

»Weil du da schon warst und das erledigt hast.«

Tomek verdrehte die Augen. Er fragte sich, wie lange es dauern würde, bis sie den betrunkenen Kuss erwähnte, der eines Abends zwischen ihnen passiert war. Es war ein Fehler gewesen, besonders seinerseits, aber nicht für sie. Sie klammerte sich immer noch an die emotionale Belastung, wie er sie danach behandelt hatte.

»Ich habe dich hergebeten, um über Geschäftliches zu sprechen, fürchte ich«, erwiderte er.

»Das weiß ich. Ich habe keine Bilder von dir an meinen Wänden zu Hause, Tomek. Ich habe keine kleinen Herzchen neben deinem Namen in meinem Handy. Ich habe nicht-«

»Beweis es.«

Das würde sie nicht. Stattdessen ignorierte sie die Aufforderung und stürzte sich auf ihr Frühstück vom Buffet ohne Boden. Tomek schloss sich ihr an, und bald wurde er zu einem dieser unordentlichen Kunden, die er den ganzen Morgen beobachtet hatte. Fett an den Fingern, ein Streifen Ketchup, der an der Vorderseite seines Hemdes herunterlief, die schmutzige Serviette, die wenig dazu beitrug, das Durcheinander zu beseitigen. Aber es war alles wert. Das Essen, das Warten und der sich anbahnende Herzinfarkt waren es wert. Eines der köstlichsten Essen, das er seit langem hatte.

»Ich brauche etwas Hilfe«, sagte Tomek, nachdem ihre Teller abgeräumt worden waren und eine weitere Runde Speck und Eier für ihn unterwegs war.

»Klingt wichtig.«

»Ist es auch«, antwortete er.

»Und was bekomme ich dafür?«

»Das muss noch festgelegt werden.«

Abigail verschränkte ihre Finger und presste die Lippen zusammen. »Nicht sehr geschickt in der Kunst des Verhandelns, oder?«

Tomek seufzte. »Was *möchtest* du im Gegenzug?«

»Die Hauptreporterin bei dem zu sein, wobei du Hilfe brauchst.«

Das war nicht völlig unvernünftig, besonders wenn sie bereits Erfahrung mit dem Fall hatte.

»In Ordnung. Aber du bekommst nur einen Vorsprung bei dem, was wir allen anderen erzählen werden«, antwortete Tomek.

»Das werden wir noch sehen.«

Tomeks Beziehungen zur Presse waren genauso wie seine Beziehungen zu Frauen. Keine davon war jemals besonders gut verlaufen. Und sie hatten immer mit Herzschmerz geendet. Er erwartete immer zu viel und gab kaum etwas zurück. Aber vielleicht würde sich das jetzt ändern.

Um sie herum kamen und gingen die Kunden weiter, und als die Zeit nach Mittag vorrückte, wurde das Café richtig voll, und draußen begann sich eine kleine Schlange zu bilden. Tomeks zweiter Teller mit Essen kam kurz danach, gefolgt von einer weiteren Runde Tee für beide.

»Vor ein paar Jahren«, begann Tomek und wischte sich den Ketchup vom Mund, »als du noch eine Anfängerreporterin warst und vermutlich von allen Brocken gelebt hast, die dein Chef dir zugeworfen hat, hast du an einem Bericht über junge Schulmädchen in der

Gegend gearbeitet, die bei einer Reihe von Konzerten an den Cliffs unter Drogen gesetzt wurden.«

Der Fall weckte keine Erinnerungen bei ihr.

»Sie hatten alle allergische Reaktionen auf Chemikalien in den Drogen«, fuhr er fort, um ihr Gedächtnis aufzufrischen. »Und eine von ihnen starb.«

Immer noch nichts.

»Ihr Name war Mandy Butler.«

Um ihr Gedächtnis anzuregen, griff sie in ihren kleinen Koffer und holte ihren Laptop heraus. Nach dem Einloggen fand sie schnell den Artikel, den sie geschrieben hatte.

»Jetzt erinnere ich mich«, sagte sie. »Siebzehnjährige. Starb bei einem Example-Konzert.«

»Genau die.«

»Aber es wurde nie etwas daraus gemacht.«

»Ja.«

Tomek streckte die Hand nach dem Computer aus und nahm ihn ihr ab. Auf dem Bildschirm hatte sie den Ordner auf ihrem Desktop geladen, der Zeugenberichte, den Artikel selbst, einen Ordner mit dem Titel "Fotos" und einen weiteren mit dem Namen "Master" enthielt. Aber Tomek war an keinem davon interessiert. Stattdessen wollte er ihren Bildschirmschoner sehen. Er minimierte die Fenster, bis er fand, wonach er suchte. Es war ein Bild von der Preisverleihung, an der sie gemeinsam teilgenommen hatten. Ein Selfie von ihr und ihren Kollegen. Mit Tomek im Hintergrund, wie er mit jemand anderem sprach.

Ein Lächeln erschien auf seinem Gesicht, bevor er es bemerkte, und Abigail schnappte sich den Laptop, bevor er reagieren konnte.

»Sag kein Wort«, sagte sie. »Es ist ein altes Foto. Ich wollte es schon länger ändern.«

»Ah ja.«

»Halt den Mund. Willst du nun meine Hilfe oder nicht?«

»Bitte«, sagte Tomek und setzte seinen Hundeblick auf. Er massierte seine Arme und legte sie auf den Tisch, dann senkte er seine Stimme und deutete ihr, etwas näher zu kommen. »Gestern wurde die Leiche eines jungen Mädchens gefunden. Sie starb an einer allergischen Reaktion auf Latex. Ein Kondom und ein Handschuh wurden in ihrem Hals gefunden.«

»Das ist schrecklich«, erwiderte Abigail, obwohl die Emotion ihren Gesichtsausdruck nicht erreichte. Wie er war sie gegenüber den Extremen des Jobs abgestumpft. »Aber was hat das mit Mandy Butler zu tun?«

»Ich glaube, sie hängen zusammen. Genauso wie du wahrscheinlich gedacht hast, dass all diese Mädchen, die bei Konzerten unter Drogen gesetzt wurden, miteinander verbunden sind. Ich denke, es gibt eine Verbindung zwischen den beiden Todesfällen.«

Abigail zog den Knoten in ihrem Haar fester. »Was brauchst du von mir?«

Ihre Haltung hatte sich geändert. Keine lustige, flirtende Abigail mehr. Stattdessen saß er jetzt der ernsthaften, entschlossenen Abigail gegenüber.

»Ich muss mit den Personen in deinem Bericht sprechen. Ich muss wissen, was sie wissen, was sie gesehen haben, mit wem sie gesprochen haben und ob sie jemals eine Verbindung zu Mandy Butler und Lily Monteith hatten.«

»Lily Monteith«, wiederholte Abigail langsam. »So heißt sie?«

Tomek nickte. Einem Körper einen Namen zuzuordnen, machte ihn sofort realer.

»Ich befürchte, dass wieder etwas passieren könnte«, fuhr er fort. »Und wenn ich Recht habe, brauche ich Beweise, um zur National Crime Agency zu gehen.«

Abigails Augen fielen auf die Teetasse auf dem Tisch, und sie begann, sie langsam zu drehen, verschob sie mit ihren Fingern zentimeterweise. »Lass mich sehen, was ich tun kann«, sagte sie. »Ich gebe dir die Namen nicht. Noch nicht. Lass mich Kontakt mit ihnen aufnehmen, mit ihnen sprechen, sehen, ob sie bereit sind, interviewt zu werden. Einige von ihnen waren wirklich jung, als sie durchmachten, was sie durchmachten, also könnte es das Letzte sein, worüber sie sprechen wollen. Aber gib mir etwas Zeit. Ich werde sehen, was ich tun kann.«

KAPITEL
ZWÖLF

Abigail hatte keinen genauen Zeitrahmen nennen können, wann sie ihn kontaktieren würde. Es könnte irgendwann zwischen dem Ende des Tages und dem Ende der Woche sein. Aber sie hatte versprochen, dass sie sich bei den Opfern einzeln melden würde. Sie würde es zu ihrer Priorität machen.

In der Zwischenzeit hatte sich Tomek auf dem Rückweg zur Polizeiwache in der Hauptstraße auf die Suche nach einem Ersatzhemd von M&S gemacht. Der Ketchupfleck aus Morganas Café war größer gewesen als er zunächst gedacht hatte, peinlich groß sogar, und er brauchte dringend eine Möglichkeit, sich die Schamesröte zu ersparen, wenn er ins Büro zurückkehrte. Während er in seinem neuen Outfit gemächlich die Hauptstraße Richtung Polizeiwache entlanglief, musterte er die endlose Reihe von Geschäften und Einzelhandelsläden. HMV, Waterstones, JD Sports, Sports Direct, River Island. Keiner der Läden, in denen er Kasia je hatte einkaufen sehen oder von denen er sie hatte sprechen hören. In keinem konnte er einfach reingehen und etwas für sie zu Weihnachten finden. Die einzige Ausnahme war Boots, und selbst wenn er mit ihr in den Geschäften gewesen war, hatte er sich stets so verwirrt und benommen von der schwindelerregenden Menge an Make-up und Reinigungsprodukten gefühlt, dass er es versäumt hatte, aufzupassen. Nein, wenn er ihr überhaupt etwas schenken wollte, dann müsste es von der Liste sein, der Liste, die sie ihm immer noch nicht geschickt hatte. Und wenn sie sie nicht bald schicken würde, dann gäbe es keine Garantie, dass sie bekäme, was sie wollte. Es war ihr erstes gemeinsames Weihnachtsfest, ihr erstes von vielen, bis sie achtzehn würde und zur Universität verschwinden oder bis sie dreißig bei ihm bleiben würde, wenn sie feststellen würde, dass der Immobilienmarkt ein kompletter Witz war, und er wollte, dass es unvergesslich wird.

Als Tomek am Bahnhof vorbeiging, sah er einen Mann in einer neongelben Jacke, der am Straßenrand stand und einen Eimer in den Händen hielt. Penny Picker Pete. Eine lokale Legende der Southend Hauptstraße. Pete verbrachte seine Tage und Abende damit, vor Nachtclubs und Geschäften herumzulungern und Kleingeld aufzusammeln, das achtlose Leute fallen ließen. Er war eine lokale Berühmtheit, und nachts, wenn die Clubs öffneten, machten Partygänger und Clubbesucher Fotos mit ihm. Tomek war sich sicher, dass er auch irgendwann in seinem Leben ein Foto mit dem Mann gemacht hatte. Obwohl er nüchtern gewesen war und eine Polizeiweste getragen hatte.

Nach seiner Rückkehr ins Büro verbrachte Tomek den Rest des Nachmittags in Besprechungen. Es war 18 Uhr, als er für den Tag fertig war, und er hatte wenig vorzuweisen. Keine größeren Durchbrüche, keine Nachricht von Abigail und kein Anzeichen dafür, dass der Mörder sich stellen würde. Alles in allem ein beschissener Tag. Und es wurde noch schlimmer durch die Tatsache, dass es ihm gelungen war, am Esstisch Tee über sein nagelneues Hemd von M&S zu verschütten.

»Verdammtes Scheißding«, schrie er, zusammen mit einigen weiteren ausgewählten Worten, als die Flüssigkeit seine Brust hinunterrann.

»Achte auf deine Sprache!«, sagte Kasia. »Weißt du, du solltest sowieso nach mittags keinen Kaffee mehr trinken.«

»Wirklich? Wer sagt das?«

»Die Wissenschaft.«

Tomek verdrehte die Augen und wischte die Vorderseite seines Hemdes vergeblich mit einem feuchten Tuch ab. »Na, wenn die Wissenschaft so gut wäre, dann hätte sie einen Weg gefunden, diesen Fleck komplett zu entfernen und meine weißen Sachen weiß zu halten.«

»Du hast schon mal von Spülmittel und Vanish gehört, oder?«

Tomek funkelte sie an und zog dann sein Hemd aus. Er warf es in den Wäschekorb und wechselte in ein T-Shirt. Als er sich das Oberteil über den Kopf zog, rief Kasia seinen Namen langsam, leise.

»Papa...« Ihre Stimme war voller Zögern.

»Du wirst mich nicht wieder wegen Billy Turpin fragen, oder? Denn ich habe darüber nachgedacht und ich möchte lieber nicht, dass du ihn hierherbringst oder zu ihm gehst.«

Als er die Augen öffnete, sah er sie mit verschränkten Beinen und Armen dasitzen, mit einem missbilligenden Blick im Gesicht. »Warum denkst du automatisch, dass ich das sagen werde? Warum lässt du mich nicht ausreden, bevor du anfängst zu reden?«

»Weil ich der Elternteil bin. Das ist es, was wir tun. Das wirst du eines Tages selbst lernen.«

»Kann ich jetzt ausreden?«

Er zögerte länger als normal, nur um seinen Standpunkt zu verdeutlichen. »Ja...«

»Gut.« Sie zog eine Haarsträhne aus ihrem Pony und steckte sie in ihr Haarband. »Ich habe mich gefragt, ob ich einmal mit Lucy und ihren Freunden ausgehen könnte.«

Lucy...

Lucy...

Er durchsuchte den Karteikasten in seinem Kopf, fand aber nichts.

»Wer ist Lucy?«

»Cleaves.«

Lucy Cleaves. Immer noch nichts.

»Nicks Tochter.«

»Nicks Tochter?«, wiederholte Tomek, sein Verstand hinkte ein paar Sekunden hinterher. »Du meinst, Nasty Nick? Du meinst, Detective Chief Inspector Nick Cleaves? Du meinst, meinen Chef? Du willst mit seiner Tochter ausgehen?«

»Ja.«

Nun, dagegen konnte Tomek kaum etwas einwenden. Wenn Lucy Cleaves irgendwie wie ihr Vater war, dann wusste er, dass Kasia in sicheren Händen war. Jedenfalls in sichereren Händen als bei einem Kind, das eine Tonne Rindfleisch verprügeln wollte.

»Was hast du vor, mit ihr zu unternehmen?«

Kasia zuckte mit den Schultern. Und wenn er dachte, dass die Geste unverbindlich war, dann war ihre Antwort noch unverbindlicher. »Einfach abhängen...«

»Einfach abhängen wie ein Haufen Straßenräuber.«

»Niemand sagt mehr *Straßenräuber*, Papa. Ich weiß nicht mal, was das bedeutet.«

»Dann ist es besser, wenn du und Sylvia nicht einfach mit Lucy und ihren Freunden 'abhängt', sonst lernst du die Bedeutung bald kennen.«

»Es war nur ich«, antwortete Kasia defensiv. »Ich wollte Sylvia nicht mitnehmen.«

Tomek hob eine Augenbraue. Er spürte, dass eine wichtige Lektion fürs Leben bevorstand. »Warum nicht? Du lässt Sylvia doch nicht für Lucy und ihre Freunde sitzen, nur weil sie ein oder zwei Jahre älter sind?«

»Naja...«

Tomek schüttelte den Kopf und wedelte dabei mit dem Finger. »Nein. Das geht nicht, junge Dame. Das funktioniert nicht. Du kannst nicht einfach die eine Freundin fallen lassen, die seit deinem ersten Schultag für dich da war. Glaub mir, du brauchst sie mehr als du denkst, und du wirst es bereuen, sie zurückzulassen. Entweder sie kommt auch mit dazu, oder du gehst nicht.«

Es war ihm egal, ob dies eine Lektion war, die sie möglicherweise selbst lernen musste, er konnte nicht riskieren, dass sie Sylvia als Freundin verlor. Das junge Mädchen war die Einzige gewesen, die in der Schule Kontakt zu Kasia aufgenommen hatte, und das zeigte ihm, dass sie ein gutes Herz hatte, ein freundliches Herz. Lucy Cleaves mochte die netteste Person in der Schule sein, aber sie würde niemals so nett sein wie Sylvia. Das Gleiche galt für alle anderen Mädchen in der Schule und in Lucys Freundeskreis. Sonst wären sie diejenigen gewesen, die an ihrem ersten Tag mit ihr auf dem Schulhof gesprochen hätten.

»Hast du das mit Saskia auch gemacht?«, entgegnete sie.

Saskia, Tomeks älteste und engste Freundin.

Saskia, in die er seit Ewigkeiten verknallt war.

Saskia, mit der er erst kürzlich nach dreizehn Jahren Funkstille wieder Kontakt aufgenommen hatte.

»Ja«, sagte er. »Ich habe ihr dasselbe angetan, und ich habe es jahrelang bereut.«

»Ist das der Grund, warum du so lange nicht mit ihr gesprochen hast, während sie in Schottland war?«

»Gut. Genug. Geh auf dein Zimmer.«

»Was! Das ist total unfair.«

»Nein, ist es nicht. Unfair wäre, wenn ich sagen würde, du hast Hausarrest. Möchtest du, dass ich sage, du hast Hausarrest? Sag noch ein Wort und ich kann das arrangieren.«

Er hatte ihr noch nie Hausarrest gegeben. Hatte nie den Mut dazu gehabt. Aber jetzt war sie dabei, ihn herauszufordern. Und er hoffte, dass sie seinen Bluff nicht durchschauen würde. Er wollte nicht einer dieser Eltern sein, genau wie *seine* Eltern, die ihr alles verboten. Aber manchmal machte sie es so unmöglich.

Um sich zu beruhigen, suchte er Saskias Handynummer in seinem Telefon und fragte, ob sie Zeit für einen Drink hätte.

»Noch ein spätnächtlicher Drink in einer Bar?«, sagte sie kühl. »Die Leute könnten anfangen zu reden, Tomek.«

Es war ihm egal, was die Leute dachten.

Alles, was ihn im Moment interessierte, war eine Ablenkung. Etwas, das ihn von Lily Monteith und Mandy Butler wegbrachte. Jemand, der ihn von Kasia und den Ähnlichkeiten zwischen ihr und den Mordopfern ablenkte. Jemand, der ihn von dem Gedanken an sie und Billy den Kuhkämpfer wegbrachte.

Sie trafen sich an dem Ort, der schnell zu ihrem üblichen Versteck wurde. Eine Bar im Zentrum von Leigh Broadway namens Moo-Moos, ein Name, dessen Ironie ihm nicht entging.

»Das Übliche?«, fragte der Barkeeper, als sie zur Bar gingen.

»Sind wir schon in diesem Stadium?«, antwortete Tomek und schaute zwischen dem Barmann und Saskia hin und her.

»Ich denke schon«, erwiderte sie. »Wir waren erst zweimal hier.«

»Müssen die Einzigen sein, die das Geschäft am Laufen halten«, flüsterte Tomek ihr zu, während der Barkeeper ihre Getränke zubereitete.

Nachdem sie diese erhalten hatten, fanden sie einen Platz in der Ecke beim Eingang. Tomek saß mit dem Rücken zum Fenster, während sie alles beobachtete, was hinter ihm geschah.

»Hoffe, ich habe deinen Abend nicht verdorben«, sagte er zu ihr, als er einen Schluck von seinem Mojito nahm. Es war einer der besten, die er je getrunken hatte. Er wusste nicht, warum er einen bestellt hatte, noch dazu an einem Schulabend; er fühlte sich abenteuerlustig.

»Nur das Übliche. Alleine dasitzen mit einem Glas Weißwein und analphabetischen Hausaufgaben von Kindern vor mir.«

»Ich werde dich nicht zu lange aufhalten«, antwortete er. »Klingt, als müsstest du schnellstmöglich dazu zurückkehren.«

Sie lachte, und als sie das tat, leuchteten ihre Augenweiße auf. Sie verbrachten die nächsten fünf Minuten damit, sich auf den neuesten Stand zu bringen. Die Lücken der vergangenen Wochen seit ihrem letzten Treffen zu füllen.

»Was sind deine Pläne für Weihnachten?«, fragte er sie, nachdem sie fertig erklärt hatte, dass ihre Schulleiterin kurz davor stand, für eine neue Stelle an einer besser funktionierenden Schule zu gehen.

»Nichts Aufregendes. Ich fahre für die Woche nach Hause. Besuche Mama und Papa.«

»Schön.«

»Und du?«

»Kasia und ich feiern zusammen. Nur wir. Sie hat einen ganzen Zeitplan geplant. Der ist auch sehr strikt. Geschenke am Morgen. Dann Frühstück – Rührei auf Toast, ihre Wahl. Dann will sie Disneys *Vaiana* schauen. Dann Abendessen, das am Esstisch genossen wird, ohne dass der Fernseher im Hintergrund läuft. Dann müssen wir ein paar Spiele spielen. Dann werden wir den Abend damit beenden, irgendeinen romantischen Komödienfilm auf Netflix oder so zu schauen, wobei ich zu diesem Zeitpunkt wahrscheinlich auf dem Sofa einschlafen werde.«

»Klingt ehrlich gesagt wie ein wunderbarer Tag. Also warum hörst du dich an, als würdest du dich nicht darauf freuen?«

»Weil ich ihr nicht gesagt habe, dass wir Polen Weihnachten am vierundzwanzigsten feiern. Ich bin nicht sicher, was das mit ihren Plänen machen wird. Könnte alles aus dem Gleichgewicht bringen und ruinieren.«

Saskia nahm langsam einen Schluck aus ihrem Weinglas und musterte ihn aufmerksam. »Wie auch immer, es klingt nach meiner Vorstellung von einem guten Weihnachtsfest.«

»Meiner auch. Ich denke, wir heben den Besuch bei meinen Eltern für nächstes Jahr auf. Sie muss dem noch nicht ausgesetzt werden. Es ist ein Chaos der höchsten Ordnung.«

Zumindest war es das beim letzten Mal gewesen, als er dort war.

Kurz darauf wandte sich das Gesprächsthema der Schule zu. Und dem Gespräch zwischen Billy dem Rinderkämpfer und Kasia.

»Was für eine dumme Aussage«, sagte Saskia. »Es gibt absolut keine Möglichkeit, dass jemand eine Kuh k.o. schlagen kann.«

Tomek verdrehte die Augen. Das war nicht die Antwort, die er erwartet hatte. Er hatte gehofft, dass sie ihm sagen würde, er hätte Recht gehabt, seiner Tochter zu verbieten, Billy den Rinderkämpfer zu sehen, dass sie seine Erziehungsentscheidung bestätigen würde.

»Die eigentliche Frage ist, ob man einer Kuh *davonlaufen* könnte.«

Tomek ließ den Kopf in seine Hände fallen. Das geriet außer Kontrolle. Aber während er dort saß und in den Spalt zwischen Tisch und seinen Beinen starrte, konnte er nicht anders, als sich vorzustellen, wie er auf der Laufbahn gegen einen ein Tonnen schweren Bullen antrat.

»Ich muss nur schneller sein als die langsamste Person«, sagte er.

»Das ist klischeehaft. Und Mist. Verdirb nicht den Spaß daran.« Sie machte eine Pause, um noch einen Schluck zu nehmen. »In einem direkten Duell. Wer gewinnt? Du oder die Kuh?«

»Wovon reden wir, Shetland-Pony oder Muhkuh?«

»Was ist eine Muhkuh?«

»Eine, die *muh* macht.«

Sie schüttelte abfällig den Kopf. »Das spielt keine Rolle. Egal welche. Beantworte einfach die Frage. Glaubst du, du könntest einer Kuh davonlaufen?«

Er überlegte etwas länger. Stellte sich das Szenario vor: er selbst, an einem guten Tag, voll ausgestattet mit der neuesten hochtechnologischen aerodynamischen Sportbekleidung, sprintend um sein Leben in einem Rennen, das so fiktiv wie lächerlich war.

»Ja«, antwortete er ohne Scham.

»Falsch«, ertönte die Stimme des Barkeepers hinter der Bar.

Sie hatten es nicht bemerkt, aber in der Hitze ihrer Diskussion hatten sie ihre Stimmen erhoben und schrien einander fast an.

Über etwas Fiktives und Lächerliches.

»Eine durchschnittliche Kuh kann im *Durchschnitt* etwa vierzig Kilometer pro Stunde laufen«, fuhr der Barkeeper fort. »Usain Bolt hat gerade mal dreiundvierzig Stundenkilometer erreicht, als er den Weltrekord gebrochen hat. Also, wenn wir nicht alle so schnell sind wie der schnellste Mann der Welt, glaube ich nicht, dass irgendeiner von uns eine Chance hat.«

Sie dankten dem Mann für seinen Beitrag, und dann zog er sich leise wieder seinen Pflichten zu. Als Saskia sich zu Tomek umdrehte, trug sie einen selbstgefälligen, besserwisserischen Gesichtsausdruck.

»Ach komm schon«, erwiderte er. »Als ob du die Antwort darauf gewusst hättest.«

»Natürlich wusste ich das. Ich bin Lehrerin. Das ist das Erste, was sie dir in der Lehrerausbildung beibringen.« Sie machte eine Pause. »Außerdem hatten wir dieselbe Diskussion in meiner Klasse schon ein paarmal, obwohl ich das Thema, eine Kuh zu *bekämpfen*, in meiner nächsten Stunde ansprechen muss.«

»Was ist das eigentlich mit Kindern und ihrer Faszination für Kühe? In unserer Zeit haben wir sie zum Spaß umgekippt. Wir dachten nie, wir wären größer als Kühe. Wann hat sich diese ganze Denkweise geändert?«

Sie zuckte mit den Schultern. »Es sind Kinder, Tomek. Sie sagen den dümmsten Scheiß. Neulich hat mir jemand erzählt, dass Glatzenträger eine Verschwörung sind. Einer von ihnen hat 'Tauben haben Bin Laden getötet' an die Tafel geschrieben, während ich nicht im Raum war. Und jemand hat mir gesagt, er würde mir ein Cameo zum Geburtstag kaufen, und ich weiß nicht einmal, was ein Cameo ist!«

»Leider weiß ich das. Kasia meinte, es geht darum, dass Prominente horrende Summen für ein kurzes Video verlangen, in dem sie zum Geburtstag gratulieren oder irgendeine andere Platitüde von sich geben.«

»Was ich sagen will: In dem Alter sind sie einfach dumme Dreizehnjährige, die versuchen, lustig zu sein. Sie stecken voller Hormone und denken, der beste Weg, einander zu beeindrucken, ist, sich täglich zu gleichen Teilen mit einer potenten Mischung aus Arroganz und Idiotie zu spritzen. Du warst da, ich war da, und ich bin mir ziemlich sicher, dass du genau gleich warst.«

»Was du also *wirklich* sagst, ist, dass ich diesem Billy Turpin etwas nachsichtiger sein sollte?«

»Nein. Ich sage, du solltest aufhören, so verklemmt zu sein. Das steht dir nicht gut. Und bald wirst du aussehen wie Mitte fünfzig, bevor du einundvierzig bist.«

Tomek gefiel das gar nicht. Er war stolz darauf, dass er zehn Jahre jünger aussah, als er tatsächlich war. Es stärkte sein narzisstisches Ego, wenn die Frauen, denen er begegnete, sagten, dass er zu jung aussehe, um eine dreizehnjährige Tochter zu haben. Er hatte hart daran gearbeitet, so jugendlich auszusehen, wie er es tat. Eine überlegte und sorgfältige tägliche Routine aus Feuchtigkeitslotionen, Cremes und Anti-Aging-Chemikalien, mit etwas Haarfarbe für seinen Bart und sein Haar ab und zu.

»Ich schätze, vielleicht hast du Recht«, sagte er ruhig. »Wahrscheinlich dachte ich früher, ich könnte es mit etwa fünf Kühen gleichzeitig aufnehmen.«

»Verdopple das, und das klingt nach dem Tomek, neben dem ich früher im Naturwissenschaftsunterricht saß.«

Tomek lachte und trank sein Glas aus. Er hatte das gebraucht. Eine Gelegenheit, sich auszusprechen. Jemanden, mit dem er über Dinge reden konnte, von denen er keine Ahnung hatte. Obwohl Saskia selbst keine Kinder hatte, war sie genug von ihnen umgeben, um zu wissen, wie sie tickten, und sie war im Allgemeinen so viel klüger als er, das war sie schon immer gewesen, dass er das Gefühl hatte, er könnte sie alles fragen und sie würde mit einer klugen, logischen und durchdachten Antwort aufwarten.

Als das Thema aufkam, noch einen Drink zu bestellen, dankte Saskia ihm, lehnte aber ab. Arbeit. Früher Morgen. Nichts, womit Tomek argumentieren konnte, da ihm dasselbe bevorstand. Als sie sich verabschiedeten, dankten sie dem Barkeeper und sagten ihm scherzhaft, dass sie ihn in ein paar Wochen, im neuen Jahr, wiedersehen würden.

Als sie zu ihren am Straßenrand geparkten Autos zurückgingen, hörte Tomek, wie sein Name gerufen wurde. Ein schriller, hoher Quietschlaut.

Er drehte sich um und sah Abigail Winters, die sich von weitem näherte. Sie trug ein enges schwarzes Kleid mit hohen Absätzen und eine kleine Tasche unter dem Arm.

»Was machst du hier?«, fragte sie.

Er hätte sie dasselbe fragen können.

»Ich bin mit einer alten Freundin etwas trinken«, antwortete er.

»Dasselbe. Ich war auch mit ein paar alten Freundinnen unterwegs. Aus meinen frühen Journalismus-Tagen.«

Das konnte er merken. Der Alkoholgeruch in ihrem Atem und ihre verwaschene Aussprache deuteten darauf hin, dass sie mehr als nur ein paar Drinks gehabt hatte.

»Gehst du nach Hause?«, fragte sie, und Hoffnung schwang in ihrer Stimme mit.

»Sieht so aus«, erwiderte er.

»Keine Lust, noch auf einen Drink zu bleiben? Meine Freunde haben für heute Schluss gemacht, aber ich glaube, ich könnte noch ein oder zwei Gläser vertragen.«

Tomek zögerte. Dann wurde ihm plötzlich bewusst, dass Saskia ihre Interaktion beobachtete.

»Nicht heute Abend«, sagte er zu ihr.

Dann näherte sie sich, ihre hohen Absätze klackerten auf dem Gehweg. »Schade«, sagte sie. »Ich *wollte* dir eigentlich unter vier Augen erzählen, dass ich mit den Mädchen gesprochen habe, aber ich schätze, ich muss es *jetzt* tun.«

Tomek grinste verlegen und fand die Situation etwas unangenehm. »Wenn es dir nichts ausmacht«, erwiderte er. »Was haben sie gesagt?«

»Es tut mir leid, aber sie sagten, sie wollen nicht von dir kontaktiert werden. Sie werden nicht mit dir sprechen.«

»Hast du gefragt, warum?«

Sie rülpste und bedeckte ihren Mund mit der Hand. »Sie wollen die Vergangenheit nicht wieder durchleben. Es ist zu schmerzhaft für sie alle.«

»Hast du ihnen gesagt, dass ich Polizist bin?«

»Ja.«

»Und das hat keinen Unterschied gemacht?«

»Nein.«

Scheiße.

»Gut«, sagte er zu ihr. »Wir kümmern uns morgen früh darum. Gute Nacht, Abigail.«

Wenn sie von seiner Schroffheit beleidigt war, zeigte sie es nicht. Als sie ging, lief sie selbstbewusst in ihren hohen Absätzen davon und stellte sicher, dass Tomek ihr nachsah. Was er pflichtbewusst tat. Als ihr Körper unter ihrem Outfit schwankte, wurde er zurückversetzt in die Nacht ihres Kusses.

Und dann wurde er in die Gegenwart zurückgeholt, als Saskia ihre Autotür öffnete. Als er sich umdrehte, um sie anzusehen, schlüpfte sie bereits in ihr Auto und warf ihm einen dieser finsteren Blicke zu, die sie immer dann aufsetzte, wenn sie von ihm nicht beeindruckt war.

»Was?«, rief er zu ihr hinüber. »Es ist nicht, wie es aussieht.«

»Welcher Teil, der mit den Mädchen, die nicht mit dir reden wollen, oder der mit der Frau, die dich zufällig mitten in der Innenstadt um elf Uhr an einem Montagabend findet und dich bittet, noch einen Drink zu nehmen?«

KAPITEL
DREIZEHN

Das Gähnen entfuhr ihm, bevor er es verhindern konnte.

»Langweile ich dich etwa?«, fragte DCI Cleaves.

Tomek schüttelte den Kopf.

»Gut. Wie ich schon sagte, bist du sicher, dass du alle Möglichkeiten ausgeschöpft hast?«

»Ja. Das einzige Problem ist, dass die Opfer nicht mit uns sprechen wollen.«

»Kann man mehr Druck ausüben?«

»Ich frage nach«, antwortete Tomek. »Aber mich interessiert vielmehr, warum wir so lange gewartet haben, um jetzt Druck auszuüben.«

Nicks Gesicht verzog sich. »Wie bitte?«

»Ich habe neulich Abend die Unterlagen zu Mandy Butlers Tod durchgesehen und bin auf eine E-Mail von Tony an Sie gestoßen, in der er um mehr Ressourcen für die Untersuchung der Angriffe auf die Mädchen bat. Seine E-Mail blieb unbeantwortet. Und es wurden keine weiteren Ressourcen bereitgestellt.«

Nick schüttelte den Kopf und schlug mit der Handfläche auf den Schreibtisch. »Was zum Teufel soll das? Ist das eine Art Verhör? Arbeitest du jetzt für die IOPC oder was? Haben sie dich beauftragt, meine Fehler zu untersuchen?«

»Nein, Sir«, sagte Tomek so ruhig, wie er konnte.

»Ich habe einen Fehler gemacht, in Ordnung? Das war vor zwei Jahren. Ungefähr zu der Zeit, als Robbie zur Armee ging. Ich war nicht in guter Verfassung. Wir waren als Familie nicht in guter Verfassung. So einfach ist das. Ich gebe zu, dass es ein Versäumnis war.« Nick senkte den Kopf, die Aggression und Kampfeslust verließen ihn. »Aber... aber ich werde es diesen Mädchen wiedergutmachen, glaub mir. Deshalb wollte ich, dass du dich darum kümmerst. Du bist manchmal wie ein Hund, der nicht von seinem Knochen lässt, und jetzt, wo du Kasia in deinem Leben hast, wirst du sicher mit neuer Entschlossenheit denjenigen finden, der dafür verantwortlich ist. Immerhin warst *du* derjenige, der die Verbindung entdeckt hat.«

Tomek wusste nicht, ob das sein Ego streicheln oder ihn irgendwie beleidigen sollte, aber er beschloss, ruhig zu bleiben und Nick fortfahren zu lassen.

»Ich... ich...« Er stockte, dann schüttelte er den Kopf. »Du hast in einer Stunde das Treffen mit der NCA. Du solltest dich darauf vorbereiten.«

Tomek rutschte unter dem Schreibtisch hervor und hielt auf halbem Weg inne. »Wahrscheinlich nicht der beste Zeitpunkt, es zu erwähnen«, begann er, »aber anscheinend stehen unsere Töchter jetzt miteinander in Kontakt. Woher sie diese Idee haben, weiß ich nicht, aber Lucy hat Kasia und ihre Freundin eingeladen, mal zusammen abzuhängen.«

Überraschung zeichnete sich auf Nicks Gesicht ab. »Ist das in Ordnung für dich?«, fragte er. »Sie ist ein paar Jahre älter als Kasia.«

»Vertraust du deiner Tochter?«

»Was?«

»Wenn du ihr vertraust, dann vertraue ich ihr auch.«

»Natürlich vertraue ich ihr.«

»Dann ist es in Ordnung. Geklärt. Alles okay für mich. Deine Tochter und meine Tochter werden Freundinnen sein.«

»Glaub bloß nicht, dass das bedeutet, dass wir dasselbe tun müssen.«

Tomek erhob sich vom Stuhl. »Du weißt doch, dass du mich eigentlich liebst«, sagte er mit einem Augenzwinkern. »Stell dir vor, meine Tochter wäre ein Sohn und *dann* wollten sie Freunde werden. *Das* wäre erst interessant.«

»Ich würde mir lieber mit Schmirgelpapier den Hintern eines Tigers in einer Telefonzelle bearbeiten, als über diese besondere Aussicht nachzudenken«, antwortete Nick. »Jetzt verschwinde und mach deinen Job.«

Seine Beziehung zu Nick war eine komplizierte Sache. Vater-Sohn an einem guten Tag, Vater-Sohn an einem schlechten Tag, nur an entgegengesetzten Enden des Spektrums. Tomek arbeitete seit fast fünfzehn Jahren mit dem Hauptkommissar zusammen. Er hatte die Familie besucht, Abende dort verbracht, sich an den köstlichen selbstgemachten Mahlzeiten von Nicks Frau gelabt. Er war sogar zu einigen ihrer Schulversammlungen eingeladen worden, als sie jünger waren. Nick hatte insgesamt drei Kinder. Zwei Mädchen und einen Jungen. Die Mädchen gingen zur Schule, mit vier Jahren Altersunterschied, während Robbie, der Älteste, die Schule mit sechzehn verlassen hatte, um zur Armee zu gehen. Die Entscheidung hatte die Familie zerrissen und war das Ergebnis einer langjährigen Fehde zwischen dem biologischen Vater und Sohn. Infolgedessen kam Nick oft wütend über irgendetwas zu den morgendlichen Besprechungen, etwas, das er dem Team nicht erklären würde. Außer Tomek. Tomek war der Einzige, der sehen und hören durfte, was hinter verschlossenen Türen passierte.

Als Tomek die Tür hinter sich schloss, wurde ihm klar, dass der Mann zu jener Zeit stark gelitten hatte. Dass er Robbies Entscheidung, die Familie zu verlassen, schwerer genommen hatte, als er zugegeben hatte. So sehr, dass er bei seiner Arbeit nachlässig geworden war.

Aber das hatte ihn nicht davon abgehalten, Tomek zu verteidigen, wann immer er es gebraucht hatte, wann immer er einen Fehltritt begangen hatte, einen Fehler gemacht oder die Dinge zu weit getrieben hatte. Nick war immer der Erste gewesen, der zu seiner Verteidigung eintrat. Und jetzt war Tomek an der Reihe; als er den Türgriff losließ, beschloss er, dass wenn jemand von der National Crime Agency wissen wollte, warum die Vorfälle mit den vermuteten Drogenüberdosen nicht über einen einfachen Bericht und ein paar Zeugenaussagen hinaus verfolgt worden waren, dann würde Tomek verteidigen, verteidigen, verteidigen.

Abstreiten.

Abstreiten.

Abstreiten.

KAPITEL
VIERZEHN

Das Treffen mit der Nationalen Kriminalitätsbehörde war nicht so verlaufen, wie Tomek es sich erhofft hatte. Die Menschen, deren Job es war, die Anzeichen eines Serienmörders zu erkennen und zu untersuchen, hatten die Verbindung, die Tomek ihnen erklärt hatte, nicht verstanden. Sie hatten die Hinweise ignoriert, dass ein Mörder gezielt jugendliche Mädchen aufgrund ihrer Allergien ins Visier nahm.

»Es ist einfach zu weit hergeholt«, hatte Naomi Mackenzie ihm erklärt, während nur ihre obere Körperhälfte auf dem Bildschirm zu sehen war. »Selbst wenn es ein drittes Opfer gäbe, glaube ich immer noch nicht, dass es die Kriterien erfüllen würde.«

Tomek war bei diesem Ausdruck zusammengezuckt.

Die Kriterien.

Die Kriterien, die erfüllt sein mussten, damit der Mord an einer unschuldigen Person auf andere Weise untersucht werden konnte. Die Kriterien, die erfüllt sein mussten, um den zusätzlichen Ressourcen- und Kostenaufwand zu rechtfertigen.

Tomek war bereit, ihr einige eigene Kriterien zu nennen, entschied sich aber dagegen und erinnerte sich daran, dass sie alle auf derselben Seite standen. Auch wenn es sich manchmal nicht so anfühlte.

Um sich zu beruhigen und seine Sichtweise zu untermauern, verließ Tomek das Büro und machte sich auf den Weg, um mit Elsie Rawcliffe zu sprechen. Der Freundin von Mandy Butler. Derjenigen, die in der Nacht ihres Todes bei ihr gewesen war, die gesehen hatte, wie Mandy die Drogen gekauft hatte, die sie getötet hatten, die zugesehen hatte, wie ihre Freundin direkt vor ihren Augen gelitten hatte und gestorben war. Tomek hatte bei ihrem College angerufen und darum gebeten, mit ihr in Ruhe und ohne Aufsehen zu sprechen. Die Leiterin der Oberstufe war mehr als glücklich, dies zu ermöglichen, und hatte sichergestellt, dass sie bleiben würde, während Tomek mit ihr sprach, aber nicht ohne vorher die Eltern anzurufen, um zu erklären, was vor sich ging. An diesem Punkt war Tomek gezwungen gewesen, auf Elsies Eltern zu warten, die ihre Arbeit verlassen mussten, um zur Schule zu kommen. Sie trafen fast dreißig Minuten später ein, und in dieser Zeit hatte Tomek das Gespräch kurz und allgemein gehalten – er fragte nach ihren A-Levels, dem College im Allgemeinen und dem Leben ohne Mandy Butler. Das Mädchen war sichtlich nervös, verständlicherweise, und er konnte sehen, wie sie die Ereignisse dieser Nacht in ihrem Kopf noch einmal durchlebte und zusah, wie ihre Freundin immer wieder starb, noch bevor sie überhaupt mit dem Gespräch begonnen hatten.

»Lass dir für alles Zeit«, sagte er zu ihr. »Du bist nicht verhaftet oder so etwas, ich muss dir nur einige Fragen zu dem stellen, was mit Mandy in der Nacht ihres Todes passiert ist.«

»Worum geht es hier?«, fragte Elsies Mutter, eine Frau, die sich als Doktor Rawcliffe vorgestellt hatte. Sie saß nur wenige Zentimeter von ihrer Tochter entfernt, bereit, ihren Arm um sie zu legen, wenn die Dinge zu schwierig wurden. Oder sie war bereit, ihre Tochter wegzuziehen, sobald sie entschied, dass das Gespräch zu belastend geworden war.

»Vor einigen Tagen wurde ein junges Mädchen im Alter von Mandy zum Zeitpunkt ihres Todes im John Burrows Park gefunden. Sie war an Anaphylaxie gestorben. Wir untersuchen derzeit die beiden Todesfälle, um zu sehen, ob es eine Verbindung zwischen ihnen gibt«, erklärte Tomek ihr. Das war mehr, als sie wissen musste. Mehr, als er ihr hatte sagen wollen, aber er hatte den Eindruck, dass Doktor Rawcliffe ihn nicht weitermachen lassen würde, bis sie mit seiner Antwort zufrieden war.

»In Ordnung«, antwortete die Ärztin und wandte sich dann an ihre

Tochter. »Wenn du dies jederzeit abbrechen möchtest, kannst du das tun. Verstehst du?«

Elsie nickte energisch und hielt Tomeks Blick stand.

»Was möchten Sie wissen?«, fragte sie ihn kühl, die Gleichmäßigkeit ihres Atems war offensichtlich, als sie kontrolliert ein- und ausatmete.

»Zunächst möchte ich wissen, ob du dich an das Gesicht des Mannes erinnerst, von dem Mandy die Drogen gekauft hat. War es überhaupt ein Mann?«

»Ja«, antwortete Elsie.

Tomek hatte gewusst, dass es ein Mann war, aber es war besser, unwissend zu wirken; auf diese Weise würde sie mehr reden, und je mehr sie sprach, desto mehr könnte sie Schicht für Schicht abtragen und sich an ein kleines Detail erinnern.

»Erinnerst du dich überhaupt an sein Gesicht?«

»Ein... ein bisschen.«

»Könntest du ihn vielleicht für mich beschreiben?«

»Er... ich meine, es war dunkel, es waren so viele Leute da. Und es war alles so schnell vorbei. Er ist nicht gerade länger geblieben.« Sie holte tief Luft, hielt sie an und ließ ihren Körper dann langsam wieder absacken. »Er war mittelgroß, würde ich sagen. Kleiner als Sie. Dichtes schwarzes Haar. Vielleicht ein Bart.«

Tomek nickte und formte ein Bild des Mannes in seinem Kopf. »Wärst du bereit, diese Beschreibung, und vielleicht noch einige weitere Details, einem Zeichner zu geben, damit wir ein Phantombild erstellen können? Manchmal stellen wir fest, dass das hilft, dein Gedächtnis ein wenig aufzufrischen.«

Elsie zögerte und wandte sich an ihre Mutter, die daraufhin zustimmend nickte. »Okay«, sagte sie leise. »Ich denke, das wäre in Ordnung.«

»Ausgezeichnet. Ich werde jemanden aus meinem Team das für dich erledigen lassen. Sie werden sich mit dir in Verbindung setzen. Hast du den Mann damals erkannt oder sah er wie ein völlig Fremder aus?«

Elsie schüttelte den Kopf. »Mandy kannte ihn. Als er zu uns kam, umarmte sie ihn und bezahlte ihn dann für die Drogen. Ich... ich... ich habe versucht, sie aufzuhalten, aber sie wollte nicht hören. Ich weiß nicht, warum sie dachte, dass es eine gute Idee sei. Sie hatte sie schon einmal probiert und ich... ich sagte ihr, dass ich nichts damit zu tun haben wollte, aber sie wollte nicht hören.«

Tomek studierte Elsies Gesicht. Die Linien auf ihrer Stirn, die Erweiterung ihrer Pupillen, das Zittern in ihrer Stimme, und stellte fest, dass sie die Wahrheit sagte. Dass sie nicht versucht worden war, die Drogen auszuprobieren, dass sie nicht nur Mandy Butler die ganze Schuld gab, um dem Zorn ihrer medizinisch ausgebildeten Mutter zu entgehen.

»Nach der Begegnung«, begann Tomek wieder. »Hast du Mandy gebeten, herauszufinden, wer der Mann war?«

»Ich habe es versucht, aber sie wollte es mir nicht sagen. Sie sagte mir nur, es sei jemand, den sie aus der Schule kannte.«

»*Diese* Schule?«

Tomek wandte sich an die am hinteren Ende des Raumes sitzende Oberstufenleiterin, als ob er erwartete, dass sie die Antwort wüsste. Die Aussicht, dass der Mörder jemand aus derselben Schule gewesen sein könnte, in der er gerade saß, erregte Tomek.

»Nicht diese Schule, nein«, antwortete Elsie, und ein Ausdruck der Erleichterung breitete sich auf dem Gesicht der Schulleiterin aus. »Mandy hat früher in Manchester gelebt. Sie ist hierhergezogen, als sie gerade mit der zehnten Klasse angefangen hatte, ich glaube, das war's.«

»Ja. Das stimmt«, fügte die Oberstufenleiterin hinzu, obwohl man an dem Zögern in ihrer Stimme deutlich erkennen konnte, dass sie keine Ahnung hatte, worüber sie sprach.

Tomek machte sich eine Notiz. Manchester. Jemand aus einer Schule in Manchester, die sie besucht hatte.

»Kennen Sie den Namen der Schule?«, fragte Tomek.

Elsie schüttelte wieder den Kopf. »Sie hat nicht darüber gesprochen. Sie sind nur hierher zurückgezogen, weil ihre Mutter Heimweh hatte. Ihr Vater stammte ursprünglich von hier.«

»Und Sie haben erwähnt, dass es nicht das erste Mal war, dass Mandy Drogen gekauft hatte«, begann Tomek. »Wissen Sie, wie häufig sie sie genommen hat?«

»Ich glaube nur ein- oder zweimal. Nur Gras... denke ich. Sie und ein paar andere Leute von unserer Schule sind manchmal nach dem

Unterricht in den Wald gegenüber gegangen und haben es geraucht, aber ich bin nie in die Nähe gekommen. Ich hatte zu viel Angst.«

Also hatte sie ihren Drogenkonsum von Gras auf Ecstasy gesteigert. Ein Sprung, der sie getötet hatte. Und dabei war sie zum Aushängeschild für die Gefahren von Drogen geworden.

Gras, die Einstiegsdroge, die zum Tod führt.

Während er dort saß und die Informationen verdaute, wurden ihm mehrere Dinge klar. Und er musste beschämt zugeben, dass es dabei überhaupt nicht um Mandy Butler oder Lily Monteith ging. Vielmehr ging es um seine eigene Tochter.

Dass Mandys und Lilys Freunde mehr über ihre Freunde wussten als die Eltern über ihre eigenen Kinder. Und wenn das eine universelle Wahrheit wäre, wurde es höchste Zeit, dass er anfing, sich mit Sylvia und ihrer Mutter Louise anzufreunden. Denn das Letzte, was er wollte, war, dass sich die Geschichte wiederholt. Und dass Kasia ihre Freundin für jemanden Cooleren fallen lässt, die Regeln bricht, in Drogen verwickelt wird und dann zu einem weiteren Aushängeschild wird.

Es spielte keine Rolle, ob sie erst dreizehn Jahre alt war. Die Risiken waren für sie genauso präsent wie für jeden anderen.

Als er den Raum verließ, dankte Tomek Elsie für ihre Zeit und nahm die Kontaktdaten der Familie für den Phantombildzeichner auf. Dann bedankte er sich bei der Oberstufenleiterin, erinnerte sie daran, dass er sich melden würde, und machte sich auf den Weg zu seinem Auto. Gerade als er die Tür hinter sich schließen wollte, klingelte sein Handy.

Abigail.

Hoffentlich mit guten Nachrichten.

»Dreimal in zwei Tagen? Das ist mehr, als ich mit meinem Nachbarn spreche, und wir sehen uns fast jeden Tag.«

»Hättest du Lust, daraus heute Abend vier zu machen?«

»Nur wenn du etwas für mich hast.«

»Warum muss es immer eine Gegenleistung sein? Können nicht zwei Freunde einen Drink zusammen nehmen, ohne dass einer vom anderen etwas erwartet? Du schienst gestern Abend kein Problem damit zu haben, als ich dich gefunden habe.«

»Ich dachte, du wärst zu betrunken gewesen, um dich daran zu erinnern.«

»Benimm dich. Ich war angeheitert. Nichts weiter. Also, was sagst du? Ein Drink heute Abend?«

Tomek hielt einen Moment inne, um seinen imaginären Kalender zu überprüfen.

»Ich muss das erst mit meiner Tochter abklären, aber ich denke nicht, dass es ein Problem sein sollte.«

KAPITEL
FÜNFZEHN

Kasias letzte Worte an ihn, bevor er zu Moo-Moos aufgebrochen war, hallten in seinem Kopf wider, als er durch die Tür trat.

»Du brauchst wohl überhaupt keine Beziehungstipps«, hatte sie gesagt. »Zwei Frauen in zwei Nächten. Du bist ein vielbeschäftigter Mann. Aber bitte keine weiteren Brüder oder Schwestern.«

Der Gedanke daran hatte Tomeks Magen verkrampfen lassen. Nicht nur wegen der Vorstellung, in seinen Vierzigern ein Neugeborenes zu haben, sondern auch weil sie erst ein oder zwei Tage zuvor das Gespräch über die Bienen und Blumen abgewimmelt hatte. Und jetzt brachte sie es selbst zur Sprache. Was hatte sich also geändert? Was hatte sie ermutigt, so derb darüber zu sprechen?

Er wusste es nicht, aber ihre Wortwahl überraschte und ermutigte ihn zugleich. Als sie zum ersten Mal in sein Haus gekommen und in sein Leben geworfen worden war, war sie verständlicherweise zurückhaltend und still gewesen, schüchtern, ängstlich. Aber jetzt, da sie sich in ihrem Zuhause und ihrem Schulleben eingelebt hatte (und auch nachdem das Mobbing aufgehört hatte), wurde sie offener, die Bindung ihrer Beziehung zueinander wurde stärker. Sie waren nicht nur Vater und Tochter, sondern wurden mit jedem Tag mehr und mehr zu besten Freunden. Sie sprachen über solche Dinge – Erwachsensein, Freundschaften, Beziehungen – viel früher als er erwartet hatte. Und er wollte dem nicht im Weg stehen. Wenn sie ihm genug vertraute, um sich über solche Dinge zu öffnen, dann würde er nichts tun, um das zu gefährden.

Vielleicht war es doch keine so schreckliche Idee, Billy den Kuhkämpfer für einen Abend zu Besuch kommen zu lassen.

Als er zur Bar ging, begann der Mann dahinter mit seiner Bestellung.

»Auch ein Glas Wein für Ihre Begleitung heute Abend?«

Tomek lachte verlegen. »Weiß ich ehrlich gesagt nicht genau. Ich glaube, sie mag Rotwein.«

»Jemand anderes diesmal?«

Tomek wusste, worauf das hinauslief. »Nur eine Freundin.«

Der Barkeeper warf ihm einen wissenden Blick zu, reichte ihm sein Getränk und sagte ihm, er würde es auf die Rechnung setzen.

»Ich zahle es jetzt, danke«, sagte er. »Sie kann sich ihr eigenes holen, wenn sie da ist.«

»Wow«, antwortete der Barkeeper. »Sie ist *wirklich* nur eine Freundin.«

Zumindest vorerst.

Tomek konnte weder die gemeinsame Geschichte leugnen noch die Chemie und sexuelle Spannung zwischen ihnen. Aber im Moment konnte er darüber nicht nachdenken. Wollte es nicht. Mandy und Lily waren tot, weil ein bösartiger und grausamer Mörder sie umgebracht hatte, und er musste herausfinden, wer es war, bevor er überhaupt daran denken konnte, mit irgendjemandem eine romantische Beziehung einzugehen.

Tomek schaute in den nächsten zehn Minuten immer wieder auf seine Uhr, bis sie ankam. Als sie endlich auftauchte, hatte er sein Bier bereits frustriert ausgetrunken und sich schließlich entschieden, ein zweites Getränk für sich und ein Glas Roséwein für Abigail zu bezahlen, wobei er das Grinsen des Barkeepers ignorierte, als er seine Karte auf das Gerät tippte.

»Das ist nett«, sagte sie, als sie sich auf dieselben Plätze setzten, auf denen Tomek und Saskia am Abend zuvor gesessen hatten. »Wir sollten das öfter machen.«

»Vielleicht«, antwortete er. »Glaube nicht, dass Sean darüber sehr glücklich wäre.«

»Sean wird nichts dagegen haben«, erwiderte sie und wies ihn sofort zurecht. »Und das weißt du auch.«

Ihre Beziehung zu dem Sergeant war kurz gewesen, ein flüchtiger Moment, der nur ein paar Wochen gedauert hatte, aber Sean hatte die Trennung nicht gut verkraftet. Er hatte mehrmals versucht, es wieder in Ordnung zu bringen, aber etwas war zwischen sie gekommen. Etwas, das sich in ihre Beziehung gedrängt und eine gewaltige Kluft verursacht hatte: Tomek. Alles wegen einer betrunkenen Nacht, eines betrunkenen Kusses.

Aber Tomek wollte nicht alten Kram aufwärmen.

»Wofür hast du mich hergebracht, Abigail?«, fragte er.

»Wie lief dein Treffen mit der NCA heute?«

Tomek zögerte. Woher wusste sie davon? Hatte sie kleine Aufnahmegeräte auf seinem Schreibtisch? Hatte sie ihm letzte Nacht eines angeheftet? Oder versorgte Sean sie immer noch mit Informationen? So oder so, es verunsicherte ihn. Und machte ihm eines klar: Sie hatte alle Macht in diesem Gespräch, und sie war nicht bereit, es zu überstürzen, nur um ihm entgegenzukommen.

»Nicht sehr gut«, erzählte er ihr. »Sie haben nicht zugestimmt, der Sache nachzugehen.«

»Das tut mir leid«, antwortete sie, ihr Ton war voller Aufrichtigkeit, was einer der wenigen Momente war, in denen er diese Nuance in ihrer Stimme bemerkte.

»Ich brauche diese Mädchen, damit sie sich melden und auf jede mögliche Weise helfen.«

»Ich weiß«, sagte sie und fuhr mit dem Finger über den Rand ihres Glases. »Aber ich glaube nicht, dass sie in dieser Sache nachgeben werden.«

»Gibt es nichts mehr, was wir tun können?«

Frustration war typisch für Fälle mit jungen Opfern. Die Erinnerungen an das, was ihnen widerfahren war, hinderten sie daran, irgendjemandem zu vertrauen, selbst der Polizei, und so schwiegen sie, was ihren Angreifern ermöglichte, weiterhin ihre Verbrechen zu begehen. Aber er hatte inzwischen akzeptiert, dass das Teil des Jobs war und dass es an ihm lag, neue und innovative Wege zu finden, um diese Engpässe zu umgehen.

»Ich glaube, ich habe etwas, das für dich interessant sein könnte.«

Tomeks Augen weiteten sich und seine Ohren spitzten sich.

»Ich höre.«

»Ich habe gestern und heute ein bisschen nachgeforscht, mit ein paar Kontakten gesprochen, mich mit alten Freunden getroffen.« Sie nahm einen Schluck Wein, ließ sich Zeit, nahm ihm die Macht. »Und ich glaube, ich habe einen ähnlichen Fall gefunden, der eine Frau in Manchester betrifft.«

»*Manchester*?«

Tomek konnte spüren, wie seine Handflächen zu schwitzen begannen.

»Ja. Der Ort im Norden. Ich war nie dort, aber ich höre, dass es sich in letzter Zeit verändert hat.«

»Was ist in Manchester passiert? Wer war es? Wann? Wo?«

Tomek konnte sich nicht beherrschen. Seine Handflächen waren jetzt mit einer dünnen Schweißschicht bedeckt, er saß auf der Kante seines Stuhls, und er lehnte sich so weit über den Tisch, dass es aussah, als wolle er sie küssen.

»Vor fünf Jahren«, begann sie und sprach absichtlich langsam, um ihn zu provozieren, »wurde eine Frau namens Diana Greenock tot in ihrer Erdgeschosswohnung in Manchester aufgefunden. Als ihre Freundin sie fand, sah sie eine Katze am Ende ihres Bettes sitzen. Diana Greenock war allergisch gegen Katzen. Sie litt auch unter schwerem Asthma. Die Katze war ein paar Tage lang verschwunden gewesen, und während Diana eines Abends schlief, so die Theorie, war die Katze mitten in der Nacht durch das Fenster geklettert und hatte sie getötet.«

»Sie wurde von einer Katze getötet?«, fragte Tomek fassungslos.

»Nein. Der Obduktionsbericht besagt, dass ihre Allergie auf die Anwesenheit der Katze reagiert hatte, und das hatte ihr Asthma ausgelöst, was schließlich zu ihrem Tod führte.«

»Also schleicht sich eine Katze in ihr Zimmer, steht einfach da, und dann stirbt sie.«

Abigail nickte. »Nicht ganz so, wie ich es formulieren würde, aber andererseits bin *ich* die Journalistin.«

Tomek trank langsam an seinem Bier. Wenn er nicht zuvor entdeckt hätte, dass Mandy Butler einst in Manchester gelebt hatte, wäre ihm die Verbindung nicht aufgefallen. Aber jetzt konnte er es nicht mehr aus dem Kopf bekommen. Dass, wenn es derselbe Mörder war, Diana Greenock sein erstes Opfer gewesen sein könnte. Dass er Mandy Butler in irgendeiner Funktion an einer Schule in Manchester unterrichtet hatte. Dass er ihr und ihrer Familie nach Süden gefolgt war. Dass er jahrelang gewartet hatte, um sie zu töten.

Die Abstände zwischen den Morden beunruhigten Tomek. Drei Jahre zwischen Diana Greenocks und Mandy Butlers Tod, und jetzt eine zweijährige Pause zwischen Mandy Butler und Lily Monteith. Insgesamt fünf Jahre. Von dem wenigen, was er über Serienmörder wusste, was jetzt der korrekte Begriff war, wenn dies wirklich der Fall sein sollte, wusste er, dass welches Verlangen auch immer sie antrieb, bald zu stark werden würde, um es zu ertragen, und dass die Abstände zwischen den Opfern immer kürzer werden würden. Dass ein weiteres Opfer viel früher als erwartet auf seinem Schreibtisch landen könnte.

»Wie alt war Diana Greenock?«, fragte Tomek, nachdem ihm bewusst geworden war, dass er eine Weile nichts gesagt hatte.

»Ich glaube, sie war entweder achtundzwanzig oder neunundzwanzig. Ich kann mich nicht erinnern.«

Das schien nicht zum Muster zu passen. Es sei denn natürlich, beim ersten Opfer war etwas schiefgelaufen. Dass sie nicht so gestorben war, wie er es gewollt hatte, und so hatte er das Alter seiner Opfer auf jemanden reduziert, über den er mehr Kontrolle, mehr Macht haben konnte. Und mit den letzten beiden Opfern im Alter von fünfzehn Jahren hatte er den Sweet Spot gefunden.

»Weißt du, was bei den polizeilichen Ermittlungen passiert ist?«, fragte Tomek.

»Soweit ich es verstehe, hat die Polizei die Mitbewohner in ihrem Block befragt und es dabei belassen. Es gab keine Anzeichen für einen Einbruch, und die Katze war ein paar Tage zuvor verschwunden gewesen, also wurde angenommen, dass sie sich einfach eingeschlichen hatte.«

»Oder so hatte es jemand aussehen lassen.«

KAPITEL
SECHZEHN

Fern Clements lag dort auf dem Boden in der Mitte des kalten Raumes. Nackt, bis auf ihre Unterwäsche. Schweißperlen tropften von ihrem Bauchnabel auf die glatte, feste Oberfläche, von ihrem Kinn hinunter zu ihrem Hals, von ihren Handgelenken zu ihren Fingern, trotz der Kälte, trotz der Eiseskälte, die das Gebäude und die Umgebung umhüllte. Draußen war es unter null, drinnen nicht viel wärmer, und dennoch schwitzte sie stark, ihr Körper arbeitete auf Hochtouren, um ums Überleben zu kämpfen.

Er hatte in den letzten zwanzig Minuten über ihr gestanden und sie beobachtet, darauf wartend, dass sie aus ihrem Schlummer erwachte. Als sie es tat, hatte sie wild mit den Armen um sich geschlagen und die Fesseln an ihren Handgelenken und Fußknöcheln auf ihre Haltbarkeit geprüft. Jede einzelne hatte der Belastung standgehalten. Jetzt, einige Minuten später, schlug und wand sie sich immer noch, aber ihre Bewegungen waren eher zu einem Winden geworden, mühsam, erschöpft, ihre Energiereserven erschöpft. Der Alkohol, den sie in den letzten paar Stunden konsumiert hatte, war dabei keine große Hilfe gewesen.

Ihre Augen waren wild vor Angst, enthielten aber immer noch die trübe Benommenheit des Alkoholismus. Und für jemanden in ihrem Alter, jemanden, dessen Körper noch keine Toleranzlevels aufgebaut hatte, um dem standzuhalten, nahm er an, dass sie für die nächsten

Stunden so bleiben würde. In einem gedämpften, tranceartigen Zustand.

Perfekt.

Sie hatte die halbe Arbeit für ihn erledigt.

Als er einen Schritt nach vorne machte und aus der Dunkelheit des Raumes auftauchte, grinste er hinter dem Netzgewebe vor seinem Gesicht und bewegte sich auf sie zu. Sobald sie seine Berührung auf ihrer Stirn spürte, verstärkte sich das Zucken. Ihr ganzer Körper diesmal, einschließlich ihrer Brüste.

Er bewunderte sie einen Moment lang, dann fuhr er fort.

Es ging nicht um etwas Sexuelles. Es war nie darum gegangen und würde es auch nie sein. Er hatte ihre Kleidung nur entfernt, weil es notwendig war. Weil er sehen wollte, wie *sie* reagierten. Er hätte dasselbe mit Lily Monteith getan; sie auf den Boden gelegt und sich Zeit gelassen mit dem Latex, die Paste, die er speziell für sie gekauft hatte, über ihren Körper gestrichen. Aber der Handschuh hatte viel schneller gewirkt, als er erwartet hatte, und so war er gezwungen gewesen, ihren gemeinsamen Abend abzukürzen.

Heute Abend würde es anders sein.

Heute Abend würde er Zeit haben, es zu genießen, die Ereignisse vor sich entfalten zu sehen.

Den Prozess zu perfektionieren.

»Shh«, sagte er, während er langsam ihr Haar streichelte. Die Textur fühlte sich unter seinen Fingern verzerrt an, distanziert.

Während der Anzug zu seinem eigenen Schutz diente, hasste er zuzugeben, dass er das gesamte Erlebnis ruinierte. Besonders das Netzgewebe vor seinem Gesicht, das ihn daran hinderte, ihren Körper so detailliert zu untersuchen, wie er es gerne getan hätte.

Der Anzug selbst war beispielhaft. Von einem seriösen Lieferanten in Brasilien bezogen. An den Füßen, Händen und der Taille elastisch. Aus der dicksten Baumwollmischung auf dem Markt hergestellt. Und er hatte sogar Taschen an den Oberschenkeln, falls er sie brauchen würde.

Er streichelte weiterhin einen Moment lang ihr Haar und hoffte, dass es sie beruhigen würde. Aber es hatte nicht die gewünschte Wirkung. Stattdessen spannte sie weiterhin ihre Muskeln an und verschlimmerte die Abschürfungen, die sich um ihre Handgelenke und Knöchel bildeten. Vielleicht dachte sie, dass ihr sexuell etwas zustoßen würde. Vielleicht dachte sie, der Anzug sei Teil seines Fetischs. Aber wie konnte er ihr sagen, dass die Realität viel schlimmer sein würde, ohne die Überraschung zu verderben?

»Shh«, fuhr er fort. Immer noch mit wenig Wirkung.

Er konnte ihr nicht versprechen, dass alles in Ordnung sein würde, denn das würde es nicht sein. Und er neigte nicht dazu, zu lügen oder falsche Hoffnungen zu machen. Er sagte die Dinge gerne, wie sie waren.

Mit der offensichtlichen Ausnahme, *dies* geheim zu halten und absolut niemandem etwas zu sagen.

In der Erkenntnis, dass es nichts mehr gab, was er sagen oder tun konnte (er hatte schon Schwierigkeiten gehabt, seine Augen von Ferns dünnem, schlankem, minderjährigem Körper abzuwenden), beschloss er, dass es Zeit war zu beginnen.

Er gab ihrem Haar einen letzten Strich, drehte sich dann um und ging in Richtung Ausgang. Er kehrte einige Augenblicke später zurück, mit einem Gegenstand in der Hand.

Zunächst schien Fern ihn nicht zu erkennen. Aber als die Intensität des Geräusches zunahm, reckte sie den Hals und ihre Augen weiteten sich, ihre Pupillen fokussierten sich, und fast augenblicklich war es, als wäre sie wieder nüchtern, der Alkohol plötzlich aus ihrem System verschwunden.

Sie wusste genau, was kommen würde.

Er wusste genau, was kommen würde.

Das bedeutete, es war Zeit, die nächste Phase im Prozess zu beginnen, die Welt von denen zu befreien, die schwächer waren als er selbst, schwächer als die allgemeine Bevölkerung.

Eine Allergie nach der anderen.

KAPITEL
SIEBZEHN

Tomek gähnte, während er die Spiegeleier wendete. Er musste sie gründlich durchbraten, hatte Kasia gesagt. Das war eine Bedingung gewesen, als er ihr zum ersten Mal Frühstück gemacht hatte. Keine matschigen, ungebratenen Stellen oben, die wie Wasser aussahen. Ihre Eier mussten fast bis zur Unkenntlichkeit durchgebraten sein. Das Gleiche galt für ihren Toast und Speck, schwarz auf allen Seiten.

»Welche Fächer hast du heute?«, fragte er, als sie die Küche betrat, ihre Schuluniform völlig durcheinander.

»Nichts Aufregendes«, sagte sie. »Mathe. Geschichte. Sport. Englisch. Und Doppelstunde Naturwissenschaften.«

»*Doppelstunde* Naturwissenschaften?«, fragte Tomek. Er konnte sich nichts Schlimmeres vorstellen.

»Jep«, antwortete sie. »Doppelte Unterrichtszeit. Doppelte Langeweile. Aber genug von mir. Ich will wissen, wie es dir gestern Abend ergangen ist.«

Tomek drehte die Eier noch einmal um und verzog das Gesicht beim Anblick des gelben Eigelbs, das jetzt wie ein schwammiger Gummiball aussah.

»Wie es mir 'ergangen' ist?«

»Ja. Hast du jemanden aufgerissen?«

Tomek lachte. Beschloss, die Farce weiterzuführen.

»Geht dich nichts an.«

»Das ist also ein Ja.«

»Nein, ist es nicht. Es ist ein 'Es geht dich überhaupt nichts an, also halt dich da raus' geht-dich-nichts-an.«

»Sah sie gut aus?«

Tomek hatte darüber nicht nachgedacht. Tatsächlich konnte er sich nicht erinnern, was sie getragen hatte.

»Ähm, ja. Sie sah gut aus.«

»Was hatte sie an?«

Und dann fiel es ihm wieder ein. Eine weiße Jeans, frisch gewaschen und möglicherweise gebügelt. Weiße Bootsschuhe, deren Farbe leicht verblasst war. Ein schwarzer Blazer über einem grauen Stricks-hirt. Sie hatte sich offensichtlich Mühe gegeben, und er hatte es völlig übersehen.

»Klingt, als hätte sie sich richtig schick gemacht.«

»Ja. Danke, Kupplerin.«

»Wann wirst du sie wiedersehen?«

»In beruflicher Hinsicht?«

»Das habe ich nicht gefragt«, erwiderte Kasia und sah ihn streng an. »Und das weißt du auch.«

»Dir entgeht auch nichts.«

Tomek machte die Eier fertig und stellte ihr Frühstück auf den Tisch. Kasia setzte sich aufgeregt auf den Stuhl.

»Habe ich sie schon mal getroffen?«

»Nein.«

»Kann ich?«

»Nein.«

»Warum nicht?«

»Weil sie eine Kollegin ist. Und zwischen uns läuft nichts.«

»Was ist mit Saskia?«, fragte Kasia. »Weiß Saskia von Abigail?«

»Woher zum T-«, begann er, fing sich aber. Er hob eine Augen-braue. »Woher weißt du ihren Namen?«

Kasia schien auf ihrem Stuhl zusammenzusinken und beschäftigte sich eifrig mit ihrem Frühstück, aß es schnell, um die Frage nicht beantworten zu müssen.

»Ich habe meine Quellen«, sagte sie vorsichtig.

»Na, dann stell sie ein. Zwischen Saskia und mir läuft nichts. Genauso wenig wie mit Abigail. Und das soll auch so bleiben.«

»Warum nicht?« Der Ton in ihrer Stimme änderte sich von eifrig und nervig zu nachdenklich und zeigte echte Besorgnis.

»Also...«

Vorsicht, Tomek.

»Weil ich mich um dich kümmern muss, oder? Und ich habe Arbeit. Beides nimmt-«

»Lass *mich* nicht im Weg deines Liebeslebens stehen«, sagte sie, während sie den letzten Rest ihres Frühstücks beendete. »Nicht, wenn es dich daran hindert, glücklich zu sein.«

»Das wird es nicht. Du wirst es nicht. Ich...«

»Ich möchte, dass du glücklich bist«, sagte sie aufrichtig.

»Und ich möchte, dass du auch glücklich bist«, erwiderte er gleichermaßen.

»Toll. Also ist es in Ordnung, wenn Billy nach der Schule mal vorbeikommt?«

Und da war es. Das Hintergedanke. Der Grund, warum sie in seinem Privatleben herumschnüffeln und sich einmischen wollte. Der Grund, warum sie ihn aufbauen und dafür sorgen wollte, dass er seine eigenen Worte nicht zurücknehmen konnte.

Sie hatte ihn reingelegt.

Oder so dachte sie zumindest.

»Ich habe darüber nachgedacht«, begann er. »Ich würde Billy gerne kennenlernen. Vielleicht könnten wir drei zusammen essen gehen, damit ich ihn etwas besser kennenlernen kann.«

»Ich... äh...« Die Farbe wich aus ihrem Gesicht. »Ich meine... ich kann ihn fragen. Aber ich glaube nicht, dass ihm das recht wäre.«

Natürlich nicht. Der Junge war ein Spaßvogel im Klassenzimmer, aber außerhalb davon ein Mauerblümchen.

»Also kann er nach der Schule mal vorbeikommen?«, beharrte sie, als er nichts sagte.

Er zögerte, bevor er antwortete. Das Wort, das ihm Angst einjagte, kam ihm in den Sinn.

Situationship.

Mit all seinen fünf Silben.

»Was werdet ihr beiden denn machen, wenn er vorbeikommt?«,

fragte Tomek. Er legte seine Hände auf die Rückenlehne des Esszimmerstuhls, während er auf eine Antwort wartete.

Kasia hatte den Teller von sich weggeschoben und war dabei, ihre Schultasche für den Tag fertig zu packen. Eine Lunchbox, ihr Tagesplaner, Notizbücher und eine Wasserflasche wanderten alle in das mittlere Fach.

»Geht dich nichts an«, antwortete sie schließlich.

Tomek wusste, dass sie versuchte, schlau zu sein, versuchte, ihn mit seinen eigenen Waffen zu schlagen, aber leider für sie hatte sie gerade das Schlimmste gesagt, was sie hätte sagen können, ohne es zu merken.

Si-tu-a-tion-ship.

»Du bist manchmal zu schlau für dein eigenes Wohl«, sagte er, »aber jetzt, wo du das gesagt hast, kann ich ihn auf keinen Fall vorbeikommen lassen. Zumindest nicht ohne Aufsicht eines Erwachsenen.«

Kasias Gesicht verzog sich zu einem Knäuel der Wut, als hätte er ihr gerade das Handy weggenommen – oder etwas anderes, das für eine Dreizehnjährige ebenso lebensbedrohlich war. Aber bevor sie antworten konnte, klingelte sein Telefon und vibrierte gegen sein Bein.

Seltsamerweise, und doch auch traurigerweise, wusste er, worum es bei dem Anruf gehen würde.

Die Intuition, die kleinen Alarmglocken, läuteten bereits in seinem Kopf.

Als er DC Oscar Perez zuhörte, der ihm erklärte, dass eine weitere Leiche eines Teenager-Mädchens gefunden worden war, wusste er, dass sein nächstes Gespräch mit der National Crime Agency viel besser verlaufen würde als das letzte.

KAPITEL
ACHTZEHN

Der Tatort stand in völligem Kontrast zu dem von Lily Monteith. Die Leiche war halbnackt, würdelos und den Elementen ausgesetzt zurückgelassen worden, dem unbeneidenswerten Starren ihrer Kollegen und der Fachleute, die um sie herum arbeiteten. Da sie keine Kleidung trug, außer der Unterwäsche, die sie vor ihrem Tod angezogen hatte, gab es auch keine Tasche oder irgendeine Form der Identifikation.

Auch die Art und Weise, wie sie entsorgt worden war, unterschied sich. Diesmal war sie aus Wut, aus Frustration, mitten auf das Gras im Belfairs Park in der Nähe von Leigh-on-Sea geworfen worden. Auf den Boden geworfen wie eine leere Chipstüte. Ihre Arme waren entstellt und verformt, lagen in unbehaglichen und unnatürlichen Winkeln; ihre Beine waren in derselben Weise zurückgelassen worden.

Aber das hinderte sie nicht daran, ihre Verletzungen zu sehen.

Oh nein.

Die waren für alle Welt zur Schau gestellt worden.

Die nadelstichartigen Löcher über ihren Körper. Die übergroßen Quaddeln auf ihrer Haut, erhoben wie winzige Vulkane. Die Masse davon im Gesicht und auf der Brust. Die Schwellungen an Lippen und Wangen. Die Stacheln, die noch aus den Einstichstellen ragten.

»*Jezus Maria*«, sagte Tomek, als er sich dem Körper näherte. »Wie viele sind es?«

»Einer hätte ausgereicht, um sie zu töten«, antwortete Lorna, die mit den Händen in den Taschen ihres Forensikanzugs dastand. »Vorausgesetzt, dies steht in Verbindung mit *Ihrem* Killer.«

Als ob sie Freunde wären, die regelmäßig Kontakt miteinander pflegten.

Tomek wurde jedoch von seinen *tatsächlichen* Freunden begleitet. DS Campbell und DC Chey Carter, das jüngste Mitglied des Teams.

Tomek versuchte, die Anzahl der roten Punkte auf dem Körper des Mädchens zu zählen. »Da sind mindestens fünfzig Stiche. Und das nur auf einer Seite.«

»Also mindestens fünfzig Bienen«, fügte Sean hinzu.

»Ja. Guter Anfang.« Seine Augen wanderten über die Unterwäsche des Mädchens zu dem Hautbereich nahe ihrer Innenschenkel. »Die dort scheint noch in ihr festzustecken.«

Das winzige schwarz-gelbe Knäuel neigte sich zur Seite und schaukelte sanft im Wind. Es war ein Wunder, dass es so lange überlebt hatte. Tomek beugte sich für einen genaueren Blick nach unten.

»Vorsicht!« rief Chey und streckte eine Hand vor Tomeks Gesicht. »Nicht anfassen, sonst wird es vielleicht zu einer *Zom-Biene*!«

Einen Moment lang sagte Tomek nichts. Nicht weil er nicht wusste, was er sagen sollte (er kannte die genauen Worte, die aus seinem Mund kommen würden, lange bevor Chey sie hörte), sondern weil er von dem Kommentar so überrascht war, dass sein Gehirn ein paar Sekunden brauchte, um zu verarbeiten, ob der Polizist das tatsächlich gesagt hatte.

Schließlich drehte sich Tomek um, um dem jungen Detektiv ins Gesicht zu sehen, und starrte ihn mit einer bedrohlichen Miene an. »Du bist eine verdammte Schande, Kumpel. Du solltest dich schämen. Hab etwas verdammten Respekt.«

Die Unentschuldbarkeit seines Kommentars machte sich schnell auf Cheys Gesicht bemerkbar, und er entschuldigte sich überschwänglich. Tomek akzeptierte es und begrüßte ihn dann in dem, was er das Strafteam nannte: eine kleine Einheit, die derzeit nur aus Chey bestand, der nun alle langen Stunden, die Überstunden und die langweiligen und monotonen Aufgaben erledigen würde, die sonst niemand machen wollte. Wenn jemand im Team jemanden brauchte, um etwas aus den Asservaten zu holen, war Chey der Mann. Wenn sie jemanden brauchten, der in ihrem Namen an einer Obduktion teilnahm, wäre Chey der erste Name in jedermanns Gedanken.

Tomek wollte nicht mit eiserner Faust führen, aber es war notwendig. Es gab eine Zeit und einen Ort für solche Kommentare, und direkt auf die Leiche zu starren, die erst seit wenigen Stunden kalt war, war sicherlich weder die Zeit noch der Ort dafür.

»Zu weit, Mann«, sagte Sean und schüttelte den Kopf, während Chey hinter ihnen beiden kauerte, um aus dem Blickfeld zu bleiben. »Zu weit.«

»Als ob du nicht schon Schlimmeres gesagt hättest«, flüsterte Chey leise.

Tomek hörte jedes letzte Wort. Sah es auch. Der Nebel seines Atems war der größte Verräter. »Oh, wir waren da schon, haben das getan«, antwortete er. »Aber wir haben gelernt, wann und wo. Das Gleiche gilt für dich. Ein Übergangsritus.«

»Wie auch immer, ich finde trotzdem, was er gesagt hat, ist widerlich.«

Alle drei Männer drehten sich um und sahen den letzten Nebel, der aus Lornas Mund kam.

»Nun, im Namen des jungen Herrn Carter hier«, begann Tomek, »entschuldige ich mich.«

»Es ist nur deshalb widerlich, weil ich nicht zuerst darauf gekommen bin.«

Oh, großartig, dachte Tomek. *Zwei unangemessene Komiker im Team.*

Wenn man diese Zahl zu ihm selbst und Sean hinzufügte, waren sie bereits weit über seinem bevorzugten Limit.

Tomek richtete seine Gedanken auf die vorliegende Angelegenheit und zeigte auf die Biene, die aus dem Oberschenkel des Mädchens ragte. Zu Chey befahl er: »Find einen SOCO. Lass ihn das Insekt *vorsichtig* entfernen und zur Asservatenliste hinzufügen. Nachdem du das getan hast, möchte ich, dass du herausfindest, welche Art von Biene es ist und woher sie kam.«

Chey öffnete den Mund, um zu sprechen, aber Tomek unterbrach ihn sofort.

»Wag es nicht, verdammt noch mal zu sagen, dass sie aus einem Bienenstock kam, sonst schmeiße ich dich aus diesem Team.«

Chey verließ das Gespräch mit einem schiefen Lächeln im Gesicht.

»Die Jugend heutzutage«, sagte Sean und verdrehte die Augen für einen sarkastischen Effekt.

»Kleine Rotzlöffel, nicht wahr? *Gówniaki* nennen wir sie in der Heimat. Übersetzt sich ungefähr mit *Scheißerchen*. Aber Chey ist einer der Guten, auch wenn er noch nicht weiß, wie man sich richtig benimmt.«

»Er ist wie ein unerzogener Hund. Pisst und scheißt überall hin.«

Tomek schaute zu seinem Freund hoch, ganze einen Meter dreiundneunzig groß, und klopfte ihm spielerisch auf den Rücken. »Ich habe zu Hause schon so ein pissend-scheißendes Etwas. Sie ist zwar nicht klein, zugegeben, und gut stubenrein, aber sie pisst und scheißt trotzdem. Willst du nicht vielleicht die da unter deine Fittiche nehmen?« Tomek nickte in Cheys Richtung. Der junge Mann sprach nervös eine gesichtslose Gestalt in einem weißen Spurensicherungsanzug an.

Seans Gesicht verzog sich, als eine Windböe Lornas Worte zu ihnen trug.

»Was zum Teufel stimmt mit euch Typen nicht?«, fragte sie. »Ich dachte, *ich* wäre die Seltsame. Aber ihr seid nochmal was ganz anderes. Es ist ein verdammtes Wunder, dass ihr überhaupt was auf die Reihe kriegt.«

»Es ist ein Wunder, dass wir *irgendetwas* hinkriegen«, erwiderte Sean. Der Wind hatte aufgefrischt und schlug ihm die Seiten seines Spurensicherungsanzugs ins Gesicht.

In dem Moment klatschte ihm ein verirrtes Blatt auf die Wange. Tomek wollte gerade lachen, als er einen Haufen weiterer Blätter sah, durchnässt und rostfarben, die auf sie zuflogen. Sein erster Gedanke war, die Leiche zu schützen. Aber das SOCO-Team war gerade dabei, das Zelt aus ihrem Transporter zu holen und kämpfte selbst mit dem Wind. Tomek hockte sich neben das Mädchen und begann, die Blätter und anderen Unrat zu entfernen, die bei dem Ansturm über sie hinweggeweht waren.

Glücklicherweise waren es nur eine Handvoll, und nur wenige davon waren auf den zahlreichen Bienenstichen gelandet, die ihren Körper übersäten.

»Wir müssen sie so schnell wie möglich abdecken«, bemerkte er, ohne jemanden Bestimmten anzusprechen.

»Sie arbeiten daran«, sagte Chey, als er zurückkam.

Bei ihm war eine Kriminaltechnikerin, die eine Plastiktüte in der Hand hielt. Sie beugte sich hinunter, nahm ein dünnes Plastikröhrchen aus der Tüte und drückte es gegen den Oberschenkel des Mädchens. Dann zog sie mit einer feinen Pinzette vorsichtig die Biene aus der Wunde und ließ sie in das Röhrchen fallen.

Tomek dankte ihr. Sie ignorierte ihn und teilte Chey mit, dass jemand vom Team sich bezüglich der Asservatennummer mit dem Asservatenbeauftragten in Verbindung setzen würde. Und damit ging sie.

»Kennst du sie?«, fragte Tomek.

»Wen?«

»Sie.«

»Wen?«

»Bist du eine verdammte Eule? Die junge Dame, die gerade rübergekommen ist und denkt, du wärst ranghöher als ich.«

»Oh, *die*.« Cheys Wangen wurden rot. Entweder hatte die Kälte plötzlich Einfluss auf den Blutfluss in seinem Gesicht, oder er war gerade ertappt worden und wusste es. »Neeein... nie im Leben gesehen.«

Tomek verschränkte die Arme vor der Brust. »Natürlich nicht.«

»Ist das eine dieser Situationships?«, fragte Sean Chey und schaute dabei direkt Tomek an.

»Verpiss dich«, antwortete er. »Lassen wir das Thema fallen und machen weiter. Als Erstes will ich wissen, wer dieses Mädchen ist. Dann will ich wissen, was sie hier gemacht hat, wo sie war, mit wem sie zusammen war und was ihr zugestoßen ist. Dann werde ich Chey zur Obduktion und Opferidentifizierung schicken. Und, Sean, wenn du ihn gerne begleiten möchtest, dann mach ruhig weiter mit blöden Kommentaren über das Sozialleben meiner dreizehnjährigen Tochter.«

KAPITEL
NEUNZEHN

Bei ihrer Rückkehr ins Büro hatte Rachel den Haupteinsatzraum bereits fertig eingerichtet, und alle Teammitglieder begannen, hineinzuströmen. Am Kopfende des Raumes standen, wie zwei Armeegeneräle, die im Begriff waren, eine letzte Botschaft vor dem Einsatz zu verkünden, DCI Cleaves und DI Orange mit hinter dem Rücken verschränkten Armen und kerzengeradem Rücken. Tomek trat auf sie zu.

»Worum geht es hier?«, fragte er. »Ihr seht aus wie Thelma und Louise.«

Nick senkte die Stimme und sprach unverblümt. »Ich habe den Fall in Victorias Zuständigkeitsbereich verlegt. Sie leitet ihn von jetzt an.«

Die Worte fühlten sich an wie eine Ohrfeige, ein Schlag in den Magen und ein Tritt in die Eier. Alles auf einmal. Victoria. Die Leitung. Nick hatte sein Wort gebrochen und Tomek vom Fall abgezogen. Es war nun nicht mehr seine Aufgabe, ihn zu managen, zu überwachen, sich zu beweisen.

»Angesichts der Komplexität des Falls«, fuhr Nick fort, »wollte ich jemanden mit etwas mehr Erfahrung, der sich von hier an darum kümmert.«

Tomek konnte sich auf nichts anderes konzentrieren, nicht auf das Geplauder hinter ihm, nicht auf das Geräusch von Füßen, die über den

Teppich schlurften, nicht auf das Geräusch der sich schließenden Tür. Alles, worauf er sich konzentrieren konnte, war Nicks Wortwahl.

Jemand mit etwas mehr Erfahrung.

Etwas war hier das entscheidende Wort. Victoria hatte sich im Schnellverfahren zum Inspector hochgearbeitet, was nicht immer bedeutete, dass sie über die entsprechende Erfahrung verfügte. Wie Nick gerade bewiesen hatte.

Jemand mit etwas mehr Erfahrung.

Tomek unterdrückte die Wut, die in ihm zu brennen begann. Er hatte nichts zu sagen.

»Es ist nichts Persönliches, Tomek. Ich will nur die Kontrolle über die Sache behalten, bevor sie uns zu sehr entgleitet. Ich habe für heute Nachmittag eine Pressekonferenz anberaumt. Bis dahin will ich wissen, wo wir stehen.«

Das erklärte, warum er eine Handvoll vermummter Gestalten unter Regenschirmen vor dem Haupteingang der Polizeistation hatte herumstehen sehen. Als Mitarbeiter benutzten sie normalerweise den Hintereingang, da dieser ruhiger war und weniger Aufmerksamkeit auf sie lenkte. Und sie liefen weniger Gefahr, von einem verzweifelten Journalisten nach einem Kommentar gefragt zu werden.

»Cool«, sagte Tomek und hoffte, dass der saure Unterton in seiner Stimme deutlich zu hören war.

»Wie gesagt. Nichts Persönliches.«

»Brauchen Sie mich gerade für irgendetwas? Ich muss einen Anruf tätigen.«

Nick und Victoria sahen einander an. Nick seufzte, als er antwortete. »Wir brauchen dich eigentlich hier.«

»Warum?«

»Nun, weil du derjenige bist, der diese Ermittlung bisher geleitet hat. Du bist derjenige, der alles weiß, was es zu wissen gibt.«

»Interessant.«

Nick seufzte erneut. Diesmal tiefer, länger. »Mach es nicht schwieriger, als es ist. Und mach nicht alles zu deiner persönlichen Angelegenheit.«

»Tu ich nicht.«

»Doch, tust du. Von meinem Standpunkt aus benimmst du dich gerade wie ein bockiges Kind. Mit wem musst du sprechen?«

»Mit der National Crime Agency. Ich dachte, sie würden vielleicht gerne von unserer unbekannten Toten hören.«

»Kannst du sie danach anrufen?«

Er zuckte mit den Schultern. »Vielleicht.«

»Also, wie lange wird es dauern?«

Viel weniger, wenn du aufhörst, mit mir zu reden, und mich jetzt gehen lässt.

Noch ein Schulterzucken. »So lange, wie es eben dauert.«

»Gut. Mach den Anruf. Aber komm zurück.«

Als ob er irgendwohin anders gehen würde.

Der Anruf bei der NCA war besser verlaufen, als er erwartet hatte. Er hatte seiner Kontaktperson, Naomi Mackenzie, erklärt, dass eine vierte Leiche gefunden worden war. Und als sie fragte, woher die dritte Leiche stammte, hatte Tomek ihr die Umstände von Diana Greenocks Tod in Manchester und die Verbindung zwischen ihr und Mandy Butler beschrieben; die kleine, aber bedeutsame Verbindung, die mit jedem Tag stichhaltiger wurde. Nachdem sie das gehört hatte, teilte Naomi ihm mit, dass sie und ihr Team sich mit den Details des Falls befassen würden. Alles, was er tun musste, war, die Informationen zu übermitteln und auf ihren Anruf zu warten.

Es war kein klares Nein. Es war eine Überlegung. Eine willkommene Verbesserung.

Leider konnte man das Gleiche nicht von seiner Stimmung behaupten. Er war immer noch wütend, als er in den Einsatzraum zurückkehrte. Was ihn am meisten ärgerte, war nicht die Tatsache, dass er durch jemanden ersetzt worden war, der nur geringfügig höher gestellt war und über ein wenig mehr Erfahrung verfügte; es war die Tatsache, dass Nick ihm nicht genug vertraute, um den Job selbst zu erledigen. Tomek glaubte, dass er sich bis zu diesem Zeitpunkt bewährt hatte, dass er zwei weitere potenzielle Opfer aufgespürt hatte, dass er die erste Verbindung zwischen Lily Monteith und Mandy Butler hergestellt hatte, mit Hilfe von Martins Gründlichkeit und Analyse. Ohne seine Intuition gäbe es keine Pressekonferenz, keinen Serienmörder und keine Gerechtigkeit für Diana Greenock und Mandy Butler.

Warum also der plötzliche Führungswechsel?

Er wusste, dass er sich verrückt machen würde, wenn er darüber nachdächte, also beschloss er, an etwas anderes zu denken. Seine Aggressionen in eine andere Richtung zu lenken. Stattdessen entschied er sich, über die nächsten Schritte nachzudenken, die nächsten Schritte, die *er* unternehmen würde, um den Mörder zu finden.

Aber bevor er richtig darüber nachdenken konnte, wurden Nick und Victoria ihn an die Spitze des Raumes gerufen, um alles zu erklären, was er wusste. Als er dort stand und auf die eifrigen Gesichter seiner Kollegen hinabblickte, schob er Victoria und Nick in den Hintergrund seines Bewusstseins, stellte sich vor, sie wären nicht da, und machte eine Momentaufnahme seines Teams, als sie am frischesten aussahen, denn er wusste, dass in ein paar Wochen diese wilden und aufgeregten Augen müde und erschöpft sein würden, ausgelaugt von all den späten Nächten und Überstunden, der Zeit, die sie während der Festtage von ihren Familien getrennt verbringen würden. Dies würde das letzte Mal sein, dass sie so aussahen, und er wollte sicherstellen, dass dieser Moment so lange wie möglich anhielt.

»Vor fünf Jahren«, begann Tomek und wandte seine Aufmerksamkeit der Weißwandtafel zu. Er reinigte sie mit seinem Ärmelaufschlag und teilte die Tafel in vier Abschnitte. Oben in jedem Abschnitt standen die Namen der vier Opfer in chronologischer Reihenfolge. Diana Greenock, Mandy Butler, Lily Monteith und nun ihr neuestes nicht identifiziertes Opfer, ihre Jane Doe. »Vor fünf Jahren«, setzte Tomek erneut an und kritzelte während er sprach, »wurde die achtundzwanzigjährige Diana Greenock tot in ihrer Erdgeschosswohnung in Manchester aufgefunden. Sie war hochgradig allergisch gegen Katzen und Katzenhaare und hatte obendrein Asthma. Sie wurde von einer Freundin entdeckt, die sie besuchen kam, nachdem sie nicht zur Arbeit erschienen war. Die Freundin rief sofort den Notruf, aber als sie versuchte, sie wiederzubeleben, war sie bereits tot. Die Obduktionsergebnisse zeigen, dass sie an einem Asthmaanfall gestorben ist, der durch die Katze *ausgelöst* wurde, die man in ihrem Zimmer fand.«

Tomek zeigte auf Mandy Butlers Namen und begann, die Details ihres Todes darunter zu schreiben.

»Vor zwei Jahren, also mit einer Lücke von drei Jahren zwischen Dianas und Mandys Tod, wurde die siebzehnjährige Mandy Butler bei einem Konzert im Cliffs Pavilion getötet. Verdacht auf Drogenüberdosis. Während des Konzerts näherte sich ein Mann, der angeblich Mandy kannte, ihr und ihrer Freundin und bot ihnen Drogen an. Mandy nahm das Angebot an, konsumierte anschließend die Drogen und starb infolgedessen. Bei den fraglichen Drogen handelte es sich um Ecstasy, allerdings waren sie mit großen Mengen Ibuprofen und Paracetamol versetzt – Stoffe, gegen die Mandy allergisch war. Sie starb auf der Tanzfläche, umgeben von Hunderten von Menschen, und wurde niedergetrampelt. Die Obduktion ergab als Todesursache das Ecstasy, aber ihre Eltern dachten anders darüber. Und ich auch.«

Tomek fuhr mit den Fingern zum dritten Namen auf der Liste.

»Lily Monteith. Starb erst vor wenigen Tagen. Wurde am frühen Morgen im John Burrows Park gefunden, vollständig bekleidet und ohne jeglichen Hinweis darauf, was mit ihr passiert war. Laut Obduktion wurden ihr ein Kondom und ein Latexhandschuh in den Hals gestopft. Latex, ein Stoff, gegen den sie tödlich allergisch war.

»Dann haben wir hier unsere Jane Doe, unser neuestes Opfer. Wurde halbnackt im Belfairs Park gefunden, übersät mit fast hundert Stichen, die wie Bienenstiche aussehen. Wir haben keinen Namen für dieses arme Mädchen, da am Tatort keine Identifikation hinterlassen wurde.«

Tomek beendete seine Notizen an der Weißwandtafel und drehte sich um, um das Team anzusprechen: *sein* Team.

»Was wir hier zu haben scheinen, sind vier scheinbar zufällige und nicht zusammenhängende Todesfälle. Außer einer Sache, einer Sache, die sie alle gemeinsam hatten. Eine Schwäche, die von einem bösartigen und grausamen Killer ausgenutzt und missbraucht wurde. Ihre Allergien.« Tomek hielt einen Moment inne, um die Informationen sacken zu lassen und selbst Luft zu holen. Er blickte auf die Wand aus aufmerksamen und konzentrierten Gesichtern. Es war deutlich zu sehen, dass alle fasziniert und neugierig waren, dass alle zu glauben schienen, dies sei seine Ermittlung. »Soweit ich feststellen konnte, kannten sich die Opfer nicht untereinander. Das könnte sich jedoch im Laufe unserer gemeinsamen Ermittlungen ändern. Es gibt allerdings etwas, das unsere ersten beiden Opfer verbindet.« Tomek wedelte mit dem Whiteboard-Marker zwischen Diana Greenock und Mandy Butler hin und her. »Manchester... Diana Greenock lebte und starb in Manchester, und Mandy Butler lebte auch einmal dort, bevor sie mit ihrer Familie vor etwas mehr als drei Jahren nach Essex zog. Das bedeutet, sie hatte schon über ein Jahr in der Gegend gelebt, bevor sie getötet wurde. Und ich vermute, dass unser Killer ihr hierher gefolgt ist. Ich habe gestern Morgen mit ihrer Freundin gesprochen, und sie bestätigte, dass der Mann, der ihr die Drogen verkauft hat, Mandy aus ihrer Zeit in Manchester kannte.

»Es ist auch meine Vermutung, dass wir nach jemandem suchen, der sie alle kannte. Jemand, der sich die Zeit genommen hätte, die Mädchen kennenzulernen, bevor er sie tötete, und ihre *Schwächen* herauszufinden, bevor er einen Weg fand, diese auszunutzen. Er hätte Zeit gebraucht, um vorzubereiten und zu planen, was mit ihnen geschah. Der erste Mord geschah vor fünf Jahren, und der Abstand zwischen Diana Greenocks Mord und Mandy Butlers beträgt drei Jahre. Der Abstand zwischen Mandy Butlers und Lily Monteiths ist zwei Jahre. Und jetzt ist der Abstand zwischen Lily Monteiths und unserer Jane Doe eine Frage von Tagen. Man kann sehen, worauf ich hinaus will. Die Zeit zwischen den Morden wird rapide kürzer, was mich beunruhigt, da es möglicherweise weitere geben wird. Und wir müssen sicherstellen, dass wir ihn finden können, bevor wir unsere nächste Leiche finden.«

Tomek hielt erneut inne, um Raum für Fragen zu geben. Sie kamen Schlag auf Schlag – »Wie alt waren die anderen Mädchen?«, »Gab es Anzeichen für sexuellen Missbrauch?«, »Warum war eine von ihnen halbnackt und die anderen nicht?« – aber bevor er darauf antworten konnte, schritt Victoria ein und winkte ihn zur Seite.

»Danke dafür, Tomek«, sagte sie und lächelte ihn scheinheilig an. »Ich übernehme von hier.«

»Entschuldigung?«

Die Fragen verstummten und Stille breitete sich im Raum aus.

»Danke für diese Erklärung, aber ich übernehme von hier.« Sie wandte ihre Aufmerksamkeit dem Publikum zu, bevor sie ihm eine Chance gab zu antworten. »Das sind alles Fragen, für die wir Antworten finden müssen. Wie Tomek sagte, suchen wir nach jemandem, der möglicherweise eng mit den Mädchen verbunden ist oder jemanden, der Zugang zu ihnen hat. Jemanden in ihrem Leben, den sie alle gemeinsam haben. Wir müssen diese Person finden.«

Unbewusst trat Tomek zur Seite des Raumes, als würde er von

einer unaufhaltsamen Kraft bewegt. Bis er schließlich einen freien Platz am Rande der Gruppe fand. Er ließ sich in den Stuhl fallen und hörte den Worten zu, die aus Victorias Mund fielen. Er hatte kaum die Absicht, das zu tun, worum sie ihn bat. In seinem Kopf war dies seine Ermittlung, sein Plan, und die Strategie in seinem Kopf war die richtige.

An der Spitze des Raumes drehte sich Victoria zur Weißwandtafel und zog eine horizontale Linie über alle vier Namen, wodurch die Tabelle in zwei Hälften geteilt wurde. Dann schrieb sie in riesigen Buchstaben »Nächste Schritte«, ohne Rücksicht auf die vertikalen Linien zu nehmen. In jeder Spalte begann sie, die nächsten Schritte für jedes Opfer zu notieren und jedem Teammitglied Aufgaben und Rollen zuzuweisen.

»Der beste Weg, dagegen anzukämpfen, ist, wenn wir teilen und herrschen«, begann sie und kritzelte währenddessen. »Nadia und Sean, ich möchte, dass ihr beide herausfindet, wer mit Diana Greenock im Wohnblock lebte. Arbeitet eng mit Chey und Martin zusammen, die Mandy Butlers Tod untersuchen werden. Ich brauche euch, um eine Verbindung zwischen den beiden zu finden. Anna und Oscar werden die Umstände von Lily Monteiths Tod untersuchen, während Tomek und Rachel die Identität unserer Jane Doe aufdecken werden.«

Tomek spürte, wie Rachels Kopf in einer Geste der Einigkeit zu ihm herumschnellte, aber er ignorierte es und starrte weiter auf Victoria, die an der Tafel schrieb, immer noch wütend darüber, dass nicht er dort vorne stand.

»In den nächsten Stunden haben wir eine Pressekonferenz angesetzt«, sagte Nick und trat an die Spitze des Raums. In den letzten Minuten hatte sich sein Körper angespannt; seine Schultern waren nach hinten geschoben, seine Handgelenke waren gebeugt und seine Fäuste geballt. »Ich werde allein teilnehmen, aber wenn jemand Informationen findet, würde ich es begrüßen, wenn jemand anders mit mir dort wäre, um mir etwas ins Ohr zu flüstern. Dieselbe Person muss mich vor meinem Auftritt über die Fakten informieren.«

Nicks Kopf drehte sich automatisch zu DC Anna Kaczmarek, oder Triple Word Score, wie sie liebevoll genannt wurde. Als Medienverbindungsbeamtin (zusätzlich zu ihrer Rolle als Familienverbindungsbeamtin) war es ihre Aufgabe, die Informationen vorzubereiten, die an die Journalisten weitergegeben wurden. Ein Teil von Tomek hatte erwartet, dass Nick ihn anschauen würde, aber als es nicht geschah, atmete er erleichtert auf.

Die Erleichterung war jedoch nur von kurzer Dauer.

»Tomek könnte es machen.«

Der Vorschlag kam von Victoria. Sobald er ihn hörte, presste er seinen Kiefer zusammen und knirschte mit den Zähnen.

»Ich...«, Nick zögerte.

»Ich bin beschäftigt«, antwortete Tomek. »Das ist nicht mehr meine Ermittlung. Ich habe meine eigenen Aufgaben zu erledigen.«

»Nicht, wenn ich Ihnen etwas anderes sage«, erwiderte Nick, diesmal bestimmter.

Tomek entschied sich, nichts weiter zu sagen. Er konnte das kleine Loch sehen, das er sich bereits gegraben hatte, und beschloss, nicht noch tiefer zu sinken. Er war schon einmal dort gewesen und hatte das schon erlebt, und er wollte nicht noch einmal erleben, wie Nick über ihm stand, während er in das Loch pinkelte.

»Ich denke, das war's für den Moment«, sagte Nick. »Sie können alle gehen.«

Auf einmal erhoben sich alle von ihren Stühlen und machten sich auf den Weg zum Ausgang. Alle außer Tomek. Sobald sich die Tür hinter der letzten Person geschlossen hatte, legte Nick seine Hände auf die Rückenlehne eines Stuhls und seufzte schwer. Sein Markenzeichen.

»Wollen Sie diesen kleinlichen Mist nicht lassen?«

»Welchen kleinlichen Mist?«

»*Das*. Dieses unreife Zeug, wo Sie so tun, als wären Sie wütend.«

»Aber ich *bin* wütend.«

Nick seufzte wieder. Mit jedem Mal wurden sie progressiv lauter und länger.

»Sie verstehen, warum ich die Leitung ändern musste, oder?«

»Um das Gesicht zu wahren.«

»Was meinen Sie?«

»Weil Sie sich schuldig fühlen, wie Sie die Ermittlung von Mandy Butler gehandhabt haben, und Sie wollen nicht so aussehen, als würden Sie denselben Fehler machen, indem Sie einen Sergeant als SIO einsetzen.«

Diesmal gab es kein Seufzen. Nur ein langes, kontinuierliches

Einatmen, das er lange Zeit anhielt. Einen Moment lang fragte sich Tomek, ob er überhaupt noch atmete.

»Sie sollten verdammt noch mal auf Ihren Ton achten, Tomek. Sonst nehme ich Sie aus diesem Team und dieser verdammten Ermittlung heraus.«

Tomek grinste selbstgefällig und legte seine Hand auf die Tür. »Sie haben bereits ein Versprechen gegeben, das Sie nicht halten konnten, Chef. Also denke ich, ich werde mein Glück versuchen.«

KAPITEL
ZWANZIG

Das Schöne an seiner fast väterlich-söhnlichen Beziehung zu Nasty Nick war, dass sie so viel streiten und diskutieren konnten, wie sie wollten, aber sie vertrugen sich immer kurz danach wieder. Am Ende jeder Meinungsverschiedenheit blieb nur wenig Groll zwischen ihnen – normalerweise. Tomek drückte Nicks sprichwörtliche Knöpfe, solange er sich erinnern konnte, und nichts war zwischen sie gekommen, was daran etwas zu ändern schien. Bis jetzt. Als Tomek den Einsatzraum verließ, hatte er das Gefühl, dass ihre Beziehung nach diesem Streit einige Zeit brauchen würde, um zu heilen. Dass Tomeks Kommentare unangebracht gewesen waren. Dass sie ein persönlicher Angriff auf Nick und seine Führungsfähigkeit und die Erfüllung seiner Pflichten als Hauptkommissar gewesen waren. Das stimmte natürlich, aber Tomek war genauso ein sturer Arsch wie Nick, und so würde es eine Weile dauern, bis er sich für seine Kommentare entschuldigte. Gleichzeitig erwartete er eine Entschuldigung dafür, dass ihm die Rolle des leitenden Ermittlungsbeamten versprochen und dann unter den Füßen weggezogen worden war. Und wenn diese nicht käme, wusste er nicht, wohin ihre Beziehung von da an führen würde.

»Alles in Ordnung, Chef?«, fragte Rachel.

»Bestens«, log er.

»Willst du vielleicht den Motor starten? Nur, ich friere und könnte die Heizung gebrauchen.«

Tomek hatte es nicht bemerkt, aber er saß seit mindestens einer Minute im Auto, ohne etwas getan zu haben.

Es dauerte ein paar Minuten, bis das Auto warm wurde und sie aufhörten zu zittern. Die Fahrt zum Haus von Fern Clements dauerte etwas mehr als zwanzig Minuten nach Hockley.

Kurz nachdem Nick die Besprechung beendet hatte, war ein Anruf von der Telefonzentrale ins Büro gekommen, der sie über eine vermisste Person informierte, die der Beschreibung ihrer unbekannten Toten entsprach. Jetzt waren sie auf dem Weg zum Haus der Familie Clements, um die Identität des Mädchens zu bestätigen.

»Was, wenn sie es ist?«, fragte Rachel, während Tomek die Hauptstraße entlangfuhr.

»Dann ist es bedauerlich, aber es wird uns viel Arbeit ersparen«, antwortete er. »Aber so oder so, eine Familie wird gleich am Boden zerstört sein.«

»Hast du das Bild?«

Das hatte er. Aber er wünschte, er hätte es nicht. Das Bild, das vom Gesicht der unbekannten Toten aufgenommen worden war. Die Seite mit der geringsten Anzahl an Quaddeln. Die Seite, die der Familie den geringsten Kummer bereiten würde.

Die Seite, die, wie sich herausstellte, ihren Verdacht bestätigte.

Kelly Clements hatte das Bild nur ein paar Sekunden lang ansehen können, bevor sie mit tränengefüllten Augen nickte. Dann war sie ins Badezimmer verschwunden und ließ ihren Mann Ralph allein zurück, um die Information zu verarbeiten, dass ihre Tochter tot war. Die beiden lebten in einem schönen, freistehenden Haus mit vier Schlafzimmern, hohen Decken und geräumigen Zimmern. Der Blick durch die Terrassentüren an der Rückseite des Wohnzimmers ging auf einen perfekt gepflegten Garten, der trotz des trüben Winterwetters draußen zu leuchten schien. Ein Haus, das gerade viel stiller, viel leerer geworden war.

Tomek wartete geduldig darauf, dass Kelly zurückkam. Sie tat es eine Minute später, bewaffnet mit einem Bündel Taschentücher in den Armen, von denen einige unter ihren Achselhöhlen hervorquollen.

»Und... und Sie sind sicher, dass sie tot ist?«, fragte Kelly, als sie sich setzte. »Sie sind sicher, dass sie es ist?«

Tomek bewunderte Kellys brennenden Wunsch, sich an Unmöglichkeiten zu klammern. Dass das Mädchen auf dem Bild nicht ihre Tochter war, unmöglich sein konnte. Dass das Mädchen auf dem Bild nur mit ihnen spielte, dass die Bienenstiche ihr nicht das Leben ausgesaugt hatten. Verdammt, er wusste, dass er sich genauso verhalten hätte, wenn er an ihrer Stelle gewesen wäre.

»Ihre Tochter wurde heute Morgen im Belfairs Park gefunden. Dieses Foto zeigt nur ihren Kopf, aber der Rest ihres Körpers ist mit den gleichen Läsionen bedeckt«, erklärte Tomek.

»Wir vermuten, dass es Bienenstiche sind«, fuhr Rachel fort. Ihre Stimme war viel sanfter und weicher als seine und löste eine ruhigere Reaktion bei Fern Clements' Eltern aus. »Ist Ihre Tochter zufällig allergisch gegen sie?«

Mit wilden Augen nickten Kelly und Ralph Clements langsam.

»Aber«, begann Ralph, erstickte jedoch an dem Kloß in seinem Hals. »Warum sollte jemand ihr das antun? *Wer* würde ihr das antun?«

»Das wollen wir herausfinden«, fuhr Rachel fort. Tomek war mehr als glücklich, dass sie die Kontrolle über diesen Fall übernahm und er nur eingreifen musste, wenn es nötig war. *Falls* es nötig war. »Bevor wir zu Fragen bezüglich der Umstände des Todes Ihrer Tochter übergehen, halten wir es für angebracht, Sie zu informieren, dass unser Chef, Hauptkommissar Nick Cleaves, in den nächsten Stunden im Fernsehen bezüglich des Todes Ihrer Tochter auftreten wird. Im Moment wird sie nicht namentlich genannt, da wir nicht erwartet haben, ihre Identität so schnell zu entdecken, aber wir können das ändern, wenn Sie möchten. Der einzige Grund, warum wir Informationen preisgeben und nach Zeugen suchen, ist, dass wir glauben, dass der Mord an Fern mit drei anderen Morden zusammenhängt. Wir können jetzt nicht zu sehr ins Detail gehen, aber wir können alles mit Ihnen teilen, was in der Pressekonferenz vorkommen wird. Haben Sie Fragen zu irgendetwas, was ich gerade gesagt habe? Ich weiß, es ist viel zu verarbeiten, also nehmen Sie sich Zeit.«

Sie hatten keine Fragen. Aber Tomek hatte eine: Bring es mir bei, Rachel. In all seinen Jahren war das vielleicht die eloquenteste und beruhigendste Art, wie er je eine Todesnachricht überbracht gesehen hatte. Seine waren normalerweise direkt auf den Punkt, sachlich, fast emotionslos. Rachels war das Gegenteil gewesen. Es war zugegebenermaßen keine Raketenwissenschaft, aber Tomek dachte, er könnte das eine oder andere von ihr lernen, was er in den vier Monaten, seit sie vom Metropolitan Police Service ins Team gewechselt war, vernachlässigt hatte.

»Wir haben eine Familienbetreuerin, die Ihre Hauptansprechpartnerin sein wird«, begann Rachel, und dann erklärte sie der Familie Annas Rolle und wie sie wie ein drittes Familienmitglied werden würde. (Obwohl sie es unterließ zu erwähnen, dass sie aufgrund all der Familien, die sie ihrer Liste hinzufügen musste, eine Art entfernte Cousine sein könnte.)

»Ich möchte auch hinzufügen, bevor wir fortfahren, dass es mir wirklich leid tut für Ihren Verlust, und dass wir alles tun werden, um herauszufinden, wer das Ihrer Tochter angetan hat«, schloss sie.

Ein netter Schachzug. Und er schien auch zu funktionieren.

»Wir... wir schätzen das, danke«, sagte Ralph, diesmal mutiger. »Ich denke... ich fühle... ich fühle mich zuversichtlicher und wohler zu wissen, dass Sie an dem Fall arbeiten, danke.«

Rachel drückte beiden die Hand und richtete dann ihre Aufmerksamkeit auf die Details aus dem Leben ihrer Tochter.

»Wie alt ist Ihre Tochter?«

»Fünfzehn.«

»Wo war sie gestern Abend?«

»Sie war mit einigen Freundinnen trinken«, antwortete Kelly Clements.

»Sie hatten eine kleine Hausparty. Nur ein paar Mädchen, so wurde es uns gesagt.«

»Kann ich den Namen der Gastgeberin und die Namen der anderen Teilnehmerinnen erfahren?«

Kelly teilte ihr mit, was sie nach bestem Wissen wusste.

»Kennen Sie ihre Pläne für nach der Hausparty? Sollte sie bei einer Freundin übernachten, hierher zurückkommen oder dort übernachten?«

Kelly und Ralph sahen einander an, als ob sie den anderen um Bestätigung bitten würden. »Sie sollte dort übernachten. Alle sollten das. Aber wenn sie draußen gefunden wurde, muss sie aus irgendeinem Grund das Haus verlassen haben. Vielleicht hat sie versucht, nach Hause zu laufen oder so. Vielleicht hatte sie Streit mit einigen der anderen Mädchen. Ich mochte dieses Kirsty-Mädchen nie besonders. Aber warum hat sie uns nicht angerufen, wenn sie auf dem Heimweg war? Warum hat sie niemanden um Hilfe gebeten?«

Tomek konnte sehen, was passierte. Kelly stand am Anfang einer Abwärtsspirale von hypothetischen und wenig hilfreichen Gedanken, aber bevor er sie stoppen konnte, kam ihm Rachel zuvor.

»Wir werden alles tun, um diese Fragen zu beantworten«, sagte sie, hob eine Hand und senkte sie dann, um Kelly unbewusst anzuweisen, sich zu beruhigen. »Wir werden all das in unsere Ermittlungen einbeziehen, machen Sie sich keine Sorgen. Als Nächstes muss ich nach Ferns Allergien fragen. Wer wusste noch davon?«

»Nun, da war ihre Schule. Alle Lehrer mussten informiert werden, und das Betreuungsteam hat sich ein paar Mal um sie gekümmert. Dann sind da ihre Freunde, die alle davon wissen. Es ist... es ist lustig. Sie hat uns immer erzählt, wie sie auf sie zusprangen, um sie zu beschützen, wenn sie eine Biene auf dem Schulhof oder dem Feld in der Nähe sahen.«

Das Lächeln verschwand von Kellys Gesicht, als ihr Kopf in ihren Schoß sank. Ihr Ehemann legte tröstend eine Hand auf ihren Rücken, aber es war zu spät. Sie war bereits wieder in der Abwärtsspirale, nur dass sie diesmal nichts davon aussprach.

Tomek schaltete sich ein. »Gab es, nach Ihrem besten Wissen, Jungen oder Mädchen in Ferns Leben, mit denen sie romantisch involviert war? War sie in einer... einer Situationship mit jemandem?«

Kelly hob ihr Gesicht, ein Ausdruck der Verwirrung in jeder Pore ihrer Haut eingeprägt.

»Situationship?«, wiederholte sie.

»Vergessen Sie es. War sie mit jemandem zusammen, romantisch gesehen?«

Beide Eltern sahen sich wieder an, um zu testen, wem Fern sich anvertraut haben könnte. Dann wandten sie sich ihm wieder zu und schüttelten die Köpfe. Nach ihrem besten Wissen hatte Fern weder einen Freund noch eine Freundin. Aber wie er bereits mehrmals während dieser Ermittlung gelernt hatte, waren es manchmal die Freunde, die mehr über die Opfer wussten als deren Eltern.

Was ihn daran erinnerte. Er musste sich noch bei Sylvia und ihrer Mutter melden. Später. Zu einem anderen, weniger unpassenden Zeitpunkt.

Tomek dankte beiden für ihre Zeit, informierte sie, dass sie sich melden würden, wenn sie etwas bräuchten, aber dass Anna ihr Hauptansprechpartner sein würde, und ging dann, wobei sie sich entschuldigten und ihr Beileid aussprachen. Als sie zum Auto zurückgingen, erhielt Tomek eine E-Mail-Benachrichtigung auf seinem Handy. Neugierig auf die Vorschau auf dem Bildschirm öffnete er die App und las den Rest der Nachricht.

»Lass sie dieses Lächeln in deinem Gesicht nicht sehen«, sagte Rachel, als er auf der anderen Seite des Autos herumkam. »Sonst denken sie noch, du freust dich, dass ihre Tochter tot ist.«

»Was für eine seltsame Bemerkung.«

»Warum lächelst du dann?«

»Weil ich gerade eine E-Mail vom NCA bekommen habe. Sie werden uns von nun an mit einigen Ratschlägen zu unserem Serienkillerfreund zur Seite stehen.«

KAPITEL
EINUNDZWANZIG

Tomek saß im Raum mit seiner unbeliebtesten Person und seiner neuen Lieblingsperson.

Die unbeliebteste Person war diejenige, die glaubte, sie hätte bei allem das Sagen, auch bei dieser Diskussion. Während seine neue Lieblingsperson diejenige war, die tatsächlich die Kontrolle hatte und das Gespräch jedes Mal wieder an sich riss, wenn seine unbeliebteste Person es an sich reißen wollte.

»Ich bin die Expertin«, entgegnete Tracy Pickard. »Willst du hören, was ich zu sagen habe, oder nicht?«

Tomek mochte sie von dem Moment an, als sie durch die Tür kam, und noch mehr nach diesem Kommentar. Sie hatte Victoria bereits durchschaut, und es war klar zu erkennen, dass sie nicht der Typ Frau war, der sich alles gefallen ließ. Sie war selbstbewusst, direkt und hatte eine Aufgabe zu erledigen. Und sie würde sie erledigen, egal was andere davon hielten.

Tracy war eine der vertrauenswürdigsten und erfahrensten forensischen Psychologinnen der National Crime Agency. Sie hatte die Fallakten, die Martin früher geschickt hatte, ausführlich geprüft, und ihre Einschätzung hatte Naomi Mackenzie überzeugt, grünes Licht zu geben.

»Nein. Natürlich. Bitte, mach weiter«, sagte Victoria und geriet ins Wanken.

»Gut, danke.« Tracy strich sich glatt, bevor sie sprach. Vor ihr auf dem Tisch lag ihr Laptop mit einem Notizblock daneben. Sie kritzelte, während sie sprach. »Nach allem, was ich überprüfen konnte, scheint der Täter mit ziemlicher Sicherheit allen Opfern bekannt zu sein. Das bedeutet, dass er sich wohl und selbstsicher in der Nähe von Frauen fühlt, insbesondere jungen Frauen. Aber es ist auch wichtig zu bedenken, dass sie sich in seiner Nähe wohlfühlen. Ich glaube, dass diese Personen freiwillig mit ihm an diese Orte gehen oder sich mit ihm dort treffen, anstatt dass es irgendeine Form von Zwang gibt. Das bedeutet, es ist jemand, dem die Opfer vertrauen, den die Mädchen kennen und respektieren. Folglich wird der Täter ihnen gegenüber freundlich und umgänglich wirken. Ich würde auch sagen, dass er möglicherweise leicht feminin wirkt oder zumindest Anzeichen davon zeigt. Der Mehrheit der Mädchen in diesem Alter wird beigebracht, gegenüber älteren Männern vorsichtig zu sein, unabhängig von ihrem Beruf oder ihrer Rolle in der Gesellschaft. Es ist möglich, dass diese Mädchen anders sind und den älteren Mann mögen, was sicherlich zu der Theorie passen würde, dass er gerne Macht über sie hat, aber dazu später mehr.

»Ich denke, er wird leicht feminin sein, zugänglich, vertrauenswürdig und vielleicht jemand, der sie ein wenig an ihren Vater erinnert oder an andere männliche Vorbilder in ihrem Leben, in Bezug auf Aussehen, Kleidungsstil und Verhalten. Allerdings ist es bei vier verschiedenen Opfern schwer vorstellbar, einen Mann zu finden, der allen vier Vätern ähnelt, besonders wenn einer von ihnen leider verstorben ist.

»Andererseits könnte es sich um jemanden in einer Machtposition und mit Autorität handeln. Jemand, der auch weitgehend attraktiv ist. Jemand, der in der Lage ist, die Barrieren seiner Opfer abzubauen, und jemand, der keine Angst hat, mit ihnen innerhalb oder außerhalb der Schule zu sprechen. Jemand, von dem sie ihren Freunden vielleicht erzählen würden, wenn sie jemals eine zufällige Begegnung mit ihm hätten. Er schmeichelt ihnen möglicherweise, aber nicht auf eine peinliche Art und Weise. Und er könnte sogar jemand sein, von dem seine Opfer ihren Eltern oder Freunden nichts erzählen. Wenn das der Fall ist, dann wird er ziemlich manipulativ und bestimmend sein, allerdings sind seine Opfer jung und beeinflussbar, sodass es nicht viel brauchen würde, damit sie alles glauben, was er sagt.«

Tracy griff über den Schreibtisch nach ihrer Plastikwasserflasche. Darauf waren Markierungen für verschiedene Tageszeiten, die anzeigten, wann sie trinken musste; sie hatte gerade ihren 14-Uhr-Wasseralarm erreicht.

»Als Nächstes müssen wir die Motive des Täters betrachten. *Warum* tötet er diese Opfer über ihre Allergien, und warum diese Altersgruppe? Und dann werden wir zum Wie übergehen.« Sie schraubte den Deckel fest zu und stellte die Flasche wieder neben ihren Laptop. »Erstens würde ich sagen, dass die Altersgruppe der Opfer hauptsächlich mit Zugänglichkeit und Macht zu tun hat. Er kann viel leichter Kontrolle über eine Teenagerin haben als über eine erwachsene Frau. Offensichtlich gibt es einige Fälle, in denen das nicht zutreffen mag, aber unser Täter ist intelligent genug, um zu wissen, welche Kämpfe er wählen und welche Entscheidungen er treffen sollte. Ich glaube nicht, dass das Geschlecht der Opfer etwas damit zu tun hat, weil es keine Hinweise auf sexuelle Übergriffe gibt. Es gibt keine sexuelle Motivation hinter seinen Handlungen, hinter seinen Tötungen, und ich erwarte nicht, dass sich das in Zukunft ändern wird. Diese sind fast seine Versuchsobjekte.« Als sie das sagte, leuchteten ihre Augen auf, als ob sie gerade in diesem Moment auf die Idee gekommen wäre. »Er spielt mit ihnen, testet verschiedene Allergien und ihre Reaktionen darauf. Zuerst die Katze, dann die Medikamente, dann der Latex und jetzt die Bienenstiche. Er perfektioniert die Tötungsmethode pro Allergie und geht dann zur nächsten über. Bei Diana Greenock, wenn sie wirklich sein erstes Opfer war, starb sie an ihrer Katzenallergie. Das war erledigt, also ging er zum nächsten über. Ibuprofen. Nun, wie ihr wisst, war das nicht sehr erfolgreich, denn er hat es bei den anderen Opfern mehrmals versucht.«

»Hat er das?«, fragte Victoria, die so überrascht aussah, wie sie klang.

Tracy wandte sich Tomek zu und dann wieder Victoria zu. »Tomek hat mir den Zeitungsartikel geschickt«, erklärte sie. Und damit war die Sache erledigt. Victoria würde in ihrer eigenen Zeit aufholen müssen. Dann fuhr Tracy fort, begierig darauf, weiterzumachen und alle Gedanken aus ihrem Kopf zu bekommen, solange sie noch klar waren.

»Nachdem Mandy Butler erfolgreich durch ihre Reaktion auf das Ibuprofen in ihrem System getötet worden war, ging er zu Lily Monteith über. Latex. Das war ein sofortiger Erfolg, und so ging er zu Fern Clements über, unserem neuesten Opfer. Mit jedem erfolgreichen Mord, mit jedem erfolgreichen *Experiment* findet er ein neues Opfer.«

»Was denkst du über die Zeitabstände zwischen den Morden?«, fragte Tomek. Bisher war er von ihren Ausführungen gefesselt gewesen. Er stimmte nicht unbedingt allem zu und verstand manchmal nicht, warum sie so gefeiert wurde, aber er war trotzdem von ihren Worten beeindruckt.

»Das habe ich mir auch überlegt, und ich denke, jetzt, wo er einen Prozess etabliert hat, wird er die Morde viel schneller ausführen. Er könnte bereits eine Liste potenzieller Opfer haben, die er ins Visier nehmen kann, eine Liste, die er möglicherweise im Laufe der letzten fünf Jahre zusammengestellt hat, und jetzt ist er bereit, sie zu nutzen. Das könnten Mädchen sein, die er kennt, seit sie jünger waren, und er hat gewartet, bis sie ein bestimmtes Alter erreicht haben, bevor er zuschlagen wollte.«

»Warum?«, fragte Tomek. »Warum wartet er? Warum versucht er es nicht einfach, wenn sie viel jünger sind?«

Und dann wurde ihm die Antwort klar. Die letzten drei Opfer – Mandy Butler, Lily Monteith und Fern Clements – waren alle in irgendeiner Form unterwegs gewesen. Sie waren weg von ihren Eltern, allein, und die Angriffe waren isoliert und in der Dunkelheit geschehen (mit Ausnahme von Mandy Butler).

»Er hat dieses Alter gewählt, weil sie anfangen, mehr auszugehen. Weniger Augen, die sie beobachten. Sie sind verwundbarer.«

»Genau«, sagte Tracy nachdrücklich. »Er ist intelligent, berechnend. Er ist stolz auf seine Pläne und achtet sehr auf Details.«

»Was ist mit anderen Motivationen?«, fragte Victoria. »Vergessen wir die Mädchen für einen Moment. Warum macht er das überhaupt?«

Das war nun die Millionen-Euro-Frage. Und Tomek war gespannt zu hören, ob Tracy eine Antwort darauf hatte.

Sie überlegte einen Moment nachdenklich und schien sich bewusst zu sein, dass dies ihr Moment war, ihren Wert zu beweisen.

»Ich möchte mich nicht festlegen oder meine Karriere darauf verwetten, aber ich vermute, es liegt daran, dass er Allergien als eine

Art Schwäche betrachtet. Er ist jemand, der typischerweise bei guter Gesundheit ist, und er lacht darüber, dass etwas so Kleines oder Geringfügiges wie Katzenhaare oder Latex einen Menschen töten kann. Er zieht Vergnügen aus diesem Gedanken. Er könnte eine Art Gottkomplex haben, bei dem er denkt, er sei besser als alle anderen, und deshalb befreit er die Welt von denen, die schwächer sind als er. Er betrachtet es als seine Pflicht.«

Tomek nickte und stimmte diesem Punkt voll und ganz zu. Ein gefährliches und böses Ego leitete die Show. Eines, das nur schwer zu stoppen sein würde.

»Hast du die Möglichkeit in Betracht gezogen, dass es sich um mehr als einen Killer handeln könnte? Ein Duo von Gleichgesinnten oder eine *folie à deux*«, fragte Victoria. Sie bezog sich natürlich auf den früheren Fall, an dem sie gemeinsam gearbeitet hatten, das Verschwinden und die Ermordung zweier junger Mädchen auf Canvey Island, die von einem entfremdeten Paar entführt und getötet worden waren, das Rache suchte.

»Wenn du das vermutest, dann hat es keinen Sinn, dass ich hier bin.«

»Ich decke nur alle Möglichkeiten ab«, erwiderte Victoria mit einem unbeeindruckten Grinsen.

Das Gespräch endete und beide dankten Tracy für ihre Zeit. Dann führte Tomek sie aus dem Raum und zu dem kleinen Bereich, der für sie neben Anna im Büro eingerichtet worden war. Als sie nach einem eigenen Raum gefragt hatte, hatte Tomek gekichert und sie daran erinnert, dass sie nicht mehr in London sei. Kurz darauf kehrte er widerwillig in den Raum zurück, in dem Victoria wartete. Nur sie beide. Allein. Um zu diskutieren. Wobei er die ganze Arbeit machen und sie den ganzen Ruhm ernten würde.

»Was hast du gedacht?«, fragte Tomek und kam ihr zuvor.

»Ich denke, es ist ein guter Ausgangspunkt. Ich denke, es hat uns viel Stoff zum Nachdenken gegeben und viele Unsicherheiten geklärt, die ich hatte. Ich denke, es wird gut sein, sie im Team zu haben.«

Das klang für Tomek wie Vorstellungsgespräch-Sprache. Sie sagte ihm, was er hören wollte.

Leider fühlte er nicht dasselbe.

»Beantworte mir das. Suchen wir nach einem femininen Mann, der sie an ihren Vater erinnert, oder nach einer selbstbewussten, attraktiven Autoritätsfigur?«

Darauf hatte sie keine Antwort.

Wie Tomek erwartet hatte.

Tracys psychologisches Profil des Killers war manchmal widersprüchlich gewesen, wie Tomek gerade angemerkt hatte, aber es gab immer noch gute Informationshappen, die er für relevant hielt. Dinge, die er nicht mit Victoria teilen wollte. Für diese würde er direkt auf Nick zugehen.

»Möchtest du noch etwas hinzufügen?«, fragte Victoria.

Tomek zögerte. »Ja«, begann er, als er sich zum Gehen wandte. »Glaubst du, du könntest eine Kuh im Laufen *überholen*?«

KAPITEL
ZWEIUNDZWANZIG

Kasia wartete die ganze Mittagspause, um mit ihm zu sprechen. Bis die Glocke läutete und der Hof sich leerte. Während alle anderen sich Sorgen machten, nachsitzen zu müssen, schnappte sie ihn von der anderen Seite des Schulhofs.

Aber das war ihr egal. Sie hatte etwas, das sie ihn fragen wollte. Etwas Wichtiges.

»Willst du heute Abend vorbeikommen?«

Billys Mund öffnete und schloss sich mehrmals wie bei einem Fisch.

»Hast du... ähm, hast du nachgefragt... ist das okay für deinen Vater?«

Sie seufzte und verschränkte die Arme vor der Brust. »Warum bist du so besessen von ihm?«

Billy beugte sich näher und flüsterte aus seinem Mundwinkel. »Weil er ein verdammter Bulle ist.«

»Ja. Und? Er hat gesagt, es ist okay.«

Billy schien skeptisch. Beantwortete die Frage immer noch nicht.

»Er wird nicht mal zu Hause sein. Schau.«

Sie griff in die Innentasche ihres Blazers und zeigte ihm ihr Handy. Auf dem Bildschirm war die Textnachricht ihres Vaters, die sie erst vor wenigen Minuten erhalten hatte und die ihr mitteilte, dass er spät nach

Hause kommen würde, und ihr viel Glück für ihre Polnischstunde heute Abend wünschte.

»Siehst du! Er wird nicht mal da sein.«

Billy las die Nachricht mehrmals durch.

»Woher weiß ich, dass du das nicht einfach von einem anderen Handy geschickt hast?«

»Warum sollte ich das tun? Vertraust du mir nicht? Liebst du mich nicht?«

Er legte seine Hände auf ihre Arme. »Natürlich tue ich das. Ich bin nur... ich weiß nicht. Was, wenn er uns erwischt?«

»Ich habe dir bereits gesagt, dass er damit einverstanden ist. Und ich habe dir gesagt, dass ich nicht *das* machen will.«

Der Ausdruck auf Billys Gesicht fiel einfach in sich zusammen. Hatte sie ihm gerade einen weiteren Grund gegeben, nicht zu kommen?

»Ich wollte nach der Schule in den Park gehen«, sagte er.

In der stockdunklen Nacht? dachte sie, beschloss aber, nichts zu sagen.

»Das ist schon in Ordnung«, antwortete sie. »Mein Nachhilfelehrer kommt heute Abend vorbei, also kannst du danach kommen. Sagen wir, um sieben?«

Billy zögerte einen Moment, versank tief in Gedanken, während er die Entscheidung in seinem Kopf abwog. Es war eine einfache Ja-oder-Nein-Antwort, aber er machte es viel komplizierter als nötig. Sie verstand sein Zögern. Ihr Vater *war* ein Polizist. Sie konnte verstehen, dass das einschüchternd wirkte, aber warum vertraute er ihr nicht, warum hörte er ihr nicht zu? Selbst wenn Tomek nicht ausdrücklich gesagt hätte, dass Billy vorbeikommen könnte, woher sollte er wissen, ob er spät nach Hause kommen würde? Aus Erfahrung wusste sie, dass »spät« irgendwann zwischen neun und zehn bedeutete, und das an einem guten Tag. Manche Nächte war es so spät wie elf oder Mitternacht, und Tomek würde sie noch wach in ihrem Zimmer finden, wie sie Netflix auf ihrem Laptop schaute. An einem Schultag. Aber was er nicht wusste, war, dass sie manchmal bis noch später wach blieb, nur um auf ihrem Handy zu scrollen und Videos auf TikTok und Instagram anzuschauen. Deshalb fühlte sie sich immer müde, würde sich aber nie beschweren, weil sie wusste, was er sagen würde.

Geh früher ins Bett.

Hör auf, auf diesem Handy zu scrollen, sonst muss ich es dir wegnehmen.

All die langweiligen Vater-Sachen, die sie schon so oft gehört hatte.

Nun, heute Abend würde es anders sein. Heute Abend würde Billy gekommen und gegangen sein, wenn Tomek nach Hause kam, und sie würde tief und fest schlafen.

Das einzige Problem war das Essen. Etwas zum Abendessen zu bekommen.

»Hast du Geld dabei?« fragte sie ihn.

»Ja, klar«, antwortete er mit einem stolzen Nicken.

»Kannst du eine Pizza oder so kaufen und dann können wir sie essen, wenn du bei mir bist?«

Bevor Billy antworten konnte, kam Herr Healy, der Leiter der neunten Klasse, auf den Schulhof. Sein Bauch wölbte sich aus seinem Hemd und seine Krawatte hing schief.

»Ab in den Unterricht!« Seine tiefe schottische Stimme rollte über den Schulhof. »Das ist eure letzte Warnung. Sonst gibt's Nachsitzen für euch beide!«

Ohne etwas zu sagen, ging Billy in die eine Richtung, während Kasia in die andere ging. Als sie zum kleinen Gebäude ging, wo ihr Geschichtsunterricht stattfand, blieb sie im Türrahmen stehen und beobachtete, wie Billy über den Schulhof sprintete.

»Sieben Uhr«, rief er, wobei seine Stimme mitten im Satz brach. »Und ich bringe die Pizza mit!«

KAPITEL
DREIUNDZWANZIG

Tomek war dankbar, dass er nicht gezwungen worden war, zusammen mit Nick an der Pressekonferenz teilzunehmen. Von dem, was er hatte hören können – und das war dank der *Live*-Video-Funktion auf der Website des *Southend Echo* alles – war es ein kompletter Reinfall gewesen.

Nick hatte flüssig und eloquent begonnen, alles sehr gut. Er erklärte die Situation, dass zwei gleichaltrige Mädchen von verschiedenen Schulen tot auf zwei verschiedenen Feldern gefunden worden waren und dass ihre Todesfälle als verdächtig und miteinander verbunden behandelt wurden. Aber dann, als er begann, Fragen von dem hungrigen Wolfsrudel vor ihm zu beantworten, fing er an zu bröckeln, zu stammeln.

Es war unerbittlich gewesen. Die Nachricht – zweifellos dank Abigail Winters – hatte sich verbreitet, dass Mandy Butlers Tod untrennbar damit verbunden war und dass es eine ganze Gruppe von gleichaltrigen Mädchen gab, die etwas Ähnliches erlebt hatten. Dass ein Antrag auf weitere Untersuchungen gestellt worden war und dass nichts dagegen unternommen worden war. Natürlich hatte die Presse zu diesem Zeitpunkt begonnen, Nicks Glaubwürdigkeit und Professionalität in Frage zu stellen. Aber alles war zusammengebrochen, sobald Diana Greenock erwähnt wurde, auch von Abigail Winters.

(Tomek musste ihr zugestehen, sie war eine hartnäckige kleine Zicke, und sie hatte keine Angst davor, wen sie dabei angriff).

Zwei Morde waren schlimm genug.

Drei Morde mit einer Reihe von verwandten Opfern waren ernst.

Aber vier Morde, alle miteinander verbunden, waren ein Schritt zu weit.

Zwei Leben hätten gerettet werden können, wenn Nick den Tod von Mandy Butler gründlicher untersucht hätte.

»Was wirst du anders machen?«, fragte eine Stimme außerhalb des Bildschirms, obwohl er sie als Abigails erkannte.

Schon wieder.

Unerbittlich. Eine Eigenschaft, die er wahrscheinlich immer an ihr bewundern würde, solange sie nicht *ihn* wegen Informationen belästigte.

»Nun«, begann Nick und seufzte schwer. Er sah mitgenommen und gebrochen aus, bereit, dass die Konferenz endete. »Diesmal haben wir ein Team aus einigen unserer... unserer besten Männer und Frauen, die an dem Fall arbeiten. Wir werden auch die Unterstützung der National Crime Agency haben, die uns hilft, das Profil unseres Mörders zu bestimmen.« Dann wandte er sich direkt an die Kamera und sprach den Zuschauer an, seine Augen durchdringend, sein Blick fesselnd. »Wenn jemand Informationen im Zusammenhang mit dem Tod dieser vier Personen hat, bitte melden Sie sich. Wir bitten um so viele Informationen, wie Sie uns geben können. Vielen Dank.«

»Warum wurde das nicht schon früher gemacht?«

»Wie viel wissen Sie wirklich?«

»Warum sind Sie immer noch verantwortlich?«

»Warum glauben Sie, dass Sie geeignet sind, diese Ermittlung zu leiten?«

Die Flut von Fragen, die ihm aus dem Raum folgten, war brutal, und ein Teil von Tomek fühlte sich ein wenig schuldig für den Mann. Aber nur ein wenig.

»Das klang intensiv«, sagte Rachel neben ihm, als er das Handy in seine Tasche steckte.

»Immerhin hat er mit einer positiven Note geendet. Vielleicht. Oder zumindest ist er mit *etwas* Würde gegangen.«

»Wenn es etwas zählt, ich denke, du hättest als SIO bei diesem Fall bleiben sollen, aber ich weiß, dass meine Meinung nicht viel zählt.«

»Danke«, sagte Tomek. Das bedeutete ihm viel und er schätzte es, aber wie ein typischer Mann sagte er nichts davon, sondern behielt es für sich. »Ein Teil von mir will sehen, wie sie abstürzt und verbrennt. Während der andere Teil von mir die Tatsache erkennt, dass vier Frauen jetzt tot sind, mehrere weitere fürs Leben gezeichnet, und der Mörder immer noch da draußen ist.«

»Ah, die klassische Zwickmühle: sich um dein Ego sorgen oder einen Mörder weitere Opfer töten lassen. Schwierige Entscheidung.«

Sie machte den Sarkasmus in ihrer Stimme deutlich, als sie die Augen rollte und sich umdrehte, um durch das Beifahrerfenster zu schauen.

Ihre Worte gaben ihm etwas zu denken. Vielleicht ließ er sein Ego im Weg stehen. Es leitete bisher die Ermittlung für ihn, und wenn er es außer Kontrolle geraten ließe, könnten weitere junge Mädchen sterben. Und dann könnte er sich in zehn Jahren wiederfinden, wie Beschimpfungen auf der anderen Seite eines Mikrofons auf ihn einprasselten.

Nichts davon klang verlockend für ihn.

Als Nächstes auf der Tagesordnung stand ein Termin mit dem einzigen registrierten Imker im Raum Southend.

Timothy Warren besaß und lebte auf seiner Farm mitten in Great Wakering, einem kleinen Dorf, das zwischen den Essex Marshes im Osten und Ackerland im Westen eingeklemmt war. Er war ein Mann weit in seinen späten Dreißigern, ein paar Jahre jünger als Tomek, mit grau werdendem Haar und einem dicken rötlichen Bart. Sein Gesicht war, wie man es von einem Bauern erwarten würde: müde, wettergegerbt und mit einer ärgerlich guten Bräune, obwohl diese schon sechs Monate alt war. Und sein Körper war in besserer Form. Aber Tomek mochte denken, dass seiner genauso gut, wenn nicht besser gewesen wäre, hätte er den ganzen Tag Heu und landwirtschaftliche Geräte herumgeschleppt.

»Wir halten die Schafe auf dieser Seite der Farm dort drüben«, erklärte der Landwirt und zeigte auf eine große Fläche flacher grüner Erde. »Die Hühner in diesem Gehege dort drüben. Kühe auf der anderen Seite dieser Heckenreihe. Und ein paar Pferde in den Ställen hinter dem Haus.«

»Sie kommen also ganz gut zurecht«, bemerkte Tomek.

»Es ist nicht mehr das, was es mal war. Der Brexit ist ein großer Scheißkerl für uns. Wir werden überall unterboten und ausverkauft. Aber was können wir tun? Ich war einer von denen, die dafür gestimmt haben, also kann ich nur mir selbst die Schuld geben.«

Ja, dachte Tomek. *Ja, das kannst du.*

»Und hier halten wir dann die Bienen.«

Timothy hatte sie durch eine kleine Lücke in einer Heckenreihe geführt und in eine weitere Fläche flachen, grünen Landes gebracht. Über hundert Meter entfernt standen Reihen kleiner, weißer Kisten. Um die Kisten herum lag ein Feld mit Blumen, die längst im Winter abgestorben waren. Ein schmaler Pfad aus kunstvoll platzierten Holzplanken war angelegt worden und führte bis zu den Bienenstöcken. Ein tiefes, monotones Summen, das wie eine elektrische Zahnbürste klang, vibrierte in der Luft. Zu Tomeks Rechten, in kurzer Entfernung, befand sich eine kleine Produktionsanlage.

Timothy bedeutete ihnen, dorthin zu gehen, und Tomek spürte, wie er sich entspannte, je weiter er sich von dem elektrischen Summen entfernte.

Die Produktionsanlage war im Inneren überraschend groß und in zwei Bereiche unterteilt. Links befand sich die Produktionslinie, wo die Waben und Rohprodukte zu Honigprodukten verarbeitet wurden. Der Bereich rechts zeigte die Endprodukte. Reihen von verschiedenen Honiggläsern mit unterschiedlichen Geschmacksrichtungen standen stolz auf Regalen entlang der Rückwand. Kürbisgewürz, Kurkuma, Zitronenschale, Zimt. Daneben, auf separaten Regalen, standen Reihen von Honigsenf, Bienenwachskerzen und Propolis-Lippenbalsam, alle mit Timothys Bienenfarm-Branding übersät.

Von den Wänden hingen Imkeranzüge in verschiedenen Produktionsstadien. Einer war einfach ein Hut mit einem Netz. Ein anderer bestand aus Hut und Oberteil, das an der Taille endete. Der letzte war der Anzug in seiner Gesamtheit, komplett mit Hut, Netz und Ganzkörperanzug. Die höchste verfügbare Schutzschicht.

»Wie Sie sehen können, bewahre ich hier all die köstlichen Leckereien auf«, sagte Timothy.

Tomek war sich nicht sicher, ob jemand seit den Achtzigern noch "köstliche Leckereien" gesagt hatte, aber er beschloss, es nicht zu erwähnen. Stattdessen ließ er Rachel die Führung übernehmen.

»Wie viele Bienen haben Sie?«, fragte sie.

»Wir arbeiten nicht mit solchen Zahlen. Es ist schwierig, so eine Größenordnung zu verfolgen. Ich könnte Ihnen sagen, wie viele Kolonien ich habe, wenn Sie möchten?«

»Ja. Offensichtlich.«

»Hundertundzweiundsiebzig.«

»Und wie viele Bienen in jeder Kolonie?«

»Zwischen hundert und zweihundert.«

»Dann hätten Sie uns ja doch eine Schätzung geben können?«

»Wenn ich eine Zahl nennen müsste.«

Herrgott, dieser Kerl war anstrengend.

»Wie lange züchten Sie sie schon?«

»Fast zehn Jahre.«

»Und Sie sind der Einzige?«

»Soweit es die Vereinigung der Bienenfarmer betrifft, ja. Es gibt andere Leute, die versuchen, sie zu züchten, aber sie haben nicht viel Erfolg, und die Mehrheit der Leute, die Bienen halten, sind nur Imker und Hobbyisten. Sie tun es aus Liebe zur Sache oder für ein bisschen Geld nebenbei.«

»Aber Sie sind im Geschäft, um Millionen zu machen?«

Timothy zuckte mit den Schultern. »Wenn Sie es so plump ausdrücken wollen. Sind Sie hier, um in meinen Finanzen zu wühlen? Denn ich zahle alle meine Steuern und spende einen großen Teil meiner Gewinne an die Wohltätigkeitsorganisationen, bei denen ich mitwirke.«

»Nein«, sagte Rachel unverblümt. »Deshalb sind wir nicht hier.«

»Dann darf ich fragen, warum Sie sich nach meinen Bienen erkundigen?«

Rachel zögerte, schluckte. »Gleich. Es gibt nur noch ein paar Fragen, die wir gerne stellen würden, wenn wir dürfen.«

»Möchten Sie probieren?«

Bevor einer von ihnen antworten konnte, eilte Timothy zur anderen Seite der Produktionsanlage. Er griff nach einem Glas Honig und reichte es Tomek, der es höflich annahm.

»Das ist einer der besten Honige, die Sie je probieren werden.«

Ist das das, was du zu Fern Clements gesagt hast, bevor du sie getötet hast?

Tomek öffnete das Glas und tauchte seinen Finger hinein. Timothy hatte Recht, es war eine köstliche Leckerei. Und er machte ein Geräusch, um es zu beweisen.

»Ich wusste, dass er Ihnen gefallen würde«, fuhr Timothy fort. »Und auch etwas für Sie, Fräulein?«

Bevor sie antworten konnte, nahm Timothy das Glas von Tomek und hielt es vor Rachel, die zögernd ihren kleinen Finger bis zum Fingernagel eintauchte und ihn sauber leckte.

»Mmm. Köstlich.« Ihr Gesichtsausdruck strafte ihre Aussage Lügen.

»Das ist einer unserer Bestseller.«

»Neben Fleisch?«, fragte Tomek.

»Ja. Und vergessen Sie nicht die Milch. Möchten Sie kommen und einige der Bienen sehen?«

Tomek und Rachel warfen sich einen schnellen Blick zu. Beide hatten gewusst, dass es kommen würde, aber keiner war besonders begeistert von der Gelegenheit.

»Nur, wenn Sie uns mehr darüber erzählen können«, sagte Rachel und griff in die Brusttasche ihres Blazers. Einen Moment später holte sie das Beweisstück hervor, das Tomek aus dem Lager ausgeliehen hatte. Ein kleines Glasgefäß, in einem Plastikbeutel versiegelt, mit einer Beweisnummer und einem Protokollblatt versehen. In dem Gefäß befand sich die kleine Biene, die sie aus Fern Clements' Körper extrahiert hatten.

Rachel musste das Gefäß nicht sehr hoch halten, um Timothys Interesse zu wecken. Er war im Nu bei ihr und bat um Erlaubnis, es selbst zu halten.

»Ich kenne das!«, sagte er aufgeregt. »Aber woher haben *Sie* es? Und wofür brauchen Sie es?«

Rachel wich der Frage mit einem entwaffnenden Lächeln aus. »Wir wären Ihnen dankbar, wenn Sie es für uns identifizieren könnten, Timothy.«

Bei der Erwähnung seines Namens erröteten Timothys Wangen. »Natürlich. Ja. Absolut. Es ist... Nun, es ist von einer Afrikanisierten Honigbiene. Sie gehören zu den aggressivsten Bienen der Welt. Am häufigsten in Brasilien zu finden, und die meisten Stiche sind äußerst schmerzhaft, aber einige können tödlich sein, besonders wenn man allergisch ist.«

Tomeks Ohren spitzten sich.

»Man kann sie nicht aus diesem Land bekommen«, fuhr Timothy fort. »Nun, man *kann* schon. Man kann alles kaufen, wenn man weiß, wo man suchen muss, aber man muss einfach so vorsichtig mit ihnen sein. Es ist bekannt, dass sie ihre Opfer bis zu einer Meile weit verfolgen, wenn sie gereizt sind. Eine Meile! Stellen Sie sich das vor.«

Tomek zog es vor, sich das nicht vorzustellen.

»Wo kann man solche Insekten bekommen?«, fragte er.

»Sie würden Schwierigkeiten haben, jemanden in Großbritannien zu finden, der sie hat. Meistens bringen Leute sie versehentlich aus dem Ausland mit oder sie gelangen mit Lieferungen hierher.«

»Wie viele würde man brauchen, um eine Person zu töten?«, fragte Tomek.

Die kindliche Aufregung auf Timothys Gesicht verschwand. »*Töten?*«

»Nun, sie werden doch Killerbienen genannt, oder?«

»Ja, aber...«

»Wie viele könnte man brauchen, um ein junges Mädchen im Alter von fünfzehn Jahren zu töten?«

»Junges M-? Im Alter von fünf-?«

»Wie viele Stiche, bevor die Afrikanisierte Honigbiene stirbt? Einer? Oder hunderte?«

»Hun-?« Timothys Mund öffnete und schloss sich, während er Schwierigkeiten hatte, die Worte herauszubringen.

Tomek trat einen Schritt näher an den Mann heran. »Sagt Ihnen der Name Fern Clements etwas?«

Das Keuchen von Timothy war deutlich hörbar. Seine Augen wanderten zwischen Rachel und Tomek hin und her. »Was *soll* das?«, fragte er vorwurfsvoll. »Warum sind Sie hier? Wieso fragen Sie mich danach? Ich habe den Namen Fern Clements noch nie in meinem Leben gehört.«

»Wo waren Sie gestern in den frühen Morgenstunden?«

Timothy sah sich im Schuppen um, als ob dieser die Antwort geben könnte. »Ich war hier. Zu Hause. Ich hatte einen anstrengenden Tag auf dem Hof und musste schlafen.« Er schnippte mit den Fingern, als ihm etwas einfiel. »Ja genau. Ich bin früh ins Bett gegangen. Ich war völlig erledigt. Ich hatte gerade *Holby City* zu Ende geschaut.«

Tomek machte eine Pause, bevor er etwas anderes sagte. Um den Mann schwitzen zu lassen, um ihn darüber nachdenken zu lassen. Er hatte keine weiteren Fragen, also gab er Rachel ein Zeichen und ließ sie das Gespräch beenden.

»Wie viele davon könnten einen Menschen töten?«, wiederholte sie.

»Das kommt darauf an«, sagte er, während sich seine Atmung allmählich beruhigte. »Ein paar würden ausreichen.«

»Und sie sterben nach jedem Stich?«

»Genau wie normale Bienen, ja.«

Also mussten es Hunderte gewesen sein, die Fern Clements getötet hatten.

»Und wer könnte große Mengen dieser Bienen haben?«

»Ich... ich... ich kann mir nicht vorstellen, dass irgendwelche Bienenfarmer sie hätten. Niemand in der Vereinigung, zumindest. Sie übernehmen Kolonien, wenn es genug von ihnen gibt, und das ist schlecht fürs Geschäft. Aber vielleicht würde ein Hobbyzüchter sich nicht so sehr darum kümmern. Vielleicht hat jemand in der Hobbyimkervereinigung welche.«

»Es gibt noch eine andere Vereinigung?«

»Für Hobbyimker, ja.«

»Wo könnten wir die finden?«

»Am gleichen Ort, wo Sie mich gefunden haben«, erklärte Timothy. »Online. Es gibt über hundertvierzig allein in Essex, und das sind nur die registrierten. Sie könnten nach jemandem suchen, der einfach ein paar in seinem Garten hält, ohne Mitglied zu sein.«

»Ist es möglich, dass sie selbständig eine Kolonie gezüchtet haben?«

Timothy kratzte sich an einer roten Scheuerstelle an seinem Hals. »Ich denke schon. Aber sie bräuchten ein paar zum Anfangen. Einschließlich einer Königin.«

Tomek nahm alles auf, was er gehört hatte.

Ihm wurde klar, dass sie entweder nach einer Nadel im Heuhaufen von hundertvierzig anderen registrierten Imkern suchen könnten, oder nach einer Nadel mitten in den Weltmeeren – jemand, der überhaupt nicht registriert war und irgendwie auf die Bienen gestoßen war.

Aber immerhin hatten sie einen Ausgangspunkt.

»Danke für alles, was Sie uns erzählt haben«, begann Rachel, als sie spürte, dass das Gespräch zu Ende ging. »Sie waren eine große Hilfe. Hier sind meine Kontaktdaten, falls Sie etwas brauchen oder etwas hinzufügen möchten. Ebenso werden wir uns bei Ihnen melden, wenn wir weitere Fragen an Sie haben.«

Tomek blieb stehen und drehte sich in der Türöffnung um. »Vielleicht können wir die Bienen ein andermal besichtigen, Timothy. Genießen Sie den Rest Ihres Nachmittags.«

KAPITEL
VIERUNDZWANZIG

S ie hatte ständig auf die Uhr geschaut, ihre Augen huschten zu den winzigen Ziffern am unteren Rand von Phillips Bildschirm, während sie dem Drang widerstand, auf ihr Handy zu tippen und die größeren, sichtbaren Zahlen anzusehen, nur um sicherzugehen, dass es stimmte – 19:01 Uhr.

Sie hatten Überzeit. Nicht zuletzt dank ihrer Aufmerksamkeit, die woanders hinwanderte, zu Gedanken an Billy und den bevorstehenden Eindringling, ihren Vater. Sie hätten vor fast einer halben Stunde fertig sein sollen. Das hätte ihr genügend Zeit gegeben, die Wohnung für seinen Besuch vorzubereiten, ihr Schlafzimmer aufzuräumen, ihren Lavendelduft auf die Kissen zu sprühen, die Kissen aufzuschütteln und die Kerzen vorzubereiten. Aber jetzt würde sie keine Zeit dafür haben. Keine Zeit für irgendetwas.

»Sprich mir nach«, begann Phillip.

Kasia verdrehte innerlich die Augen und rutschte unbehaglich auf ihrem Stuhl hin und her.

»*W weekend idę do parku z przyjaciółmi.*«

»Am Wochenende gehe ich mit Freunden in den Park«, sagte Kasia langsam und versuchte dabei, so desinteressiert und distanziert wie möglich zu klingen.

»Sehr gut fürs Verständnis. Aber vielleicht versuchst du es auf Polnisch, wie ich gebeten habe.«

Kasia tat es, verhunzte aber ihre Aussprache. Mit Absicht.

»Nein. Du verpasst den *prz*-Laut am Anfang von *przyjaciółmi*.«

»Nein, tue ich nicht. Ich habe es perfekt gesagt.«

»Wenn das der Fall wäre, dann wäre ich nicht dreißig Minuten nach meiner geplanten Zeit noch hier.« Er überprüfte seine Uhr, nachdem er die Zeit auf dem Bildschirm gesehen hatte. »Eigentlich muss ich zur Arbeit gehen.«

Als sie antworten wollte, knurrte ihr Bauch. Laut. Und für einen Moment geriet sie in Panik und dachte fast, sie hätte gefurzt. Nachdem er das Geräusch gehört hatte, wirkte Phillip jedoch nicht befremdlich. Stattdessen nahm er das als Zeichen zum Aufbruch.

»Es ist Zeit fürs Abendessen. Ich lasse dich kochen, was auch immer du vorhast. Ich sollte mir wahrscheinlich auch etwas besorgen.«

»Was wirst du essen?«

Er zuckte mit den Schultern. »Wahrscheinlich etwas sehr Ungesundes und sehr Schlechtes für mich. *Jedzenie na wynos.*«

»Hä?«

»Essen zum Mitnehmen.«

Jetzt ergab es Sinn.

Kurz darauf schnappte sich Phillip seine Sachen und machte sich zum Gehen bereit. Er sortierte die Dokumente und Ausdrucke, die er für sie mitgebracht hatte, in seinen Aktenkoffer mit Fächern und steckte dann seinen Laptop vorsichtig in das gepolsterte Fach. Während er seinen Mantel überwarf, überprüfte Kasia schnell ihr Handy.

Immer noch nichts von Billy.

Nichts, was besagte, dass er unterwegs war. Nichts, was besagte, dass er sich verspäten würde. Sie begann zu denken, dass er überhaupt nicht kommen würde. Dass er sie angelogen hatte. Wahrscheinlich hatte er all seinen Kumpels erzählt, dass er rüberkommen würde, und wollte sie nur hängenlassen, zum Spaß. Weil sie dachten, das wäre lustig.

Phillip winkte mit seiner Hand vor ihrem Gesicht. Es dauerte eine Weile, bis sie es bemerkte.

»Wir sehen uns in zwei Tagen?«

»Ja«, antwortete sie und versuchte, nicht zu entmutigt zu klingen.

Sie folgte ihm bis zum Fuß der Treppe.

»Keine Hausaufgaben heute Abend«, sagte er, als er eine Hand auf die Haustür legte. »Aber am Wochenende werde ich nicht so nachsichtig sein.«

»Ha ha. Okay.«

Er öffnete die Tür. »*Do widzenia.*«

»*Do wid-*«

Sie sah ihn, bevor sie ihren Satz beenden konnte. Ihr Herz schlug ihr bis zum Hals, und sie erstarrte, starrte ihn an. In der Tür stand Billy Turpin mit zwei mittelgroßen Pizzakartons in der Hand. Er starrte zu Phillip hoch. Ein Ausdruck unangenehmer Überraschung auf seinem Gesicht.

»Ein Freund von dir?«, fragte Phillip Kasia.

»Äh. Irgendwie. Ja. Aber bitte nicht-«

»Kann ich ein Stück haben?«

Ein Moment der Beklemmung entstand zwischen Billy und Kasia, keiner wusste, was zu tun war. Kasia wollte nichts mehr, als Phillip loszuwerden. Und wenn ein Stück Pizza der Weg dazu war, dann-

Er bediente sich selbst, bevor sie antworten konnte, und kaute laut, während er den Deckel schloss.

»Ihr habt mich inspiriert, mir meine eigene fürs Abendessen zu holen«, sagte er und leckte sich die Lippen. »Danke, euch beiden. *Do widzenia*, Kasia.«

»*Do widzenia!*«

Ohne ein weiteres Wort zu sagen, ging Phillip zurück zum Auto. Sobald er die Eingangsstufe verlassen hatte, packte Kasia Billy am Arm und zog ihn ins Gebäude, wobei sie die Haustür hinter ihm schloss.

Er war weg! Und er hatte nichts über Billy oder ihren Vater gesagt!

Bevor die Tür richtig geschlossen war, sprang sie auf Billy zu und küsste ihn. Sie war so aufgeregt, dass sie nicht wusste, was über sie gekommen war. Seine Lippen waren trocken, und sie war sicher, dass sie auch ein bisschen Zähne dabei erwischt hatte. Und was den ersten Kuss betraf, hatte er ihre Erwartungen nicht erfüllt; ihre zugegebenermaßen ziemlich niedrigen Erwartungen.

»Was... was war das alles?« Das Lächeln auf Billys Gesicht verriet ihr, dass er über den Kuss genauso erfreut war wie sie.

Sie zuckte mit den Schultern. Doch bevor sie antworten konnte, schwoll ihre Zunge in ihrem Mund an. Sie kaute darauf herum, aber innerhalb weniger Sekunden war sie bereits auf die Größe eines Schokoriegels angeschwollen. Und dann begann ihre Kehle anzuschwellen und sich zusammenzuziehen wie eine Schlange, die sich um ihre Speiseröhre wickelte und ihr den Atem nahm.

»Kasia? Kasia!«

Billy legte seine Hände an sie, um sie zu stabilisieren, aber das war nicht das, was sie jetzt brauchte.

Jetzt brauchte sie ihren EpiPen. Ihre Lebensrettung.

Wenn nicht, dann Phillip.

Sie flüsterte den Namen des Mannes, und glücklicherweise verstand Billy, was sie meinte. Eine Sekunde später war er aus der Tür und schrie ihrem Polnischlehrer hinterher. In der Zeit, in der er weg war, war sie auf den Boden gefallen, keuchend und nach jeder Luft ringend, die sie bekommen konnte.

Kurz bevor sie spürte, wie die umhüllende Umarmung der Bewusstlosigkeit ihre Tentakel um sie schlang, hörte sie das Geräusch von zwei Stimmen, die auf sie zukamen.

KAPITEL
FÜNFUNDZWANZIG

Als Tomek den Anruf erhielt, saß er an seinem Schreibtisch. Er tippte gerade seinen Bericht über Timothy Warren, den Imker.

»Sie ist wo?«, hatte er ins Telefon gebrüllt und war dann aus dem Büro gestürmt, ohne irgendjemandem etwas zu sagen.

Glücklicherweise war die Fahrt von der Polizeiwache zum Southend Hospital kurz. Zwei Meilen. Zehn Minuten. Normalerweise. Und in seiner Eile schaffte er die Strecke in sieben Minuten. Er überfuhr ein paar rote Ampeln, überholte auf einer einspurigen Straße, drängte sich an Kreuzungen vor und schnitt anderen an Kreisverkehren den Weg ab. Das Hupkonzert der Autos hinter ihm hallte noch in seinen Ohren nach, als er durch die Krankenhausflure hastete, auf der Suche nach Kasias Zimmer.

Er fand es im dritten Stock.

Aber erst, nachdem er Phillip und einen schmächtigen kleinen Jungen neben ihm im Flur entdeckt hatte.

»Was zum Teufel ist hier los?«, fragte Tomek Phillip.

Der Hyperpolyglott trat vor, um Tomek zu begegnen, und schützte dabei den Jungen ein wenig.

»Die Sanitäter sagten, sie hätte eine allergische Reaktion«, erklärte Phillip ruhig und langsam. »Zum Glück war ich da, um ihr zu helfen.«

Allergische Reaktion.

Wie?

Nach all den Opfern, die er gebracht hatte, um Erdnüsse und jede andere Form von Nüssen komplett aus seiner Ernährung zu streichen, war sie trotzdem Opfer einer allergischen Reaktion geworden. In seinem eigenen Haus.

»Wie?«, fragte Tomek und fand den Mut, diesen Gedanken auszusprechen.

Phillip wandte sich dem jungen Jungen zu. »Billy hier hat eine Pizza mitgebracht, und–«

»Billy?«, wiederholte Tomek, sein Körper begann vor Wut zu zittern. »Billy? Du meinst Billy, den Jungen, der glaubt, er könne gegen eine verdammte Kuh kämpfen? Derselbe Billy, den meine Tochter mich gebeten hat, mal einzuladen, und nachdem ich wiederholt nein gesagt habe, beschlossen hat, trotzdem vorbeizukommen? Bist du das, Billy?«

Vorher, als er sich noch hinter Phillip versteckt hatte, hatte Billy mit geradem Rücken und erhobenem Kinn dagestanden. Frech, mutig. Aber jetzt, nach Tomeks Wutausbruch, ließ er den Kopf hängen und kauerte sich zusammen, wodurch er mindestens fünf Jahre jünger wirkte.

»Antworte mir, Billy!«

Tomeks Stimme hallte den Flur rauf und runter. Phillip trat vor und legte einen Arm über Tomeks Brust, um ihn zurückzuhalten.

»Was hast du in meinem Haus gemacht, Billy? Warum hast du meiner Tochter Erdnüsse gegeben?«

Billy antwortete nicht. Tatsächlich tat er gar nichts. Er stand wie eingefroren da, an Ort und Stelle verwurzelt aus Angst vor einem Mann, der doppelt so groß und mehr als dreimal so alt war und ihm ins Gesicht schrie. Tomek war sich durchaus bewusst, dass er keinen dreizehnjährigen Jungen schlagen konnte, selbst wenn dieser es verdient hätte (und egal wie sehr er es wollte), aber das würde ihn nicht davon abhalten, dem kleinen Kerl einen Riesenschrecken einzujagen.

Der kleine *gówniacki*.

Kasia hätte durch seine Unfähigkeit sterben können; das war das Mindeste, was er verdiente.

»Was hast du mit Erdnüssen in Kasias Nähe gemacht, Billy?«, fuhr Tomek fort. »Was hat dich glauben lassen, dass das eine verdammt gute Idee ist, hä? Haben deine Eltern dich als Kind auf den Kopf fallen lassen? Haben sie dich verprügelt?«

»Hey, hey, hey!« Diesmal hatte sich Phillip Tomek vollständig in den Weg gestellt, und der kleine, schlanke, dünne Mann war das Einzige, was er sehen konnte. »*Przestań*, Tomek! *Ja pierdolę*! Pass auf, was du sagst. Er ist verdammt nochmal erst dreizehn Jahre alt.«

Tomek starrte dem Mann kurz in die Augen. »Ich weiß verdammt gut, wie alt er ist. Er versucht, mit meiner Tochter ins Bett zu gehen. Und jetzt hat er verdammt nochmal fast versucht, sie umzubringen. Wenn du nicht da gewesen wärst, wäre sie für immer dreizehn geblieben, und er hätte den Rest seines beschissenen, verdammten, dummen Lebens weitergelebt!«

Tomeks Brust hob und senkte sich in rasender Geschwindigkeit. Sein Körper zitterte weiterhin vor einer heftigen Mischung aus Adrenalin, Angst und Schuldgefühlen. Ein Cocktail, mit dem er nur allzu vertraut war.

»Ich verstehe das alles«, fuhr Phillip fort, seine Stimme sanfter als zuvor. »Wirklich. Und ich kann mir nur vorstellen, welche Emotionen du gerade durchmachst, aber es an einem kleinen Jungen auszulassen, wird keinen Unterschied machen. Was geschehen ist, ist geschehen. Es war ein einfacher Fehler. Er kam mit Pizza vorbei, und kurz nachdem ich gegangen war, kam er, um mich zu suchen. Er erzählte mir, dass er vorher im Park mit seinen Kumpels Erdnüsse gegessen hatte.«

»Wusste er von ihren Allergien? Ich wette, er verdammt-«

»Nun, wenn er es vorher nicht wusste, weiß er es jetzt definitiv.«

Phillip trat einen Schritt von Tomek zurück und gab ihm etwas Raum zum Atmen. Ob es nur in seinem Kopf war oder ob Phillips Anwesenheit tatsächlich so bedrückend gewesen war, Tomek bemerkte den Unterschied nicht. Er holte tief Luft und schluckte, bevor er sich zur Seite drehte, in Richtung der Krankenhaustür.

»Kann ich sie sehen?«, fragte er.

»Ich denke schon. Die Krankenschwestern sagten etwas davon, dass sie in etwa einer halben Stunde weitere Testergebnisse nehmen würden, aber das war vor fast zwanzig Minuten.«

Dann gehe ich jetzt, dachte Tomek und steuerte auf die Türen zu.

Ihm stockte der Atem, als er den Raum betrat. Kasia lag dort auf dem Bett, bis zur Brust zugedeckt, die Augen geschlossen, ruhig schlafend, ihre Brust hob und senkte sich sanft.

Langsam, zögerlich, ging er zum Bett und nahm ihre Hand in seine. Sobald er ihre Berührung spürte, wurde sein Körper warm. Es war das erste Mal in ihrer drei Monate langen Vater-Tochter-Beziehung, dass sie so eine körperliche Berührung hatten. Aus irgendeinem Grund wurde er dreizehn Jahre zurückversetzt, in genau diesen Raum. Der Raum, die Möbel, die Aussicht aus dem Fenster, alles blieb gleich. Der einzige Unterschied war, dass das junge Mädchen vor ihm nicht so groß und erwachsen war. Stattdessen stellte er sich vor, sie wäre ein Baby, ein Neugeborenes, ein brandneuer Erdenbürger, und dass er ihre winzigen Hände hielt und sie ihren ganzen Finger umklammerte. Diese Szene war natürlich völlig imaginär, er hatte nichts von ihrer Geburt oder ihrer Existenz gewusst bis vor einigen Monaten, aber er stellte sich gerne vor, dass es so gewesen wäre, bei der Geburt dabei zu sein, ihre Hand von so frühem Alter an gehalten zu haben. Etwas so Schwaches und von ihm Abhängiges zu halten. Etwas zu halten, das sich bei allem auf ihn verließ: Nahrung, Kleidung, Unterkunft, Schutz. So war es jetzt. Die gleichen Gefühle und die gleichen Anforderungen als Vater. Nur mit einer Dreizehnjährigen statt einem Neugeborenen.

Und er hatte versagt. Er war nicht da gewesen, um sie zu beschützen, war nicht da gewesen, um sie vor ihren Allergien zu retten.

Als er sich auf dem Stuhl näher heranrückte, begann er zu verstehen, wie sich die Eltern von Diana Greenock gefühlt hatten, wie sich die von Mandy Butler gefühlt hatten, wie sich die von Lily Monteith gefühlt hatten, wie sich die von Fern Clements gefühlt hatten.

Jetzt fügte er sich selbst dieser Liste hinzu. Er hielt sich, *sie beide*, nur für glücklich, dass es nicht in einer Katastrophe geendet hatte.

Es war zehn Uhr am nächsten Morgen, als Kasia aus dem Krankenhaus entlassen wurde. Die Krankenschwestern und Ärzte hatten sie über Nacht zur Beobachtung dabehalten wollen, aber es war nicht notwendig gewesen. Sie hatte die ganze Nacht geschlafen, sich ausgeruht und von ihrem Erlebnis erholt. Und als sie schließlich nach Hause kamen, nachdem sie im späten Morgenverkehr steckten, fühlte sich Kasia zu neunzig Prozent besser.

»Es tut mir leid«, sagte sie, als Tomek seine Hausschlüssel in die Schale auf dem Esstisch warf.

Moment mal. Vielleicht war sie erst bei fünfzig Prozent, immer noch unter dem Einfluss der Schmerzmittel und Medikamente, die man ihr gegeben hatte; Tomek hatte sie schon sehr lange nicht mehr für etwas um Entschuldigung bitten gehört.

»Solange es dir gut geht«, sagte er. »Das ist die Hauptsache.«

Er ging in die Küche und schaltete den Wasserkocher ein. Er brauchte dringend Koffein. Er hatte die ganze Nacht neben ihrem Bett gelegen und der Schlaf war schrecklich gewesen, unbequem.

»Wir müssen allerdings noch über deine Lügen reden und darüber, dass du Billy eingeladen hast, obwohl ich ausdrücklich Nein gesagt habe.«

»Ich weiß. Ich... ich dachte, es würde okay sein.«

Da hast du falsch gedacht.

Tomek machte sich einen Kaffee und für Kasia einen Tee, und die beiden verbrachten die nächste Stunde oder so schweigend vor dem Fernseher.

»Musst du nicht zur Arbeit?«, fragte Kasia. Sie lag auf dem Rücken und scrollte auf ihrem Handy, als ihr der Gedanke kam.

»Nein«, antwortete Tomek. »Nick hat mir den Tag freigegeben.«

Zu seiner Überraschung.

»Also sind heute nur du und ich hier, Kleine.« Er klopfte ihr spielerisch mehrmals aufs Knie. »Ich habe mit der Schule gesprochen und sie haben nichts dagegen. Du musst dich also nur darauf konzentrieren, dich auszuruhen. Und nur für heute gilt: Was immer du willst, ich bin dein Mann.«

Tomek bereute diese Entscheidung später. Es war ein Ansturm von bedürftigen Anfragen gewesen. Eine Flut von Snacks - Schokolade, Chips, all das gute Zeug - gefolgt von Cola-Getränken und Nachschenkungen von Tee und Gläsern Wasser. Er hatte ihr sogar die vollständige Kontrolle über die Fernbedienung gegeben und war gezwungen, sich Wiederholungen der Reality-TV-Show *Made in Chelsea* anzusehen. Eine Show, die ihn dazu gebracht hatte, sich die Augen ausreißen zu wollen.

Immerhin war es nicht *The Only Way Is Essex* gewesen; dann wäre er noch einen Schritt weiter gegangen und hätte die Asservatenkammer bei der Arbeit nach einer Schusswaffe durchsucht.

Später am Abend, als er für sie beide das Abendessen zubereitete

- sein Lieblingsgericht, Paella - dachte er darüber nach, was ihr passiert war. Und wie dankbar er war, dass Phillip da gewesen war, um ihr zu helfen. Ein vernünftiger Erwachsener, der wusste, was in einer solchen Situation zu tun war. Und wie er völlig vergessen hatte, dem Mann zu danken, bevor dieser zu seiner Schicht aufgebrochen war.

Tomek war gerade dabei, Paprika über das Gericht zu streuen, als Kasia die Küche betrat. Sie warf ihre Cola-Dose in den Mülleimer und ging zum Kühlschrank, um eine neue zu holen. Im Hintergrund spielte Moby auf dem kleinen Lautsprecher, den er letzte Woche gekauft hatte.

»Willst du darüber reden?«, fragte Tomek. Nachdem er den ganzen Tag Zeit gehabt hatte, es zu verarbeiten, hoffte er, dass sie das auch getan hatte.

»Nicht unbedingt.«

»Ich denke, wir sollten.«

Kasia verharrte am Kühlschrank, hielt mit einer Hand die Tür offen und hatte in der anderen eine Dose Cola.

»Also, du hast ihn geküsst, hm?«, begann Tomek.

»Papa... bitte...«

»Wie sonst bist du mit den Erdnüssen in Kontakt gekommen?«

Kasia seufzte schwer, bis es fast ein Grunzen war. »Na gut. Ja, ich habe ihn geküsst. Jetzt zufrieden?«

»War das dein erster Kuss?«

»Ja.«

»Überhaupt?«

»Ja. Sind wir jetzt fertig?«

»Vielleicht.«

»Worüber willst du noch reden?«

»Wie oft war er hier, ohne dass ich es wusste?«

»Nur das eine Mal. Das war das einzige Mal.«

»Versprochen?«

Kasia hielt ihren kleinen Finger hoch. Tomek legte den Holzlöffel auf die Arbeitsplatte und hakte seinen kleinen Finger in ihren ein.

»Kleiner-Finger-Schwur«, sagte sie.

»Kleiner-Finger-Schwur«, antwortete er.

Ein heiliger Bund zwischen ihnen beiden.

»Hast du schon mit Sylvia darüber gesprochen, mit Nicks Tochter auszugehen?«

Als das Lied zu den Red Hot Chili Peppers wechselte, verzog Kasia verwirrt das Gesicht.

»Du meinst, ich darf immer noch gehen?« Ihre Stimme war voller Hoffnung.

»Ja. Ich werde dich nicht für den Rest deines Lebens im Haus einsperren.«

So sehr ich das auch möchte.

Und so sehr du es wahrscheinlich auch verdienst.

»Aber ich werde dich in nächster Zeit nicht Billy treffen lassen. Und ehrlich gesagt, glaube ich nicht, dass er besonders scharf darauf ist, dich zu sehen. Ich glaube, ich habe ihm im Krankenhaus vielleicht Angst gemacht.« Dann fügte er unter seinem Atem hinzu: »Dem kleinen Scheißer hoffentlich eine Heidenangst eingejagt.«

KAPITEL
SECHSUNDZWANZIG

Tomek hatte versucht abzuschalten, während er den Tag damit verbracht hatte, sich um Kasia zu kümmern. Nicht weil er völlig präsent für sie sein wollte, während sie sich erholte, sondern weil die Ähnlichkeiten zwischen den Todesfällen der Opfer und Kasias Vorfall zu tiefgreifend waren. Je mehr er über die Verletzungen nachdachte, die Mandy Butler, Lily Monteith und Fern Clements erlitten hatten, desto mehr dachte er daran, dass Kasia ihnen folgen könnte.

Größtenteils war es ein Erfolg gewesen. Er hatte abschalten können und weitgehend über das miese Fernsehprogramm nachgedacht, das sie sich ansahen, und Kasia hielt ihn mit ihren ständigen Bitten und Forderungen definitiv auf Trab.

Aber es gab einen Gedanken, den er nicht abschütteln konnte. Einen Gedanken, der ihn mehr beunruhigte als alle anderen.

Billy.

Billy der Kuhkämpfer.

Billy, der Kuhkämpfer-Vollidiot, der seine Tochter beinahe umgebracht hätte.

Er fragte sich, ob es ein absichtlicher Angriff auf sie gewesen war, ob es sein Versuch gewesen war, sie zu töten.

Ja, es klang absurd. Aber manchmal waren es die absurden Ideen, die völlig abgedrehten Ideen, die immer hängen blieben.

Nach einem kurzen Gespräch mit ihr hatte er erfahren, dass Billy tatsächlich von ihren Allergien wusste. Dass es sogar eines der ersten Dinge war, die sie ihm erzählt hatte, als sie zum ersten Mal gemeinsam in der Schulkantine zu Mittag gegessen hatten.

Was die offensichtliche Frage aufwarf: Wenn Billy von ihrer Nussallergie gewusst hatte, warum zum Teufel war er dann zu ihr nach Hause gegangen, kurz nachdem er mit seinen Freunden eine Tüte Erdnüsse gegessen hatte? Hatte er das absichtlich getan? War er wissentlich dorthin gegangen und hatte versucht, sie anzugreifen oder ihr Leben in Gefahr zu bringen?

War ein Dreizehnjähriger dazu fähig?

Dann, als er nachts im Bett lag, begannen die Gedanken außer Kontrolle zu geraten.

Von dem wenigen, was er über den Jungen wusste, basierend auf dem wenigen, was Kasia ihm erzählt hatte, und der geringen Recherche, die er über die sozialen Medien des Jungen angestellt hatte, wusste er, dass Billy ein begeisterter Fußballfan und kein schlechter Spieler war. Als Mitglied der Dagenham & Redbridge FC U14-Jugendakademie war sein Instagram-Feed ein Kaleidoskop aus Technik-Videos und Lattenschuss-Challenges. Und Tomek musste zugeben, dass der Junge Dinge mit dem Ball anstellen konnte, von denen Tomek in diesem Alter nur geträumt hatte. Er war zweifellos talentiert, aber er war auch Mitglied einer großen Gruppe von Jungen. Derselben Jungs, mit denen er am Abend zuvor im Park gespielt hatte. Tomek erkannte die Gesichter auf mehreren von Billys Instagram-Fotos. Und er fragte sich: Hatten die Jungs ihm gesagt, er solle die Erdnüsse essen? Hatten sie alle zugestimmt, dass es eine lustige Sache wäre? Und dann hatte er sich gefragt, ob sie Verbindungen zu Fern Clements oder Mandy Butler hatten. Ob es möglich wäre, dass eine Gruppe von Teenagern, eine Gruppe von Jungen und Männern vom Dagenham & Redbridge Fußballclub, junge Frauen mit Allergien ins Visier nahm.

Absurd, ja. Aber nicht jenseits des Möglichen.

Etwas, worüber er nachdenken sollte, etwas, das er vielleicht in seiner eigenen Zeit untersuchen könnte.

Leider erkannte er jedoch, sobald er am Morgen nach seiner Zeit mit Kasia ins Büro trat, dass keine Zeit für irgendetwas blieb. Das Büro war voll, und jeder im Team saß an seinem Schreibtisch, sprach laut und tippte wie wild auf seiner Tastatur. Alle Systeme auf Go. Und er fühlte sich bereits, als müsste er aufholen.

»Ah, Tomek, da bist du ja!«

Der Ruf kam von Victoria, die bereits von ihrem Platz aufgestanden war und auf ihn zueilte, als er eintrat. Als er sich zu ihr umdrehte, stand sie bereits in der Tür zu ihrem Büro und bedeutete ihm einzutreten.

»Ich nehme an, mit Kasia ist alles in Ordnung«, begann sie und deutete ihm, sich zu setzen.

Tomek zog den Stuhl unter dem Schreibtisch hervor und tat, wie ihm geheißen.

»Ihr geht es viel besser, danke. Die Schule kümmert sich um sie.«

»Ausgezeichnet. Nun, während du gestern weg warst, hatten wir ein Meeting auf höherer Ebene. Ich selbst, Nick und Sean waren anwesend, und wir haben unsere Strategie für das weitere Vorgehen besprochen.«

»Entschuldigung?«

Dieses Gefühl, gleichzeitig ins Gesicht geschlagen, in den Magen geboxt und in die Eier getreten zu werden, kehrte zu ihm zurück. Schon wieder.

»Wir hielten es für wichtig, unsere Hypothesen abzustimmen, bevor wir weitere Fortschritte machen.«

»Und war es eine bewusste Entscheidung, mich nicht in diese Diskussion einzubeziehen?«

Victoria rutschte unbehaglich auf ihrem Sitz hin und her. »Wir wollten dich an deinem freien Tag nicht stören.«

»Es war kein freier Tag. Ich habe mich um meine Tochter gekümmert, nachdem sie im Krankenhaus war. Das sind völlig verschiedene Dinge.«

»Natürlich. Tut mir leid.«

»Ich habe immer noch ein Telefon. Ich habe immer noch einen Laptop. Ich hätte über beides teilnehmen können.«

Tomek grub seine Fingernägel in seine Handfläche.

»Wie gesagt, Nick wollte dich nicht stören.«

Also war es Nicks Entscheidung gewesen. Oder sie schob ihm die Schuld in die Schuhe. Beides machte ihn nicht glücklicher über die Situation.

»Ihr habt nicht einmal gefragt«, sagte er und versuchte, ruhig zu bleiben. »Ich hätte nur zu gern geholfen.«

»Ich verstehe. Nun, vielleicht beim nächsten Mal, falls es jemals-«

»Ich hoffe sehr, dass meine Tochter nie wieder beinahe stirbt, vielen Dank«, unterbrach er sie. »Also müssen wir dieses Gespräch hoffentlich nie wieder führen.«

Was für eine verdammt dumme Aussage.

»Natürlich.«

»Also, weiter.« Tomek gestikulierte mit den Händen, dass sie fortfahren sollte. »Was habt ihr beschlossen?«

Mehr unbehagliches Hin-und-her-Rutschen. Mehr von diesem schrecklichen Gefühl, dass ihm die Worte, die gleich aus ihrem Mund kommen würden, nicht gefallen würden.

»Nun, *gemeinsam,*« begann sie. Er bemerkte die Betonung des Wortes; eine weitere Gelegenheit, die Verantwortung als jemand anderes Idee abzuwälzen. »Gemeinsam haben wir entschieden, dass wir unser Netz weit auswerfen werden. Wir werden eine Liste aller männlichen Lehrer erstellen, die unsere Opfer unterrichtet haben. Falls es gemeinsame Nenner gibt, werden wir sie finden. Wir werden auch mit allen Ticketinhabern sprechen, die beim Konzert während Mandy Butlers Tod anwesend waren. Und schließlich werden Chey und Martin die Social-Media-Profile der Opfer durchleuchten, um zu sehen, ob sie mit einem älteren Herrn kommuniziert haben oder ob sie irgendwelche unangemessenen, bedrohlichen oder verdächtigen Nachrichten von unserem Killer erhalten haben, irgendetwas, das uns einen Einblick geben könnte, wer diese Person ist.«

Oder Personen, dachte er. Aber er hielt den Mund. Die Idee, die in seinem Kopf herangereift war, war nur ein Tierbaby, noch dazu ein verletztes. Eines, das die richtige Menge an Pflege und Fürsorge brauchte, bevor es in die Welt hinausgetragen werden konnte. Vorerst würde er sie in den Grenzen seines Geistes behalten, bis sie bereit war, verkündet zu werden.

»Das klingt nicht so, als würdet ihr von dem abweichen, was wir bereits besprochen haben«, begann Tomek.

Und dann traf es ihn.

Eine Liste aller männlichen Lehrer, die unsere Opfer unterrichtet haben.

Lehrer.

Eine Liste, die nur drei der vier Mordopfer berücksichtigte.

»Was ist mit Diana Greenock?«, fragte Tomek, die Besorgnis in seiner Stimme wuchs.

»Wir nehmen bei Diana einen Schritt zurück«, antwortete Victoria, ihre Stimme zittrig trotz der offensichtlichen Bemühung, Fassung zu bewahren.

»Warum?«

»Weil wir nach mehreren Gesprächen und mit Tracys Hilfe entschieden haben, dass die Verbindung zu dünn ist. Und dass die Umstände ihres Todes noch fragwürdiger sind. Es gab nie Anzeichen für einen Einbruch, und die Vorstellung, dass jemand in ihr Zimmer eingestiegen sein soll und dort eine Katze platziert hat, ist auch schwer zu glauben. Sowohl Nick als auch Sean waren sich da einig.« Tomek öffnete den Mund, um zu sprechen, aber sie fuhr fort, entschlossen, zu Ende zu reden, bevor sie gezwungen wäre, seine Fragen zu beantworten. »Außerdem haben wir nicht viele Ressourcen, und es ist ein weiter Weg für uns, um auf dieser Seite der Ermittlung irgendeine Art von Einfluss zu haben...« Sie zögerte, als ob es noch etwas gäbe, was sie sagen wollte. Tomek wartete darauf, es zu hören. Schließlich fuhr sie fort: »Du solltest auch wissen, dass wir Mandy Butlers Mord ebenfalls aus unseren Ermittlungen ausschließen werden.«

»Was soll das heißen?«

»Angesichts der begrenzten Ressourcen und Budgets, die ich gerade erwähnt habe, von denen ich übrigens erst gestern erfahren habe, werden wir etwa zehn Prozent für Mandy Butlers Fall aufwenden, während der Rest gleichmäßig zwischen Lily Monteith und Fern Clements aufgeteilt wird.«

Tomek war fassungslos. In völligem Unglauben. Er konnte nicht glauben, was er da hörte. Seine harte Arbeit, seine Hingabe, seine Intuition. All das wurde von seinen Vorgesetzten mit Füßen getreten. Von denen, die angeblich mehr Erfahrung hatten als er (obwohl er kaum verstehen konnte, wie Sean in diese Gruppe gelangt war).

»Glaubst du nicht, dass jedes Opfer eine angemessene Menge an Zeit für unsere Ermittlungen verdient? Und nicht einmal zehn Prozent für Diana Greenock und Mandy Butler *wenigstens* aufzuwenden, ist widerlich.«

»Tomek, ich verstehe-«

»Mein Schwerpunkt war vor dieser Ankündigung Fern Clements. Ändert sich das jetzt?«

»Natürlich nicht, aber-«

»Und wie willst du-?«

Bevor er seine Frage beenden konnte, klopfte es an der Tür. Sofort herrschte Stille im Raum. Tomek hielt seinen Blick fest auf Victoria gerichtet, während sie schnell über ihre Antwort nachdachte.

»Ja, herein«, rief sie.

Es war Nick, der zur Abwechslung überraschend glücklich aussah.

»Guten Morgen, ihr beiden«, sagte er und schloss die Tür hinter sich. Er legte eine feste Hand auf Tomeks Schulter und drückte sie. »Tut mir leid, das von Kasia zu hören. Wie geht es ihr?«

»Gut. Danke.«

Nick umrundete den Schreibtisch und stand zwischen ihnen wie der Schiedsrichter bei einem Tennisspiel. Nick wusste nicht, dass Tomek im Begriff war, ihn ins Spiel zu bringen.

»Was ist los?«

»Das könnte ich Sie auch fragen, Sir. Was zum Teufel?«

Das Gesicht des Hauptkommissars verhärtete sich, ebenso wie sein Griff an der Kante von Victorias Schreibtisch.

»Willst du mich das noch einmal fragen, Tomek?«

»In Ordnung«, antwortete er mit einem Achselzucken. »Was zum Teufel ist mit dieser neuen Strategie los, *Sir*? Was ist mit Diana Greenock? Mandy Butler? Nach dem, was letztes Mal passiert ist, Sir, hätte ich gedacht, Sie würden alle-«

»Pass auf, was du gleich sagen willst, Kumpel«, zischte Nick. Es klang überhaupt nicht kumpelhaft. »Ich glaube wirklich nicht, dass du diesen Ton mir gegenüber anschlagen willst.«

»Werden Sie die Frage beantworten oder weiter davor weglaufen?«

»Ich muss mir das nicht anhören.« Nick deutete mit dem Daumen in Richtung Ausgang. »Geh zurück an deine Arbeit und mach deinen Job. Oder ich kann die Personalabteilung bitten, dir einen weiteren freien Tag zu geben, wenn du mehr Zeit brauchst, um runterzukommen? Denn du benimmst dich wie ein verdammtes Arschloch, und das werde ich nicht dulden.«

Tomek verließ schnell den Besprechungsraum, ohne ein weiteres Wort zu sagen. Die Androhung eines weiteren Gesprächs mit jemandem aus der Personalabteilung reichte aus, um ihn so schnell wie menschenmöglich von dort wegzubringen. Er wollte jedoch trotzdem eine Antwort. Und er kannte die Person, die sie ihm geben konnte.

Sean.

Doch gerade als er sich auf den Weg zu ihm machen wollte, vibrierte sein Handy.

Abigail Winters rief an.

KAPITEL
SIEBENUNDZWANZIG

Dreizehn Minuten später fand sich Tomek in Morganas Café wieder. Mit der gleichen dicken, fettigen, klammen Luft, dem gleichen wunderbaren, aromatischen Duft von Speck und Eiern, den gleichen Stammgästen, die aussahen, als hätten sie den Laden nie verlassen oder würden fast dieselben Plätze mieten.

Abigail hatte ihm gesagt, er solle sich am selben Ort wie beim letzten Mal treffen. Und genau wie beim letzten Mal kam sie zu spät.

Dreißig Minuten statt sechzig, aber zu spät war zu spät.

Und in seiner aktuellen Stimmung half ihre mangelnde Pünktlichkeit nicht gerade.

Als aus dreißig Minuten einunddreißig wurden, beugte sich Morgana über sein Gesicht und stellte eine Tasse Tee vor ihm ab. Er blickte zu ihr auf und dankte ihr herzlich. Sie sah hübscher aus als beim letzten Mal, obwohl er nicht genau sagen konnte, warum. Vielleicht war es ihr Haar, das gelockt und gestutzt worden war, oder vielleicht war es die dünne Schicht Make-up, die etwas dicker geworden war, besonders unter den Augen und an den Wimpern, wodurch das Blau dahinter betont wurde, oder vielleicht war es ihr Outfit – schicker, dezent, fast präsidentiell.

Einen Moment lang dachte er darüber nach, wieder mit ihr zu flirten, aber dann erinnerte er sich, was beim letzten Mal passiert war. Kaum hatte er angefangen, war Abigail hereingeschneit, als hätte sie ihn von draußen beobachtet und es mit Absicht getan. Tomek grübelte noch einen Moment länger über seine Entscheidung: Mit Morgana flirten und sofort Abigail herbeirufen oder das Flirten verschieben und weiter Blicke austauschen, während er wartete.

Leider wurde ihm diesmal die Entscheidung abgenommen.

Die nächste Person, die durch die Tür kam, war Abigail. Nur trug sie diesmal nicht den Koffer hinter sich her, der sie wie eine Grundschullehrerin aussehen ließ.

»Hallo, du«, sagte sie. »Siehst heute gut aus.«

Tomek schaute auf den Blazer hinunter, den er fast drei Wochen am Stück ohne Wäsche getragen hatte, und auf das weiße Hemd, das er seit einem Jahr besaß und das langsam eine titanfarbene Tönung annahm.

»Danke«, antwortete er verlegen. »Weißt du, wenn meine Tochter uns hier sieht, wird sie anfangen, mir Fragen zu stellen, zusätzlich zu denen, die sie mir bereits stellt.«

»Gute Fragen, hoffe ich?«

Tomek nahm einen Schluck Wasser als Antwort. »Was war so wichtig, dass du es mir nicht am Telefon sagen konntest?«

Bei der Aussicht, ihm ihre Neuigkeiten zu verkünden, leuchteten Abigails Gesicht und Haare unter den Lichtern in einem helleren Blondton.

»Erstens wollte ich dich über einen Artikel vorwarnen, den ich vorbereite.«

»Alles klar. Geht es in dem Artikel um mich?«

»Nein.«

»Dann hast du meinen Segen.«

»Es geht um deinen Chief Inspector.«

Das gab Tomek Anlass, einen Moment innezuhalten.

»Nick? Was ist mit ihm?«

»Ich recherchiere über sein Versagen im Fall Mandy Butler.«

Da wirst du lieben, was ich gerade entdeckt habe.

Aber vielleicht war es besser, es ihr in zwei Jahren zu erzählen, dann könnte sie auch Victorias Karriere in den Dreck ziehen.

»Ich... ich glaube nicht, dass das ein Problem sein wird. Ich meine, wie weit unter der Gürtellinie ist es?«

Abigail fuhr mit dem Finger eine Rille auf dem Tisch entlang. »Das habe ich noch nicht herausgefunden. Es ist nicht völlig daneben, aber manche würden sagen, es kommt nah dran.«

»Aber gerade noch genug, um veröffentlicht zu werden, oder?«

Sie grinste. »Genau.«

Im Moment gehörten weder Nick noch Victoria zu seinen Lieblingspersonen auf dem Planeten, also kümmerte es ihn nicht besonders, was Abigail zu veröffentlichen plante. Wenn sie ihn als SIO der Ermittlung behalten hätten, wären seine Gedankengänge vielleicht nicht so destruktiv gewesen, aber so wie die Dinge standen, fragte er sich, ob es noch jemanden gab, den er ins Feuer werfen könnte.

»Der andere Grund, warum ich dich hergebeten habe«, begann Abigail und lenkte ihn von seinen Gedanken ab, »ist, dass ich einen Besucher für dich habe.«

»Hoffentlich nicht noch eine Tochter, von der ich nichts wusste«, sagte er langsam und schüttelte den Kopf. »Eine reicht mir. Ich glaube nicht, dass ich den Stress einer weiteren aushalten könnte—«

»Halt die Klappe, du Trottel. Es geht nicht um *das*...«

Während sie ihre Stimme senkte, drehte sich Abigail auf ihrem Stuhl und deutete auf ein Paar in der gegenüberliegenden Ecke des Restaurants. Eine Mutter und ihre Tochter, die nebeneinander saßen und zu ihnen herüberstarrten. Tomek hatte sie nicht hereinkommen sehen, und nach den leeren Tellern vor ihnen zu urteilen, saßen sie schon viel länger dort als er.

Abigail winkte ihnen zu. Sie kamen zögernd herüber. Vorsichtig, als wäre er ein Mann mit einer unheilbaren Krankheit. Die Tochter, deren junge Gesichtszüge ihn an Kasia erinnerten, war größer als ihre Mutter. Sie trug einen dünnen Hoodie, der von einer Schulter hing, und schlang einen Arm vor ihrem Körper, wobei sie ihn an Ort und Stelle hielt, indem sie die Innenseite ihres Ellenbogens auf der anderen Seite umklammerte. Neben ihr war ihre Mutter, die er, wäre da nicht das Grau, das das Braun ihrer Haare verwässerte, für eine Schwester gehalten hätte.

Sie setzten sich ihm schweigend gegenüber. Drei gegen einen.

»Tomek, das sind Nisha und Avena Kumar. Avena war eine der—«

»Ich erkenne den Namen«, sagte er und nickte aufgeregt. »Aus dem Artikel.«

Er streckte seine Hand über den Tisch. Avena ergriff sie mit dem

Selbstvertrauen einer Siebzehnjährigen, schwach und verzweifelt bemüht, es schnell hinter sich zu bringen.

»Danke, dass ihr hergekommen seid«, begann er. »Ich glaube, die Wichtigkeit dieses Treffens kann gar nicht hoch genug eingeschätzt werden. Alles, was ihr mir heute erzählen wollt, wird selbstverständlich streng vertraulich behandelt, das versichere ich euch. Obwohl...« Er sah sich um. Die geschäftigen Gespräche. Das ständige Kommen und Gehen der Kunden durch die Tür. »Wärt ihr nicht lieber an einem etwas privateren Ort?«

Abigail schüttelte den Kopf. »Das war komischerweise ihre Wahl. Und ich habe gesagt, das Mittagessen geht auf dich.«

Tomek warf ihr ein sarkastisches, aber lächelndes Grinsen zu, das sagte: »Natürlich hast du das. Vielen Dank auch.«

Und dann, als ob es einstudiert gewesen wäre, kam Morgana mit einer Rechnung in der Hand an den Tisch. Tomek nahm sie instinktiv entgegen – er war es so gewohnt, dies bei Dates und Essen mit Kasia zu tun, dass es mittlerweile Teil seiner Muskelgedächtnisses war – und zog seine Debitkarte heraus.

»Ich nehme an, die Rechnung für diesen Tisch kommt noch?«, fragte er, während er seine PIN eingab.

»Genau.«

»Hört ihr das, Mädels? Bestellt, was ihr wollt!« Abigail griff über den Tisch und riss eine Speisekarte aus dem Ständer. »Es ist schließlich Weihnachten. Irgendjemand muss in Feststimmung kommen, selbst wenn *er* es nicht tut.«

Die Kumars hatten keine Ahnung, worauf sie sich bezog, aber es schien sie nicht zu stören; sie studierten die Speisekarte und entschieden sich für eine Diet Coke für Nisha und einen Bananenmilchshake für Avena. Morgana eilte davon, bevor Tomek einen weiteren Tee für sich selbst bestellen konnte.

Die vier saßen in fast völligem Schweigen, während sie auf ihre Getränke warteten. Tomek hatte beschlossen, dass es besser wäre, ihr Gespräch zu beginnen, ohne die Gefahr, alle zwei Minuten unterbrochen zu werden, um gefragt zu werden, ob sie noch etwas zu trinken wünschten. Und sobald die Getränke gebracht worden waren und Tomek kurz darauf die Rechnung bezahlt hatte, konnten sie beginnen.

»Was möchtest du wissen?«, fragte Avena. Sie sprach mit der Sanftheit und dem Charisma einer Flugbegleiterin.

»Alles, was du mir sagen kannst. Alles, woran du dich von diesem Abend erinnern kannst. Alles, woran du dich seitdem erinnert hast.«

Avena schaute zu ihrer Mutter, die ihr mit einer sanften Hand auf ihrem Unterarm Unterstützung bot. Tomek bat mit seinen Augen sanft darum, dass sie stark und standhaft bleiben möge. Er wollte nicht, dass es eine vergebliche Reise für alle würde. Am meisten für sein Bankkonto.

»Also, wir waren eine Gruppe von sechs Leuten. Ich, Nala, Dein, Harrison, Priti und Prav. Wir wollten Catfish and the Bottlemen im Cliffs sehen. Es war eine ausverkaufte Show und wir waren ganz vorne. Wir haben versucht, so viel wie möglich zusammenzubleiben, aber Leute mussten auf die Toilette und holten ständig mehr Getränke und so. Schließlich wurden wir getrennt. Ich blieb mit Harrison und Priti zurück, während die anderen irgendwo allein waren, ich habe nie herausgefunden wo.«

Sie nahm einen Schluck von ihrem Milchshake und stellte ihn mit äußerster Vorsicht auf den Tisch, als würde er zerbrechen, wenn sie ihn zu hart abstellte.

»Wir haben getanzt, hatten Spaß, haben uns gegenseitig die Texte der Lieder ins Gesicht geschrien, als plötzlich dieser Typ vor uns auftauchte. Er war ungefähr so groß wie du, vielleicht etwas kleiner. Dickes schwarzes Haar. Trug eine Sonnenbrille. Zuerst dachte ich, er sucht seine Kumpels. Aber als er sich nicht bewegte und einfach weiter dastand, dachte ich, er sucht Streit. Ich weiß nicht warum, aber es fühlte sich an, als würde er mir direkt in die Augen schauen. Als ob er mit *mir* kämpfen wollte.«

Leider war die Wahrheit nicht weit davon entfernt.

»Gerade als ich ihn fragen wollte, ob alles in Ordnung sei, stupste Harrison ihn am Arm an und umarmte ihn. Sie kannten sich von irgendwoher.«

»Weißt du woher?«, fragte Tomek und drückte so fest auf das Ende seines Stifts, dass die Tinte durch die Seite sickerte.

»Ich glaube, er sagte, es war vom Fußball. Etwas darüber, dass sie zusammen bei Dagenham gespielt haben.«

Tomeks Interesse war geweckt.

»Haben sie zusammen gespielt?«, fragte er.

Avena schüttelte den Kopf. »Dieser Typ war mindestens ein paar Jahre älter, also denke ich, er muss in einer höheren Liga gespielt haben, oder vielleicht in der ersten Mannschaft.«

»Und das ist der Mann, von dem ihr die Ecstasy-Pillen gekauft habt?«, fragte Tomek.

Es dauerte eine Weile, bis sie antwortete. Als sie es tat, mit einem leichten Nicken und geschlossenen Augen, öffnete sich die Tür und eine weitere Gruppe von Kunden kam herein. Die Mittagszeit war in vollem Gange, und der Raum wurde wärmer. Tomek zog sein Jackett aus und legte es über seinen Mantel auf die Rückenlehne seines Stuhls.

»Harrison war derjenige, der dafür bezahlt hat. Er wirkte, als hätte er es schon einmal getan, die Art, wie er das Geld übergab. Ich habe es fast nicht gesehen. Und dann hat er sie einfach verteilt, als wären es Süßigkeiten. Als ich aufblickte, war der Mann verschwunden.«

»Aber du erinnerst dich, wie er aussah?«

Sie nickte. Und dann teilte Tomek ihr mit, dass er einen Termin mit ihrem Zeichner vereinbaren würde, um ein Phantombild des Mannes zu erstellen.

»Haben Harrison oder Priti dich gezwungen, die Pillen zu nehmen?«

Avenas Blick fiel auf ihr Getränk, und sie begann, es zerstreut auf dem Tisch zu drehen.

»Harrison sagte, er hätte es schon einmal gemacht, dass es eine der besten Erfahrungen seines Lebens war, aber er hat mich nicht *gezwungen*.«

Weil seine Worte genug waren. Sie war in der Gesellschaft von jemandem gewesen, dem sie vertraut hatte, jemanden, den sie vielleicht seit langem kannte und respektierte. Warum sollte es also nicht sicher sein, sie auszuprobieren?

»Ich habe aber nur eine halbe genommen«, sagte sie nachträglich.

»Eine halbe Ecstasy-Tablette?«

»Ja. Es war mein erstes Mal und ich hatte Angst.«

»Das ist also warum...«, begann er, hielt dann aber inne.

»Warum was?«, fragte Nisha, ihre Mutter.

»Das...« Er pausierte. »Verzeiht meine Offenheit, aber das ist der Grund, warum du noch am Leben bist. Das Mädchen, das leider an einer ähnlichen Erfahrung wie deiner gestorben ist, ist tot, weil sie die ganze Tablette genommen hat.«

»Und weil Priti Avenas EpiPen dabei hatte und sie *wusste*, was damit zu tun war.«

Tomeks Gesicht wurde ausdruckslos. »Nun. Ja. Natürlich. Das auch.«

»Hatte dieses arme Mädchen ihren EpiPen nicht dabei?«

Tomek war sich nicht sicher. Er hatte nicht daran gedacht, Elsie Rawcliffe danach zu fragen, als er mit ihr gesprochen hatte. Und als jemand mit einer anaphylaktischen Tochter wusste er, dass es kein so offensichtliches und einfaches Heilmittel war. Wenn man nicht wusste, wie man es anwendet, konnte man nicht viel tun.

Tomek konnte sich den Rest der Geschichte selbst zusammenreimen. Anaphylaktische Reaktion mitten auf der Tanzfläche, gefolgt von Bewusstlosigkeit, umgeben von Hunderten von Menschen, gefolgt von einer Notfallfahrt ins Krankenhaus.

Keine Nacht, an die sich irgendjemand gerne erinnern würde.

Nachdem er das Treffen abgeschlossen und ihnen mehrmals für ihr Vertrauen und ihren Mut gedankt hatte, die Geschichte mit ihm zu teilen, übergab Tomek an Abigail, die erklärte, dass die gesamte Kommunikation von ihr übernommen würde und dass Avenas Name herausgehalten werden könnte, wenn sie das wünschten.

Alle vier verließen gleichzeitig das Lokal. Draußen winkten Tomek und Abigail zum Abschied und sahen ihnen nach.

»Hast du bekommen, was du wolltest?«, fragte sie.

Tomek nickte.

Das hatte er.

Denn jetzt war das Fußballnetz gerade kleiner geworden, der Abstand zwischen den Torpfosten schmaler. Er hoffte nur, dass er bald das entscheidende Tor schießen könnte.

KAPITEL
ACHTUNDZWANZIG

During seines „freien Tages" – über den er sich zunehmend ärgerte, dass jeder ihn als „freien Tag" bezeichnete – hatte DC Rachel Hamilton einen großen Teil ihrer gemeinsamen To-do-Liste bezüglich der Ermittlungen im Todesfall von Fern Clements abgearbeitet.

Etwas, das sie keine Schwierigkeiten hatte, ihn daran zu erinnern.

»Es war kein verdammter freier Tag, okay? Meine Tochter lag im Krankenhaus.«

Sie hob abwehrend die Hände. »Wusste ich nicht, Kumpel. Tut mir leid. Die Nachricht war, dass du einen Tag frei hast. Keine wirkliche Erklärung.«

»Wer hat dir diesen Eindruck vermittelt?«

»Ein-Drittel-Jaffa-Cake«, antwortete Rachel. »Sie hat uns gesagt, du seist nicht da. Will nicht lügen, ich war leicht angepisst, aber jetzt hab ich wohl kein Recht dazu.«

»Nein. Hast du nicht.«

Und jetzt hätte er auch kein Recht, sich bei Sean darüber zu beschweren, dass dieser ihm keine Informationen über das Strategietreffen vom Vortag mitgeteilt hatte. Wenn Sean unter demselben Irrtum gestanden hatte wie der Rest des Büros, dann gab es keinen Grund, auf seinen Freund wütend zu sein.

»Was hast du gestern erreicht?«, fragte Tomek und versuchte, nicht zu herablassend zu klingen. Er merkte, dass es wahrscheinlich nicht so gut funktioniert hatte, wie er gehofft hatte.

»Mehr, als du mir da oben wahrscheinlich zutraust.« Sie tippte sich an die Schläfe.

»Das stimmt nicht. Du weißt, dass ich dich sehr schätze.«

»Aha. Erzähl das mal meiner Leistungsbeurteilung.«

Tomek lachte. Trotz des Rangunterschieds respektierte Tomek Rachel und sah sie als Gleichgestellte an. Sie war erfahren, einige Jahre weniger im Dienst als er und hatte alle Anzeichen von jemandem, der in den Rängen weiter aufsteigen könnte, wenn sie nur den Glauben daran hätte, dass sie es schaffen könnte. In der Zeit, die er damit verbracht hatte, die Detective Constables zu „managen" (obwohl er den Begriff hasste), war sie vielleicht diejenige, die am meisten Antrieb und Engagement zeigte, eine Bereitschaft zu lernen, zu wachsen und sich zu entwickeln; im Grunde all die Dinge, die man in einen Lebenslauf schreibt und hofft, dass niemand einen dabei erwischt. Ganz zu schweigen davon, dass sie ein netter und wunderbarer Mensch war. Sie war erst so lange in seinem Leben wie Kasia, aber sie hatte sich nach wenigen Tagen im Team eingelebt und nachdem sie näher an die Polizeiwache gezogen war, war sie öfter für Drinks und gesellige Abende nach einem langen Arbeitstag verfügbar.

Um seine Frage zu beantworten, lud sie ein Excel-Dokument auf ihrem Bildschirm. Auf der ersten Registerkarte befand sich eine Reihe von vier Tabellen, gefüllt mit Namen und Adressen. Über jeder Tabelle stand der Name jedes der vier Opfer, fett gedruckt und zentriert. Und in der ganz rechten Spalte jeder Tabelle befand sich eine Reihe von Js und Ns.

Tomek sah sich die erste Tabelle an. Fern Clements. Ihr Arbeitsbereich. Die Liste enthielt die Namen aller Personen, die an dem Abend, an dem sie starb, bei der Zusammenkunft anwesend waren. Alle Zellen in dieser Spalte waren mit einem J markiert – bis auf eine.

»Du hast gestern mit vier verschiedenen Leuten von der Party gesprochen?«

»Technisch gesehen mit fünf.« Sie zeigte auf zwei Namen auf dem Blatt. »Die beiden hier sind Zwillinge. Also zähle ich das als eins. Und ich bin froh, dass sie es waren, sonst hätte ich bis Mitternacht arbeiten müssen.«

Tomek kannte sie gut genug, um zu wissen, dass sie wortwörtlich sprach, nicht bildlich.

»Nun«, begann er. »Danke für deine harte Arbeit und deinen Einsatz. Ich schätze das wirklich. Als Dankeschön nehme ich dir die letzte Person ab, damit du die Füße hochlegen kannst. Wie wär's damit?«

Sie funkelte ihn an. Und nicht auf die übliche flirtende Art, an die er bei anderen Frauen so gewöhnt war. Dies war ein harter, durchdringender Blick, der ihm, zugegebenermaßen, ein wenig Angst machte.

»Und wer hat gesagt, dass die Ritterlichkeit tot sei?«, sagte sie sarkastisch.

»Das ist keine Ritterlichkeit. Ritterlichkeit wäre, wenn ich dich fragen würde, ob du gestern Abend sicher nach Hause gekommen bist. *Bist* du sicher nach Hause gekommen?«

»Nun. Ja.«

»Großartig. Das ist Ritterlichkeit. Während mein Angebot, mit einem Teenager-Mädchen zu sprechen, damit du es nicht tun musst, meine Art ist, ein Gentleman zu sein.«

Rachel sah ihn lange ausdruckslos an. »Ich glaube, du verstehst das Konzept beider Wörter falsch.«

»Und ich glaube, du verstehst nicht, dass du missverstehst, was ich sage.«

»Was?«

»Genau. Sag du es mir.«

»Wovon zum Teufel redest du, Tomek?«

»Ich weiß nicht. Tut mir leid. Hab's ehrlich gesagt für einen Moment verloren.«

»Klingt, als hättest du Probleme.«

Er tippte auf den Bildschirm. »Dann füg mich der Liste hinzu.«

KAPITEL
NEUNUNDZWANZIG

Claudia Lowther war die Letzte auf der Liste der Gäste, die auf der Hausparty in der Nacht von Fern Clements' Tod anwesend waren, und soweit Tomek und Rachel es verstanden hatten, war sie Ferns engste Freundin. Rachel hatte zu Recht entschieden, zuerst mit den anderen Anwesenden zu sprechen, bevor sie mit Claudia redete. Sie wollte all die wilden Anschuldigungen und Unwahrheiten hören, bevor sie ihren Blickwinkel verengte und der einen Version der Ereignisse, der einen Version von Fern Clements' Leben zuhörte, die wahrscheinlich die genaueste war.

Sie saßen alle in einem kleinen Raum in einem der Korridore des Naturwissenschaftsgebäudes. Es war ruhig, abgelegen und als Chemikalien-Abstellraum getarnt, sodass es keine Chance gab, unterbrochen zu werden – es sei denn, ein Lehrer, der nach einem Ort zum Ausweinen suchte, wofür der Raum seiner Vermutung nach eigentlich gedacht war, stolperte herein und lenkte sie ab. Bei ihnen im Raum war die Leiterin der Schülerbetreuung für das zehnte Schuljahr, Linda Vickers, eine kleine Frau mit Bobfrisur, einer Brille, die die gesamte Breite ihres Gesichts einnahm, und einem noch breiteren Lächeln, das bis zu ihren Ohren zu reichen schien. Sie sprach sanft, höflich und freundlich. Und dieses Lächeln: entwaffnend, wärmend und beruhigend. Es war klar zu erkennen, warum sie, wie sie erklärt hatte, seit fast fünfzehn Jahren in dieser Rolle war.

»Ich habe selbst Kinder, und ich denke, es ist wichtig, dass sie jeden Tag ein Lächeln sehen, selbst wenn es nur von ihrer eigenen Mutter kommt«, hatte sie gesagt. »Die Welt könnte ein bisschen mehr Freude vertragen.«

Das war Tomek als Lebensweisheit nach dem Mittagessen zu tiefgründig gewesen, aber das war nur der Zyniker in ihm. Sie hatte natürlich recht. Die Welt könnte viel mehr Freude vertragen. Das einzige Problem war, dass es in seiner Welt, in seinem Leben mit dem täglichen Umgang mit Tod, Verbrechen und der Zerstörung unzähliger Leben sicherlich nicht der richtige Ort war, um Freude zu finden.

Nachdem sich Claudia vom ersten Schock erholt hatte, aus dem Unterricht von einem Polizeibeamten herausgeholt worden zu sein, erklärte Tomek, wer er war und warum er hier war.

»Ich verstehe, dass dir eine Auszeit von der Schule angeboten wurde, um das Geschehene zu verarbeiten«, begann Tomek. »Wie kommt es, dass alle deine Freunde sie genommen haben, aber du nicht?«

»Geht nicht«, sagte sie mit einem Kopfschütteln. »Muss mich beschäftigt halten. Sonst werd ich verrückt, wenn ich nur darüber nachdenke.«

»Das ist sehr gewissenhaft von dir«, sagte er, mehr als Notiz für sich selbst über ihren Charakter als zu ihrem Nutzen.

Und dann begann er das Interview im Ernst. Anfangs stellte er einfache Fragen, ging behutsam auf Fern und ihre Beziehung ein und näherte sich dem Thema auf kontrollierte und durchdachte Weise. Er fragte nach der Schule, ihren Noten, GCSEs, welche Kurse sie belegte und welche ihre Lieblingsfächer waren (Spanisch und Französisch, genau wie bei Fern). All die Dinge, die dazu gedacht waren, sie zu beruhigen. Und sie hatte entsprechend reagiert: vorsichtig und nachdenklich, sanft und herzlich.

Bis er begann, ein wenig Druck auszuüben.

»Was ist in der Nacht passiert, als Fern gestorben ist?«, fragte Tomek.

»Was meinst du?«

»Na ja, was ist mit ihr passiert?«

»Ich weiß nicht, wer sie getötet hat.«

»Das ist nicht, wonach ich frage.«

»Aber es klingt aber so.«

Da Linda spürte, dass die Spannungen zunahmen, griff sie zwischen sie und legte ihre Hand auf Claudias.

»Der Detektiv nimmt nichts an. Er möchte nur wissen, was passiert ist. Das ist alles.«

Sofort beruhigte sich das Mädchen.

Und Tomek spürte, wie er sich auch entspannte.

»Da war«, begann sie, hielt dann aber inne. Es dauerte einige Momente, bis sie ihre Fassung zurückgewonnen hatte, und nach einigen tiefen Schlucken und noch tieferen Atemzügen fuhr sie fort. »Da gab's 'nen Streit. Wir sollten alle bei Bianca übernachten, aber Fern war etwas angetrunken und hatte die ganze Nacht mit ihrem Freund geschrieben.«

»Freund?«

»Naja, nicht wirklich ihr *Freund*. Eher ein...«

»Eine komplizierte Beziehungssituation?«

»Ja. Eine komplizierte Beziehungssituation. Aber sie nannte es immer eine Scheißbeziehungssituation, weil er sie immer ab-«

Claudia wurde plötzlich bewusst, was sie sagte, und hielt inne, während ihre Augen Linda um Vergebung anflehten.

»Bitte«, sagte Tomek, »fahr fort.«

»Gut. Also. Wir hatten alle etwas getrunken, nur ein paar Schlucke WKD und einige Gläser Wein, nichts Besonderes. Aber Fern kam damit nicht klar und fing an, laut zu reden und jedem ins Wort zu fallen. Also haben wir sie alle zur Rede gestellt. Und das hat ihr nicht gefallen, und sie wurde etwas aggressiv. Dann sagte sie, dass sie sich mit Darren treffen würde.«

»Und Darren ist derjenige, mit dem sie diese komplizierte Beziehungssituation hat?«

Claudia schaute zu Linda, um Zustimmung zu erhalten. Die Leiterin der Schülerbetreuung nickte Claudia zu, die dann Tomek zunickte, als ob die Nachricht telepathisch durch die Kette weitergegeben würde.

»Weißt du, ob sie sich je mit Darren getroffen hat?«

Diesmal schüttelte Claudia den Kopf, eine Botschaft, die nicht durch alle drei gehen musste.

»Geht Darren auf diese Schule?«

»Nein. Er ist älter. Er ist etwa siebzehn.«

»Aber geht nicht zur Schule?«

Mehr Kopfschütteln. »Nein. Sie hat mal was erwähnt von wegen Fußballstipendium bei irgendeinem Team in Dagenham, glaube ich. Weiß nicht, warum jemand dort spielen wollen würde – die sind scheiße.«

»Ausdrucksweise«, erinnerte Linda sie. »Das war ein bisschen unnötig, oder?«

»Tut mir leid, Frau Vickers.«

Während sie sich entschuldigte, schweiften Tomeks Gedanken ab. Zu Gedanken an Darren und die Scheißbeziehungssituation. Darren, der Fußballer. Darren, der Siebzehnjährige, der für irgendein Team in Dagenham spielte. Darren, der junge Mann, der sich mit Fern Clements in der Nacht getroffen hatte, in der sie gestorben war.

Es konnte doch nicht alles miteinander verbunden sein, oder?

»Hab ich was gesagt, was ich nicht hätte sagen sollen?«

Claudias scharfe Stimme brachte ihn zurück in den Raum. Er schüttelte den Kopf. »Nein«, antwortete er. »Du warst eine große Hilfe. Danke.«

KAPITEL
DREISSIG

Tomek vertraute nur wenigen Leuten im Büro vollständig genug, um ihnen die Gedanken in seinem Kopf mitzuteilen. Besonders etwas so Abwegiges und Unkonventionelles wie das hier.

»Du hältst mich jetzt echt auf die Folter«, sagte Sean zu ihm, als Tomek vom Tisch aufstand und zur Bar im Fork and Spoon ging.

Hinter der Bar stand Jim, der den Laden schon so lange besaß, wie sie dort verkehrten.

»Das Übliche?«

»Bitte, Kumpel.«

Während Jim auf die andere Seite der Bar schlurfte, wanderte Tomeks Blick zu dem Automaten in der Ecke der Kneipe, der fast so hell leuchtete wie die Scheinwerfer auf einem Kreuzfahrtschiff. Jim hatte diese zusätzliche Einnahmequelle im Rahmen seiner Diversifizierungsstrategie eingeführt. Er verlangte vom Besitzer des Automaten eine monatliche Pauschale für den Platz in der Ecke und nahm dann zehn Prozent der monatlichen Einnahmen mit nach Hause. Das klang alles zu schön, um wahr zu sein. Aber das galt nur, wenn der Automat auch benutzt wurde, und soweit Tomek wusste, war das nicht der Fall; jedes Mal, wenn er dort war, war der Automat noch voll bestückt und sah aus, als hätte sich niemand in seine Nähe gewagt.

»Wie läuft das denn so für dich?«, fragte Tomek, als der Mann mit zwei randvollen Getränken zurückkam.

»Verdammte Scheiße!«, bemerkte Jim. »Ich will das Ding loswerden. Der kleine Taugenichts hat mir einen Traum verkauft. Hat mich um tausend Pfund betrogen, dieser Mistkerl.«

»Tausend Pfund?!« Tomeks Stimme erreichte eine Tonlage, die er seit fast dreißig Jahren nicht mehr getroffen hatte.

»Na ja, ich musste eine Kaution zahlen, oder?«

»Wofür?«

»Für den Automaten. Falls er kaputt geht.«

»Aber ich dachte, er zahlt dir für den Platz?«

»Na, wenn er das tut, hab ich noch nichts davon gesehen.«

Tomek griff nach seiner Brieftasche. »Er hat dich ja komplett übers Ohr gehauen.«

Jim grunzte beim Anblick von Tomeks Geldbörse und hielt seine Hand ausgestreckt, bereit für das Geld, das gleich schön hineinrieseln würde.

»Das macht dann fünfzehn Pfund, bitte, Kumpel.«

Tomek zuckte zusammen und verschluckte sich fast an seinem Speichel.

»Fünfzehn Pfund. Für zwei Pints? Seit wann liegt diese Kneipe mitten in Shoreditch?«

Jim zuckte mit den Schultern. »Na ja, ich muss die Kosten irgendwie weitergeben, oder?«, erklärte er und deutete mit dem Daumen in Richtung des Automaten.

»Warum habe ich das Gefühl, dass ich jetzt derjenige bin, der übers Ohr gehauen wird?«

»Scheiße fließt bergab, fürchte ich, Kumpel.«

»Ja. Und immer sind wir einfachen Arbeiter diejenigen, die die Hauptlast tragen müssen.«

Jim hatte dazu nichts zu sagen. Also händigte Tomek ihm *widerwillig* das Geld aus und ging zurück zur Sitzecke, wo Sean saß.

»Kannst du das glauben?«, begann Tomek wütend.

»Was glauben?«

»Fünfzehn Pfund für zwei Pints. Alles nur, weil er gemerkt hat, dass seine clevere Geschäftsentscheidung doch nicht so clever war.«

Sean nahm das Pint von der Tischmitte und nahm einen Schluck. Als er das Glas auf den Bierdeckel abstellte, hinterließ er einen dünnen, schaumigen Schnurrbart. »Ich hab letztes Mal, als ich hier war, auch schon ausgerastet.«

»Letztes Mal, als du hier warst?« Tomek versuchte, den verletzten Ton in seiner Stimme zu verbergen, aber es gelang ihm nicht.

»Ja. Ich war vor ein paar Wochen mit Chey hier.«

Tomek nickte und vermied es, seinem Freund in die Augen zu sehen, diesmal versuchte er, die Verletzung in seinem Gesicht zu verbergen.

»Wir hätten dich gefragt, ob du mitkommen willst, aber wir dachten, du wärst mit Kasia beschäftigt. Und ich bin ziemlich sicher, dass es der gleiche Abend war, an dem du gesagt hast, dass sie mit ihrem Polnischunterricht anfängt und dass du dafür zurück sein wolltest.«

Eine Stille breitete sich zwischen ihnen aus. Unangenehm und greifbar. Tomek füllte sie, indem er einen Schluck nahm und allmählich den Blick seines Freundes erwiderte. Sean füllte sie, indem er das Gespräch so schnell wie möglich weitertrieb.

»Wie kommt sie mit ihrem Unterricht voran?«

»Ja, gut.«

»Schon viel Verbesserung gesehen?«

»Ja, schon. Sie wird nicht so bald *dos cervezas* auf Polnisch bestellen, aber sie kommt voran.«

»Wie hast du gesagt, nennt man ihren Lehrer?«

»Na, er ist ein Lehrer.«

»Nein, ich bin mir sicher, es gab da einen bestimmten Namen dafür.«

»Oh, ein Polyglott.«

Sean schnippte mit seinen dicken Fingern. »Genau das!«

»Technisch gesehen ist er ein *Hyper*polyglott, aber da er nicht hier ist, denke ich nicht, dass es ihm etwas ausmacht, wenn wir uns die zusätzlichen Silben sparen.«

Sean lachte unbeholfen, und das Gespräch wurde plötzlich seltsam. Die Atmosphäre war gesunken, und es war, als ob ihnen die Gesprächsthemen ausgegangen wären, als ob sie nichts mehr miteinander zu besprechen hätten. So etwas hatten sie noch nie ertragen müssen. Nicht so.

Sie waren seit fast fünfzehn Jahren befreundet und hatten die meiste Zeit damit verbracht, über alles und jedes zu reden, sich auf fast allen Ebenen kennenzulernen, sodass es jetzt eine seltsame Situation für sie war. Unangenehm und ungewohnt. Die Dinge waren nicht mehr wie früher, seit Kasia in sein Leben getreten war, das musste er zugeben. Sie war zur Priorität geworden und hatte ihn, ohne dass es ihre Schuld war, von seinem alten Leben weggezogen, das erfüllt war mit Trinken, Sozialisieren, Spaßhaben, dem wöchentlichen Kennenlernen von Frauen, und ihn in ein Leben gestoßen, das deutlich langweiliger war. Vielleicht war es zum Besten und er hatte es nur noch nicht erkannt. Er *war* schließlich vierzig. Vielleicht war er zu alt, um mit verschiedenen Frauen zu schlafen und die Angst vor Verbindlichkeit so lange wie physisch möglich abzuwehren. Vielleicht war es an der Zeit, dass er sesshaft wurde und jemanden fand, mit dem er eine Zukunft haben konnte.

Was ihn daran erinnerte...

»Ich habe in letzter Zeit Abigail gesehen...«, begann er, dann hielt er inne.

»Du hast sie *gesehen*?«

Tomek wedelte mit den Händen in der Luft. »Nein, nein, nein. Nicht so. Nicht in einer Art Situationship. In einem *professionellen* Sinne. Sie hat mir Informationen über die Mädchen gegeben, die in den Cliffs unter Drogen gesetzt wurden. Sie ist diejenige, die mir mit der Verbindung zwischen den Morden geholfen hat, einschließlich dem von Diana Greenock in Manchester.«

»Schön.«

Diesmal war Sean an der Reihe, den Schmerz und die Verletzung in seinem Gesichtsausdruck und seiner Stimme erfolglos zu verbergen. Der Schmerz und die Verletzung seiner frischen Beziehung mit Abigail, die erst vor ein paar Wochen geendet hatte.

»Ich habe mich heute Nachmittag tatsächlich mit ihr getroffen«, fuhr Tomek fort. »Sie brachte ein Mädchen namens Avena Kumar mit, die eines der Opfer des Mörders war. Sie und ein paar ihrer Freundinnen waren zusammen auf dem Konzert, um Catfish and the Bottlemen zu sehen. Aber was sie mir erzählte, hat mich neugierig gemacht.«

»Abigail oder das Mädchen?«

»Das Mädchen.«

»Verstehe.«

Dann erzählte Tomek ihm von seiner Theorie. Dass sie alles falsch verstanden hatten. Dass sie überhaupt nicht nach einem einzelnen Mörder suchten. Sie suchten nach einer Gruppe von ihnen, alle vereint durch ein gemeinsames Element in ihrem Leben: Fußball. Und insbesondere einen Fußballverein. Dagenham & Redbridge FC. Dass sie alle zusammenarbeiteten, als Freunde und Komplizen, und planten, eine Gruppe von Mädchen durch ihre Allergien zu töten.

Die Worte klangen seltsam für Tomek, aber sobald er sie ausgesprochen hatte, fühlte er eine Last von sich fallen. Sean war der einzige Mann, dem er mit solchen Dingen vertrauen konnte, aber bald begann er zu fühlen, dass er es vielleicht nicht hätte tun sollen.

»Also glaubst du, dass eine Gruppe von fünfzehn- und siebzehnjährigen Jungen, die alle zu diesem Zeitpunkt fünfzehn gewesen wären, schlau und intelligent genug waren, um entweder Freundschaften oder Beziehungen mit Mädchen einzugehen, die Allergien hatten, und dann Wege zu finden, sie aufgrund ihrer Allergien zu töten? Du denkst, eine Gruppe von fünfzehn- und siebzehnjährigen Jungen hat die technische Geschicklichkeit, so etwas durchzuziehen?«

Tomek verstummte. »Nun, wenn du es so ausdrückst.«

»Ich halte es einfach für höchst unwahrscheinlich.«

»Aber nicht *unmöglich*«, sagte Tomek und spürte, wie ein leichter Lichtstrahl durch die schwarze Leinwand brach, die Sean mit seiner Negativität geschaffen hatte. »Ich hätte es auch nicht für wahrscheinlich gehalten, dass die erste Frau, die ich seit langem geliebt habe, mein Herz bricht und sich als Serienmörderin entpuppt. Ich hätte es nicht für wahrscheinlich gehalten, dass ein Vater seinen Tod vortäuscht und seine Tochter tötet, weil er nicht glaubte, dass sie seine ist... Aber all das ist passiert.«

Und das alles im Laufe der letzten paar Monate.

Sean kratzte sich an der Seite seines Kopfes und massierte die sichtbaren Adern an seinen Schläfen.

»Ich verstehe, was du meinst, aber komm schon.« In seiner Stimme lag ein echtes Flehen. »Drei Mordopfer-«

»Von denen zwei Freunde oder Menschen in ihrem Leben haben, die Fußball spielen.«

Nicht eingeschlossen Billy der Kuhkämpfer, der in keiner Weise mit den Morden in Verbindung stand.

»Und was ist mit Diana Greenock?«, fragte Sean.

»Dachte, du würdest sie nicht als relevanten Aspekt in dieser Ermittlung betrachten?«, schoss Tomek zurück, auf eine Weise, die Sean wissen ließ, dass er sauer war.

»Hör zu, deswegen«, begann er. »Ich wollte dich anrufen. Ich wollte, dass du dabei bist, aber Victoria meinte, wir sollten es einfach sein lassen.«

»Hmm.«

»Wir haben Diana Greenock nur vorerst beiseitegelegt. Wir haben sie nicht völlig vergessen.«

»Das hättet ihr genauso gut tun können, bei den Ressourcen, die ihr ihrem Mord und dem von Mandy Butler widmet.«

Sean verdrehte die Augen und atmete schwer ein. Seine riesige Brust blähte sich auf fast die doppelte Größe. Dann ließ er alles langsam ausströmen.

»Deine Theorie passt nicht zum Profil des forensischen Psychologen.«

»Du meinst dasselbe, bei dem ich zuhören musste, wie sie es vor nicht allzu langer Zeit spontan erfunden hat? Komm schon. Du hast es doch gehört, oder? Es ist verworrener als die Anleitung für einen Waffeleisen, viel verwirrender als nötig. Tracy hat Beschreibungen für zwei völlig verschiedene Männer gegeben, damit sie alle Möglichkeiten abdecken konnte. Glaubst du, das ist ein solides Profil, an das man sich halten kann?«

»Es ist alles, was wir haben.«

»Dann ist es da draußen wie wenn der Blinde den verdammten Blinden führt.«

Tomek brauchte einen weiteren Schluck. Aber als er auf sein Getränk schaute, bemerkte er, dass nichts mehr übrig war.

»*Deine* Runde als nächstes«, sagte er zu Sean.

»Das Gleiche noch mal?«

»Bitte.«

Und dann rutschte Sean von der Seite des Stuhls und machte sich auf den Weg zur Bar. Während er wartete, überprüfte Tomek sein Handy. Keine verpassten Anrufe, nur eine Nachricht, dass Kasia sicher angekommen war. Einen Moment später kehrte Sean mit Getränken in der Hand zurück.

»Hat diesmal zwanzig Pfund gekostet.«

»Was?«

Als Sean zu seinem Platz zurückkehrte, wedelte er mit zwei Packungen Chips vor Tomek. Walkers ohne Geschmack und Käse-Zwiebel. Aus dem Automaten.

»Hättest Jim bitten sollen, den Betrag von der Gesamtsumme abzuziehen«, antwortete Tomek.

»Vielleicht beim nächsten Mal.«

Ein weiterer peinlicher Moment verging. Der zweite in so schneller Folge. Es beunruhigte Tomek.

»Lass uns aufhören, über die Arbeit zu sprechen«, begann Sean. »Es ist langweilig und nichts, worüber ich den ganzen Tag nachdenken möchte.«

»Okay. Einverstanden.«

»Was machst du zu Weihnachten?«

»Es sind nur wir beide. Ich wollte, dass unser erstes Weihnachten nur wir zwei sind, allein, ohne das Chaos bei meiner Mutter. Das können wir uns fürs nächste Jahr aufheben. Und du?«

»Das Gegenteil«, antwortete Sean. »Meine Schwester und ich gehen zu meiner Mutter.«

Wie jedes Jahr. Die gleiche Geschichte, solange Tomek ihn kannte. Sean war, in seinen eigenen Worten, ein Muttersöhnchen. Als Sean jung war, starb sein Vater früh, ein Herzinfarkt, während er den Vater von Seans Schulschläger konfrontierte, und so war Sean gezwungen, früh in diese Rolle zu schlüpfen. Er hatte geholfen, für seine Mutter und jüngere Schwester zu sorgen, indem er Süßigkeiten und Getränke in der Schule verkaufte und sich einen Ruf als der wahrscheinlichste Unternehmer im späteren Leben erarbeitete. Und dann war er zur Polizei gegangen, als er noch zu Hause wohnte, und sorgte weiterhin für Essen auf dem Tisch, während er seine Familie vor ihrer harten Nachbarschaft mit seinem noch beeindruckenderen und einschüchternden Ruf schützte.

Und jedes Jahr gab es die typische Einladung für Tomek, sich ihnen anzuschließen. Bei einigen Gelegenheiten hatte er sie begleitet, den Abend mit dem Genuss von Seans Mutters Jollof-Reis und Malva-Pudding zum Nachtisch verbracht, bevor er nach Hause in seine leere Wohnung ging für einen Abend mit schlechtem Fernsehen und

Einschlafen auf dem Sofa. Oft war er zur Arbeit gegangen und hatte den Tag mit Leuten verbracht, mit denen er täglich arbeitete. Aber es war anders. Für einen Tag im Jahr fühlte es sich so an, als ob der Stress des Jobs verschwunden war und all die Lasten, die damit verbunden waren.

»Erstes Weihnachten zusammen«, murmelte Sean. »Muss aufregend sein.«

»Sie freut sich darauf. Ich hingegen halte nicht viel davon, wie du weißt. Obwohl ich sagen muss, dass sie etwas von dieser Festlichkeit in mich zurückbringt. Die Unmengen an Lametta und Weihnachtsdekorationen, die wir im Haus haben, bewirken das bei jedem.«

»Wo ist sie heute Abend?«

»Wer?«

»Kasia. Offensichtlich.«

Tomeks Augen weiteten sich. »Stell dir vor. Sie ist zu einem Weihnachtsessen für Mädels mit Nicks Tochter ausgegangen.«

»Der berüchtigte Nick Cleaves, der seine Tochter nichts tun lässt, es sei denn, es ist durch mehrere Genehmigungsrunden gegangen und wird mindestens sechs Monate im Voraus beantragt?«

»Genau der. Also habe ich den Abend frei.«

Sean zeigte auf das Getränk. »Daher das Getränk.«

»Daher das Getränk.«

Ein weiterer Moment verstrich zwischen ihnen. Aber diesmal war es nicht unangenehm. Nun, es *war* unangenehm, aber nur ein bisschen. Eine Vier auf der Zehnerskala der Unbehaglichkeit, als beiden Männern klar wurde, dass es von nun an so sein würde, sich in geselliger Umgebung zu treffen, wenn Tomek einen freien Abend von seinen Elternpflichten bekommen hatte. Eine Tatsache, die beide akzeptieren mussten.

»Sorge nur dafür, dass du als Elternteil nicht wie Nick wirst«, sagte Sean.

»Was meinst du damit?«

»Ich stelle mir vor, dass er seine Interviewfragen vorbereitet hat, für wenn sie zurückkommt. Und wahrscheinlich hat er einen Tab auf seinem iPad mit ihrer aktuellen Position in der Welt.«

»Gehört das nicht zum Territorium des Jobs?«

»Kommt darauf an, wie weit du es treibst.«

»Cool. Noch mehr Worte der Weisheit?«

»Ja. Kauf diese Chips nie wieder – die sind saulahm. Eigentlich, kauf überhaupt nichts aus diesem Automaten, das Zeug ist wahrscheinlich alles abgelaufen.« Tomek warf die halb gegessene Tüte Käse-Zwiebel-Chips auf den Tisch und verzog das Gesicht, wobei er die Speisereste in seinem Mund zeigte. Beide Männer lachten.

»Ach, und nur damit du's weißt, Kumpel«, begann Sean und lehnte sich in seinen Stuhl zurück. »Falls du dir Sorgen gemacht hast, meinen Segen zu brauchen, bevor zwischen dir und Abigail etwas passiert, und sei nicht so, ich weiß, wie sie ist und was sie will, dann musst du nicht warten. Du kannst tun, was du willst. Sie und ich sind lange vorbei.«

KAPITEL
EINUNDDREISSIG

Das Gefühl des Sandes an ihren Füßen, der zwischen ihren Zehen schmolz. Das Geräusch der krachenden Wellen in der Ferne und ihre Stimmen, die schnell davon übertönt wurden. Die Empfindung der bitteren Kälte, die durch den Stoff ihrer Zara-Jeans und ihres Tops biss. Und die andere Empfindung in ihrem Körper, die sie für all das ein wenig taub machte.

Nur ein Schluck. Ein Schluck des Wodkas aus Lucys Tasche. Mehr hatte sie nicht bekommen. Die Mädchen ließen sie nicht mehr trinken, weil sie sagten, dass sie verantwortungsvoll seien und es ihre Aufgabe sei, auf sie und Sylvia aufzupassen und sicherzustellen, dass nichts passierte. Und ganz zu schweigen davon, dass es nicht gut für sie war. Aber der Schluck hatte ausgereicht, um ihr zu Kopf zu steigen und ihre Reaktionszeit zu beeinträchtigen.

Als sie also ihren Namen riefen, hörte sie es nicht. Sie war zu beschäftigt damit, auf das Wasser zu starren, auf die schimmernde Schwärze der Themsemündung vor ihr.

»Kash, kommst du oder stehst du da weiter rum wie ein Zitronenkopf?«, fragte Lucy Cleaves, Nicks Tochter, von der anderen Seite des Strandes.

Kasia mochte keine Zitronen, aber sie fand auch nichts Schlimmes daran, eine zu sein.

Sie schob diesen bizarren und möglicherweise vom Wodka ausgelösten Gedanken beiseite, bückte sich, um ihre Schuhe aufzuheben, und eilte dann zu den anderen hinüber. Der Rest der Gruppe, einschließlich Sylvia, befand sich einige Meter vom Wasserrand entfernt. Der Geruch von Salz und getrocknetem Seetang lag schwer auf diesem Teil des Strandes, so dick, dass er am Rachen klebte. Der Strand war ein kleiner Sandstreifen in Old Leigh, genannt Bell Wharf, jetzt völlig verlassen, aber typischerweise im Sommer, oder sobald die Sonne erschien, überfüllt mit Horden von Strandbesuchern, die sich in jeden verfügbaren Raum drängten. Auf der anderen Seite der Themsemündung waren die gedämpften, funkelnden Lichter von Kent, nur wenige Kilometer entfernt. Oben schien durch eine dünne Wolkenschicht der Mond, hell und prachtvoll, der Schein hell genug, um die Gesichter ihrer neuen Freundinnen zu beleuchten.

Kathy, Vicky, Fiona, Yasmin und Lucy. Und natürlich Sylvia.

Sie waren alle älter als sie (mit Ausnahme von Sylvia, die nur ein paar Monate jünger war), und sie fand, dass sie die Besten waren. Sie waren lustig, sie hatten mehr Erfahrung im Leben, in der Schule und mit Jungs, sie waren mutiger, sie hatten keine Angst zu sagen, was sie dachten, sie waren intelligent, sie waren schön. Alle von ihnen. Von Kopf bis Fuß. Jede auf ihre eigene Weise.

Und sie waren auch kultivierter. Einige der Mädchen, die sie aus ihrer eigenen Jahrgangsstufe kannte, waren fasziniert von Jungs und TikTok und den neuesten Trends, aber sie interessierte sich nicht so sehr für all das. Ja, sie verbrachte zwar ungewöhnlich viel Zeit auf TikTok und all den anderen verschiedenen Social-Media-Plattformen, aber sie tat es nur, weil es ihr half, die Zeit zu füllen, die Angst zum Schweigen zu bringen. Aber sie machte selbst nie Videos, dachte nie daran, sich dabei zu filmen, wie sie vor einer Kamera irgendwelche dummen Tanzbewegungen machte, nur halb bekleidet. Einige der Mädchen in der Klasse redeten sogar davon, TikTok-berühmt werden zu wollen. Kasia konnte das nicht glauben. Es klang dumm.

Aber es war der Mangel an Jungsgesprächen, den Kasia wirklich genoss und schätzte. Sie hatte genug von Billy und wollte nicht mehr mit ihm sprechen. Besonders nach dem, was er ihr angetan hatte. Er hatte von ihrer Erdnussallergie gewusst, aber dennoch Spuren davon zu ihr gebracht. Er hatte gewusst, dass sie nicht einmal in ihrer Nähe sein konnte, aber hatte trotzdem versucht, sie damit zu kontaminieren. Dafür hatte er all ihr Vertrauen und ihren Respekt verloren.

Und zu denken, dass sie ihn geküsst hatte!

Was für ein riesiger Fehler das war. Nie wieder. Nein, sie würde warten, bis es jemand war, dem sie richtig vertrauen konnte, jemand, der sie respektierte und nicht versuchte, sie zu töten, ob unbeabsichtigt oder absichtlich. Jemand, in den sie sich verliebte.

Oder vielleicht würde sie nie wieder jemanden küssen.

Das schien im Moment der richtige Weg zu sein.

»Habt ihr gehört, was neulich im Matheunterricht mit Herrn Higham passiert ist?«, fragte Yasmin. Das Weiße ihrer Augen funkelte im Mondlicht, und die Schatten ihres Gesichts und ihrer Brüste schienen ihre hübsche Figur nur noch zu betonen.

Die Mädchen antworteten, dass sie nichts gehört hätten. Kasia und Sylvia saßen schweigend da und warteten darauf, dass die Geschichte weiterging.

»Na ja, es war das Lustigste überhaupt, oder? Dexter Walker kam zu spät rein, und sobald der Lehrer ihn bemerkte, fragte er ihn nach der Antwort auf die Frage an der Tafel. Und Dexter hat sie sofort gewusst!« Sie schnippte mit den Fingern und der Klang durchschnitt die Luft und hallte durch die Straße dahinter wider. »Aber das Lustigste waren die Reaktionen aller danach. Das Gesicht vom Lehrer fiel ein, als hätte ihm jemand gerade die Hose runtergezogen. Und dann haben wir alle zwanzig Minuten lang nur rumgeblödelt. Er konnte uns danach nicht mehr kontrollieren. Dexter ist so schlau.«

»Ich mag Dexter nicht«, erwiderte Vicky. »Er ist ein bisschen ein Arschloch. Findest du nicht auch, dass er ziemlich arrogant ist? Denkt, er wäre der Geilste im ganzen Jahrgang.«

»Ich sagte, er ist schlau«, antwortete Yasmin. »Das heißt nicht, dass ich ihn geil finde.«

Kasia war dankbar, dass diese Art von Gespräch abrupt beendet wurde. Sie hoffte, dass heute Abend überhaupt nicht über Jungs und Freunde und Beziehungen und Situationships gesprochen würde, weil sie wusste, dass, wenn das Thema aufkäme, sie geneigt wären, nach ihrem Krankenhausaufenthalt zu fragen, und sie wollte sich nicht mit der Peinlichkeit auseinandersetzen, ihn zu erklären. Sylvia war die

Einzige, die davon wusste, und im Moment wollte sie es dabei belassen.

Außer vielleicht Yasmin.

Yasmin schien die Art von Mädchen zu sein, die so etwas geheim halten konnte, genau wie Sylvia es getan hatte. Bei den anderen hatte sie ein verdächtiges Gefühl. Das sollte nicht heißen, dass sie schlecht waren oder dass sie sich Mühe geben würden, ihr zu schaden, es war nur so, dass sie ihnen nicht vollständig vertraute. Das war alles.

Sie hatte genug *Mean Girls* und Teenagerdramfilme gesehen, um zu wissen, wie diese Art von Mädchen waren.

Besonders Lucy. Sie war die Anführerin der Gruppe, die Regina George. Sie war diejenige, die den Wodka mitgebracht hatte, ihn aus dem Küchenschrank ihrer Eltern gestohlen und die fehlende Flüssigkeit durch Wasser ersetzt hatte, in der Hoffnung, dass sie es nie herausfinden würden. Sie war diejenige, die ihn an die anderen weitergab.

»Nee, mir geht's gut, danke«, erwiderte Yasmin ziemlich streng, kraftvoll genug, um ihren Standpunkt klarzumachen, aber nicht so stark, um jemanden zu verärgern. »Ich glaube, es ist mir schon zu Kopf gestiegen.«

»Leichtgewicht«, sagte Lucy, während sie die Flasche an die anderen Mädchen weitergab.

Kasia beobachtete, wie alle die Glasflasche von Nicks Tochter nahmen, sie an ihre Lippen setzten, kurz zögerten und dann das Gesicht verzogen, als hätten sie gerade an einer Zitrone gesaugt.

»Verdammt widerlich«, sagte Vicky, als sie die Flasche weitergab. »Igitt.«

»Warum trinken Leute das zum Spaß?«

»Ich weiß nicht, wie mein Vater so viel davon trinken kann.«

Es war einstimmig. Der Wodka war schlecht, schmeckte wie Scheiße, doch sie tranken trotzdem weiter. Bis nichts mehr übrig war, nichts außer einem kleinen Tropfen, den keiner von ihnen aus der Flasche bekommen konnte.

»Gib her«, sagte Lucy und streckte die Hand zu Fiona auf der anderen Seite des Kreises aus, den sie im Sand gebildet hatten.

»Warum? Du wirst sie doch nicht deinem Vater zurückgeben, oder?«

»Natürlich nicht. Ich will sie nur... ich will sie nur in den Mülleimer werfen. Das ist alles.«

»Jetzt sind wir also umweltbewusst? Aber als ich diesen Grill, den wir neulich im Wald angezündet haben, entsorgen wollte, meintest du, er würde biologisch abgebaut werden.«

»Weil genau das auf der Verpackung stand!«

»Ja, ja.«

Kasia wusste nicht, was da gerade passierte, und nach den verlegenen und ausdruckslosen Gesichtern der anderen Mädchen zu urteilen, wusste es sonst auch niemand, aber sie spürte, dass ein Streit drohte. Ein Streit über verdammtes Müllwegwerfen, nicht weniger.

Tomek wäre stolz.

Nicht wegen des Alkoholkonsums Minderjähriger oder des Herumtreibens am Strand spät in der Nacht, sondern wegen des Mülls; er erinnerte sie immer daran, ihren Abfall in den Mülleimer zu werfen, wenn sie mit etwas fertig war, sonst drohte er ihr mit einer Geldstrafe.

Aus irgendeinem Grund glaubte sie jedoch nicht, dass ihre Wahl umweltbewusster Freunde von der Tatsache ablenken würde, dass sie heute Abend Alkohol getrunken hatte.

Aber mit etwas Glück würde er es nie herausfinden.

»Kann ich sie dann haben?«, fragte Nicks Tochter zum zweiten Mal.

»Na schön. Wenn es sein muss.«

Lucy riss Fiona die Flasche aus der Hand und krabbelte auf die Füße, wobei sie wie ein auf schmutziger Erde tänzelndes Pferd Sandhufe in die Luft kickte. Für einen kurzen Moment beobachtete Kasia, wie sie in Richtung des Mülleimers auf der Strandpromenade verschwand, verlor aber schnell die Aufmerksamkeit, als sie Yasmin wieder sprechen hörte.

»Hat jemand von euch gesehen-?«

Bevor sie zu Ende sprechen konnte, durchbohrte ein ohrenbetäubender Schrei die Stille und spaltete die Luft entzwei. Der Laut war so laut, dass Kasia vor Angst körperlich zusammenzuckte. Ihr Körper wurde kalt und sie hielt für einen Moment den Atem an, bevor sie sich schließlich in Richtung des Geräusches drehte. Obwohl der Alkohol ihre Echoortungsfähigkeiten verzerrt hatte, wusste sie, dass es Lucy gewesen war, die geschrien hatte.

Jeder wusste, dass es Lucy war, die schrie.

Das einzige Problem war, wer war mutig genug herauszufinden, warum?

Zu ihrer eigenen Überraschung war sie bereits ein paar Schritte in ihrem Sprint am Strand entlang, bevor ihr klar wurde, was sie tat. Genau das. Sprinten. In Richtung Gefahr. In Richtung Dunkelheit. Aber auch in Richtung ihrer Freundin, die Hilfe brauchte.

Der Schrei war ein einziger, einsamer, durchdringender Laut gewesen, gefolgt von einem dumpfen *Aufprall*. Und dann Stille.

Kasia wusste nicht, was das bedeutete. Hatte sich nicht darauf vorbereitet, was sie finden könnte.

Am Ende des Strandes, am Fuß der Stufen, fand sie es heraus. Dort, auf der Betonpromenade wie eine Stoffpuppe zusammengesunken, lag Nicks Tochter, und über ihr stand ein kleiner, stämmiger Mann in einem abgenutzten und zerrissenen Mantel. Blut rann über den Zement, auf seinem Weg behindert durch Sand und angespültes Seegras.

Zunächst nahm der Mann keine Notiz von ihr – der Geruch von Alkohol erreichte sie schon aus einigen Metern Entfernung –, aber sobald sie Lucys Namen schrie, drehte er sich schwerfällig auf der Stelle, seine Bewegungen langsam und mühsam. Und dann sprang sie ihn an.

Sie wusste nicht, was über sie gekommen war – Wut, Zorn, Dummheit –, aber es funktionierte. Nach ihrem ersten Versuch stieß sie den Mann zu Boden, und als sie auf ihn sprang, waren auch die anderen Mädchen eingetroffen. Angesichts des Blutes und Lucys auf dem Boden liegenden Körpers brachen Schreie in der Luft aus.

»Helft mir!«, schrie Kasia. »Springt auf ihn, damit er sich nicht bewegen kann!«

Es dauerte nicht lange, bis die Mädchen aus ihrer Erstarrung erwachten und ihr halfen. Kurz darauf waren alle fünf auf dem Mann und drückten ihn zu Boden. Da der Rest ihrer Freundinnen beschäftigt war, nutzte Kasia die Gelegenheit, von ihm herunterzuklettern und zu Nicks Tochter zu eilen. Sie fand sie am Boden liegend, völlig regungslos. Einen Moment lang fürchtete Kasia das Schlimmste, dass sie einem tödlichen Schlag auf den Kopf erlegen war, dass sie ermordet worden war. Aber sobald sie das sanfte Heben und Senken von Lucys Brust bemerkte, sprang sie in Aktion. Das Erste, woran sie dachte, bevor sie irgendetwas anderes tat, war, ihren Vater anzurufen.

Er würde wissen, was zu tun ist.

Und zwar nicht nur, weil er Polizist war. Sondern weil er mutig und intelligent war und in Zeiten wie diesen logisch und klar denken konnte. Er würde der Held sein, den sie brauchte, den sie alle brauchten, um sie aus diesem Albtraum zu retten.

KAPITEL
ZWEIUNDDREISSIG

Wenige Minuten nachdem Tomek am Strand angekommen war, war das gesamte Gebiet abgesichert. Der Angreifer wurde am Boden festgehalten und mit Kabelbindern, die Tomek im Kofferraum seines Autos aufbewahrte, an einer Metallbarriere festgebunden. Er und Sean hatten die Mädchen angewiesen, den Bereich zu sichern. Kasia und Sylvia, die einzigen, die er kannte und denen er daher vertraute, sollten zusammen mit Sean bei Lucy bleiben. Sean brachte sie vorsichtig in die stabile Seitenlage, während er versuchte, ihren Körper so gerade wie möglich zu halten. Das Blut, das aus ihrem Kopf sickerte wie aus einem löchrigen Wasserbehälter, floss beunruhigend weiter. Ein dicker, roter Strom rann allmählich bis zum Rand der Promenade und auf den Sand hinunter, wo er eine dichte Pfütze bildete. Inzwischen standen zwei der Freundinnen – ihre Namen würde er später erfahren – oben auf der Brücke, die zum Strand führte. Die letzten beiden Freundinnen – auch hier waren Namen im Moment unwichtig – waren zur anderen Seite von Old Leigh gerannt, dem einzigen Zugang, der für die Einsatzfahrzeuge über die Straße erreichbar war.

Tomek hatte innerhalb von Sekunden nach seiner Ankunft einen Krankenwagen und polizeiliche Unterstützung gerufen. Glücklicherweise waren sie zwei Minuten früher eingetroffen als geschätzt. Strahlendes Blau-Weiß blitzte rhythmisch auf den Restaurants und der

Ufermauer um sie herum, fast blendend in der Dunkelheit. Ein Krankenwagen, zwei Sanitäter. Und drei Polizeibeamte.

Und dann hatte Tomek Nick angerufen.

»Wovon redest du?«, hatte er hektisch gefragt. »Was ist passiert? Wo? Wo ist sie? Was ist mit ihr passiert?«

Tomek hatte Schwierigkeiten gehabt, seine Fragen über Nicks laute Stimme hinweg zu beantworten, aber sobald der Hauptkommissar innehielt, um Luft zu holen, erklärte Tomek, dass er sofort zum Southend Hospital kommen sollte. Dass er dort auf ihre Ankunft warten sollte. Aber es sah nicht gut aus. Einer der Sanitäter hatte ihm erklärt, dass die Wunde an ihrem Kopf erheblich war und sie sofort operiert werden musste, um den Blutfluss zu stoppen und zu verhindern, dass das Gehirn in Blut ertrinkt.

Nachdem der Krankenwagen abgefahren war und in die Richtung zurückkehrte, aus der er gekommen war, richtete Tomek seine Aufmerksamkeit auf den Mann, der gerade in den Polizeiwagen geworfen wurde.

»Sean, kannst du mit ihm fahren?«

»Ja, natürlich. Aber warum?« Nebel bildete sich vor Seans Mund, während er in der kühlen Nacht schnell atmete.

»Weil sich jemand sofort um diesen verdammten Mistkerl kümmern muss. Und ich muss sicherstellen, dass die Mädchen sicher nach Hause kommen.«

Er drehte sich um, um sie alle anzusehen. Ihre ausgelaugten, geschockten und verängstigten Gesichter starrten ausdruckslos zurück, fast als würde er eine Gruppe von Zombies betrachten. Jetzt war es an der Zeit, ihre Namen herauszufinden, und während sie darauf warteten, dass ihre jeweiligen Eltern sie abholten, führte Tomek sie durch die Stadt in Richtung Bahnhof. Als sie an der Marina entlanggingen, rauschte ein Zug an ihnen vorbei, einer der letzten des Abends. Das wiederholte *da-dumm da-dumm* der Räder auf den Gleisen schien die Mädchen zu beruhigen, als hätte es sie hypnotisiert.

Auf ihrem Spaziergang zum Bahnhof bat Tomek sie, ihm eine interessante Tatsache über sich selbst zu erzählen. Sie mussten ihre Gedanken von dem ablenken, was gerade passiert war, und das war der einzige Weg, der ihm einfiel.

Kathy konnte ganz passabel Geige spielen.

Vickys Großeltern stammten ursprünglich aus Frankreich, aber sie konnte die Sprache nicht sprechen.

Fiona vertrug kein Gluten.

Yasmins Lieblingsfilm war *Die Hard*.

Sylvia verstand nicht, worum beim Dampfen und bei Zigaretten so ein Aufhebens gemacht wurde.

Und Kasia gab zu, dass sie an diesem Abend ein paar Schlucke Alkohol getrunken hatte.

Sobald die Worte ihre Lippen verlassen hatten, wurde die Gruppe still, und er konnte spüren, wie ihre Blicke Löcher in seine Tochter brannten, weil sie sie alle vor einem Polizeibeamten verpetzt hatte.

»Woher...?«, begann er, unsicher, wie er das Thema angehen sollte. Mit einem minderjährigen Trinker umzugehen war genug, aber mit fünf von ihnen. »Woher habt ihr den Alkohol bekommen?«

»Von Lucy«, antwortete Kathy leise, als ob sie nicht damit in Verbindung gebracht werden wollte, die Worte laut auszusprechen. »Sie hat sich was von ihrem Vater geliehen.«

»Geliehen? Plant ihr, etwas davon zurückzugeben?« Er versuchte, wie einer von ihnen zu klingen – freundschaftlich, nett, jemand, dem sie vertrauen konnten, indem er den Ärger in seiner Stimme dämpfte.

Der Kommentar entlockte den Mädchen ein Lachen und entspannte sie ein wenig.

»Du wirst es unseren Eltern nicht sagen, oder?«

Das war jetzt die Millionen-Euro-Frage. Sie hatten alle eine erschütternde Erfahrung gemacht, ihre Nerven waren angespannt, das Adrenalin war durch die Decke, die Angst noch höher, der Schrecken in stratosphärischen Höhen. Das Letzte, was sie brauchten, war ein Anschiss von ihren Eltern, sobald sie nach Hause kamen.

»Die Ärzte werden den Alkohol in ihrem Blut finden und sie werden es der Polizei sagen, wenn sie ihren Bericht bekommen. Sobald sie das haben, werden sie es wahrscheinlich euren Eltern erzählen. Aber das wird erst am Morgen sein. Also seid ihr vorerst sicher.«

Er zwinkerte ihnen allen zu und lächelte. Zumindest würde er nicht der Böse sein, und sie konnten sich jetzt alle ein bisschen mehr entspannen.

Fast zwanzig Minuten später waren alle Mädchen weg außer Sylvia, abgeholt von panischen Eltern, die kurz mit ihm sprachen, sich bei ihm bedankten, dass er auf ihre Töchter aufgepasst hatte, und dann nach Hause fuhren. Bevor sie alle verschwanden, erinnerte Tomek sie daran, dass am Morgen Polizeibeamte vorbeikommen würden, um Zeugenaussagen aufzunehmen.

»Erinnere mich an deine Adresse, Sylvia«, sagte Tomek, als er den Wagen startete.

Sylvia gab sie ihm und sie kamen zehn Minuten später an. Als Louise, Sylvias Mutter, die Tür öffnete, huschte sofort Angst über ihr Gesicht.

»Was ist los? Was ist passiert?«

»Ihr geht es gut«, sagte Tomek. »Sie ist nur ein bisschen erschüttert. Hättest du etwas dagegen, wenn wir reinkommen?«

Kasia und Sylvia verschwanden in Sylvias Zimmer, während er und Louise in die Küche gingen. Das war nicht die Art von Ereignis, die man im Wohnzimmer bespricht.

»Muss ich dafür stehen?«

»Sitzen wäre vielleicht besser, aber ich habe gute Reflexe, also falls du mir ohnmächtig werden solltest, müsste ich dich auffangen können.«

»Müsste?«

Er zuckte mit den Schultern und grinste sie an. »Ich sagte 'gut', nicht 'großartig'.«

»Das macht mir richtig Mut, Tomek. Jetzt erzähl, was ist passiert?«

Und so erklärte er ihr sein aus zweiter Hand stammendes Verständnis der Ereignisse. Dass sie alle am Strand saßen, sich unterhielten und redeten (er erwähnte das Trinken vorerst nicht), als sie einen Schrei hörten, gefolgt davon, dass sie eine Gestalt sahen, die sich über Lucy Cleaves aufbaute.

»Oh mein Gott«, erwiderte Louise und hielt sich die Hand vor den Mund. »Wie schrecklich. Weißt du, wie schwer ihre Verletzungen sind?«

»Nein, aber es sah nicht gut aus. Sie blutete am Kopf.«

»Aber sehen Kopfwunden nicht immer schlimmer aus, als sie sind? Ich habe mir mal den Kopf gestoßen, ein winziger kleiner Schnitt, aber es hat tagelang geblutet.«

»Wortwörtlich?«, fragte Tomek sarkastisch.

»Wortwörtlich tagelang, ja. Ein Wunder, dass ich überlebt habe, ehrlich gesagt.«

»Gut, dass du es geschafft hast, sonst wäre ich mir der Gefahren kleiner Schnitte nicht bewusst.«

Louise fand das lustig und bot ihm einen Tee an. Er lehnte ab. »Bier und Tee vertragen sich nicht wirklich gut.«

»Du willst mir sagen, dass du getrunken hast und dann meine Tochter nach Hause gefahren bist?«

Tomek blickte zu Boden und zögerte.

»Was ist los?«, fragte sie, ihr mütterlicher Instinkt witterte sofort, dass etwas nicht stimmte.

»Du solltest wahrscheinlich wissen, dass die Mädchen heute Abend anscheinend getrunken haben. Lucy hat Wodka aus dem Schrank ihres Vaters gestohlen.«

»Wodka!«, Louises Wangen wurden rot vor Wut. »Verdammter Wodka mit dreizehn!«

»Ich weiß.«

»Du wirkst seltsam ruhig bei der ganzen Sache«, sagte sie.

Tomek lachte leise. »Glaub mir, bin ich nicht. Aber ich habe in meinem Leben mit viel von dieser Art zu tun gehabt, also bin ich wohl inzwischen daran gewöhnt. Ich mag die Vorstellung nicht, dass Kasia in irgendeinem Alter trinkt, geschweige denn mit dreizehn, also werde ich auf jeden Fall ein ernstes Wort mit ihr darüber reden. Aber sie sind erschüttert, sie haben Angst um Lucy, also wird es nichts bringen, wenn ich herumschreie. Wenn überhaupt, würde es sie wahrscheinlich dazu bringen, es wieder zu tun.«

»Es sei denn, sie ist so vernarbt von heute Nacht, dass sie nie wieder einen Tropfen Alkohol anrührt.«

Tomek kreuzte die Finger an beiden Händen und hob sie hoch.

Als es Zeit für ihn war zu gehen, rief er Kasia von oben herunter und wartete auf sie am Fuß der Treppe.

»Nochmals danke, dass du sie nach Hause gebracht hast«, sagte Louise und trat an seine Seite. »Ich kann mich nicht erinnern, ob ich es schon gesagt habe.«

»Hast du nicht. Aber das ist okay. Wir können nicht alle Umhänge tragen.«

Sie legte ihre Hand auf seinen Arm und umarmte ihn. Ihr Körper war warm und eine angenehme Pause von der Kälte, die ihm noch von draußen anhaftete. »Danke«, sagte sie erneut. »Es war gut, dass ihr so nah dran wart.«

Ein Moment schob sich zwischen sie. Ein Moment, in dem sie innehielten, wo alles zu gefrieren schien, und er schien in einem Kampf mit ihrem Blick gefangen zu sein. Keiner gab nach. Pulse pochten. Blut rauschte.

Louise war eine attraktive, alleinstehende Frau. Sie war ähnlich alt, ein paar Jahre jünger, und sie war alles, wonach er bei einer Frau suchte. Widerstandsfähig, entschlossen, mutig, stark, charismatisch. Alles was er-

»Papa?«

Kasias Stimme riss ihn aus seinen Träumereien, und er drehte seinen Kopf ruckartig zu ihr in der Mitte der Treppe. Hinter ihr war Sylvia.

»Ah. Da seid ihr ja.«

»Was geht hier vor?«

Tomek schob sich sanft von Louise weg, ohne sie beleidigen zu wollen, und strich sich ab. Auf frischer Tat ertappt. Wie ein paar Teenager.

»Bist du fertig zum Gehen?«, fragte er und vermied ihre Frage so gut wie möglich. »Ich habe mich gerade verabschiedet. Alles in Ordnung?«

Kasias und Sylvias Gesichter erhellten sich vor Freude, während Tomeks und Louises vor Verlegenheit erröteten.

»Du kannst dieses Grinsen aus deinem Gesicht wischen, Sylvia«, sagte Louise neben ihm. »Du und ich müssen morgen früh ein Gespräch führen. Aber für jetzt, direkt ins Bett, nachdem du auf Wiedersehen gesagt hast.«

Und Tomek und Kasia nahmen das als Zeichen zu gehen.

KAPITEL
DREIUNDDREISSIG

Der Tag vor Heiligabend. Der Tag vor dem Tag vor dem Fest. Und eine bedrückte Stimmung hatte sich in der Wohnung breit gemacht. Als Tomek am nächsten Morgen aufgewacht war und die Vorhänge zu einem grauen und nieseligen Himmel öffnete, fühlte er endlich das ganze Gewicht dessen, was in der Nacht zuvor passiert war. Nicks Tochter lag im Krankenhaus. Nicks Tochter war angegriffen worden. Der Gedanke, dass es jedes der Mädchen hätte treffen können, dass es seine eigene Tochter hätte sein können, begann ihm schließlich durch den Kopf zu gehen.

Und als Kasia aus ihrem Schlafzimmer stolperte, fest in ihren Hoodie gewickelt, als ob sie sich damit schützen wollte, war deutlich zu erkennen, dass derselbe Gedanke auch sie die ganze Nacht wachgehalten hatte.

»Gut geschlafen?«, fragte er, während er ihr eine Tasse Tee machte.

»Nein. Konnte nicht schlafen.«

»Ich auch nicht. Willst du darüber reden?«

»Worüber gibt es da zu reden?«

»Du kannst mir sagen, wie du dich fühlst.«

»Ängstlich.«

»Okay. Wovor genau?«

»Ich habe Angst um Lucy. Hast du etwas gehört?«

Tomek überprüfte sein Handy und schüttelte den Kopf. Er hatte keine Neuigkeiten von Nick oder Sean erhalten. Er befand sich in einem Informationsblackout.

»Kann ich sie besuchen gehen?«, fragte Kasia.

Tomek hatte sich dasselbe gefragt, sobald er aufgewacht war. Er wollte ihnen einen Besuch abstatten. Nicht nur für Lucy, sondern auch für Nick und seine Frau. Er konnte sich nicht vorstellen, wie sie sich fühlten, wie verängstigt sie waren. Die Angst und Qual, die sie empfunden haben mussten, während sie dort im Krankenhaus saßen und auf Neuigkeiten von den Ärzten und Krankenschwestern warteten. Tomek hatte es bei anderen Familien in Fällen, an denen er gearbeitet hatte, aus erster Hand miterlebt. In diesen Fällen war er immer ein Außenstehender gewesen, der vom Rand aus zusah. Aber jetzt, wo es jemand war, den er kannte, jemand, um den er sich sorgte und den er respektierte, der dasselbe Rad der Emotionen durchlief, begann er wirklich zu verstehen, wie es war. Auch wenn er immer noch einen Schritt entfernt war.

Tomek entsperrte sein Handy erneut, scrollte durch sein Adressbuch, bis er Nicks Handynummer fand. Er rief seinen Chef an und wartete darauf, dass er antwortete.

»Hi.«

»Hi, Nick. Kannst du reden?«

»Ja.«

»Wie geht es ihr?«

»Nicht gut. Es ist kritisch. Ihr Schädel wurde zertrümmert. Eine massive Delle in ihrem Kopf. Sie liegt im Koma. Die Ärzte meinen, es könnte in beide Richtungen gehen. Möglicherweise bleibende Hirnschäden. Blutungen im Gehirn. Sie könnte nie aufwachen. Alles Mögliche.«

»Verdammte Scheiße, Alter. Es tut mir so leid.«

Wenn er dachte, er hätte einen schlechten Morgen, war das nichts im Vergleich zu dem, was Nick und seine Frau durchmachten.

»Wie hält Maggie durch?«

»Schlimmer. Daniela geht es gut, sie schläft, sie weiß nicht, was los ist, aber Maggie ist völlig außer sich vor Sorge.«

»Ich kann es mir nur vorstellen...« Tomek hielt inne, schluckte und wandte sich an Kasia. »Wenn die Zeit reif ist, würden wir gerne vorbeikommen. Vielleicht um euch etwas abzulenken.«

»Ja, das wäre schön, Kumpel. Aber es wird noch eine Weile dauern. Ich rede mit den Ärzten und gebe dir Bescheid.«

Tomek hatte seinen Chef, seinen Freund, noch nie so niedergeschlagen, so besiegt, so gebrochen klingen hören. Es war, als ob ihm die Seele (was auch immer davon noch übrig war) aus dem Leib gerissen worden wäre.

Er erklärte Kasia, dass Nick sich bei ihnen melden würde.

»Du sagst mir Bescheid, sobald er das tut?«, fragte Kasia, als ob sie diejenige wäre, die das Sagen hätte.

»Natürlich werde ich das«, sagte Tomek mit einem Grinsen. Er schaute auf seine Uhr – 8:48 Uhr. »Ich muss zur Arbeit. Herausfinden, was mit der Festnahme passiert. Ich versuche, jemanden zu finden, der dir heute Gesellschaft leistet.«

»Ich bin nicht fünf.«

»Nein, aber du wirst jemanden zum Reden brauchen, und es wird eine nette Abwechslung sein, wenn es mal jemand anderes ist. Außerdem ist Weihnachten, ich dachte, es geht darum—«

»Das ist das schlimmste Weihnachten aller Zeiten«, sagte Kasia, während sie ihre Kapuze über den Kopf zog und sich auf das Sofa fallen ließ.

Unser Weihnachten ist nichts im Vergleich zu dem, was Nick und seine Familie gerade durchmachen, dachte Tomek, als er begann, das Frühstück für sie beide zuzubereiten. Etwas Salziges. Etwas Fettiges. Etwas, das gut tut. Als er fertig war und alle Reste im Mülleimer gelandet waren, begann er herumzutelefonieren, um zu sehen, wer vorbeikommen könnte, um Kasia für den Tag Gesellschaft zu leisten. Seine erste Anlaufstelle war Saskia Albright, seine älteste Freundin, aber sie war bereits in Schottland bei ihren Eltern für die Weihnachtszeit. Als nächstes hatte er überlegt, Abigail anzurufen, wusste aber, dass das nur Kasias unersättlichen Drang, ihn aufzuziehen und sich in sein Liebesleben einzumischen, befeuern würde. Außerdem wollte er Abigail keine falschen Eindrücke vermitteln. Dann versuchte er es bei Louise und Sylvia, aber sie besuchten an diesem Nachmittag Familie in Colchester. Was die einzigen anderen Personen übrig ließ, die ihm einfielen. Das Ende seiner Liste.

Seine Eltern.

KAPITEL
VIERUNDDREISSIG

Perry und Izabela Bowen waren mehr als glücklich darüber gewesen, solange auf Kasia aufzupassen, wie er es brauchte. Ein bisschen Zeit zum Bonden, hatten sie ihm gesagt. Längst überfällig. Privat, ohne dass Tomek herumschnüffelte und alles zensierte, worüber sie sprachen. Er war sich nicht sicher, ob er sich mit der Vorstellung wohlfühlte, dass die beiden sie über Freunde, Schule, *ihn* und das Leben im Allgemeinen ausfragten, alles bei einer Packung *paluski* und einem extrastarken Kaffee, aber er hatte keine Wahl. Vielleicht war er zu vorsichtig, zu paranoid. Sie waren schließlich Kasias Großeltern. Und er hatte ihnen sehr wenig über sie und ihr Leben erzählt, also war es nur verständlich, dass sie neugierig waren.

»Sie ist in guten Händen«, hatte Izabela Bowen mit einem schiefen Lächeln gesagt, bevor er gegangen war.

Tomek war nicht überzeugt, aber er hatte versucht, diese Gedanken in den Hintergrund zu drängen, als er sich auf den Weg zur Polizeistation gemacht hatte. Und bald stellte er fest, dass es umso leichter wurde, je näher er kam, denn anstatt an Kasia und Perry und Izabela zu denken, wurden seine Gedanken von Bildern von Nicks Tochter auf dem Beton geplagt, mit eingeschlagenem Kopf, blutend. Und dann die Bilder von ihr, wie sie im Krankenhausbett lag, mit ihren Eltern an ihrer Seite.

Die Bilder begannen schließlich zu verschwinden, sobald er seine

Kollegen erblickte. Und sie verschwanden fast ganz, als er das Gesicht des Mannes, der Lucy Cleaves angegriffen hatte, auf dem Fernsehbildschirm sah. Eine Live-Verbindung war in die Einsatzzentrale im Lagezentrum eingespeist worden, und das Team beobachtete ihn mitten im Verhör. Dem Angreifer gegenüber saßen Sean und Chey, die ihn in die Mangel nahmen.

Jetzt, da er sein Gesicht deutlich sehen konnte, erkannte Tomek den Mann sofort. Paddy Battersby. Ein paranoider Schizophrener, der der Polizei seit Jahren bekannt war. Zuvor verhaftet wegen Körperverletzung, Ruhestörung, Vandalismus und einer ganzen Reihe kleinerer Vergehen. Meistens war er ein gebrochener Mann gewesen, der verzweifelt einen Schuss brauchte; harmlos, bis zur letzten Nacht natürlich.

Die Gesichter, die zu Tomek aufblickten, waren übernächtigt und geschwollen. Sie hatten eine Nachtschicht eingelegt, und die Verhöre hatten die ganze Nacht über stattgefunden. Ohne Unterbrechung. Rechtlich gesehen hatte Paddy Anspruch auf acht Stunden Ruhe innerhalb der ersten vierundzwanzig Stunden in Gewahrsam, aber es war deutlich zu erkennen, dass das Team ihn so lange wie möglich darauf warten lassen würde. Das hatte er mindestens verdient.

Im Lagezentrum befand sich ein Rumpfteam von vier Leuten. Victoria, Martin und Oscar. Es war Weihnachten, und ein großer Teil der Leute im Team hatte Urlaub und feierte die Festtage mit ihren Lieben. Daher wurde von den anderen, Tomek eingeschlossen, erwartet, dass sie längere Stunden arbeiten würden.

Sobald sie ihn entdeckt hatte, zog Inspektorin Orange ihn in ihr Büro, um ihn auf den neuesten Stand zu bringen.

»Wir haben ihn wegen schwerer Körperverletzung angeklagt«, sagte sie mit gedämpfter Stimme. »Aber jetzt fragen wir, ob er etwas über Fern Clements und Lily Monteith weiß.«

»Ernsthaft?«

»Was?«

Tomek deutete in Richtung des Fernsehers im Lagezentrum. »Er? Paddy Battersby? Paddy der Panda, der Mann, der keiner Fliege etwas zuleide tun könnte?«

»Nun, er kann offensichtlich viel mehr als das.«

Tomek steckte seine Hände in die Taschen und lehnte sich leicht zurück. »Du kennst ihn nicht so wie wir. Er ist verstört. Er ist schizophren.«

»Das entschuldigt nicht, dass er Nicks Tochter ins Krankenhaus gebracht hat.«

»Das sage ich auch nicht.« Tomek atmete tief ein, um sich zu beherrschen. »Was sagt er, was passiert ist?«

»Seine Version der Ereignisse ist, dass er sie fragen wollte, ob sie eine Dose Spam hat. Als sie ihn sah, geriet sie in Panik und schlug um sich, was ihn in Panik versetzte. Und als er versuchte, wegzukommen, rempelte er sie an und stieß sie um, wobei ihr Kopf auf einen Pfosten knallte.«

Das muss eine ziemliche Wucht gewesen sein, um ihren Kopf einzuschlagen, überlegte Tomek.

»Also war es ein Unfall?«, fragte er.

»Unfall oder nicht, sie liegt immer noch im Krankenhaus. Wir werden sehen, wie seine Version der Ereignisse im Vergleich zu der der Mädchen standhält.«

Tomek wusste, dass es Paddys Aussage gegen ihre stehen würde. Alle sechs von ihnen. Und in diesem Fall würde es keinen Unterschied machen, ob es ein Unfall war oder nicht. Paddy Battersbys Schicksal war besiegelt.

»Hat er schon zugegeben, Lily Monteith und Fern Clements getötet zu haben?«

»Nein«, sagte sie kurz angebunden. »Sein Anwalt und seine Betreuungsperson raten ihm, zu diesem Thema zu schweigen.«

»Also bist du natürlich noch misstrauischer ihm gegenüber.«

»Ja«, sagte sie.

Aber Tomek war es nicht. Was mit Lucy Cleaves passiert war, war ein absurder Unfall gewesen, eine dieser Eins-zu-einer-Million-Geschichten, aber nichts weiter. Obwohl es tragisch war, ja, dachte Tomek, dass es nicht ausreichte, um die Hexenprozesse zu entfesseln und Paddy Battersby auf dem Scheiterhaufen zu verbrennen.

»Wie lange muss er einsitzen?«, fragte Tomek.

»Nachdem er wegen ihrer Morde angeklagt worden ist?«

»Nein. Weil du noch keine Beweise gegen ihn dafür hast. Wie lange muss er für die letzte Nacht einsitzen? Die schwere Körperverletzung?«

»Fünf Jahre«, antwortete Victoria, ihr Gesichtsausdruck und ihre Stimme monoton.

»Wow.«

Armer Kerl. Aber noch ärmer dran war Lucy. Tomek konnte in dieser Hinsicht nicht zu viel Mitgefühl für ihn haben, nicht wenn sie derzeit um ihr Leben kämpfte.

»Da ist noch etwas, worüber ich mit dir sprechen wollte«, begann Victoria.

Tomek legte seine Hand auf die Rückenlehne eines Stuhls. »Muss ich mich dafür hinsetzen?«

»Du kannst dich setzen, wenn du willst. So wirkst du größer und ich fühle mich größer.«

Tomek schätzte, dass sie davon gerade viel brauchte. Sie hatte in letzter Zeit einige Fehleinschätzungen gemacht, unter anderem bei dem Doppelmord an zwei Mädchen, die entführt und an einer Schaukel auf einem Spielplatz in Canvey erdrosselt worden waren. Und deshalb fiel es ihm schwer, Mitleid mit ihr zu haben.

»Es geht um deine Rolle in diesem Team.«

Er hielt den Atem an.

»Nick wird in den nächsten Wochen vermutlich krankgeschrieben sein, während er sich um seine Tochter kümmert. Das bedeutet, dass ich vorübergehend die Leitung übernehme, und ich werde eine rechte Hand brauchen.«

»Okay«, sagte Tomek und schaute sie mit wachsamen Augen an. »Soll ich dir sagen, wo die Toiletten sind?«

Zu seiner Überraschung hatte Victoria das nicht kommen sehen. Glücklicherweise hatte sie aber den Humor darin erkannt und legte, um das zu zeigen, beim Lachen eine zierliche Hand auf ihre Brust.

»Du hörst nie auf mit deinem kindischen Humor, oder?«

»Wo bleibt der Spaß am Erwachsenwerden? Ich musste in den letzten zwei Monaten schon genug davon machen, ich will nicht noch mehr. Ich brauche zumindest *etwas* Unreife.«

»Etwas, aber nicht alles. Abgesehen davon, willst du nichts dazu sagen?«

»Wozu?« Tomek war es nicht bewusst, aber er schaute zu ihr auf, wie ein Hund zu seinem Besitzer aufschaut: gehorsam und begierig zu erfahren, was als Nächstes passieren würde.

»*Du bist mein Stellvertreter.* Während Nick in Urlaub ist.«

»Na, na, wie sich die Tische wenden.«

Das war gut. Sehr gut. Denn jetzt, als Stellvertreter, hätte er mehr Mitspracherecht, in welche Richtung die Ermittlung ging. Mehr Kontrolle über die Aspekte, die er nicht allein kontrollieren konnte.

Das war gut. Sehr gut.

KAPITEL
FÜNFUNDDREISSIG

Tomeks erste Aufgabe des Tages war einfach gewesen: Kasia zur Zeugenaussage auf die Wache einladen. Im Laufe des Tages würden die Mädchen einzeln befragt werden, um ihre Version der Ereignisse zu Nicks Tochter zu hören. Ihre Geschichten würden dann miteinander auf Wahrheitsgehalt abgeglichen und anschließend mit Paddy Battersbys Darstellung verglichen werden. Tomek hegte den heimlichen Verdacht, dass sie sich nicht groß, wenn überhaupt, unterscheiden würden. Für ihn war klar, dass Paddy für das, was mit Lucy passiert war, angeklagt werden würde – der Sarg war bereits bestellt und die Beerdigung bezahlt –, aber Tomek war bereit, alles zu tun, um sicherzustellen, dass er nicht für Morde verurteilt würde, mit denen er nichts zu tun hatte. Jemanden fälschlicherweise wegen Mordes, Vergewaltigung oder einer anderen schweren Straftat zu verurteilen, war zum Glück etwas, das ihm nie passiert war. Aber er hatte die Geschichten gehört, die Zeitungsberichte gesehen. Zwanzig Jahre Gefängnisstrafe abgesessen, nur damit dann technologische und wissenschaftliche Fortschritte wie ein Held in der Nacht herbeieilten, um den Ausgang eines Falls zu ändern und dich freizusprechen. Zwanzig Jahre deines Lebens verloren. Zwanzig Jahre, die dir die Regierung durch eine Abfindung bezahlt hat. Es gab keine Geldsumme, die so viele Jahre deines Lebens aufwiegen könnte, daher war er ein überzeugter Verfechter davon, die richtige Verurteilung zur richtigen Zeit zu bekommen. Und wenn das bedeutete, länger als nötig zu brauchen oder alle Optionen und das Budget auszuschöpfen, dann sei es so.

Es war Kasias erster Besuch an seinem Arbeitsplatz, und er war unglaublich nervös. Vermischt mit einer kleinen Portion Aufregung. Und mit einer Prise Düsterkeit obendrauf. Er war besorgt, was sie von dem Ort halten würde, was sie über seine Kollegen sagen würde. Er hätte ihr gerne eine Führung gegeben und sie ihnen richtig vorgestellt (immerhin hatten sie so viel über sie gehört und sie so wenig über sie), aber das war nicht möglich gewesen. Es war einfach schade, dass der Anlass ihres Besuchs eine Zeugenaussage war.

Eine Zeugenaussage, die von Rachel durchgeführt wurde, so ruhig und höflich wie möglich, die Beste in diesem Job. Die ganze Prozedur hatte über eine Stunde gedauert, und am Ende waren Kasias Augen rot und ihr Make-up verlaufen. Um sie aufzuheitern, hatte Tomek angeboten, schnell mit ihr in die Läden zu gehen, um einige ihrer Lieblingssüßigkeiten zu kaufen.

»Wir können einen weiteren Kurzzeitkredit aufnehmen und noch mehr Freddos holen, wenn du möchtest?«

»Habt ihr hier keine Schokolade?«

Tomek hatte sich im kargen und tristen Büro umgesehen. Es hatte keine Spur von Festlichkeit und wirkte, als würde jede Freude und Begeisterung für die Weihnachtszeit in ein schwarzes Loch fallen, sobald man hereinkam.

»Normalerweise kümmert sich Nadia um die Schokolade«, antwortete er. »Aber seit ihrer Schwangerschaft kann sie nicht mehr viel damit anfangen.«

»Oh.«

»Ja. Ihr neues Lieblingsding, falls es dich interessiert, ist Biltong.«

»Biltong?«

»Das ist so ein südafrikanisches getrocknetes Fleischzeug. Seltsam. Niemand mag es, was gut für sie ist, denn glaub mir, du willst ihr nicht zu nahe kommen, wenn sie ihr Biltong isst – sie beschützt es viel besser, als die Tiere, die dafür getötet werden, ihre Jungen beschützen. Außerdem will niemand in die Nähe, weil es stinkt.«

Kasia schaute sich im Büro um. »Wo ist sie?«

»Zu Hause. Macht wahrscheinlich ihr eigenes Biltong für den Fall, dass über Weihnachten alle Läden geschlossen sind.«

Kasia kicherte. Es war nur klein, kurz, ein kleines Glucksen, aber es war ein Schritt in die richtige Richtung. Gerade jetzt brauchte sie nichts mehr als etwas Lachen und Erleichterung, eine Pause von dem, was passiert war. Aber gerade als Tomek sie in die Läden bringen wollte, wurde die Erleichterung abrupt beendet. Nick rief an, um ihm mitzuteilen, dass sie zu Besuch kommen könnten. Und ohne Zeit zu verschwenden und nachdem er schnell die Erlaubnis von Victoria eingeholt hatte, machten sie sich auf den Weg ins Krankenhaus.

Sie fanden Nick, seine Frau Maggie und ihre jüngste Tochter Daniela, die vor dem Krankenzimmer auf sie warteten. Obwohl seit dem Vorfall erst vierzehn Stunden vergangen waren, sahen beide Eltern aus, als hätten sie seit vierzehn Tagen nicht geschlafen. Gebrochen, geschlagen, niedergeschmettert. Wohingegen Daniela noch nicht vollständig begriffen hatte, was ihrer älteren Schwester zugestoßen war, und aussah, als wäre sie dort, um ihre Eltern zu unterstützen, und nicht umgekehrt.

»Schön, euch zu sehen«, sagte Nick, die Kraft aus seiner Stimme geraubt. »Danke, dass ihr gekommen seid.«

»Natürlich. Alles. Wie... wie geht es ihr?«

Um das zu beantworten, führte Nick sie beide ins Zimmer, ohne sie darauf vorzubereiten, was sie erwartete: eine blasse Gestalt, verloren zwischen den weißen Laken, die sie schützten. Mehrere Schläuche waren an ihren Handgelenken befestigt wie in einem Horrorfilm. Und am Kopfende des Bettes war Lucys Kopf, eingeschlossen in einer Metallhalterung.

»Der Arzt meinte, die Delle in ihrem Schädel ist etwa so groß wie ein Golfball«, sagte Nick, der in der Türöffnung stehen blieb, während alle anderen zur Patientin schlurften, als ob er nicht in der Lage wäre, sich ihr zu nähern. »Sie haben sie in ein künstliches Koma versetzt.«

Kasia zupfte an Tomeks Arm und flüsterte ihm ins Ohr. »Was ist das?«

Tomek erklärte es ihr schnell, bevor Nick fortfuhr.

»Sie wissen immer noch nicht, wann sie aufwachen wird, oder ob überhaupt.«

»Nick«, entgegnete seine Frau. »Die Ärzte haben uns auch gesagt, wir sollen positiv bleiben.«

»Nein, haben sie nicht. Sie sagten, wir sollten die Hoffnung nicht aufgeben, was so gut ist wie zu sagen, wir sollten für das Beste beten.«

»Sie kann dich hören, weißt du«, fügte Maggie verächtlich hinzu und warf ihm einen entsprechenden Blick zu.

»Kann sie das?«, fragte Kasia.

»Ja, Liebes«, sagte Maggie. Sie ging auf die andere Seite des Bettes und legte eine Hand auf ihre Schulter. »Die Ärzte haben gesagt, dass sie jedes Wort hören kann, das wir sagen. Möchtest du mit ihr sprechen?«

Sofort verflog die Spannung im Raum.

Vorsichtig, zögernd trat Kasia an die Seite ihrer Freundin, legte eine Hand auf ihre Schulter, wie ihre Mutter es getan hatte, und flüsterte ihr ins Ohr.

»Hey, hier ist Kasia, ich... ich weiß nicht wirklich, was ich... Alle machen sich Sorgen um dich. Wir haben alle im Gruppenchat geschrieben und jeder will wissen, wie es dir geht... Ich werde... ich werde ihnen sagen, dass es dir gut geht... Und dass du... bald wieder hier raus bist, okay? Weil wir dich alle vermissen und wir wollen dich wieder in der Schule sehen. Du machst die Mittagspausen erträglich, okay? Also musst du wieder gesund werden.«

Kasia beendete ihren Monolog in einem Raum voller betretener Stille. Tomek schaute sich um und sah tränenerfüllte Augen, sowohl bei sich selbst als auch bei Nicks Familie. Schluchzende Gestalten, die sich nicht kontrollieren konnten. Tomek war gerührt. Dass eine kleine Rede von einem dreizehnjährigen Mädchen solch eine Wirkung auf sie hatte.

Nach fünf Minuten hörten die Tränen auf, und Nick zog Tomek aus dem Zimmer in die Privatsphäre des Flurs.

»Hast du schon mit Victoria gesprochen?«, fragte er, wobei die Energie und der Arbeitston in seine Stimme zurückkehrten.

»Ja.«

Statt zu antworten, presste Nick die Lippen zusammen, um ihr Zittern zu unterdrücken, aber es hatte wenig Wirkung. Als sich Tränen in seinen Augen bildeten, legte er eine feste Hand auf Tomeks Schulter und sagte: »Halt sie für mich stabil, ja?«

»Natürlich«, antwortete Tomek, während er eine ebenso tröstende Hand auf Nicks Rücken legte.

Es war vielleicht das zweite Mal, dass Tomek irgendeine Form von Emotion von seinem Vorgesetzten, von seinem *Freund*, in all den dreizehn Jahren gesehen hatte, die er ihn kannte. Das letzte Mal war gewesen, als sein Sohn Robbie die Familie verlassen hatte, um zur Armee zu gehen.

»Sie klagen den Kerl, der das getan hat, wegen schwerer Körperverletzung an«, sagte Tomek. »Es war Paddy Battersby.«

»Paddy? Wirklich?« Nick seufzte und verdrehte die Augen. »Der dumme Wichser.«

»DI Orange glaubt auch, dass er etwas mit unserem Allergie-Killer zu tun hat.«

»Dann ist sie dümmer, als ich dachte«, erwiderte Nick.

»Ich habe versucht, sie vom Gegenteil zu überzeugen, aber sie bewegt sich nicht.«

»Nun, ich muss dich damit allein lassen. Bei allem Respekt, das ist das Letzte, worüber ich mir jetzt verflucht noch mal Gedanken machen will.«

»Verstanden, Käpt'n«, sagte Tomek und täuschte einen Salut vor.

Als die beiden Männer zurück ins Krankenzimmer gingen, begann Tomeks Handy in seiner Tasche zu vibrieren. Er hielt einen Finger zu Nick hoch, um anzudeuten, dass er in einer Minute nachkommen würde, dann nahm er den Anruf an.

»Ist es wichtig?«, fragte er ins Mikrofon.

»Das ist nicht sehr nett.«

»Beantworte einfach die Frage.«

»Nein, es geht nur um meinen Artikel.«

Tomek seufzte und blickte auf die Tür, die ins Krankenzimmer führte.

»Ach so.«

»Ich habe mich gefragt, ob du noch etwas für mich hast?«

Tomek tippte mit den Füßen. Rang mit der Entscheidung.

»Nein«, antwortete er. »Habe ich nicht.«

»Komm schon, Tomek. Du musst doch *irgendetwas* haben. Du schuldest mir was, erinnerst du dich.«

»Ich schulde dir gar nichts. Jetzt lass es sein. Und ich denke, du solltest Nick eine Weile in Ruhe lassen. Und druck diesen Artikel nicht. Im Moment würde er nur mehr schaden als nutzen.«

»Ich kann nicht glauben, was ich da höre. Du hast deine Meinung geändert.«

»Ja, nun, manche Dinge sind wichtiger als dein Wortlimit zu erreichen, Abigail.«

KAPITEL
SECHSUNDDREISSIG

Sie blieben nicht länger als eine Stunde, da sie nicht noch mehr überstrapazieren wollten, als Tomek meinte, dass sie es bereits getan hatten. Die Familie brauchte Zeit für sich, um zu trauern, um zu verarbeiten, und sie brauchten sicherlich nicht Tomek und Kasia, die über ihre Schultern schwebten und aufmerksam zuhörten, sobald Ärzte oder Krankenschwestern unterbrachen, um der Familie ein Update zu geben.

Stattdessen tauschte Tomek eine Familie gegen eine andere aus. Seine eigene.

Als Kasia und Tomek an diesem Abend zu Hause ankamen, nachdem sie unterwegs noch bei McDonald's angehalten hatten (um Kasias Stimmung etwas zu heben), brannten in der Wohnung noch die Lichter, und zwei Schatten tanzten in den Fenstern. Tomek parkte vor dem Gebäude und beugte sich nach vorne.

»Haben deine Oma und dein Opa dir gegenüber etwas davon erwähnt, dass sie den Abend bleiben wollen?«, fragte er.

»Sie könnte etwas über Abendessen gesagt haben«, antwortete Kasia langsam und blickte auf das Essen in ihrem Schoß.

»Und das fällt dir jetzt ein?«

Sie zuckte mit den Schultern. »Ich wollte nicht Nein zu McDonald's sagen.«

Natürlich nicht. Es schien, als würde ihre Generation von diesem

Zeug leben. Und da es so leicht zugänglich war, manchmal nur mit ein paar Klicks, war das keine Überraschung. Jedes Mal, wenn er auf dem Weg zu seinem Sainsbury's-Fertigmenü oder, wenn er sich etwas gönnte, zu einem Subway an dem McDonald's in der Nähe der Hauptstraße vorbeischlenderte, war der Laden normalerweise voll mit Teenagern in ihrem Alter mit ihren schicken Turnschuhen, Adidas- und Nike-Trainingsanzügen und Männerhandtaschen. Er konnte sich nichts Abschreckenderes vorstellen. Außer vielleicht die Vorstellung, wie stark das Essen verarbeitet wurde. Das reichte aus, um manche für immer abzuschrecken.

»Du kannst diejenige sein, die sie enttäuscht«, sagte Tomek, als sie sich auf den Weg zur Haustür machten. Dann reichte er Kasia die leere McDonald's-Tüte.

»Weil sie *dich* nicht anschreien kann.« Tomek steckte den Schlüssel in die Tür. »Und pass auf, ich wette um alles Geld der Welt, dass sie trotzdem einen Weg findet, mir die Schuld dafür zu geben.«

»Alles Geld der Welt?« Ein Hauch von Aufregung blitzte in Kasias Stimme auf; vielleicht war das der Weg, um sie aufzuheitern, sie mit Geld zu überschütten.

»Nein«, antwortete Tomek streng. »Das ist nur eine Redewendung. Nicht jeder, mit dem du jemals sprichst, wird dir Geld geben, nur weil du darum bittest, Kash.«

»Ein Sugar Daddy würde das tun«, flüsterte sie leise, aber Tomek hörte jede einzelne Silbe davon.

Er blieb auf der Treppe stehen, die zur Wohnung führte, und blickte sie finster an. »Was hast du gerade gesagt? Woher weißt du von solchen Dingen?«

»Fernsehen. Es gab neulich eine Sendung auf Channel 4. Fang nicht an, mich anzumeckern.«

Nein. Das konnte er nicht, oder? Nicht, wenn es fast unmöglich war. Da alles noch leichter über Streaming-Apps auf Mobilgeräten und Desktops verfügbar war, wurde es immer schwieriger, die Art von Inhalten zu überwachen, die sie sich ansah. Aber, überlegte er, im großen Ganzen war es harmlos, in einer Dokumentation etwas über Sugar Daddys zu erfahren, verglichen mit den anderen Dingen, die sie sich ansehen könnte. Solange sie sich keine Enthauptungen oder

Menschen, die sich selbst in Brand steckten, ansah, war alles in Ordnung.

»Ihr seid zu Hause!«, waren die Worte, die sie begrüßten, sobald sie durch die Tür am oberen Ende der Stufen traten. Gefolgt von: »Und ihr habt schon gegessen.«

Izabela blieb wie angewurzelt stehen und senkte die Arme, die sie erhoben hatte, um beide zu umarmen.

»Was machst du damit?«, fragte sie und zeigte auf die McDonald's-Tüte in Kasias Hand. »Wir haben euch Abendessen gemacht. Ich dachte, wir könnten eine schöne Mahlzeit zusammen haben.«

»Sie wollte es«, sagte Tomek und schob die Schuld weiter.

Seine Mutter rannte auf ihn zu und stieß ihm nachdrücklich mit dem Finger in die Brust. »Ja, aber *du* bist derjenige, der es ihr gekauft hat.«

Tomek fing einen selbstgefälligen Blick von Kasia auf, der sagte: »Ich hole mir das Geld, ob es dir gefällt oder nicht.«

»Was habt ihr gekocht?«, fragte Tomek, der das Gespräch gerne von seiner schlechten Erziehungsentscheidung weglenken wollte.

Er schnupperte in der Luft und fand die Antwort selbst heraus. *Pierogi.* Teigtaschen. Ein polnisches Grundnahrungsmittel. Das Abendessen, von dem er und seine Brüder fast jeden Tag lebten, als sie neu in das Land zogen.

»Dein Lieblingsgericht«, sagte sein Vater.

Tomek steckte den Kopf durch die Küchentür und sah seinen alten Herrn über zwei große Kochtöpfe gebeugt, wie er langsam den Inhalt umrührte.

»Zumindest ist es eine einfache Mahlzeit für dich zum Kochen«, erwiderte Tomek.

»Willst du damit sagen, dass ich keine Liebe oder Seele in diese Mahlzeit gesteckt habe? Ich habe dieses Abendessen für dich wochenlang gekocht, als du jünger warst.«

»Ich dachte, das war nur, weil wir arm waren.«

»Nein, es ist, weil du und deine Brüder es geliebt habt. Und ich musste immer darauf achten, dass ich euch dreien die gleiche Anzahl von Teigtaschen gab. Mehr oder weniger für einen von euch, und ich lief Gefahr, der Bevorzugung beschuldigt zu werden.«

Wenn das der Fall gewesen wäre, wusste Tomek, wo er auf der

Beliebtheitsskala gestanden hätte: Michał zuerst, Dawid als Zweiter, gefolgt von ihm selbst, der ganz unten saß.

»Um ehrlich zu sein, habe ich Michał ab und zu eine extra gegeben, nachdem du und Dawid den Tisch verlassen hatten«, fuhr Izabela fort.

Und falls es je einen Zweifel in Tomeks Kopf über seinen Platz auf der Leiter gegeben hatte, wurde dieser mit diesem letzten Kommentar beseitigt.

Nachdem sie sich eingerichtet und schnell die McDonald's-Beweise entsorgt hatten, setzten sie sich an den Tisch und aßen, was sie von den *Pierogi* schafften. Tomek konnte fünf der mit Fleisch gefüllten Teig-taschen vertragen, während Kasia nur zwei schaffte. Das Gespräch am Tisch vermied so weit wie möglich Nicks Tochter und den Vorfall. Es war Weihnachten, sagten sie. Es war nicht die Zeit, um über solche Dinge zu sprechen.

»Wo wir gerade davon sprechen«, sagte Izabela mit einem strah-lenden Lächeln im Gesicht, »Dawid und die Jungs kommen morgen zum Weihnachtsessen vorbei. Seid ihr sicher, dass ihr beide nicht kommen wollt? Es ist noch genug Platz am Tisch.«

»Und es wird jede Menge Essen geben«, fügte Perry Bowen hinzu.

»Du meinst die übrig gebliebenen Piroggen von heute Abend?«, murmelte Tomek und schaute zu Kasia, die gerade ihr Essen auf dem Teller hin und her schob. »Ich glaube, wir bleiben lieber hier, danke. Nur wir zwei. Es ist unser erstes gemeinsames Weihnachten, und ich möchte, dass es so bleibt. Vielleicht nächstes Jahr. Aber ich hoffe, ihr habt eine schöne Zeit, und grüßt Dawid und die Jungs von uns.«

Das Ganze war eine Katastrophe gewesen und komplette Zeitver-schwendung, genau wie Tomek über jedes Weihnachten dachte. Die Freude und Begeisterung dessen, was die schönste Zeit des Jahres sein sollte, war durch die Ereignisse jener Nacht zunichte gemacht worden. Kasia verbrachte die nächsten zwei Tage mit gesenktem Kopf, schla-fend, im Bett liegend, zusammengerollt unter der Bettdecke, entweder mit ihrem Handy spielend oder Sylvia Nachrichten schreibend. Die Dekorationen, die sie Anfang des Monats stundenlang aufgehängt hatte, die in den letzten drei Wochen gefunkelt und geglitzert hatten, hatten ihren Glanz verloren, und sie hatte sogar die Lichterketten in ihrem Zimmer ausgeschaltet. Der Weihnachtsbaum sah kahl aus, da Kasia innerhalb eines Nachmittags alle Schokoladen daran verputzt hatte. Das Lametta war heruntergerissen und hing lose herunter oder lag auf dem Boden; ganz zu schweigen von den spärlichen Geschenken unter dem Baum.

Am Ende hatte Tomek eine Handvoll Make-up- und Pflegeprodukte besorgt, die er in den Regalen von Boots und Superdrug gefunden hatte, zusammen mit dem Versprechen, in naher Zukunft auf Einkaufstour zu gehen.

»Du bekommst hundert Pfund zum Ausgeben«, hatte er ihr gesagt.

»Schon gut«, sagte sie niedergeschlagen, als sie eine Puderdose auf das Sofa legte. »Das musst du nicht.«

»Ich weiß, dass ich nicht muss, aber ich will.«

Und dann hatten sie das Essen. Ein traditionelles britisches Festmahl: Truthahn, Bratkartoffeln, Yorkshire Puddings und eine Handvoll Gemüse, ertränkt in einer ungesunden Menge Soße. In Wahrheit war das Essen der einzige Höhepunkt des Tages gewesen, und selbst das war eine Katastrophe. Da es sein erstes Mal war, dass er eine so große Mahlzeit für einen so wichtigen Anlass zubereitete, hatte er kaum eine Ahnung, was er tat, und verbrachte mehrere Stunden in der Küche wie ein Elefant im Porzellanladen. Er stieß Dinge von der Arbeitsplatte, ließ Essen auf den Boden fallen, zerschlug ein paar Gläser im Spülbecken. Am Ende war der Truthahn verbrannt, die Bratkartoffeln waren fast roh, und das Gemüse sah eher aus wie Kartoffelbrei als alles andere; ein sehr bunter und nahrhafter Haufen Kartoffelbrei.

»Ich hatte große Erwartungen an dieses Essen«, gab er zu, als er einen Klecks Karotten auf seinen Teller klatschte. »Aber ich kann mich des Gedankens nicht erwehren, dass ein McDonald's Happy Meal appetitlicher sein könnte.«

»Ja«, sagte Kasia. »Du hast wahrscheinlich recht.«

Den Rest des Nachmittags und bis in den Abend hinein hielt Kasias Schwermut und Niedergeschlagenheit an. Trotz seiner ursprünglichen Bedenken gegenüber Weihnachten, versuchte er, sie mit Brett- und Kartenspielen aufzuheitern. Zu seiner Überraschung hatte er eine alte Version von Essex Monopoly auf dem Boden seines Kleiderschranks gefunden; irgendwie war es beim Umzug vor ein paar Wochen nicht verloren gegangen.

»Das war mein Lieblingsspiel als Kind«, sagte er, während er es auspackte und die Spielfiguren auf dem Brett platzierte. »Obwohl wir keine Essex-Version hatten, als wir aufwuchsen.«

»Cool.«

»Hast du es schon mal gespielt?«

Kasia riss langsam ihre Augen vom Handy los und schaute auf die Schachtel, als ob sie daran erinnert werden müsste, worum es sich handelte. »Nein. Glaube nicht.«

»Waaasss?«, sagte er mit seiner besten amerikanischen Stimme. »Du hast noch nie Monopoly gespielt?«

»Dachte nicht, dass Leute noch Brettspiele spielen.«

»Pfft. In den guten alten Zeiten haben wir das getan. Vor all diesen Handys und Tablets.«

»Mama und ich hatten keins von beiden. Ich glaube, das Einzige, was wir hatten, war ein Kartenspiel.«

Tomek hob eine Augenbraue. »Ich dachte, du hättest gesagt, dass ihr bei deiner Mutter zu Weihnachten massenweise Karten- und Brettspiele gespielt habt?«

Sie senkte ihren Kopf ein wenig. »Ich habe gelogen«, sagte sie. »Wir haben das alles nicht gemacht. Wir hatten nicht das Geld dafür. Und Mama war meistens unterwegs, um an Stoff zu kommen. Wir hatten keine Dekorationen, kein gutes Essen, keinen Baum – nichts davon. Deshalb habe ich mich so auf dieses Weihnachten gefreut, es sollte mein erstes richtiges, echtes Weihnachten werden.«

»Oh, Kash.«

Tomek fühlte sich schrecklich. Er hatte keine Ahnung gehabt. Und jetzt fühlte er sich unglaublich schuldig, dass er so eine lustlose Vorstellung abgeliefert hatte.

»Nun, wir werden den Rest genießen!«

»Indem wir Monopoly spielen?«

»Oh, ja. Wart's nur ab. Du wirst süchtig danach sein.«

Und so, nachdem er ihr die Regeln mehrmals erklärt hatte, machten sie sich ans Spielbrett, kauften lokale Touristenattraktionen und Standorte und bauten Häuser und Hotels darauf. Währenddessen bemerkte er, wie sich Kasias Stimmung hob. Und noch mehr, als er sie am Ende gewinnen ließ.

»Ha! Nimm das!«, schrie sie und wedelte mit ihrem Geld vor

seinem Gesicht mit dem ersten Lächeln, das sie den ganzen Tag getragen hatte.

Tomek verdrehte die Augen und begann, die Spielsteine einzusammeln. »Anfängerglück«, sagte er zu ihr.

Als der zweite Weihnachtstag endlich kam, war Tomek gezwungen, das Brettspiel gegen das Spiel einzutauschen, das ihr kleiner Serienmörder mit ihnen spielte. Inzwischen waren Wochen seit Lily Monteiths Tod vergangen und Jahre, wenn man Diana Greenock in die Liste aufnahm (was er natürlich tat), und sie waren der Ergreifung des Mörders noch immer nicht näher gekommen. Tomek hatte eigentlich frei, hatte sich aber entschieden, dass er zur Arbeit gehen musste. In seinem Kopf war die Weihnachtszeit vorbei (der zweite Weihnachtstag war nur eine Ausrede, um einkaufen zu gehen und zum Konsumismus und Kapitalismus beizutragen, inspiriert von ihrem Brettspiel am Vorabend), und es gab nur so viel Herumsitzen, das er ertragen konnte, während er die Gedanken in seinem Kopf wälzte und Kasia auf dem Sofa saß und dasselbe tat, beide mit ähnlichen, gleichermaßen deprimierenden Gedanken. Und so brauchten sie beide Aufmunterung. Tomek wusste, wie er das für sich selbst erreichen konnte – durch Arbeit – aber wenn es um Kasia ging, wurde es etwas knifflig. Er spielte mit dem Gedanken, sie zu zwingen, den zweiten Weihnachtstag mit seinen Eltern zu verbringen, aber wenn er nicht bereit war, dasselbe zu tun, wäre es ihr gegenüber nicht fair. Und dann hatte er daran gedacht, sie ins Krankenhaus zu Lucy Cleaves gehen zu lassen, aber dann wurde ihm schnell klar, dass das genauso, wenn nicht sogar noch deprimierender war. Am Ende entschied er sich für das eine, von dem er wusste, dass es sie glücklich machte.

Sylvia.

Sylvia und ihre Mutter, Louise.

Tomek hielt vor ihrem Reihenhaus mit zwei Schlafzimmern in Daws Heath an und folgte Kasia zur Haustür. Das junge Mädchen ging mit einem deutlichen Federschritt und wippte auf den Fußballen, während sie darauf wartete, dass ihre Freundin die Tür öffnete. Sobald Sylvia sie begrüßte, winkte Kasia ihm zum Abschied und stürmte dann nach oben, wobei sie ihn im Türrahmen stehen ließ. Er kam sich vor wie ein Vollidiot.

Schließlich, nach mehreren langen Momenten, erschien Louise, gekleidet im gleichen Weihnachtspyjama-Set wie ihre Tochter, grüne Weihnachtsbäume vor einem roten Hintergrund auf der unteren Hälfte und ein Zuckerstangen-T-Shirt obendrauf. Sobald sie ihn erkannte, geriet sie in Panik und griff nach einem dickeren, schlichten Pullover vom nahegelegenen Treppengeländer.

»Es tut mir leid«, begann sie, unfähig, ihm in die Augen zu sehen. »Es war Sylvias Idee. Ich-«

»Du musst dich nicht entschuldigen. Obwohl, wenn Kasia mit dem brillanten Vorschlag nach Hause kommt, dass wir zu Silvester passende Pyjama-Sets tragen müssen, dann weiß ich, wem ich die Schuld geben kann.«

»Oh, ich kann mir vorstellen, dass dir das ziemlich gut stehen würde.«

Tomek schaute auf ihre Hose. »Ich dachte schon immer, dass Grün meine Farbe ist.«

»Bringt deinen Bart wirklich zur Geltung.«

Tomek kicherte. Neulich Abend hatte er zum ersten Mal ihr Flirten bemerkt. Anfangs dachte er, es sei aus Emotionen und dem Stress des Geschehenen geboren. Jetzt war er sich nicht mehr so sicher, aber nachdem er schon davor zurückgeschreckt war, mit Kasias Lehrerin zu flirten – aus offensichtlichen Gründen –, war er sich nicht sicher, ob die gleichen Regeln auch für die Mutter ihrer Schulfreundin galten. Vielleicht müsste er das herausfinden.

»Wie war dein Weihnachten?«, fragte sie, während sie sich gegen die Kälte umarmte.

»Anders«, antwortete er. »Schwierig. Ein erstes Mal für uns beide.«

Louise war mit ihrer Situation nicht unvertraut. Tatsächlich gehörte sie zu den wenigen, die davon wussten. Und so hatte er das Gefühl, dass er ihr gegenüber offen und ehrlich über seine Beziehung zu Kasia sein konnte. Er kannte nicht alle Einzelheiten ihrer Scheidung, aber jedes Mal, wenn sie miteinander gesprochen hatten, hatte er den Eindruck bekommen, dass sie verstand. Dass sie mehr über ihre Situation verstand als er, und er war derjenige, der mittendrin steckte. Er vermutete, dass ein Teil davon die Nahrungskette hinuntergefüttert wurde, von Kasia zu Sylvia und von Sylvia zu Louise, sodass jedes Stückchen Rat und Weisheit stellvertretend von Kasia kam. Dass ihre wahren Gedanken und Gefühle durch eine Art stille Post vermittelt wurden.

»Und wie war deins?«, fragte Tomek, weil er sich verpflichtet fühlte, die gleiche Frage zu stellen.

»Oh, du weißt schon. Sechs Stunden kochen, zwanzig Minuten essen, gefolgt von weiteren sechs Stunden, in denen man das Gefühl hat, sich nicht bewegen zu können. Abgerundet durch ein paar weitere Stunden Geschirrspülen.«

Tomek nickte höflich. »Unseres verlief so ähnlich. Am Ende haben wir das Geschirrspülen gegen eine Runde Monopoly getauscht.«

»Wer hat gewonnen?«

»Kasia. Natürlich.«

»Weil sie besser ist als du oder weil du sie hast gewinnen lassen?«

»Ist das nicht offensichtlich?«

»Richtig. Weil sie besser war. Das ist schwer zu verkraften, aber es kommt die Zeit, in der sie bald in allem besser werden als du. Dein Ego bekommt eine echte Delle.«

»Sagt diejenige im passenden Pyjama-Set.«

Louise schlug sich die Hand vor den Mund und tat beleidigt. »Das war tatsächlich ein Weihnachtsgeschenk von meiner Tochter, nur damit du's weißt. Ich bin mir nicht sicher, wie sie es gekauft hat, aber sie hat das Geld von jemand anderem dafür verwendet.«

Tomek erinnerte sich an die Zeit, als Kasia fünfzig Pfund aus einer Notreserve gestohlen hatte, die er in einem Taschenbuch versteckt hatte. Er fragte sich, ob Kasia ihm ein Weihnachtsgeschenk mit mehr Geld gekauft hatte, das sie ihm gestohlen hatte. Und wenn ja, würde er es gerne bald sehen.

Er trat einen Schritt näher und senkte seine Stimme. Während er sprach, blickte er das Treppenhaus hinauf und zog die Augenbrauen hoch. »Wie ist sie mit allem zurechtgekommen?«

»Schwer. Sie versucht, es zu verarbeiten, aber ich glaube, es fällt ihr schwer. Sie sind noch so jung, und so etwas zu sehen, ist viel für sie zu verkraften. Und alles wieder auf der Polizeiwache aufzuwühlen, hat nicht geholfen.«

»Ich weiß, aber es ist alles Teil von-«

»Nein, nein, nein. Ich wollte dich nicht angreifen. Ich möchte nicht, dass du denkst, ich hätte einen Seitenhieb gemacht.« Sie legte eine

Hand auf seine Schulter und ließ sie dort. »Es wird einfach Zeit brauchen, bis sie darüber hinwegkommen.«

War dies eine von Kasias stille-Post-Nachrichten, die den Baum hinuntergetröpfelt waren? Oder war dies weise Weisheit von Louise selbst? Wie auch immer, wenn er eine Sache gelernt hatte, seit er eine Tochter hatte, von der er nichts wusste, dann war es, dass viele Dinge Zeit brauchten.

Zeit für sie, sich an ihre neue Schule zu gewöhnen.

Zeit für sie, sich daran zu gewöhnen, um ihn herum zu sein und ihm zuhören zu müssen.

Zeit für sie, sich an das Leben in einer neuen Gegend, mit neuen Freunden, einer neuen *Familie* zu gewöhnen.

Und jetzt das. Zeit für sie, sich an die Bilder und Albträume von dem zu gewöhnen, was mit Lucy passiert war.

Auf die gleiche Weise, wie Tomek gezwungen war, sich an die Albträume zu gewöhnen, die ihn nach dem Tod seines Bruders plagten.

KAPITEL
SIEBENUNDDREISSIG

Tomeks erster Eindruck, als er den Großen Einsatzraum betrat, war der Geräuschpegel. Musik, die aus dem Radio dröhnte. Diskussionen, die durch die Korridore und aus den Besprechungsräumen drangen. Das Zweite, was Tomek am Einsatzraum auffiel, war die Helligkeit. Als hätte jemand oder etwas die Lichter um einige Stufen aufgedreht, alles in leuchtendere und lebendigere Farben getaucht und den Filter verändert, der in den letzten Tagen über dem Gebäude gelegen hatte.

Der ganze Ort war meilenweit von dem Zustand entfernt, in dem er ihn verlassen hatte.

Und dann erfuhr er, warum.

DC Nadia Chakrabarti. Die Seele des Büros. Zweifellos einer der glücklichsten und lebhaftesten Menschen, die er je das Glück hatte kennenzulernen. Sie trug immer ein Lächeln im Gesicht, selbst wenn sie einen schlechten Tag hatte, und sie war immer da, um das Team aufzumuntern, wenn es nötig war. Und es gab keinen größeren Bedarf dafür als jetzt.

Das Team trug noch immer die Angst und Erschöpfung des Allergie-Killers mit sich. Und alle trugen die Furcht vor Lucy Cleaves' Vorfall in ihren Gesichtern. Auftritt Nadia. Fröhlich, heiter. Genau das, was das Team brauchte. Und als Tomek den Raum betrat, überfiel sie ihn mit einer Tasse Tee, die sie ihm vor die Nase hielt.

»Willkommen zurück, Sarge«, sagte sie mit strahlendem Lächeln. »Hab gesehen, wie du reingekommen bist, und hab das für dich vorbereitet. Du siehst aus, als könntest du einen gebrauchen.«

»Stimmt. Danke.« Tomek nahm die Tasse und trank einen Schluck. Perfekt. Genau nach seinen Vorlieben zubereitet. »Bin mir nicht sicher, ob ich beleidigt oder geschmeichelt sein soll.«

»Beides.«

»Danke, Nadia«, antwortete Tomek. »Du bist ein Goldstück.«

»Ich gebe mein Bestes.«

Tomek war sich sicher, dass das der Fall war. In fast allen Aspekten ihrer Arbeit setzte sie sich voll ein. Als Beamtin, die für die Koordination der Aktionspunkte über HOLMES 2 verantwortlich war, hatte sie die Aufgabe, die Peitsche zu schwingen und sicherzustellen, dass alle notwendigen Nachverfolgungen und relevanten Kriterien erfüllt wurden. Folglich arbeiteten sie und Tomek gelegentlich recht eng zusammen. Außer in den letzten Wochen, als er es versäumt hatte, ihr die Zeit zu geben, die sie brauchte und verdiente.

Als Tomek sich zu seinem Schreibtisch begab, musterte er die Gesichter der übrigen Teammitglieder. Es wäre gelogen zu behaupten, dass sie alle ausgeruht waren – das war in diesem Job ein Ding der Unmöglichkeit – aber sie wirkten etwas weniger angespannt, etwas entspannter. Im Hintergrund spielte das Radio irgendeinen beleidigenden und geschmacklosen Rap-Song, der ihn störte. Aus zwei Gründen. Erstens, weil die Melodie aus einem klassischen Pop-Song der Neunziger gesampelt worden war. Und zweitens, weil der Text Müll war. Es gab keine guten Lieder mehr im Radio. Nichts davon war originell. Nichts davon war geschmackvoll. Nichts davon war genießbar.

Er erinnerte sich an eine einfachere Zeit, als Blue und Five auf dem Höhepunkt ihrer Karriere waren und er auf dem Southend Pier saß und ihnen auf seinem Walkman lauschte, oder Take That und NSYNC aus den Lautsprechern in der Wohnung seines Freundes dröhnten. Einfachere, glücklichere Zeiten. Mit viel weniger Sorgen.

»Ist das *deine* Musikauswahl, Chey?«, fragte Tomek quer durch das Büro.

»Man könnte es meinen, aber nein. Ich stehe mehr auf die Neunziger«, antwortete der junge Constable. »Meine Eltern haben mich darauf gebracht. Oasis, Blur. All die Klassiker. Obwohl das wahrscheinlich daran liegt, dass sie damals bei Raves und Konzerten völlig zugedröhnt waren.«

»Ja, Raves waren damals der absolute Hammer. Aber ich höre, Drogen erleben ein Comeback. Oder sollte ich sagen, Comedown?«

Absolute Stille.

Tomek war sich fast sicher, dass er Strohballen über den Teppich rollen sehen konnte, begleitet vom Zirpen der Grillen. Sogar die Musik hatte aus Protest gegen seine beschissenen Witze aufgehört. Aber als er sich umdrehte, erfuhr er den Grund. Victoria stand in der Tür zum Einsatzraum.

»Störe ich?«

»Ich glaube, du solltest einen Arzt rufen«, antwortete Tomek. »Alle haben ihren Humor verloren.«

»Oder vielleicht bist du es. Wirst im Alter etwas langweilig.«

Tomek spürte einen Schlag auf den Rücken, gefolgt vom Anblick der Person, die ihn verpasst hatte. Sean, mit seinem riesigen Körperbau, schlenderte an ihm vorbei, ein breites Grinsen im Gesicht, und machte sich auf den Weg in den Einsatzraum. Alle anderen folgten kurz darauf und setzten sich um die Tafel am Kopfende des Raumes. Bevor sie eintrat, zog Victoria Tomek zur Seite und teilte ihm mit, dass er die Leitung übernehmen würde, während sie sich um die Bürokratie kümmern würde.

Tomek spürte einen leichten Schauer sein Rückgrat hinabgleiten, als er diese Worte hörte. Der Moment, für den er gekämpft hatte, seit ihm die Verantwortung entrissen und an Victoria übergeben worden war.

Er war zurück, Baby!

Aber innerhalb weniger Minuten, in denen er am Kopf des Raumes stand, wünschte er sich, er wäre es nicht.

Vielmehr wünschte er sich, dass man ihn von Anfang an mit der Leitung der Ermittlungen betraut hätte.

»Ich will ein Update«, sagte er. »Ich will so viel wissen wie ihr über alles. Für die nächsten paar Minuten werde ich ein Schwamm sein, ich werde alles aufsaugen, was ihr mir erzählt.«

»Klingt, als hättest du dein ganzes Leben lang dafür trainiert«, bemerkte Rachel sarkastisch aus der ersten Reihe.

»Absolut. Mein ganzes Erwachsenenleben, konzentriert in diesem einen Moment.«

Und all den anderen, die dazu geführt haben.

An den Whiteboards und Pinnwänden rund um den Raum waren die Namen und Gesichter ihrer Opfer zu sehen, mit den wichtigsten Informationen darunter aufgeführt. Tomek ging zu Fern Clements' Namen hinüber und bat um eine Aktualisierung zum Tod des jungen Mädchens, da dieser der aktuellste war. Da Rachel sich darum gekümmert hatte, unter seiner vorsichtigen Aufsicht, würde sie alle Details und den täglichen Fortschritt kennen.

»Nun, die gute Nachricht ist«, begann sie, »dass sie immer noch tot ist-«

»Was?«

»Ich... Äh... Ich habe nur versucht, einen Witz zu machen. Du weißt schon, Scherze. So wie du es gerade versucht hast. Es schien die Art von Aussage zu sein, die du machen würdest.«

Tomek legte eine Hand auf seine Brust. »Ich würde *niemals* froh sein, dass jemand tot ist.«

Obwohl ihm ein paar Namen einfielen, bei denen das nicht der Fall war.

»Nein«, begann sie. »Nicht du. Nur allgemein. *Irgendwer.*«

Sie ruderte herum, peinlich offensichtlich, und Tomek beschloss, sie aus dem Loch zu ziehen, das sie sich selbst gegraben hatte, und sie auf festen Boden zu stellen.

»Mach weiter. Schnell, bitte.«

»Richtig. Ja, Chef. Fern Clements. Wie du weißt, starb sie an Bienenstichen. Die Spurensicherung hat das Feld, wo sie ermordet wurde, durchkämmt, aber keine DNA oder Spuren in der Umgebung gefunden. Sie haben jedoch schwarze Fasern an ihrer Unterwäsche gefunden, die nicht von ihr stammen. Da sie im Haus ihrer Freundin war, muss ich Proben von allen nehmen, mit denen sie an diesem Abend in Kontakt kam.«

Tomek nickte nachdenklich.

»Und was ist mit Timothy Warren, unserem Bienenfarmer?«

»Sauber.«

»Ich dachte, er sah ziemlich dreckig aus, als wir ihn gesehen haben, aber was auch immer dein Ding ist.«

Rachel verdrehte die Augen und warf ihm einen Blick zu, der sagte: Du Arschloch, genau diese Art von Witz wollte ich machen.

»Ich habe ihn überprüft und er ist sauber. Nichts da. Er weiß nichts über Fern. Und er hat wasserdichte Alibis, er arbeitet rund um die Uhr, also ist das kaum überraschend.«

»Was ist mit unserer Liste vom Imkerverband?«

»Ich arbeite mich noch durch, Chef.«

»Und?«

»Ungefähr zwanzig Leute geschafft. Noch hundertundzwanzig zu gehen.«

»Dann hast du eine arbeitsreiche Woche vor dir. Und vergiss nicht zu fragen, ob einer von ihnen kürzlich in Südamerika war.«

Rachel bestätigte, dass sie das tun würde.

»Und schließlich, was ist mit ihrem Freund-nicht-Freund, Darren?«

Rachel konsultierte ihre Notizen. »Habe an Heiligabend mit ihm gesprochen. Ich glaube, ich habe ihm und seinen Eltern das ganze Jahr ruiniert, so wie sie sich verhalten haben. Aber er hat sich nie mit Fern getroffen. Nach der Party hatten sie vereinbart, sich draußen zu treffen, aber sie war nicht da, als er ankam, und er hat Dutzende Male versucht, sie anzurufen. Er hat mir die Nachrichten und den Anrufverlauf gezeigt, um es zu beweisen. Ich habe auch seine und Ferns Telemetriedaten überprüft, und ihr Handy war ausgeschaltet, bevor er überhaupt in die Nähe der Hausparty kam. Sie war verschwunden, bevor er auftauchte. Möglicherweise war sie zu diesem Zeitpunkt bereits tot.«

Tomek nahm auf, was er gehört hatte, und nickte, wobei er die Enttäuschung verbarg, die er nach dem ersten Schlag gegen seine Fußballtheorie verspürte. Dann lenkte er das Gespräch auf Lily Monteith und Anna und Oscar, die ihren Tod untersucht hatten.

»Nichts Neues, Chef«, begann Martin und zog den Männerdutt auf seinem Kopf fester. »Ich hatte die geniale Idee, alle Lebensmittelgeschäfte und Apotheken anzurufen, um zu sehen, ob jemand zum Zeitpunkt von Lilys Tod Kondome oder Einweghandschuhe gekauft hatte. Aber dann wurde mir klar, dass das doch nicht so genial war. Und dass es im Großen und Ganzen ziemlich verfickt dumm war.«

»Nicht ganz«, erwiderte Tomek. »Ich glaube, da ist was dran. Haben wir irgendetwas über eine mögliche medizinische Verbindung,

Hausärzte, Krankenschwestern, Ärzte? Haben sie zum Beispiel alle denselben?«

»Bin mir nicht sicher«, antwortete Martin. »Aber wir können dem auf jeden Fall nachgehen.«

»Gut. Lass mich wissen, was du herausfindest.«

»Natürlich.« Er räusperte sich, um Tomek zu signalisieren, dass noch mehr kam. »Wir haben auch Lily Monteiths Telemetriedaten in der Nacht, in der sie starb, überprüft, und ihr Handy wurde direkt vor dem Park ausgeschaltet.«

»Also entführt er sie und das Erste, was er tut, ist, ihre Handys auszuschalten?«, fragte Tomek, mehr zu seinem eigenen Nutzen als für jemand anderen.

»Muss wohl so sein. Ist nicht wirklich überraschend, wenn man bedenkt, dass die Mädchen wahrscheinlich ständig an ihren Handys kleben und es das Erste ist, was sie entsperren, wenn sie in sein Auto steigen.«

Tomek nickte und machte in Gedanken ein Häkchen neben Lilys Namen, bevor er zu Mandy Butler überging.

»Ich habe mit einem Kontakt im Kartenverkaufsbüro des Cliffs Pavilion gesprochen«, sagte DC Chey Carter. »Und ich habe alle Ticketinhaber-Informationen für die Veranstaltungen angefordert, die wir untersuchen.«

»Weißt du, wann du sie bekommen wirst?«

»Hab sie schon.« Der junge Mann grinste selbstgefällig. Tomek wollte es ihm aus dem Gesicht prügeln. Seit Chey ins Team gekommen war, war Tomek absichtlich hart zu ihm. Nicht weil er ein Arschloch sein wollte (was er sowieso war, aber kein gehässiges Arschloch), sondern weil er Spuren von sich selbst in Chey sah. Der freche Typ, voller Überheblichkeit und Selbstvertrauen, der dachte, er könnte mit allem davonkommen. Als er in dem Alter war, hatte Tomek Nick gehabt, der ihn führte und beaufsichtigte. Jetzt war er an der Reihe.

»Ich habe die Listen aller Veranstaltungen mit den Opfern aus Abigail Winters' Bericht durchgesehen. Insgesamt fünf. Und in all diesen Listen habe ich vier Namen gefunden, die Tickets für alle fünf Veranstaltungen gekauft hatten.«

Tomeks Ohren spitzten sich. Vier Namen. Vier Personen. Er hoffte, sie hätten irgendwie eine Verbindung zu den Jungs im Fußballverein.

»Hast du schon mit ihnen gesprochen?«, fragte Tomek.

Chey schüttelte den Kopf. »Es steht auf meiner To-Do-Liste. Aber ich muss ehrlich sein, Sir, ich bin nicht sehr hoffnungsvoll. Ich war schon oft im Cliffs, und jedes Mal stehen ein paar Arschlöcher vor dem Eingang und versuchen, Last-Minute-Tickets an verzweifelte Fans zu überteuerten Preisen zu verkaufen. Es ist dumm und absoluter Betrug.«

»Es ist nur dumm, wenn es nicht funktioniert«, erwiderte Tomek. »Ich weiß, wovon du sprichst, und du wärst überrascht, wie erfolgreich sie sind. Aber ich mache mir keine Sorgen darüber, wie viel Geld sie damit verdient haben. Ich will wissen, ob einer von ihnen eine Verbindung zu Mandy Butler und den anderen Opfern hat. Es ist sehr gut möglich, dass sie die Tickets an unseren Mörder verkauft haben, ob wissentlich oder unwissentlich, und das müssen wir herausfinden. Und wenn einer dieser Ticketverkäufer fünf Tickets an denselben Typen verkauft hat, manchmal für *dieselbe* Show, dann werden sie sich bestimmt daran erinnern. Da müssen doch die Alarmglocken geläutet haben.«

»Es sei denn, er war einfach ein *riesiger* Fan.«

»Ich bin ein riesiger Pizza-Fan, aber du siehst mich nicht fünf Tage hintereinander eine Domino's essen.«

»Du würdest es aber tun, wenn du könntest, oder?«

»Wovon redest du?«

»Fünf Tage hintereinander Pizza essen.«

»Ich meine, ich *könnte*. Jeder *könnte* das. Heißt nicht, dass ich es tun werde.«

»Nein, aber was ich meine ist, wenn sie gesund wären, wenn sie nicht so schlecht wären, wie alle behaupten.«

»Dann würde ich sie nicht wollen. Egal, wir kommen vom Thema ab.« Tomek klatschte in die Hände, um die Diskussion wieder auf Kurs zu bringen. »Ich möchte über Diana Greenock sprechen. Wie weit sind wir mit ihr?«

Stille. Niemand antwortete. Und alle wandten sich von ihm ab, als sie sich der Verantwortung entzogen.

»Das war nicht Teil unseres Fokus, Kumpel«, sagte Sean, der einzige, der damit durchkam, da er Tomeks engster Verbündeter und Freund war.

»Ich weiß. Aber ich habe *irgendetwas* erwartet. Wir müssen doch zumindest die Liste von Dianas Mitbewohnern haben? Eine Liste mit Leuten, mit denen wir sprechen können? Wir scheinen so gut darin zu sein, Listen von Personen für all unsere anderen Opfer zu erstellen, aber nicht für dieses?«

Noch mehr Stille. Inzwischen hatten alle ihre Köpfe so weit gedreht, dass es aussah, als würden sie ihre beste Imitation von *Der Exorzist* abliefern.

»Also gut. Wenn das der Fall ist, dann will ich, dass mir jemand eine verdammte Liste besorgt. Mir egal wer. Ich will einfach verdammt nochmal-«

Tomek hielt inne, als ihm klar wurde, dass er wie Nick klang. Die Aggression, die Schimpfwörter.

»Entschuldigung«, sagte er, diesmal ruhiger. »Weiß nicht, woher das kam. Die Liste ihrer Mitbewohner, ihrer Arbeitskollegen. Wenn mir das jemand besorgen könnte.«

»Hab ich schon«, antwortete Nadia, während sie auf ihrer Tastatur tippte. Dann fügte sie hinzu: »Sir.«

»Danke«, erwiderte Tomek kleinlaut. Er räusperte sich und strich sich ab, unfähig, das Gefühl abzuschütteln, wie ein Vater, der gerade grundlos seine Kinder angeschrien hatte und nun starrten sie alle zu ihm hoch, verängstigt.

Und es lief alles so gut.

Noch ein paar unangenehme Sekunden vergingen, bis er den Mut aufbrachte zu sprechen.

»Ich...«, begann er. »Ich wollte euch allen etwas vorlegen. Ich habe eine Hypothese, die mich beschäftigt.«

KAPITEL
ACHTUNDDREISSIG

Dagenham & Redbridge FC steckte nun schon in ihrer siebten Saison in der National League fest, der fünften Fußballdivision. Das Höchste, was sie in der Fußballpyramide je erreicht hatten, war die League One. Eine Geschichte, die der ihrer Nachbarn auf der gegenüberliegenden Seite der Essex/London-Grenze, Southend FC, nicht unähnlich war. Das bestplatzierte Essex-Fußballteam war Colchester United, das seit gut acht Jahren einen semi-permanenten Platz in der League Two einnahm.

Für eine Grafschaft, die so fußballbegeistert war, hatten die Fans vor Ort wenig Grund zur Freude. Es hatte seit den Siebzigern keine Trophäenparade in Essex mehr gegeben, und die einzige Quelle für Spitzenbeiträge zum Sport war West Ham, das lokale „große" Team, das mit den jüngsten Erfolgen glänzte, vor allem mit dem Gewinn der Europa Conference League. Deshalb war es Tomeks lokales Team. Obwohl er näher an Roots Hall, der Heimat der Mighty Shrimpers, aufgewachsen war und dort lebte, betrachtete er Upton Park (und später das London Stadium) immer noch als sein zweites Zuhause. Es war eine Generationensache. Sein Vater vor ihm und dessen Vater wiederum hatten alle die Hammers unterstützt. Bis 1965 waren das Team und das gesamte Gebiet als Teil von Essex betrachtet worden, und so hatte Tomek Geschichten gehört, wie sein Großvater in den mittleren Sechzigern mit seinen Eltern und Freunden zu den Spielen gegangen war und dabei zusah, wie die unvergleichlichen Geoff Hurst und Bobby Moore im weinroten und blauen Trikot auf dem Spielfeld kämpften. Generationen glühender Fußballfans waren jede Woche ins London Stadium geströmt, nur um ihre Herzen brechen zu lassen. Es war schon ein komischer Sport.

Aber an seiner Hypothese über Dagenham & Redbridge FC war nichts Komisches.

Tomek war angewiesen worden, im Empfangsbereich zu warten, was sich anfühlte wie eine halbe Ewigkeit. In dieser Zeit war er mit einem kleinen Pappbecher und einem halb funktionierenden Wasserspender zurückgelassen worden, bei dem es aussah, als ob das Wasser begonnen hatte, Bakterien und neue Lebensformen zu entwickeln. Er hatte einen Schluck genommen, den metallischen Beigeschmack vom Wasserhahn geschmeckt und es dann sein lassen. Glücklicherweise hatte Lance Hull, der Vorsitzende und Eigentümer des Clubs, ihn in sein Büro geholt, gerade als Tomek den Becher in den Mülleimer geworfen hatte.

»Entschuldigen Sie die Wartezeit.«

Nein, tut es Ihnen nicht.

»Schon in Ordnung«, antwortete Tomek. »Ich kann verstehen, dass Sie ein vielbeschäftigter Mann sind.«

»Besonders nach dem zweiten Weihnachtsfeiertag.«

»Wie ist es gelaufen?«

»Zwei-zwei unentschieden.«

Tomek lächelte höflich und setzte sich dem Mann gegenüber. Lance Hull war alles, was er von einem Fußballclub-Besitzer erwartet hatte: ein gut gebügelter Anzug, fast makellos gelegtes Haar, wäre da nicht die kleine Strähne gewesen, die oben auf seinem Kopf aufrecht stand, und der gepflegte Bauch, der darauf hindeutete, dass er gerne an der feineren Seite der Tafel aß, aber bei jedem wachen Moment im Fitnessstudio mit seinem Personal Trainer daran erinnert wurde. Nach Tomeks Einschätzung war er auf der falschen Seite der Fünfzig, tat aber alles, um diese Zahl so niedrig wie möglich zu halten.

»Ich möchte nicht unhöflich klingen«, begann Lance, »aber ich habe in zwanzig Minuten ein weiteres Meeting, also wäre es toll, wenn wir das so schnell wie möglich erledigen könnten.«

Solche Kommentare brachten Tomek wirklich auf die Palme. Jetzt wollte er sich nicht mehr beeilen. Stattdessen wollte er so viel wie möglich von der Zeit des Mannes verschwenden und ihn seine Entscheidung, ihn zur Eile zu drängen, bereuen lassen.

»Nachdem Sie gehört haben, was ich zu sagen habe«, erwiderte Tomek, »möchten Sie vielleicht Ihr Meeting absagen.«

Lances Adamsapfel bewegte sich auf und ab, als er tief schluckte. Dann rutschte er unbehaglich auf seinem Sitz hin und her. Hier war ein Mann, der keine Angst vor schwierigen Gesprächen hatte – sie waren im Fußball fast an der Tagesordnung, wenn es darum ging, Spieler freizustellen, zu suspendieren oder ihre Verträge zu kündigen – aber einem Polizeibeamten gegenüberzusitzen, der ihm mitteilte, dass etwas nicht stimmte, war offensichtlich ein schwierigeres Gespräch, als er für den Tag nach dem zweiten Weihnachtsfeiertag erwartet hatte.

»Ich bin sicher, Sie haben die Nachrichten über den Tod der beiden Teenager-Mädchen in Hadleigh und Leigh-on-Sea mitbekommen. Nun, während unserer Ermittlungen sind die Namen von zwei Jungen aus Ihrer Akademie aufgetaucht.«

»Wie aufgetaucht?«

»Das kann ich Ihnen nicht sagen.«

»Nun, das müssen Sie aber. Ich muss wissen, wessen meine Spieler beschuldigt werden.«

»Sie werden nicht beschuldigt. Ihre Namen sind lediglich im Gespräch aufgetaucht. Wie oft trainieren die Jungen hier?«

»Sie müssen mir zuerst ihre Namen nennen.«

Tomek zögerte, diese Informationen preiszugeben. Da er nur aufgrund einer Ahnung, eines *Gefühls* hier war, scheute er sich, die Namen der beiden Personen zu nennen, falls nichts dabei herauskäme und er dafür verantwortlich wäre, zwei Jungen durch den Dreck zu ziehen. Aber dann dachte er an die Opfer, Lily Monteith und Fern Clements, und wie sie im *tatsächlichen* Dreck zurückgelassen worden waren.

»Der erste Junge heißt Harrison Rossiter und der zweite Junge heißt Darren Edgerton, ein Mitglied Ihrer U17-Mannschaft. Sie haben auch einen Billy Turpin, der für Ihre U14 spielt.«

Lance nickte nachdenklich, während er sich die Namen der Jungen notierte. Dann wandte er seine Aufmerksamkeit seinem Computerbildschirm zu und gab ihre Namen in sein System ein.

»Ja. Hab sie. Was müssen Sie wissen?«

»Wie häufig trainieren die Jungen zusammen?«

»Nun, das tun sie nicht.«

»Was meinen Sie?«

»Harrison Rossiter wurde letzten Sommer von einem französischen Ligue 1-Team entdeckt, Toulouse FC, und spielt jetzt in deren Akademie.«

»In Frankreich?«

»Das ist da, wo sie Fußball spielen, ja. Seine Familie ist umgezogen, um ihn zu unterstützen. Sie waren alle sehr begeistert von dieser Chance. Wir haben ihm sogar geholfen, sich in der Schule, mit der Sprache, mit Freunden und im Team einzuleben. Er war wahrscheinlich einer unserer besten Spieler, aber die Aussicht, in der französischen Liga zu spielen, war besser als bei uns zu bleiben. Wer waren wir, um ihm das zu verweigern?«

Sehr edel, dachte Tomek.

»Und wie war es, bevor er ging?«, fragte Tomek und versuchte, die Gedanken, die in seinem Kopf herumschwirrten, zu ordnen. Damit hatte er nicht gerechnet. Wenn Harrison Rossiter in Frankreich lebte, würde es schwieriger werden, ihn zu befragen. Aber es warf auch eine Frage auf: Gab es einen anderen Grund, abgesehen von den Fußballaussichten, warum er sich entschieden hatte, das Land zu verlassen?

»Was meinen Sie damit?«, fragte Lance.

»Haben sie zusammen trainiert?«

»Es ist möglich, dass Darren und Harrison an den Wochenenden zusammen trainiert haben. Das gilt auch für Billy Turpin. Von unserer U11 bis hin zur U17. Nicht auf demselben Feld, da wäre kein Platz für sie gewesen. Aber ja, an den Wochenenden hätten sie zusammen trainiert.«

»Und was ist mit der ersten Mannschaft?«

Tomek erinnerte sich an Avenas Worte: Dieser Typ war mindestens ein paar Jahre älter, also denke ich, er muss in einigen Teams darüber gespielt haben, oder vielleicht in der ersten Mannschaft.

»In der Regel nicht. Die Herrenmannschaft trainiert unter der Woche und spielt die meisten ihrer Spiele am Wochenende.«

»Aber sie wären miteinander in Kontakt gekommen?«

»Je nachdem, wie gesellig sie sind, ja. Sie sitzen ja nicht alle schweigend da. Sie haben schon mal eine Fußballmannschaft gesehen, oder?« Tomek nickte. »Dann wissen Sie, dass sie alle freundschaftlich miteinander umgehen, dass eine Kameradschaft zwischen ihnen besteht. Hier ist es genauso. Wir versuchen, ein Ethos der Inklusion zu schaffen. Wir wollen nicht, dass jemand zurückgelassen wird.« Lance legte seine Hände in den Schoß und begann, seine Daumen ineinander zu verschränken. Seine Haltung hatte sich verändert. Jetzt war er steif geworden, strenger. Weniger bereit, Tomek die Antworten zu geben, nach denen er suchte. »Werden Sie mir sagen, was diese Jungs mit dem Tod der beiden Mädchen zu tun haben?«

»Nein«, antwortete Tomek schroff und schlug dann ein Bein über das andere. »Wäre es möglich, eine Liste mit den Namen der Spieler von der ersten Mannschaft bis runter zur U11 zu bekommen? Ich hätte auch gerne die Namen der Trainer, des Hintergrundpersonals und aller anderen, die Sie in den letzten zwei Jahren hier angestellt haben.«

»Ich... Einige dieser Informationen könnten schwer zu beschaffen sein.«

»Warum das?«

»Weil es so sein könnte. Es ist ein Verstoß gegen unseren Datenschutz.«

»Nicht, wenn die Polizei involviert ist.«

Jetzt versuchte Lance einfach, absichtlich schwierig zu sein. Tomek sah auf die Uhr und bemerkte, dass irgendwie fünfzehn Minuten vergangen waren. Das ließ noch fünf übrig.

»Ich würde nur ungern mit einem Durchsuchungsbefehl zurückkommen und den Betrieb stilllegen, während wir die benötigten Informationen beschaffen. Das sieht aus Markenperspektive nicht sehr gut aus. Und das wäre das Letzte, was Sie brauchen könnten. Wie viel Umsatz macht der Verein? Nicht allzu viel, nehme ich an. Zumindest nicht im Vergleich zu einigen der anderen Teams in den Ligen darüber. Also würde ich es hassen, wenn die Finanzierung aufhören würde, wenn die Fans nicht mehr kämen.«

Obwohl, wenn Tomeks Theorie richtig wäre, dann hätte die Verhaftung von zwei, möglicherweise drei ihrer Spieler sowieso einen nachteiligen Effekt auf das Vermögen des Clubs.

Lance Hull dachte lange und gründlich über die Entscheidung nach, obwohl sein Gesichtsausdruck nichts verriet. Stattdessen saß er einfach da, starrte Tomek an, und Tomek starrte zurück.

»Ich kann Ihnen die Informationen besorgen, die Sie brauchen. Wann wollen Sie sie haben?«

»Jetzt.« Dann erinnerte er sich hinzuzufügen: »Bitte.«

»Gut. Ich werde Sie zu Alicia in der Personalabteilung bringen. Sie wird sich um all das für Sie kümmern können.«

Als Lance sich aus seinem Stuhl erhob, knöpfte er bereits seinen Blazer zu, um das Ende des Treffens zu signalisieren und subtil zu sagen: Verschwinden Sie aus meinem Büro. Da klopfte es an der Tür. Ein Mann mit grauem Haar in einem Trainingsanzug steckte seinen Kopf durch den Türspalt.

»Detektiv«, begann Lance, »das ist Alexandre Lefebvre, unser Trainer der ersten Mannschaft.«

Tomek streckte seine Hand aus. »Freut mich, Sie kennenzulernen.«

»Alex hier wird uns helfen, die League One zu erreichen, nicht wahr, Alex?«

»*Oui*. Ja, Sir. Ich werde mein Bestes versuchen«, antwortete Alex fröhlich, sein Akzent war stark. Obwohl man an seinem angespannten Gesichtsausdruck erkannte, dass er wusste, dass es nicht so einfach sein würde, wie Lance es erwartete.

Tomek betrachtete den Franzosen eingehend, bevor er Lance durch das Gebäude zur Personalabteilung folgte, die aus einem Team von zwei Personen bestand. Beide Frauen waren in ihren Fünfzigern und saßen nebeneinander in einem kleinen Teil des Gebäudes.

»Alicia«, begann Lance. »Hier ist ein Herr, der Zugang zu unseren Aufzeichnungen benötigt.«

»Warum?«

»Er ist von der Polizei. Also was auch immer er verlangt, stellen Sie sicher, dass er es bekommt.«

KAPITEL
NEUNUNDDREISSIG

»Absolut verfickt nochmal nicht«, war die Antwort, die er von Victoria erwartet hatte, nachdem er erklärt hatte, dass er nach Frankreich reisen müsse.

»Warum nicht, gnädige Frau?«

»Aus offensichtlichen Gründen«, antwortete Victoria.

Tomek presste die Lippen zusammen und zuckte mit den Schultern. »Die müssen Sie mir vielleicht erklären.«

»Das Budget, für den Anfang. Mit all den DNA-Beweisen, die wir testen und erneut testen, und mit all den Interviews und Überstunden, die ich genehmigen musste, bleibt kaum etwas übrig, damit Sie Urlaub in Südfrankreich machen können.«

»Niemand hat etwas von Südfrankreich gesagt, gnädige Frau. Ich glaube, die Region heißt...« Tomek schaute in die Notizen, die er in der Personalabteilung gemacht hatte. »Toulouse. Scheiße.«

»Sehen Sie?«

»Nun ja, es *ist* in Südfrankreich, aber es ist nicht *das* Südfrankreich, an das Sie denken. Ich plane keinen Wochenendaufenthalt an der Côte d'Azur.«

»Hmm.« Victoria verschränkte die Arme vor der Brust und lehnte sich in ihrem Stuhl zurück.

»Wissen Sie, Sie sind nicht mehr so spaßig, seit Sie *la jefa* sind.«

»Haben Sie mich gerade einen verdammten Elefanten genannt?«

»Nein, nein, nein!« Tomek wedelte mit den Händen und suchte verzweifelt nach einem Halt, um sich aus dem Loch zu ziehen, das er gerade versehentlich für sich selbst gegraben hatte. »Das ist Spanisch! Es bedeutet 'Chef' auf Spanisch.«

»Schau einer an, unser kleiner Linguist.«

»Der Fachbegriff ist eigentlich Polyglott, gnädige Frau. Aber das ist jetzt nicht wichtig. Wichtig ist, dass ich mit Harrison Rossiter spreche und seine Verbindungen zu Darren Edgerton und Billy Turpin herausfinde, sowie zu den Morden an Mandy Butler, Diana Greenock, Lily Monteith und Fern Clements.«

Victoria kratzte sich am Kinn. »Sie behaupten also, dass ein siebzehnjähriger Fußballer junge Mädchen umbringt?«

»Nein.«

»Dann erklären Sie es mir. Sagen Sie mir *genau*, was Sie dem Team erzählt haben, denn sie scheinen alle hinter Ihnen zu stehen.« Während sie das sagte, verengte sich ihr undurchdringbarer Blick auf ihn, und er spürte, wie sie ihre innere *Jefa* kanalisierte.

Tomek schluckte tief, bevor er antwortete. Er wusste nicht warum, aber plötzlich fühlte er sich unter Druck gesetzt. Als ob er sein A-Spiel auspacken müsste, um Victoria von der Wahrhaftigkeit seiner Hypothese zu überzeugen, etwas, das er nie gefühlt hatte, als er unter Nick gearbeitet hatte.

»So wie ich das sehe«, begann Tomek und merkte bereits, dass er schrecklich angefangen hatte, »haben diese beiden Jungs, Darren Edgerton und Harrison Rossiter, mit Hilfe von Billy Turpin zusammengearbeitet, um die Ermordung dieser Mädchen zu planen.«

»Richtig.«

»Es kam mir zum ersten Mal in den Sinn, als Kasia ins Krankenhaus eingeliefert wurde. Ihr Freund, nein, nicht Freund, ihr Jungen... *freund*, brachte sie wegen ihrer Nussallergie ins Krankenhaus. Danach überprüfte ich seine sozialen Medien, wie es paranoide und beschützende Eltern eben tun, und entdeckte, dass er für die U14 von Dagenham & Redbridge spielte. Später, als ich mit Avena Kumar sprach, einem der Mädchen, die beim Catfish and the Bottlemen-Konzert in der Cliffs Pavilion unter Drogen gesetzt wurden, sagte sie, dass einer der Jungs, mit denen sie zusammen war, den Typen kannte, der ihnen die Drogen verkauft hatte, Harrison Rossiter, der jetzt nach

Südfrankreich gezogen ist. Sie sagte, es sei ein Erwachsener gewesen, der im Verein arbeitete, entweder als Mitglied des Trainerstabes, des Hintergrundstabes oder in einem der Männerteams. Er verkaufte Drogen, um sein Einkommen aufzubessern. Diese Teams der unteren Ligen werden nicht mit den horrenden Summen bezahlt, die Premiershipmannschaften bekommen. Wie auch immer, das war vor zwei Jahren. Und wie der Zufall es wollte, trat Billy Turpin im gleichen Alter den U11 bei. Also haben sich beide Jungs in den letzten zwei Jahren bis achtzehn Monaten kennengelernt. Außerdem ist Darren Edgerton, der in der U15 spielt, der Freund von Fern Clements.«

»Aber ich dachte, Rachel hat mit ihm gesprochen und er hatte ein wasserdichtes Alibi?«

»Ja, das hat sie. Und ja, das hatte er. Aber ich glaube trotzdem, dass da etwas ist.«

»Dass sie eine Kabale von jugendlichen Fußballern sind, die junge Mädchen durch ihre Allergien töten?«

»Ja. Aber nicht sie.«

»Nicht sie?«

»Der Drogendealer, den Harrison vom Konzert kannte.«

»Und Sie denken, das alles ergibt perfekten Sinn?«

»Nun, für mich ergibt es perfekten Sinn. Und der Rest des Teams scheint auch dahinterzustehen.«

»Also, was sind die nächsten Schritte, abgesehen davon, nach Südfrankreich zu fahren?«

Tomek zog den Ausdruck heraus, den ihm Alicia aus der Personalabteilung gegeben hatte. »Dies ist eine Liste aller Personen, die in den letzten zwei Jahren in irgendeiner Funktion bei Dagenham & Redbridge FC beschäftigt waren.« Er hielt sie in die Luft und tippte mit dem Finger scharf darauf, fast ein Loch hineinbohrend. »Ich glaube, der Name unseres Mörders steht irgendwo auf dieser Liste.«

»Wie viele Namen stehen darauf?«

»Über hundert.«

»Arbeitsreicher Nachmittag.«

»Oder ich könnte sie mit den Namen auf all den anderen verdammten Listen abgleichen, die wir zu haben scheinen.«

Victoria schüttelte den Kopf. »Ich glaube nicht. Wenn das, was Sie vorschlagen, wahr ist, dann erklärt das nur Mandy Butlers Tod. Was mit Ihrer Tochter passiert ist, ist irrelevant, verzeihen Sie mir, aber ich sehe keine Ähnlichkeit. Es erklärt immer noch nicht, was mit Fern Clements oder Lily Monteith geschehen ist.«

Oder Diana Greenock, dachte Tomek, beschloss aber, diese Wunde nicht wieder zu öffnen.

»Ich werde Rachel bitten, noch einmal in Darren Edgerton zu graben, aber es ist immer noch möglich, dass sie alle zusammenarbeiten«, antwortete Tomek.

»Sie behaupten also, es *ist* eine Kabale von jugendlichen Fußballern, die mit Hilfe eines Erwachsenen diese Mädchen umbringen?«

So seltsam es auch klang, und wenn es ihm so gesagt wurde, klang es tatsächlich seltsam, ja, das war genau das, was er dachte. Er wusste nicht warum, aber er konnte den Gedanken nicht abschütteln, seit der Samen beim Durchscrollen von Billy dem Kuhkämpfers Instagram zuerst gepflanzt worden war.

»Ich glaube, Sie klopfen da auf den falschen Busch, ehrlich gesagt, Tomek«, fügte Victoria hinzu.

Ehrlich gesagt dachte er dasselbe über sie. Dass ihre Misswirtschaft dieses Falles sie in die Lage gebracht hatte, in der sie sich jetzt befanden; dass sie mehrere Wochen in der Ermittlung steckten, ohne konkrete Hinweise, nur ein paar hundert Namen auf einem Blatt und zwei weitere Leichen.

»Lassen Sie mich mit Tracy sprechen, lassen Sie mich ihr die Idee vorstellen und sehen, was sie sagt«, fuhr Victoria fort. »Es könnte nicht zu ihrem forensischen Profil passen.«

»Ich würde das lieber selbst tun, gnädige Frau. In Anbetracht der Tatsache, dass ich derjenige war, der die NCA überhaupt in diese Sache einbezogen hat. Außerdem ist es *meine* Hypothese, ich kann sie besser erklären.«

»Davor habe ich Angst. Ich fürchte, Sie werden sie überzeugen, uns im Kreis laufen zu lassen und tiefer in den Kaninchenbau zu steigen.«

Tomek kratzte sich an der Seite des Kopfes. »Verzeihen Sie mir, gnädige Frau. Aber Sie erwecken den Eindruck, als wollten Sie nicht, dass wir diesen Mörder – oder diese Mörder – fangen.«

Victoria schnalzte mit der Zunge. »Natürlich will ich das verdammt noch mal. Was für eine dumme Unterstellung. Aber ohne Nick hier, der bei der Überwachung hilft, fühle ich mich sowieso schon ziemlich verflucht überlastet. Also müssen wir beide bei dieser Sache auf einer Linie sein. Sonst kommen wir nirgendwo hin.«

»Und damit das passiert, muss ich *Ihrer* Hypothese folgen?«

»Ja. Ich bin die SIO.«

Als ob das das Argument beenden würde. Als ob das alle Argumente für jetzt und die Ewigkeit beenden würde.

»Ist es so in Colchester gelaufen? Den anderen diktieren, was sie denken oder tun sollen, sie unterdrücken, wenn sie eigene originelle Gedanken haben?«

Als Antwort zuckte Victoria bei seinem Ton zusammen und wandte sich dann dem offenen Ordner auf ihrem Schreibtisch zu. Den Kopf gesenkt, seine Anwesenheit ignorierend, sagte sie: »War nett, mit Ihnen zu sprechen, Tomek. Ich habe für Sie eine Pressekonferenz in etwas mehr als einer Stunde angesetzt. Wenn Sie mit Anna sprechen könnten, um vorzubereiten, was Sie sagen werden, wäre ich Ihnen sehr dankbar. Und Sie können die Tür hinter sich schließen, wenn Sie gehen.«

KAPITEL
VIERZIG

Ein leichter Regen hatte eingesetzt, gerade stark genug, dass Tomek die Scheibenwischer auf die erste Stufe stellen musste, aber nicht stark genug für die zweite. Die Heizung im Auto lief, aber sie machte kaum einen Unterschied. In der kurzen Zeit, in der das Fahrzeug dort gestanden hatte, während er den Fall mit Victoria besprochen und die Pressekonferenz abgehalten hatte, hatte die spätwinterliche Kälte ihre Finger um das Fahrzeug gelegt und alles darin taub gemacht. Es war so kalt, dass sich bei jedem Atemzug eine Dampfwolke vor seinem Gesicht bildete. Noch mehr, als er aus dem Auto stieg und sich zur Haustür von Billy dem Kuhkämpfer begab. Es war kurz nach 16 Uhr, und Tomek hoffte, dass der Junge zu Hause war.

Er hämmerte mit der Faust gegen die Tür, das Geräusch hallte die Straße in Chalkwell rauf und runter. Der kleine Junge öffnete wenige Sekunden später.

»Heilige Scheiße, Mann-«, begann er, hielt dann aber inne, als er Tomeks Blick begegnete.

»Störe ich dich etwa?«, fragte Tomek.

Sofort lief Billys Gesicht rot an. Und das nicht wegen der Kälte, die ins Haus strömte.

»Ich... Was machst du...? Wenn es um neulich geht, tut mir leid, okay!«

»Darum geht es nicht, obwohl ich gerne darüber reden würde.«

»Du kommst hier nicht rein.«

»Warum nicht?«

»Weil meine Mum und mein Dad mir gesagt haben, dass ich nicht mit Fremden reden soll.«

»Ich bin kein Fremder. Ich bin von der Polizei.«

»Ja. Und mein Dad sagt, ihr seid genauso schlimm wie Fremde. Manchmal sogar schlimmer.«

Väter. Väter und ihre verdammten Meinungen. Die hatten sie immer.

»Es regnet«, sagte Tomek leise in der Hoffnung, dass die sanfte Bitte bei dem jungen Mann wirken würde.

Tat sie nicht.

»Ist nicht meine Schuld, dass du keinen Mantel mitgebracht hast.«

Tomek nahm sich einen Moment Zeit, um Billys Outfit zu begutachten. Er trug seinen kompletten Dagenham & Redbridge-Trainingsanzug, mit roten und blauen Hosen und einer schwarzen Regenjacke, auf deren Brust das Vereinswappen prangte.

»Das gefällt mir«, begann Tomek und zeigte darauf. »Hast du das vom Fanshop im Stadion?«

Billy blies Luft durch gespitzte Lippen. »Einen Scheiß hab ich. Ich spiele für sie. U14. Spiel seit etwa zwei Jahren für sie.«

»Wow. Beeindruckend.«

»Ja.« Billys Gesicht schwoll vor Selbstgefälligkeit an.

»Auf welcher Position spielst du?«

»Stürmer.«

»Also bist du schnell?«

Die Selbstgefälligkeit hielt an, bis sein Gesicht aufgeblasen wirkte.

»Einer der Schnellsten.«

»Hast du schon mal Pokale gewonnen?«

»Nee. Aber wir waren mal kurz davor. Ich hab 'ne Medaille für den zweiten Platz an meiner Wand.«

»Kann ich die sehen?«

Billy hielt einen Moment inne, während er überlegte. Und langsam wuchs das Ego weiter zu einer übertriebenen Größe an.

»Warum nicht«, sagte Billy und vergaß dabei völlig, wer Tomek war und wofür er hier war.

Wenige Sekunden später war Tomek sicher im Haus, mit ausgezogenen Schuhen, und wurde durch den Flur geführt. Sobald Billy anfing, die Treppe hochzusteigen, blieb Tomek stehen.

»Du musst da hochgehen, um sie zu sehen«, bemerkte Billy.

»Nein, ist schon gut, danke. Hab meine Meinung geändert. Was ich *wirklich* möchte, ist, dass wir über deine Beziehung zu Harrison Rossiter und Darren Edgerton sprechen.«

Bei der Erwähnung der Namen der anderen Akademiespieler verschwanden das Ego und die Selbstgefälligkeit, die aus jeder Pore im Gesicht des jungen Mannes geleuchtet hatten, im Nu.

»Harrison Rossiter?«

»Ja.«

»Darren Edgerton?«

»Das habe ich gesagt. Ich weiß, dass du sie kennst, also spiel nicht den Dummen.«

»Was willst...?« Billy ging vorsichtig eine Stufe herunter und beäugte Tomek bei jeder Bewegung. »Was willst du wissen?«

»Warum gehen wir nicht ins Wohnzimmer oder in die Küche?«, erwiderte Tomek.

Das taten sie dann auch. In Billy Turpins Küche. Es war eine der hellsten Küchen, die er je gesehen hatte. Mit makellosen Marmorarbeitsflächen, weißen Bodenfliesen und brillanten silbernen Lampen, die von der Decke über der zentralen Kücheninsel hingen und den gesamten Raum in eine andere Art von Geld tauchten. Er konnte sich vorstellen, wie er und Kasia dort kochen, Zusammenkünfte oder Partys veranstalten, vielleicht sogar Louise und Sylvia eines Abends zum Essen und Trinken einladen würden. Schade, dass sie in der Zwischenzeit alle mit ihrer winzigen kleinen Affäre zurechtkommen müssten.

»Wie viel Kontakt hattest du zu Harrison oder Darren?«, fragte Tomek, als er sich einem Barhocker in der Mitte des Raumes näherte.

»Nicht viel.«

»Hast du jemals mit ihnen gesprochen, Nummern ausgetauscht?«

»Vielleicht. Ich hab 'nen Haufen Nummern von der Schule, könnte also schwierig sein, das zu überprüfen.«

Natürlich würde es das sein. Der egozentrische kleine Wichser dachte wahrscheinlich, er sei der beliebteste Typ im Gebäude.

»Habt ihr jemals über ein Mädchen namens Mandy Butler gesprochen?«

Billy zögerte einen Moment, während er den Namen durch seinen Kopf laufen ließ. »Kann nicht sagen, dass ich diesen Namen schon mal gehört habe. Klingelt nicht.«

»Bist du sicher? Denk noch mal nach.«

Billy dachte noch einmal nach. Aber diesmal viel kürzer, den Bruchteil einer Sekunde.

»Nö. Erinnere mich nicht. Sorry.«

Das letzte Wort ließ Tomek zusammenzucken. Es in einer Textnachricht oder einem Social-Media-Beitrag zu schreiben, war schlimm genug, aber es tatsächlich auszusprechen, das war kriminell.

»Was ist mit Fern Clements?«

Billy spitzte die Lippen und schüttelte den Kopf. Er stand aufrecht, mit geradem Rücken, als wäre er zehn Jahre älter.

»Was ist mit Drogen?«

Aber das schien ihn wieder auf den Boden der Tatsachen zurückzuholen.

»Was ist mit denen?«

»Hast du jemals welche gesehen? Wurden dir welche angeboten?«

»Das einzige Mal, dass ich Drogen gesehen habe, war neulich im Krankenhaus mit-«

Billy hatte das Gespräch gerade unbeabsichtigt in eine Gasse gelenkt, aus der es kein Zurück mehr gab. Und Tomek war erfreut festzustellen, dass es nicht Teil seiner eigenen Inszenierung gewesen war.

»Erzähl mir, was passiert ist«, sagte Tomek.

»Aber ich dachte, wir würden über Drogen reden. Ich möchte wieder über Drogen reden.«

»Kasia. Erzähl mir von Kasia. Jetzt. Was ist passiert?«

Und dann erzählte Billy ihm. Wie sie am selben Tag auf dem Spielplatz darüber gesprochen hatten, dass er rüberkommen würde. Wie er aufgetaucht war, nachdem er mit seinen Kumpels im Dunkeln eine Runde Fußball im Park gespielt hatte. Wie sie ihm gesagt hatte, er solle spät kommen, weil Tomek bei der Arbeit gewesen war und sie erst ihren Polnischunterricht hinter sich bringen musste. Und dann hatte Billy ihm erzählt, dass er Pizza mitgebracht hatte (von seinem Taschengeld bezahlt), und sobald die Tür zugegangen war und sie sich geküsst hatten, hatte Kasia angefangen, eine allergische Reaktion auf die Packung M&M mit Erdnüssen zu bekommen, die er mit seinen Kumpels im Park gegessen hatte.

Am Ende stimmte Billys Geschichte mit der seiner Tochter und Phillip Balhams Version der Ereignisse überein.

Es war alles ein schrecklicher und beinahe tragischer Unfall gewesen. Und am Ende fragte sich Tomek, ob er sich nicht völlig geirrt hatte. Dass sein Verlangen nach Vergeltung und Rache an einem dreizehnjährigen Jungen übertrieben, ungerechtfertigt und falsch war. Dass er eine Hexenjagd auf eine Gruppe von Teenagern inszeniert hatte, die nichts mit dem Tod der Mädchen zu tun hatten, und dass ihre Verbindung zu den Mädchen, besonders die von Harrison Rossiter, nichts weiter als ein Zufall war.

Aber andererseits war er lange genug im Dienst, um zu wissen, dass es keine Zufälle gab. Dass Dinge aus einem Grund passierten. Immer aus einem Grund. Verdammt, wenn er die Verbindung zwischen den Todesfällen von Mandy Butler und Lily Monteith nicht hergestellt hätte, wenn sie als »Zufälle« abgetan worden wären, dann wäre er jetzt nicht hier, er würde nicht gerade einen weiteren Serienmörder jagen.

»Was weißt du über das Personal in Dagenham?«, fragte Tomek und beschloss, mit dem Grund seines Besuchs fortzufahren. Billy würde nicht so leicht davonkommen.

»Ich rede eigentlich nur mit meinem Trainer und den anderen Mitgliedern des Trainerstabes. Sehe sonst nicht viel von den anderen. Sie fragen immer, wie es mir geht, aber ich bleibe nicht stehen, um zu plaudern.«

Natürlich tat er das nicht. Der egozentrische kleine Scheißer dachte wahrscheinlich, er wäre größer als sie alle, während die Realität das Gegenteil war: Er war klein und schmächtig, eher Wayne Rooney als Peter Crouch.

»Und niemand hat dir jemals Drogen angeboten, oder du hast nie gesehen, dass sie irgendwo auf dem Gelände ausgetauscht wurden?«

»Was? Alter, ich weiß nicht mal, wie Drogen aussehen. Ich weiß nicht mal, welche es gibt.«

Tomek war sich nicht sicher, ob das stimmte. Er war ziemlich überzeugt, dass er mit dreizehn Jahren schon alles über die verschiedenen

Klassen und ihr Aussehen wusste. Besonders Gras. Kinder rauchten es und verkauften es in seinen Klassen in diesem Alter. Vielleicht war es damals eine andere Zeit gewesen, als die Regeln viel lockerer waren, oder die Kinder waren einfach schlauer darin.

»Lass mich dich noch einmal fragen«, sagte er langsam und betonte jedes Wort. »Hast du jemals gesehen, dass Drogen auf dem Fußballplatz oder in den Umkleidekabinen unter irgendwelchen Erwachsenen ausgetauscht wurden, sei es in der ersten Mannschaft oder im Betreuerstab, seit du Mitglied der Akademie bist?«

Billy spürte den Ernst in Tomeks Stimme und dachte diesmal intensiver über die Frage nach. Aber bevor er antworten konnte, öffnete sich die Haustür.

Die Frau, die hereinkam, war, wie Tomek vermutete, Billys Mutter. Eine Frau in einem Prada-Mantel mit einer Prada-Handtasche am Arm und Dutzenden von Armbändern, die an ihrem Handgelenk baumelten. Sie strahlte Reichtum und Geld aus, aber wie so oft der Fall, bedeutete das nicht unbedingt, dass sie beides besaß. Dass es alles nur Show war.

»Wer sind Sie?«, fragte sie mit ihrem starken Essex-Akzent.

»Detective Sergeant Tomek Bowen.« Er zeigte ihr kurz seinen Dienstausweis. »Sie müssen Billys Mutter sein.«

»Ja, bin ich. Was hat er getan? Geht es um diesen Vorfall mit dem Mädchen neulich? Wie heißt sie noch?«

Sie schaute zu Billy für die Antwort, aber Tomek kam ihr zuvor.

»Kasia... Meine Tochter...«

»Oh. Also geht es doch darum. Dürfen Sie überhaupt in persönlichen Angelegenheiten hier sein?«

»Ich habe nie gesagt, dass ich-«

»Belästigt er dich?«, unterbrach sie ihn.

Einen Moment lang dachte Tomek, die Frage sei an ihn gerichtet. Dann wurde ihm klar, dass die Frau ihren Sohn angesprochen hatte.

»Sie wissen schon, dass das ein Unfall war, oder?«, fuhr sie fort und richtete ihre Aufmerksamkeit nun auf ihn. »Er hat nichts Falsches getan. Ich bin froh, dass es Ihrer Tochter gut geht und alles, aber es gibt nicht viel mehr, was er tun muss. Er hat sich bereits entschuldigt, also dachte ich, die Sache wäre erledigt. Ich dachte, wir würden weitermachen.«

Hatte sich der kleine Billy, der Kuhkämpfer, entschuldigt? Das hörte er zum ersten Mal. Es sei denn, er hatte es bei Kasia per SMS oder Snapchat oder einer anderen Plattform getan, auf der sie üblicherweise kommunizierten.

»Wie gesagt, Mrs. Turpin. Es geht nicht um die Krankenhauseinweisung meiner Tochter aufgrund der Unfähigkeit Ihres Sohnes. Es geht um-«

»Was haben Sie ihn genannt?«

Tomek seufzte. Das lief ungefähr so gut wie ein Bergsteiger, der in Flip-Flops einen Berg erklimmt.

»Mein Sohn ist nicht unfähig.«

»Nein.«

»Warum haben Sie es dann gesagt?«

»Ich-«

»Entschuldigen Sie sich bei ihm. Entschuldigen Sie sich bei ihm, so wie er sich bei Ihrer Tochter entschuldigt hat.«

»Ich bin mir nicht sicher, ob ich selbst die Entschuldigung erhalten habe, Mrs. Turpin.«

Sie waren in einer Pattsituation, keiner bereit nachzugeben.

Schließlich verlor Billys Mutter die Geduld und brachte das Gespräch voran.

»Warum sind Sie überhaupt hier?«

»Er fragt mich nach Drogen beim Fußball«, sagte Billy, der selbstgerechte kleine Mistkerl.

»Das ist nicht ganz-«

»Drogen?«, zischte sie und eilte zu Billy, um einen Arm um die Schultern ihres Sohnes zu legen. »Drogen? Er ist dreizehn! Was weiß er über Drogen?«

Tomek verlor schnell die Kontrolle über das Gespräch (falls er sie nicht schon verloren hatte) und verlor auch die Kontrolle über seinen Verstand. Wenn er noch länger hier bliebe, könnte er anfangen zu glauben, er könnte gegen eine Kuh kämpfen.

»Hören Sie«, sagte er und hob die Hände in einem vergeblichen Versuch, das Gespräch zu retten. »Ihr Sohn und zwei andere Mitglieder seines Fußballteams sind kürzlich bei unseren Ermittlungen zu einer Reihe von Morden aufgetaucht. Wir glauben, dass jemand innerhalb des Clubs, auf welcher Ebene wissen wir noch nicht,

Drogen außerhalb des Clubs verkauft hat. Wir wollen mit dieser Person im Zusammenhang mit den Ermittlungen sprechen.«

Tomek hatte schnell erkannt, dass der einzige Weg, sie zum Schweigen zu bringen und ihr zum Verständnis zu verhelfen, darin bestand, ihr mehr zu erzählen, als er wahrscheinlich hätte tun sollen.

Es schien zu funktionieren, denn sie wandte sich an ihren Sohn. »Ist es Mitchell?«

»Was?«

»Ich dachte immer, mit ihm stimmt etwas nicht. War es Mitchell? Muss ich mit seinen Eltern sprechen? Oder war es Lawrence?«

»Mama, wovon redest du? Es war niemand.«

»Ich wusste es. Ich wusste, wir hätten Ipswich Town nicht ablehnen sollen. Ich wusste es.«

»Mama, du weißt nicht, wovon du redest. Es hat mit niemandem aus meinem Team zu tun. Oder?«, fragte er Tomek.

Tomek schüttelte den Kopf, dankbar, dass er nichts sagen musste. Und während er dastand und zusah, wie der beginnende Familienstreit seinen Lauf nahm, fragte sich Tomek, ob Billys ursprüngliche Frage zum Kampf gegen Kühe in Wirklichkeit ein Euphemismus dafür war, seine Mutter zu schlagen.

Er vermutete, dass das entscheidende Wort »Kuh« durchaus Sinn ergab.

»Ist das deine endgültige Antwort?«, fragte Tomek und machte sich bereit zu gehen. »Du weißt nichts darüber, wer möglicherweise Drogen verkauft oder wer welche bei einem Konzert verkauft haben könnte?«

»Nein. Tut mir leid«, sagte Billy mit einem Hauch von Verzweiflung in seiner Stimme. Verzweiflung, weil er vor seiner Mutter gerettet werden wollte. Lustig, in nur wenigen Minuten hatte sich Billy von einem selbstgefälligen, streitsüchtigen, lachenden Arschloch in einen kleinen, verzweifelten Jungen verwandelt.

Komisch, wie schnell sich die Dinge in diesem Alter ändern konnten.

In einem Moment bist du der Hahn im Korb, im nächsten liegst du flach auf dem Beton. Außerdem, falls Tomek mit seiner Vermutung über die Clique fußballspielender Teenager falsch lag und seine

Ermittlungen Billys Spielerkarriere nicht gefährdeten, dann würde es wohl dieses Gespräch tun.

Und seine Mutter würde es für ihn erledigen.

So oder so würde Tomek zuletzt lachen.

Gerechtigkeit dafür, dass seine Tochter ins Krankenhaus gebracht wurde, würde geübt werden.

KAPITEL
EINUNDVIERZIG

Der Informationsfluss ins Ermittlungszimmer war ins Stocken geraten, während das Team außerhalb des Büros mit ihren Untersuchungen beschäftigt war. Oscar befragte mit Hilfe von Martin und Chey die Personen hinter dem Weiterverkauf der Tickets. Währenddessen waren Rachel, Anna und Sean die mutigen Seelen, die sich durch die Liste der restlichen hundertzwanzig Imker im Gebiet von Southend arbeiteten.

Während das Team also draußen die ganze harte Arbeit erledigte, bekam Tomek einen Vorgeschmack auf den Lebensstil eines Inspektors. Und der bestand aus einer Sache und nur einer Sache: Papierkram, Papierkram und Papierkram. Mit etwas mehr Papierkram obendrauf.

Die Berichte des Teams durchsehen. Überstunden genehmigen. Budgets schätzen. Alle Informationen für die vielen Fälle verarbeiten, an denen sie gleichzeitig arbeiteten. Während einige mehr Zeit beanspruchten als andere, war der Fokus des Teams leider aufgeteilt. In Zeiten wie diesen, wenn sie unterbesetzt waren und ihr Aushängeschild Nick vermissten, war er dankbar für die Unterstützung der Polizeibeamten und anderer uniformierter Kollegen sowie der zivilen Hilfskräfte, die halfen, das Schiff über Wasser zu halten. Ohne sie und ohne alle anderen, die dafür sorgten, dass Tomek und das Team ihren

Job richtig machen konnten, wäre er sich nicht sicher, ob er sich daran erinnern würde einzuatmen.

Oder auszuatmen.

Er war sich auch nicht sicher, ob das Leben eines Inspektors das war, was er wollte. Nicht, wenn die letzten Tage ein Maßstab waren. Eine Feuertaufe sozusagen, mit wenig Unterstützung oder Anleitung von Victoria, die ihre eigene Feuertaufe als Nicks Vertretung erlebte. Vielleicht war es die Bürokratie, die ihm nicht gefiel, oder die Eintönigkeit, in der Dienststelle sitzen zu müssen, während der Rest des Teams die Beinarbeit erledigte. Denn es war die Beinarbeit, die ihm gefiel, und vielen seiner Kollegen gefiel sie auch. Einem Mörder in die Augen zu schauen, ihn einzuschätzen. Das war es, wofür er in den letzten zehn Jahren als Sergeant gelebt und geatmet hatte. Alles, was er kannte.

Aber andererseits gab es jetzt die zusätzliche Überlegung wegen Kasia. Ein sesshafteres Leben hinter dem Schreibtisch könnte das Beste sein. Wenn ihm etwas passieren würde, während er im Außendienst war, hätte sie niemanden außer ihren Großeltern. Und das verdiente niemand.

Vielleicht war das der Hauptantrieb für seinen Wunsch, Inspektor zu werden: damit, falls ihm etwas zustoßen sollte – wenn er sterben, ein Gemüse werden oder sogar den Gebrauch eines seiner Beine verlieren würde – er es nicht ertragen könnte, Kasia durch fünf Jahre Leben mit seinen Eltern zu schicken, wobei sie die Tage zählen würde, bis sie achtzehn wird und legal tun könnte, was sie wollte. (Obwohl, mit seinem kürzlichen Wohnungskauf, es sei denn, Tomek hätte locker hunderttausend Pfund, von denen er nichts wusste, um sie ihr zu geben, würde sie noch lange zu Hause leben.)

Nach dem Mittagessen, einem BLT von Subway, einer netten kleinen Belohnung, rief Tomek ein spontanes Treffen mit Anna und Rachel ein, während Sean noch im Außendienst war und mit einem weiteren Bienenliebhaber sprach. Informell, nur sie drei. Entspannt. Auf seine Art. Etwas, von dem er hoffte, dass es sich auf den Rest des Teams übertrug. Er führte nicht gerne mit eiserner Faust wie einige der anderen Leute, mit denen er gearbeitet hatte. Er wollte auch nicht zu locker sein. Stattdessen wollte er einen glücklichen Mittelweg finden.

Er wollte der Goldlöckchen des Managements sein. Genau richtig.

Ohne das offensichtliche Einbrechen, den Diebstahl und andere kriminelle Aktivitäten.

»Schön, euch beide hier zu sehen«, sagte Tomek, als er einen Stuhl von Cheys Schreibtisch nahm und ihn in den Raum zwischen den beiden Frauen schob.

»Wir sind den ganzen Tag hier gewesen. Wo warst *du*?«, fragte Rachel.

»Hab mich in meinem Büro versteckt. Mit euresgleichen will ich nichts mehr zu tun haben.«

»Frauen, meinst du?«, antwortete Rachel. »Du tust uns wahrscheinlich allen einen Gefallen.«

Tomek bemerkte den Hauch von Flirt, entschied sich aber, nicht darauf einzugehen. Nicht mit Anna, die ihn streng beobachtete. Als Medien- und Familienverbindungsbeauftragte des Teams und die einzige andere polnische Person im Team war sie auch die strengste, die verkniffenste, und mochte es nicht, wenn das Gespräch zu weit vom ursprünglichen Thema abwich. Rachel hingegen war das Gegenteil. Von der Met hierher versetzt, war sie den Büroflachs gewohnt (obwohl es eine Weile gedauert hatte), und sie war auch gut in ihrem Job, unglaublich gut sogar. So gut, dass Tomek sie für eine Beförderung zum Sergeant vorschlagen würde, wenn die Position jemals frei werden sollte. Aber das war ein Gespräch für eine andere Zeit. Im Moment mussten sie sich darauf konzentrieren, einen Serienmörder zu finden.

»Was habt ihr für mich?«, fragte Tomek nach einem Moment der Stille.

»Nicht viel«, antwortete Anna direkt. »Seit gestern haben wir mit weiteren dreißig Mitgliedern der Imkervereinigung gesprochen. Keiner von ihnen erkannte die Afrikanisierte Honigbiene, noch scheinen sie welche zu haben. Eine der Personen, mit denen ich gesprochen habe, macht es sogar in einer Wohnung, was das Dümmste ist, was ich je gehört habe, aber jedem das Seine—«

»Jedem das Seine«, korrigierte Rachel.

»Richtig. Entschuldigung. *Jedem das Seine*«, sagte sie mit einem leichten Anflug von Abneigung in ihrer Stimme. »Ich denke, wir müssen bedenken, dass wir keine Experten sind. Diese Leute zeigen uns ihre Bienen, und wir haben keine Ahnung, wonach wir suchen. Ja, ich habe die Bilder von Google, aber die können nur so weit helfen. Wie oft ich in den letzten Tagen gestochen wurde.«

Sei einfach froh, dass du nicht allergisch gegen sie bist.

»Was schlägst du vor?«

»Dass wir anfangen, Timothy Warren mitzunehmen. Oder jemanden vom Verband der Bienenzüchter oder sogar von der Zentrale der Imkervereinigung. Einen Experten, der weiß, wonach wir suchen.«

Tomek gefiel diese Idee. Sie gefiel ihm sogar sehr. Das einzige Problem war, dass es zeitaufwendiger sein würde und sie eine zusätzliche Woche bräuchten, um die Hobbyimker erneut zu besuchen, mit denen sie bereits gesprochen hatten. Aber es war ein notwendiger Teil der Ermittlungen.

»In Ordnung. Mach es. Kontaktiere Timothy Warren und die Leiter dieser Organisationen. Einer von ihnen kann für den anderen einspringen, falls jemand nicht kann. Das sollte den Prozess beschleunigen.«

»Natürlich, Chef. Danke.«

Das Lächeln auf Annas Gesicht wärmte ihn. Dass sie sich freute und aufgeregt war, gehört zu werden, dass man ihr zuhörte.

Das Team auf die richtige Weise führen.

»Haben irgendwelche der Leute, mit denen ihr schon gesprochen habt, Verbindungen nach Südamerika oder Brasilien?«, fragte er.

Beide Frauen sahen sich an, als würden sie stillschweigend entscheiden, wer antworten sollte. Am Ende war es Rachel, die das Ruder übernahm.

»Nichts. Sie wollen alle nach Brasilien in den Urlaub fahren, und ein paar waren sogar dort, aber das ist *Jahre* her. Abgesehen davon gibt es nichts, was verdächtig erscheint.«

Also erwies sich das als Sackgasse.

Ehrlich gesagt hatte er nicht viel davon erwartet; eine Afrikanisierte Honigbiene zu besitzen war ziemlich einzigartig und nichts, was ein Hobbyimker oder Bienenliebhaber leichtfertig in Angriff genommen hätte, also war es ein weiter Schuss. Aber trotzdem machte es die Sache nicht weniger demoralisierend.

Rückschlag nach Rückschlag nach Rückschlag.

Und Tomek erwartete mehr vom Gleichen für den nächsten Teil

seines Vormittags: Das Gespräch mit Martin und Oscar über die Ticketwiederverkäufer vom Cliffs Pavilion.

»Lass mich raten«, sagte Tomek, bevor einer der Männer eine Chance hatte zu antworten. »Noch eine Sackgasse?«

»Eigentlich habe ich vielleicht eine Überraschung für dich, Tomek«, sagte Oscar, während Aufregung seine Mundwinkel nach oben zog.

»Einen Namen?«

»Ich sagte eine Überraschung, kein Geschenk.«

»Ist das nicht dasselbe?«, begann Tomek, brach diesen Gesprächsfaden dann aber sofort ab. Semantik war jetzt nicht wichtig; wichtig waren die Worte, die gleich aus Oscars Mund kommen würden.

»Also, es gab insgesamt vier von diesen Typen, richtig?« Oscar sprach langsam, als wäre Tomek dumm. Er hätte verärgert sein sollen, aber das war Teil der Persönlichkeit des Hauptkommissars, dieser fehlgeleitete Glaube, dass er schlauer war als alle anderen und es auch wusste, etwas, das Tomek langsam und schmerzhaft zu akzeptieren gelernt hatte.

»Du hättest ihre Gesichter sehen sollen, sobald wir ihnen sagten, weshalb wir da waren. Ich glaube, sie dachten alle, sie würden verhaftet werden. Schade, dass wir das nicht konnten, sonst wäre es ein ziemlich angenehmes Erlebnis gewesen, schätze ich. Die meisten waren Ende fünfzig, Anfang sechzig. Man konnte sehen, dass sie die Verzweifelten ausnutzten. Anscheinend verkauften sie an großen Abenden immer alle ihre Tickets. Nicht jeder Abend war so erfolgreich, aber wenn die bekannten Künstler in der Stadt waren, verkauften sie alle Tickets, die sie unter ihrem eigenen Namen gekauft hatten.«

»Und was ist mit unserem Killer?«

»Einer von ihnen, Randy McGinn, hatte Karten für jedes einzelne Konzert und jede Vorstellung gekauft, die diese fünf Mädchen besucht haben. Und er verkaufte an jedem dieser Abende eine Karte an denselben Mann.«

»Du meinst, dieser Kerl hat fünf Karten an denselben Typ verkauft?«

»Ja.«

»Und er fand das nicht merkwürdig?«

»Doch, natürlich fand er das. Aber er wollte es nicht hinterfragen.

Der Killer zahlte fast das Doppelte des regulären Ticketpreises, nur um am Abend reinzukommen. Er wird doch keinen Profit ablehnen.«

Tomek spürte, wie die Aufregung in seinen Füßen zu brodeln begann. In wenigen Minuten, hoffte er, würde sie bis zu seinem Magen aufsteigen.

»Erinnert er sich, wie der Mann aussah?«, fragte Tomek optimistisch.

Und dann verpuffte sie mit einem Kopfschütteln.

»Er kann sich an den Mann 'um nichts in der Welt' erinnern«, antwortete Oscar. »Es ist so lange her, und er hat seitdem Tausende von Menschen gesehen. Er würde uns gerne helfen.«

»Ich möchte ihn trotzdem herbringen, damit er mit unserem Phantombildzeichner spricht. Vielleicht kommt ihm dann etwas in Erinnerung.«

Während der Weihnachtspause waren die beiden Mädchen, die den Killer gesehen hatten, hergebracht worden, um mit den Zeichnern zu sprechen, und gemeinsam hatten sie Phantombilder ihres Killers erstellt. Beide waren völlig unterschiedliche Darstellungen desselben Mannes, und keines hatte einen weiteren Nutzen.

»Ich werde mit ihm sprechen«, sagte Martin, dankbar, neben Oscar zu Wort zu kommen. »Ich werde versuchen, ihn zu überreden, vorbeizukommen.«

»Ausgezeichnet. Gibt es noch etwas, das ihr mir mitteilen müsst?«

Oscar schüttelte den Kopf. Und bevor Martin dasselbe tun konnte, flog die Tür zum Einsatzraum auf.

In der Tür stand Chey, grinsend wie eine Grinsekatze.

»Wir werden nach dem hier beste Freunde sein«, sagte er zu Tomek, während er ein Stück Papier schwenkte.

»Ich fürchte, meine verfügbaren Plätze sind schon voll, Kumpel.«

»Dann musst du einen neuen schaffen. Oder jemanden rauswerfen. Anna, schmeißt sie raus. Mochte sie sowieso nie.«

»Ich hab das gehört!«, rief Anna von der anderen Seite des Büros.

Aber Tomek konnte sich nicht auf den Schlagabtausch konzentrieren. Stattdessen war er mit dem Schweißtropfen beschäftigt, der sich an Cheys Kinn bildete. Der Schweißtropfen, der so fehl am Platz wirkte wie ein Öltanker bei einer Greenpeace-Konferenz.

»Bist du gerade von zu Hause hierher gerannt?«

»Nein. Besser. Vom Lagerraum unten.«

»Ach so.«

»Und ich habe das hier ausgedruckt.«

Chey stieß das Dokument vor Tomeks Gesicht.

Es dauerte eine Weile, bis er registrierte, was er da sah, aber als es ihm endlich klar wurde, starrte er den jungen Polizisten ausdruckslos an. Vielleicht würde das doch kein schlechter Tag werden.

»Ist das, was ich denke?«, fragte er.

»Jap.« Cheys Mundwinkel hoben sich. »Bedeutet das, ein Platz ist freigeworden?«

»Nein. Du bleibst mein Kollege und Freund. Aber nicht bester Freund. Im Moment könnte ich dich allerdings verdammt nochmal küssen!«

KAPITEL
ZWEIUNDVIERZIG

Der winzige Punkt auf dem Stück Papier, das Chey ihm gegeben hatte, markierte ein kleines Gebäude im Osten von Southend. Der Punkt, nahe Great Wakering, befand sich direkt vor der Haustür des MOD Shoeburyness, einem Gelände, das seit hundertsiebzig Jahren zum Testen, Warten und Bewerten militärischer Waffen der Streitkräfte genutzt wurde. Es umfasste eine Fläche von über neuntausend Hektar, eine Zahl, die bei Ebbe auf über vierzigtausend anstieg, und beherbergte über zweihundert private Wohnhäuser, sieben aktive Bauernhöfe und etwas mehr als siebentausend Hektar Land. Der Zugang war streng verboten und kontrolliert, wobei eine Reihe der umliegenden Strände für Zivilisten gesperrt waren. Und wenn der Gedanke an Verhaftung und Strafverfolgung nicht abschreckend genug war, dann waren es die schmalen, kurvenreichen Straßen, die dorthin führten, mit Sicherheit.

Als Chey auf die Bremse trat und den Wagen vor dem kleinen Gebäude zum Stehen brachte, fühlte sich Tomek übel. Als ob der Inhalt seines Frühstücks und Mittagessens hochkommen könnte, um ihn zu begrüßen. Auf der Fahrt dorthin hatte der junge Polizist den Wagen durch die scharfen Kurven und engen Biegungen nach links und rechts geworfen, als hätte er das verdammte Ding gestohlen.

»Hier ist es menschenleer«, hatte er Tomek informiert, als ob der Kommentar ihn beruhigen und dazu bringen sollte, seine Hände vom

Sicherheitsgurt zu lösen. »Hier fährt niemand rum. Nicht, wenn nicht gerade Militär unterwegs ist. Keine Sorge. Wir werden nicht verunglücken.«

Das hatten sie nicht. Aber das bedeutete nicht, dass Chey es nicht versucht hatte; da war eine Kurve, kurz nachdem sie den Trubel von Shoeburyness verlassen und Richtung Flachland von Great Wakering gefahren waren, wo Chey sich Auge in Auge mit einer kleinen Ente und ihrer Familie von Küken befand. Als sie das vier Tonnen schwere Fahrzeug auf sich zurasen sah, hielt die Mutterente am Straßenrand an und zog sich in eine sicherere Entfernung zurück. Leider hatte Chey dasselbe am gegenüberliegenden Straßenrand getan und dabei fast das Auto zum Schleudern gebracht, wobei er ein Spiel Chicken gegen eine Entenfamilie verlor.

Als Tomek aus dem Auto stieg, legte er eine Hand auf seine Brust und spürte sein Herz unter dem Brustkorb pochen, das Adrenalin der Fahrt, die ihn fast umgebracht hätte, pulsierte noch immer durch seine Adern.

»Erinnerst du dich an diesen Platz auf meiner Freundesliste, den du haben wolltest?«

»Ja.«

»Na, den kannst du jetzt vergessen. Freunde versuchen nicht, ihre anderen Freunde beim Fahren umzubringen. Besonders nicht beste Freunde.«

Cheys strahlendes Lächeln verschwand, aber Tomek schenkte ihm wenig Beachtung, während er auf den Rest der Entourage wartete: Rachel, Sean, Anna und Martin kamen in zwei separaten Autos, zusammen mit einem Krankenwagen, einem Polizeifahrzeug und einem Forensik-Van. Alle fünf verbliebenen Fahrzeuge trafen nacheinander zu verschiedenen Zeitpunkten ein, da auch sie Schwierigkeiten hatten, die engen Straßen zu durchqueren, insbesondere der Krankenwagen.

Nachdem sie alle da waren und in ihre weißen Forensik-Anzüge gekleidet waren, richteten sie ihre Aufmerksamkeit auf den Punkt auf der Karte.

Der Punkt war nichts weiter als ein kleines Backsteingebäude, das aussah, als wäre es seit fünfzig Jahren nicht mehr bewohnt worden. Moos, Flechten und Efeu hatten die Wände für sich beansprucht, während Unkraut und überwuchertes Gras den kleinen unbefestigten Weg, der dorthin führte, in Besitz genommen hatten.

Abgesehen von zwei Reifenspuren.

Tomek schätzte, dass das kleine Gebäude, das am Straßenrand stand und hinter dem Ackerland lag, irgendwann im Krieg genutzt worden war. Wahrscheinlich eine Art Wachturm, ein Ausguck für Frühwarnungen vor Luftangriffen und Eindringlingen. Es war jedoch nicht der Ort, um Teenager-Mädchen zu foltern und zu ermorden.

Als er am Anfang des Weges stand, der zum Gebäude führte, spürte Tomek eine Aura. Von Bösem, von Bosheit, von Sünde. Als sie sich näherten, schien die Lufttemperatur um ein paar Grad zu fallen, und der Atem, der aus seiner Gesichtsmaske entwich, bildete Nebel vor seinem Gesicht. Mit jedem zögerlichen Schritt spannte Tomek seinen Körper mehr und mehr an. Es gab keine Möglichkeit zu wissen, was sich auf der anderen Seite dieser Tür befand.

Der Mörder.

Sein neuestes Opfer.

Beide...

Obwohl er sich darauf vorbereitete, *irgendetwas* zu sehen.

Allmählich verringerten sie die Distanz zum Gebäude.

Zehn Meter.

Fünf.

Und dann kam es in Sicht.

Der Grund für den schwarzen Punkt überhaupt.

Der Volvo X70, der benutzt worden war, um Fern Clements und Lily Monteith zu entführen und zu töten. Im Rahmen ihrer ersten Ermittlungen zu den Morden an den Mädchen hatten Chey und das Team zahlreiche Aufnahmen von Heim- und Sicherheitskameras rund um die Parks John Burrows und Belfairs überprüft. Die Qualität der Aufnahmen war schlecht gewesen, so dass die Marke und das Modell des Autos schwer zu erkennen waren. Aber nach der Überprüfung der Aufnahmen einer möglichen Route, die der Fahrer in der Nacht des Todes von Fern Clements genommen haben könnte, hatte Chey entdeckt, was sie für das Fahrzeug des Killers hielten.

Sein genauer Standort war durch die Telemetriedaten in Fern Clements' Handy entdeckt worden. Chey hatte die ursprünglichen Daten falsch gelesen und ein kleines Zeitfenster übersehen, in dem

Fern's Handy kurz nach ihrer Entführung wieder eingeschaltet worden war. Es hatte nur wenige Momente gedauert, bevor es wieder ausgeschaltet wurde, aber es war genug gewesen.

Tomek war der erste an der Tür des Gebäudes. Er legte eine feste Hand um den Griff und öffnete die Tür, nachdem er dem Team einen letzten Blick zugeworfen hatte.

Die Windböe, die in das Gebäude blies, wirbelte den Staub vor seinen Füßen auf. Er ließ los und die Tür öffnete sich schnell, um einen kleinen leeren Raum zu enthüllen. Leere. Da war nichts drin und auch niemand drin. Ohne Gefahr, dass jemand auf sie zuspringen könnte, betrat Tomek das Gebäude. Die Wände waren aus Ziegeln gebaut und der Boden aus Beton. Die Temperatur im Inneren war viel kühler als draußen, fast null Grad.

In der Ecke des Raumes, unmittelbar zu Tomeks Linken, befand sich eine kleine Stelle mit aufgewühlter Erde und Staub. *Der Ort, an dem Fern Clements entführt und gefangen gehalten worden war.* Es gab jedoch keine Anzeichen eines Kampfes, keine Blutspuren am Boden. Und nichts deutete darauf hin, dass sie überhaupt gefesselt worden war.

Tomek versuchte sich vorzustellen, wie es für sie gewesen war.

Ins Auto einsteigen, ob bei Bewusstsein oder bewusstlos, wissentlich oder unwissentlich, zum Arsch der Welt transportiert werden, an einen Ort, an dem niemand suchen würde, und dann mitten in einer dunklen, eiskalten Kiste aufwachen. Vielleicht war sie auch gar nicht aufgewacht. Aber wenn doch, was hätte sie gesehen? Was hätte sie gefühlt? Wann waren die Bienen hervorgeholt worden, um sie zu töten? Wie lange hatte sie gelitten, sich auf dem harten Betonboden zusammenkauernd in dem vergeblichen Versuch, sich zu schützen, schreiend, um Hilfe bettelnd, während ihre Worte und Bemühungen auf taube Ohren fielen? Bis schließlich das Gift der Stiche die gewünschte Wirkung gezeigt hatte und sie das Bewusstsein verloren hatte, der Gnade der Bienen ausgeliefert.

Und was war dann passiert?

Hatte der Mörder über ihr gestanden, beobachtend, wartend? Oder hatte er aus der Ferne zugesehen? Oder, noch abscheulicher, hatte er draußen gewartet und voller Freude den Schreien von Fern Clements gelauscht, die Sekunden heruntergezählt, bis sie verstummten und er sicher zurückkehren konnte?

Der Gedanke jagte Tomek einen Schauer über den Rücken, als sein Verstand abschweifte und die Bilder von Fern Clements durch Kasia ersetzte.

»Ist das, was ich denke?«, fragte eine Stimme.

Tomek hatte es nicht bemerkt; er hatte einige Momente schweigend mitten im Raum gestanden, aber inzwischen waren der Rest des Teams und die Kriminaltechniker zu ihm gestoßen und begutachteten die Umgebung.

Die Frage kam von Chey, der in der Ecke hockte, wo Fern Clements gefangen gehalten worden war. Er winkte mit einer Hand in der Luft und bat einen der Kriminaltechniker, schnell mit einer Taschenlampe herzukommen.

Der kleine Betonbereich wurde schnell ausgeleuchtet, was sie alle fast blendete.

Dort, in einen Spalt in der Ziegelwand gedrückt, lag ein kleines gelb-schwarzes Objekt.

»Wenn es kein schmutziges Zitronenbonbon ist«, sagte Tomek, »dann ist es *genau* das, was du denkst. Und ich glaube, es ist *genau* das, wonach es aussieht.«

»Ein schmutziges Zitronenbonbon?«, fragte Rachel neckend.

»Ich würde nicht empfehlen, in eines von beiden zu beißen. Können wir das als Beweismittel einpacken und versiegeln?«, fragte Tomek, und der nächststehende Kriminaltechniker eilte herbei und nahm das flauschige kleine Insekt mit einer Pinzette auf, bevor er es in einen Beweismittelbeutel steckte.

»Mit etwas Glück wird es dasselbe sein wie das, das in Fern Clements' Bein gefunden wurde«, sagte Rachel.

»Ja, aber wo sind die anderen?«, flüsterte er zu sich selbst.

Tomek schaute sich im Raum um, als ob hundert Bienen wie durch Zauberhand erscheinen würden. Als das nicht geschah, wandte er sich dem Platz in der Ecke des Raumes zu. Vor seinem inneren Auge erschienen Bilder von Fern Clements, zusammengekauert zu einem Ball, die Knie an die Brust gezogen, die Augen weit aufgerissen, während ihr Gehirn den Anblick und das Geräusch der Bienen registrierte, die auf sie losgelassen wurden. Sie wusste, was kommen würde.

»Er hat diesen Bereich gesäubert und alle Bienen vom Boden entfernt«, begann er und setzte seinen Monolog fort. Dann drehte er sich auf den Fußballen und betrachtete eine Markierung im Staub. Es war eine lange, dicke Linie, die in einem rechten Winkel nach links abbog. Tomek folgte der Linie mit seinem Finger, bis das größere Bild sichtbar wurde. Es war der Umriss einer Bienenkiste, ähnlich denen, die er auf Timothy Warrens Bienenfarm gesehen hatte.

Tomek nahm sich einen Moment Zeit, um zu überlegen, was das für die größere Ermittlung bedeutete. Wenn der Mörder ein ganzes Volk afrikanisierter Honigbienen besaß, musste er sie irgendwo herbekommen haben. Vielleicht online. Im Darknet. Der Schwarzmarkt für Bienenhandel. Oder wenn er sie nicht online gekauft hatte, dann musste er einen anderen Weg gefunden haben, sie zu beschaffen, sie ins Land zu importieren.

Er atmete einen langen, tiefen Seufzer aus, während er den Raum um sich herum betrachtete.

Seine Theorie, dass eine Gruppe von jugendlichen Fußballern etwas mit den Morden an den Mädchen zu tun hatte, zerbröckelte rasch vor seinen Augen, tropfte dahin wie eine Honigwabe. Es war fast unmöglich, dass Billy der Kuhkämpfer von diesem Ort wusste, noch unwahrscheinlicher, dass er ihn allein gefunden hätte. Dasselbe galt für Harrison Rossiter in Frankreich. Aber das entlastete nicht den Mann im Club, der die mit Drogen versetzten Getränke an Mandy Butler und all die anderen Opfer verkauft hatte; er stand noch immer im Mittelpunkt ihrer Ermittlungen. Die einzige andere Option war Darren Edgerton, Ferns Freund. Siebzehn Jahre alt und alt genug, um zu fahren. Aber hätte er die Killerbienen beschaffen können? Hätte er gewusst, wie?

»Das Auto«, sagte Tomek, als ihm der Gedanke plötzlich kam. »Ich will, dass es abgestrichen und einer gründlichen forensischen Untersuchung unterzogen wird. Die DNA unseres Mörders wird überall im Auto sein. Wir werden sie hier drinnen vielleicht nicht finden, besonders wenn er einen Bienenanzug trug, um sich vor den Bienen zu schützen, aber das Auto ist der Schlüssel. Das Auto ist die Antwort auf all das. Gute Arbeit, Chey.«

Hinter der Gesichtsmaske des jungen Mannes erkannte Tomek das Heben eines Lächelns.

»Jetzt müssen wir nur noch herausfinden, wem es gehört«, sagte Rachel.

»Und herausfinden, warum es hier zurückgelassen wurde.«

Dieser Punkt gab allen Grund zum Nachdenken.

Ob das Auto dort gelassen wurde, weil der Killer mit seinen Morden fertig war.

Oder ob er es für später aufbewahrte, nur um für seinen nächsten Mord zurückzukehren.

Aber bevor jemand antworten konnte, kam ein Ruf von außerhalb des Gebäudes. Tomek und das Team rannten nach draußen und fanden einen Kriminaltechniker, der sich am Kofferraum des Volvos festhielt.

»Er ist offen, Sergeant.«

»Haben Sie ihn schon geöffnet?«, fragte Tomek und bewegte sich mit erhobenen Armen näher zu dem Mann, als wäre er in einem kriegsgebeutelten Land und würde versuchen, eine Bombe zu entschärfen.

»Noch nicht«, antwortete der Kriminaltechniker.

»Dann schlage ich vor, Sie tun es vorsichtig, und alle anderen, treten Sie zurück.«

Das Geräusch von Füßen, die über die Erde schlurften, hallte über dem Wind.

Und über dem Geräusch, das aus dem Inneren des Autos kam.

Sobald er es hörte, wusste Tomek genau, was es war. Aber es war zu spät. Bevor er etwas sagen konnte, hob der Kriminaltechniker den Kofferraum an, und sofort sprangen etwa ein Dutzend afrikanisierte Honigbienen aus dem Kofferraum und begannen, um den Kriminaltechniker herumzuschwärmen, wütend summend.

Bei ihrem Anblick schrien alle auf, einschließlich Tomek, und sie alle rannten zu ihren jeweiligen Fahrzeugen zurück und suchten Schutz in der Abgeschlossenheit ihrer Autos.

Aber es war ein vergebliches Unterfangen. Als Tomek in das Auto gesprungen war, mit dem er und Chey angekommen waren, war ihm einer der Bastarde ins Fahrzeug gefolgt und summte aggressiv vor seinem Gesicht, ein winziges schwarz-gelb gestreiftes Insekt, das auf Rache aus war.

Tomek schrie auf dem Fahrersitz, während er wild mit den Armen um sich schlug, wobei seine Knöchel versehentlich gegen das Fenster und die Lenksäule stießen. Er war dankbar, dass er allein war, sodass seine Kollegen sein Wimmern und Schreien nicht hören konnten. Aber als er die Autotür öffnete, um zu entkommen, bemerkte er, dass der Rest des Teams genauso überrascht worden war wie er: mehrere Personen in weißen Forensiker-Anzügen rannten über das Feld, verfolgt von den wahnsinnigen Insekten, während Chey, der bei seinem Angriff auf das winzige Insekt seine Kapuze und Gesichtsmaske verrutscht hatte, mit den Armen herumfuchtelte und wie ein Boxer aussah, der versuchte, mit geschlossenen Augen gegen die Luft zu kämpfen.

Der Anblick zauberte ein schmales Grinsen auf Tomeks Gesicht, aber es verschwand, sobald die Biene, die ihn als ihr Opfer ausgewählt hatte, zurückkehrte und sich auf seiner Stirn niederließ.

Bevor er überhaupt reagieren konnte und bevor der Schrei zum vierten Mal seine Lippen verlassen konnte, spürte er einen gewaltigen Schlag auf die Stirn. So hart, dass er das Gleichgewicht verlor und in das Auto taumelte.

»Hab dich, du kleines Mistvieh!«, brüllte Sean, der mit angespannten Armen dastand und bösartig wie ein tollwütiges Tier grinste.

Tomek kümmerte sich nicht um den wachsenden Schmerz in seinem Kopf, solange der kleine *gówniaki* tot war.

»Hast du es erwischt?«

»Verdammt klar hab ich das! Ich hab die Reflexe einer Katze«, rief Sean triumphierend.

So sehr, dass er eigenhändig die restlichen Bienen (diejenigen, die nicht bereits durch das Stechen seiner Kollegen gestorben waren) mit seinen Fäusten und seinen schweren Füßen Größe 48 tötete. Nachdem das Gebiet zur bienenfreien Zone erklärt worden war, machte sich Tomek vorsichtig auf den Weg zum Volvo.

Soweit er feststellen konnte, ging es allen gut. Bis auf einen der Spurensicherer und einen Sanitäter, die gestochen worden waren. Aber glücklicherweise war niemand allergisch. Also würden zumindest alle überleben.

Während die verletzten Männer zum Rettungswagen gebracht wurden, wo sie erste Hilfe erhielten, bewegte sich Tomek näher zum Volvo. Dort im Kofferraum des Fahrzeugs stand die Box, die im Gebäude platziert worden war, und daneben lag ein Haufen toter Bienen, jene, die auf Fern Clements losgelassen worden waren.

»Fiese kleine Mistkerle, nicht wahr?«, fragte Chey.

»Ja«, bemerkte Tomek und starrte auf den Friedhof aus Bienen. »Und jetzt weiß ich, wenn es jemals dazu kommen sollte, würde ich hundertprozentig lieber gegen eine Kuh kämpfen als noch einmal gegen eine von denen.«

KAPITEL
DREIUNDVIERZIG

An diesem Abend, als Tomek nach Hause kam, jagte ihm seine Nachbarin einen solchen Schrecken ein, dass er beinahe gestolpert wäre.

Als er das Auto abgeschlossen hatte und zur Tür eilte, die hinauf zu ihrer Wohnung im ersten Stock führte, sah er ihr blasses Gesicht gegen das Fenster gedrückt, wie sie ihn anstarrte, als wäre sie irgendein unheimlicher Geist aus einem Horrorfilm.

»*Kurwa mać!*« zischte Tomek leise, während er fast einen Herzinfarkt bekam.

In der kurzen Zeit, in der Tomek und Kasia in ihrer neuen Wohnung lebten, hatte Tomek seine Nachbarin im Erdgeschoss nur eine Handvoll Mal gesehen. Eigentlich sogar weniger. Ein- oder zweimal vielleicht. Und wenn sie ihn in Zukunft so begrüßen wollte, würde er versuchen, diese Zahl so niedrig wie möglich zu halten.

Als er es in das Treppenhaus schaffte, das ihre Wohnungen trennte, stand sie bereits vor ihrer eigenen Tür und wartete auf ihn.

Bei ihrer ersten Begegnung hatte Edith ihm erzählt, dass sie im Ruhestand war, ihr ganzes Leben lang leitende Hebamme im Southend Hospital gewesen war und nun von einer Rente lebte, mit der sie gerade so über die Runden kam. Sobald Tomek seine Rolle bei der Polizei erklärt hatte, hatte sie eine Verbundenheit zu ihm gespürt, eine Art Seelenverwandtschaft. Eine unausgesprochene und unsichtbare Bindung zwischen ihnen. Beide hatten in ihrer Zeit einiges gesehen, und es war etwas, das nur Menschen wie sie nachvollziehen konnten.

»Guten Abend, Edith«, sagte Tomek und versuchte, die Angst und den Schrecken in seiner Stimme zu verbergen. »Ist alles in Ordnung?«

»Tut mir leid, dass ich dich erschreckt habe, Tomek«, sagte sie und trat einen Schritt näher. »Ich habe nach draußen geschaut.«

»Ist alles in Ordnung?«

Tomek drehte sich halb um.

»Ich denke schon. Aber ich habe Geräusche gehört.«

»Was für Geräusche?«

»Klopfen.«

»Nah, also direkt vor dem Gebäude? Oder draußen, also auf der Straße?«

»Beides.«

»Okay.« Tomek schluckte und atmete tief ein. »Soll ich die Gegend überprüfen?«

Sie legte eine zarte Hand auf seinen Unterarm. »Oh nein, schon gut, mein Lieber. Wahrscheinlich nichts. Wahrscheinlich bin ich nur eine dumme alte Frau, die bei allem paranoid wird.«

Wieder einmal. Es war nicht das erste Mal, dass sie wegen Geräuschen und Störungen zu ihm kam. Das zweite Mal in ebenso vielen Wochen. Geräusche vor dem Haus, gefolgt von dem Gefühl, dass jemand draußen stand oder in ihren Garten ging. Tomek konnte ihr nicht vorwerfen, dass sie das Haus nicht verlassen wollte, um herauszufinden, was es war. Und da sie im Erdgeschoss wohnte, war sie anfälliger für Diebstähle, besonders wenn die Kriminellen wussten, dass sie älter war und sich nicht so verteidigen konnte wie Tomek es vielleicht könnte.

Das Problem war, dass er nicht viel dagegen tun konnte. Er hatte keine Zeit, vor dem Gebäude Wache zu stehen oder rund um die Uhr die Fenster zu kontrollieren. Aber er hatte die Mittel, um eine gemeinsame Türklingel-Kamera zu installieren. Das könnte helfen, unerwünschte Eindringlinge oder Besucher abzuschrecken. Obwohl er die Benachrichtigungstöne vielleicht ausschalten müsste; es gab nichts Schlimmeres, als im Büro zu sitzen oder durch die Hauptstraße zu schlendern und die gleiche nervige Melodie zu hören, die den

Besitzer darauf aufmerksam machte, dass jemand an der Haustür stand.

Im Büro war Nadia die Schlimmste, was das betraf. Online-Einkäufe kamen zu allen Tageszeiten von verschiedenen Unternehmen, fast jeden Tag der Woche. Sie kaufe Dinge für das Baby, sagte sie, weil weder sie noch ihr Mann Zeit hätten, wie normale Menschen einkaufen zu gehen. Aber Tomek hatte immer noch den Verdacht, dass sie eine Kaufsucht haben könnte.

»Ich werde für uns ein paar Kameras anbringen lassen«, erklärte Tomek.

»Bist du sicher?«

»Absolut. Das ist kein Problem. Ich werde sie online bestellen und sie installieren, sobald ich Zeit habe.«

Indem er seinen inneren Nadia-Modus aktivierte.

Tomek wünschte ihr einen schönen Abend und ging dann die Treppe zu seiner Wohnung hinauf. Dabei ließ er seine Gedanken zurück zu dem Moment vor ein paar Augenblicken schweifen. Ob er jemanden oder etwas Ungewöhnliches gesehen hatte. Ob er in letzter Zeit jemanden gesehen hatte, der sich um das Gebäude herumtrieb.

Bevor sie in ihre neue Wohnung gezogen waren, hatte es einen Vorfall mit einer Person gegeben, die von einem Kontakt im Gefängnis geschickt worden war. Der Kontakt, Charlotte Hanton, eine frühere Geliebte von Tomek, die zur Serienmörderin geworden war, hatte die Person geschickt, um ihn einzuschüchtern. Und er war daraufhin umgezogen. Er hatte den Mann seit einer Weile nicht mehr gesehen, aber das hieß nicht, dass er heute Abend oder in den letzten Wochen nicht da gewesen war.

Wie er ihre neue Adresse herausgefunden hatte, falls er es war, warf jedoch einige offensichtliche Bedenken auf. Wenn sie von Charlotte beobachtet wurden, in ihrem Bestreben, Tomek aus einer verwirrten und verzerrten Definition von Liebe heraus zu überwachen und im Auge zu behalten, dann müsste er etwas dagegen unternehmen.

»Du bist zu Hause«, sagte eine sanfte Stimme, als er ins Wohnzimmer trat. »Ist alles in Ordnung mit dir?«

»Ja.«

»Sicher? Du siehst aus, als hättest du einen Geist gesehen.«

Tomek dachte an Ediths Gesichtsausdruck und wie der Vergleich zwar etwas hart, aber nicht völlig unzutreffend wäre.

»Nicht ganz«, antwortete er. »Es ist nur viel los in meinem alten Computersystem.«

Tomek tippte sich an die Seite seines Kopfes.

»Wovon redest du?«

»Mein Gehirn. Mein Computer.«

»Ach so.«

»Wo wir gerade davon sprechen, kannst du bitte ein Heimsicherheitskamera-System für uns bestellen? Und lass es ins Erdgeschoss liefern.«

»Warum?«

»Weil ich dich darum gebeten habe, und es mein Job ist, die Fragen zu stellen, nicht deiner.«

KAPITEL
VIERUNDVIERZIG

Der am Tatort des Mordes an Fern Clements gefundene Volvo X70 war auf Ray Elliott zugelassen, einen dreiundachtzigjährigen Mann, der derzeit in einem Pflegeheim in Grays, Greater London, untergebracht war.

»Ich würde eher sagen, er… *existiert* momentan nur noch. Atmen, das ist so ziemlich das Minimum, was wir von ihm bekommen. Die Alzheimer-Erkrankung ist schon weit fortgeschritten. Die Ärzte glauben nicht, dass noch viel in seinen Tanks übrig ist.«

Rays einziger lebender Verwandter war sein Enkel James, der Mann, der Tomek und Sean gegenübersaß. Bevor sie das Büro verließen, um mit ihm zu sprechen, hatte Chey den Namen des Achtunddreißigjährigen durch die Polizeidatenbank laufen lassen, aber nichts gefunden. Keine früheren Verhaftungen oder Verurteilungen.

Soweit Tomek und die Polizei wussten, war James ein guter Kerl.

»Es tut mir leid, das über Ihren Großvater zu hören«, sagte Sean sanft.

»Danke«, antwortete James. »Ich weiß das zu schätzen.«

Die drei befanden sich in James' Zweizimmerhaus. Das Haus war modern, mit Paneelen an der Außenseite und einer schicken weißen Fassade. Das Innere war extravagant und opulent. Kunstvolle Möbel, Marmorflächen, große Spiegel an den Wänden, auffällige Dekorationen, die in einem Fußballerhaus nicht fehl am Platz wären. Tatsächlich erinnerte Tomek, als er die Einrichtung und Ausstattung begutachtete, das Haus an Billy den Kuhkämpfer, als hätten sie denselben Innenarchitekten gehabt. Aber in James' Wohnzimmer stand das Prunkstück, der Mittelpunkt des gesamten Raumes: ein sechzig Zoll großer Flachbildfernseher an der Wand, über einem elektrischen Kamin.

»Wette, dass das Spiel darauf gut aussieht«, bemerkte Tomek.

»Das kannst du dir nicht vorstellen. Besonders die Championship und Prem, in dieser meisterhaften High-Definition. Aber nichts schlägt das echte Erlebnis, am Spielfeldrand zu stehen und die Atmosphäre hautnah mitzuerleben.«

Tomek und Sean verloren James für einen Moment an seine Gedanken.

»Am Spielfeldrand?«, wiederholte Tomek zur Klarstellung.

James nickte. »Ich arbeite für Dagenham & Redbridge FC«, sagte er. »Also bekommen wir Plätze in der ersten Reihe beim besten Team der Grafschaft. Es ist nicht dasselbe wie ins Emirates oder Etihad zu gehen, und wir haben etwa ein Sechstel der Kapazität, aber es ist trotzdem eine gute Atmosphäre und immer noch besser, als es auf einem dreißig Zoll Fernsehbildschirm zu sehen.«

»Oder auf einem sechzig Zoll, wie es bei manchen der Fall sein könnte«, bemerkte Sean, während er sich halb zu dem riesigen schwarzen Spiegel an James' Wand umdrehte.

»Genau. Ja.«

Aber Tomek hörte nicht zu. Stattdessen wiederholte er die wenigen Worte, die die Alarmglocken in seinem Kopf läuten ließen.

Ich arbeite für Dagenham und Redbridge FC.

Sie wurden mit jeder Wiederholung lauter und lauter, als wären sie in einem Plastikbecher eingesperrt.

»Du arbeitest bei Dagenham und Redbridge?«, fragte Tomek langsam.

»Ich bin der Zeugwart.«

»Für die erste Mannschaft?«

»Ja.«

»Und davon kannst du dir dieses Haus leisten?«

»Nun.« James rutschte unbehaglich auf seinem Sitz herum. »Ich habe eine liebevolle Frau, die rund um die Uhr arbeitet und dann nach

Hause kommt, um sich um unsere beiden Kinder zu kümmern. Während ich draußen Fußball schaue. Sie ist die wahre Heldin.«

Tomek grinste spöttisch. »Hat schon mal jemand dieses Wort benutzt, um dich zu beschreiben?«

James' Rücken versteifte sich und er neigte seinen Kopf zur Seite, die Spinnensensoren kamen zum Vorschein. Er brauchte einen Moment, um zu antworten.

»Entschuldigen Sie, meine Herren«, sagte er schließlich. »Ich glaube nicht, dass Sie mir den Zweck Ihres Besuchs mitgeteilt haben.«

»Das liegt daran, dass wir das noch nicht getan haben«, antwortete Tomek und wandte sich dann an Sean. Er nickte seinem Kollegen zu, und dann erklärte der Sergeant.

Während er wartete, beobachtete Tomek die Reaktion des Mannes und suchte nach einem Hinweis auf Erkenntnis oder Schock oder, noch beunruhigender, Angst. Es gab keine.

»Warum wurde das Auto meines Großvaters so weit weg gefunden?«, fragte James.

»Wir haben uns gefragt, ob Sie uns das sagen könnten«, sagte Sean. »Wir haben die Kraftfahrzeugbehörde und alle anderen relevanten Unterlagen überprüft, und sie alle sagen, dass das Auto auf seinen Namen zugelassen ist. Aber wenn er momentan, wie Sie sagen, nur *existieren* kann, dann möchten wir wissen, wer es hat und warum der Besitz nicht geändert wurde.«

Mehr unbehagliches Hin- und Herrutschen. Dann schaute James auf den Teppich und griff hinunter zu seinen Füßen, um einen Juckreiz zu kratzen.

»Kann ich einem von Ihnen beiden etwas zu trinken anbieten?«, fragte er.

»Werden wir das brauchen? Schlagen Sie vor, dass wir eine Weile hier sein werden?«, fragte Tomek.

James beantwortete die Frage nicht. Stattdessen verließ er den Raum und ging in die Küche. Als sie ihm nachschauten, blickten Tomek und Sean einander an, und sofort war Sean auf den Beinen und folgte dem Mann aus dem Raum. In der Zeit, in der sie in der Küche waren, nutzte Tomek die Gelegenheit, sich im Wohnzimmer umzusehen. Wonach, wusste er nicht. Aber ein Zeichen, ein Hinweis. Irgendetwas, das darauf hindeuten könnte, dass er etwas mit den Morden zu tun hatte.

Ein Handschuh. Ein Kondom. Ein kleines Glas Honig, das herumlag.

Aber er fand nichts. Und als die beiden Männer zurückkehrten, war er wieder in seiner ursprünglichen Position, als hätte er sich überhaupt nicht bewegt.

»Muss sagen«, sagte James, als er Tomek das Getränk reichte, »all das ist ziemlich beunruhigend. Ich kann Ihnen versprechen, dass mein Großvater hier nichts Falsches getan hat.«

»Das heißt nicht, dass Sie es nicht getan haben«, bemerkte Tomek.

Sobald Sean zu seinem Platz zurückgekehrt war, holte Tomek seinen Schraubenzieher heraus und begann, die Schraube zu drehen. Und so wie er sich fühlte, hatte er Lust, sie so fest einzudrehen, dass er das Holz darum herum zersplittern würde.

»Wer hat die Kontrolle über den Nachlass Ihres Großvaters?«, fragte Tomek.

»Ich.«

»Also hätten Sie die Kontrolle darüber gehabt, was mit seinem Auto passiert?«

»Ich... ich denke schon.«

»Die Antwort ist ja, James. Du *hättest* die komplette Kontrolle darüber gehabt, und das weißt du auch. Und jetzt wissen wir es auch. Also weißt du genau, was mit diesem Auto passiert ist und warum es dort sein könnte.«

»Nein, weiß ich nicht. Ich weiß nicht, was damit los ist! Ich habe keine Ahnung. Ehrlich.«

Tomek grinste spöttisch. »Wenn Leute nach einer Wahrheitsbehauptung 'ehrlich' sagen, haben wir typischerweise festgestellt, dass sie sich als ziemlich unehrlich herausstellen. Würdest du das nicht auch sagen, Sean?«

»Absolut, Tom.«

»Also solltest du vielleicht damit anfangen, ehrlich zu uns zu sein. Das würde dir sehr helfen.«

»Wie?«

Tomek zögerte. Niemand hatte je so auf diese Aussage reagiert. Er hatte immer angenommen, dass die Bedeutung offensichtlich und impliziert war. Entweder war James unglaublich begriffsstutzig, oder er spielte auf Zeit, um sich ein Alibi auszudenken.

Tomek vermutete Letzteres. Also entschied er sich, nicht zu antworten und machte weiter.

»Was hast du mit dem Auto deines Großvaters gemacht, nachdem du ihn ins Heim gebracht hattest?«

»Ich... ich... ich habe es an einen Kumpel verkauft.«

»An wen?«

»Kann ich mich nicht erinnern.«

»Bullshit«, sagte Tomek.

»Kann ja kein besonders guter Kumpel gewesen sein«, fügte Sean hinzu.

Sie gaben James etwas Zeit, über seine Worte nachzudenken und den besten Ausweg aus dem Loch zu finden, das er sich gleich selbst graben würde. Und Tomek beobachtete, wie sich alles auf dem Gesicht des Mannes abspielte. Die stille Verzweiflung, das Hin- und Herspringen der Augen, der fehlende Blickkontakt. All das war da, in der wunderschönen Tapisserie von James' Mimik.

»An wen hast du das Auto verkauft, James?«, fragte Tomek.

Winden, Drehen.

»Es war kein Kumpel. Es war, es war einfach irgendein Zufallstyp.«

»Was soll das heißen? Jemand kam mitten auf der Straße auf dich zu und bot dir Geld für das Auto an, und du hast es angenommen?«

James ließ seinen Kopf in seinen Schoß sinken und drückte die Seiten seiner Nase mit den Daumen. Tomek spürte, dass die Tränen nicht weit waren. »Ihr versteht das nicht. Es war eine wirklich beschissene Zeit. Ich hatte viel Stress mit der Arbeit, zu Hause, mit anderen Sachen, und obendrauf musste ich mich um ihn kümmern.«

Um ihn kümmern, dachte Tomek, als ob James' Großvater zu einer Last geworden wäre. Die Wortwahl widerte ihn an.

»Was lief bei der Arbeit?«, fragte Sean und kam Tomek damit zuvor.

»Entlassungen. Es gab massenhaft davon vor etwa achtzehn Monaten, zwei Jahren. Es kam kein Geld in den Fußballverein. Der Eigentümer musste sparen. Es war eine wirklich stressige Zeit für alle. Ich musste um meinen Job kämpfen und meinen Wert beweisen.«

»Und schließlich sind sie zur Vernunft gekommen und haben

erkannt, dass man den Spielern nicht zutrauen kann, ihre Trikots selbst zu waschen?«, fragte Tomek.

Während er die Daumenschrauben anzog, war er durchaus bereit, ab und zu ein paar rechte und linke Haken einzustreuen, nur um James ein bisschen aufzuwecken.

»Mein Job ist genauso wichtig wie der von allen anderen im Team. Das gesamte Hintergrundpersonal, alle Physiotherapeuten, alle Leute hinter den Schreibtischen, jeder, der dem Verein hilft zu funktionieren. Wie ein Kartenhaus. Wenn einer fällt, fallen wir alle.«

Tomek nickte sarkastisch und wandte sich an Sean, gab ihm stillschweigend grünes Licht, mit seiner Befragung fortzufahren.

»Hatte die Bedrohung durch Entlassungen Auswirkungen auf deine Ehe und dein Familienleben?«

»Natürlich hatte sie das«, antwortete James. »Das ist, als würdest du fragen, ob Wasser nass ist.«

Oder ob du glaubst, dass du gegen eine Kuh kämpfen könntest.

Und dann kamen die Tränen. Fast wie auf Stichwort. James' Körper zitterte, als er weinte und dann die Tränen wegwischte. Weder Tomek noch Sean boten eine Hand oder einen tröstenden Satz an. Dafür waren sie nicht da.

»Unsere Ehe wäre fast zerbrochen, und ich hätte fast das Sorgerecht für die Mädchen verloren«, fuhr James fort.

»Und was ist mit den anderen Sachen, die zu der Zeit liefen?«

Ein verwirrter Blick trocknete die Tränen auf James' Gesicht. »Welche anderen Sachen?«

Tomek warf einen Blick auf seine Uhr. »Vor etwa zwei Minuten hast du gesagt, dass du viel zu tun hattest, als dein Großvater ins Heim kam. Arbeit, Zuhause, dein Großvater. Und du hast auch 'andere Sachen' gesagt. Magst du das für uns ein bisschen genauer erläutern?«

James pausierte, während er eine Antwort kalkulierte. Tomek beschloss, sie zu ignorieren, was auch immer es war. Der Mann verheimlichte ihnen etwas, das war deutlich zu sehen. Und Tomek hatte schnell erkannt, dass kein noch so starkes Drehen und Wenden, Stupsen und Sondieren es ans Licht bringen würde. Nicht in der sicheren Umgebung seines eigenen Zuhauses. Steckt man den Mann in einen Verhörraum mit der Möglichkeit, lebenslange Haft zu bekommen, war Tomek fast sicher, dass sie dann eine Antwort bekommen würden.

»Es gab keine anderen Sachen«, antwortete James schroff. »Es war nur eine Redewendung.«

»Du hast *irgendetwas* damit gemeint, das ist klar«, entgegnete Sean.

James zuckte langsam mit den Schultern. »Ihr wisst schon, wie das ist. Wenn alles im Arsch ist und alles auf einmal zu kommen scheint. Als ob irgendein Wichser da oben« - er zeigte nach oben - »auf dich herabschaut und sagt: 'Das ist längst überfällig, Arschloch. Das ist alles, was du verdienst.' Ich meine, klar, wir hatten zu der Zeit auch ein paar Geldprobleme, aber wer hat die nicht?«

»Geldprobleme, inwiefern?«

»Glücksspiel«, antwortete er offen. »Ich bin vor ein paar Jahren ins Casino-Spiel eingestiegen. Habe viele Nächte dort verbracht. Fast alles verloren, was wir hatten.«

»Und hat der Verein davon erfahren?«

»Nein«, sagte er und ließ den Kopf sinken. »Meine Frau und ich hatten ein paar Auseinandersetzungen, und sie hat mir geholfen, zur Vernunft zu kommen, hat mir geholfen, die Sucht zu überwinden.«

Tomek bemerkte das Wortspiel und lenkte das Gesprächsthema dann auf Billy Turpin, Darren Edgerton und Harrison Rossiter.

»Sagen dir diese Namen etwas?«

»Natürlich. Sie spielen in unserer Akademie, naja, außer Harrison natürlich. Ich kenne alle Kinder. Manchmal kommen sie zu mir und fragen, ob sie eines der Trikots der ersten Mannschaft haben können, aber ich sage ihnen, sie sollen stattdessen den Spieler selbst fragen. Oft sind die Spieler gerne dazu bereit, aber es ist schön, dass sie zuerst zu mir kommen.«

»Wie gut kennst du die drei Jungs?«

»Nicht sehr gut, um ehrlich zu sein. Ich spreche nur im Vorbeigehen kurz mit ihnen. Und als Harrison hier war, war er wirklich schüchtern. Weiß nicht, wie es ihm in Frankreich geht.«

»*Très bien*, habe ich gehört«, sagte Tomek, obwohl er nichts dergleichen gehört hatte. Dann griff er in seine Tasche und holte einen Ausdruck der Namensliste hervor, die ihm die Personalabteilung des Vereins gegeben hatte. »Wie lange bist du schon beim Verein, James?«, fragte er.

»Fünfzehn Jahre. Genauso alt wie meine Mädchen.«

»Und hast du in diesen fünfzehn Jahren jemals gewusst oder irgendwelche Gerüchte gehört, dass jemand im Verein Drogen verkauft?«

»Drogen?«

»Ja, die gibt es in allen möglichen Formen und Größen«, bemerkte Sean.

»Und nicht zu vergessen, mit unterschiedlichen Todesfolgen«, fügte Tomek hinzu.

Die beiden Detektive gaben James einen Moment Zeit, in seinen Erinnerungen zu kramen. Inzwischen waren die Tränen vollständig versiegt, und die einzigen verbleibenden Anzeichen waren seine leicht geröteten Wangen.

»Nicht dass ich wüsste«, sagte er, sehr zu Tomeks Enttäuschung.

»Nichts über Drogen, die mit anderen Drogen versetzt wurden, oder über den Verkauf von irgendetwas an die Spieler?«

James schüttelte den Kopf. »Tut mir leid«, sagte er und fügte hinzu: »Aber was hat das alles mit dem Auto meines Großvaters zu tun?«

Tomek ignorierte die Frage und machte weiter. »Sagen Ihnen die Namen Mandy Butler, Avena Kumar, Klaudia Golec, Chanelle Pendrey und Sonia Riggle etwas? Was ist mit Lily Monteith und Fern Clements?«

Der Gesichtsausdruck von James, sobald er die Namen der Mordopfer und derjenigen hörte, die im Cliffs Pavilion unter Drogen gesetzt worden waren, war so ausdruckslos wie die Salzebenen Boliviens. »Ich habe von ihnen gehört – aber nur aus den Nachrichten. Ich habe den Fall neulich gesehen. Geht es darum? Ist das der Grund, warum Sie wegen des Autos meines Großvaters hier sind?«

Tomek verstummte für einen Moment, während er nach einem Ausweg aus der Frage suchte. Dann wurde ihm klar, dass es in seinem besten Interesse war, ehrlich zu sein.

»Ich werde jetzt ehrlich zu Ihnen sein, James, und ich wäre dankbar, wenn Sie dasselbe tun könnten.« Tomek hielt inne, leckte sich über die Lippe und holte Luft. »Gestern wurde das Auto Ihres Großvaters, wie mein Kollege schon sagte, neben einem verlassenen Gebäude in Shoeburyness entdeckt. Wir haben Grund zu der Annahme, dass dasselbe Fahrzeug bei den Entführungen und Morden an Fern

Clements und Lily Monteith benutzt wurde. Da Sie die letzte Person waren, die legal Eigentümer des Autos war, wäre es großartig, wenn Sie uns hier helfen könnten. Ich würde ungern sehen, dass dies die gleichen Auswirkungen auf Ihre Familie hat wie die Androhung der Entlassung. Jetzt frage ich noch einmal.« Tomek ließ alle Luft aus seinen Lungen entweichen. »An wen haben Sie das Auto verkauft? Wer hat diese Mädchen getötet?«

James überlegte, was sich wie eine Ewigkeit anfühlte, und nach einem noch längeren Moment sah er Tomek direkt in die Augen und sagte: »Ich erinnere mich nicht, an wen ich das Auto verkauft habe. Und ich weiß nicht, wer diese Mädchen tötet.«

KAPITEL
FÜNFUNDVIERZIG

James Elliott log sie an, so viel war offensichtlich. Das brachte ihn direkt an die Spitze von Tomeks Verdächtigenliste.

Eine Liste, die vorerst nur aus einem Namen bestand.

Der Ausrüstungsverwalter wusste etwas, etwas, das er ihnen nicht erzählte. In seinem Kopf verschlossen war der Name der Person, an die er den Volvo verkauft hatte. Der Name der Person, die die Mädchen umgebracht hatte. James verheimlichte es aus einem bestimmten Grund, und Tomek hatte vor herauszufinden, was dieser Grund war. Also hatte er das Team angewiesen, eine Untersuchung über den Mann durchzuführen und tief in sein Leben einzutauchen: seine Finanzen, seine Beziehungen, seinen beruflichen Werdegang, seinen gesamten Hintergrund. Und wenn es irgendwelche Auffälligkeiten und Widersprüche gäbe, Namen, die mit denen auf der riesigen Liste übereinstimmten, die sie bereits zusammengestellt hatten, dann würden sie diesen nachgehen. Aber bis dahin machte sich Tomek auf den Weg zur Strandpromenade von Southend. Nach seiner Rückkehr zur Wache hatte er eine Nachricht von Nick erhalten, dass er sich mit ihm am Strand treffen wollte.

Tomek fand den Chief Inspector auf einer Bank sitzend, mit Blick auf die Flussmündung und Kent im Hintergrund. Ein beißender Wind peitschte vom Ufer herein und ließ die Schöße von Tomeks Mantel flattern. Der Geruch von Salz und verrottenden Seegras, vermischt mit dem allgegenwärtigen Geruch von Drogen, lag in der Luft. Und das Geschrei und die Aufregung vom Adventure Island, Southends führendem Hotspot für Adrenalin-Junkies und Familien, hallten in der Ferne wider.

»Hätte dich nie für einen Küstenmenschen gehalten«, sagte Tomek, als er den Saum seines Mantels anhob, bevor er sich zu Nick auf die Bank setzte.

Nick schnaubte. »Es gibt eine Menge, was du nicht über mich weißt.«

»Jetzt ist die Zeit, all deine dunkelsten Geständnisse loszuwerden. Ich verhaftete dich noch nicht. Versprochen.«

Der Ansatz eines Lächelns huschte über Nicks Gesicht und verschwand sofort wieder.

In den wenigen Tagen, seit Tomek ihn zuletzt gesehen hatte, hatte Nick besorgniserregend viel Gewicht verloren. Seine Augen und die Haut in seinem Gesicht waren schwer, und er wirkte müde, gebrochen, niedergeschlagen. Selbst sein kahler Kopf schien etwas von seinem Glanz und seiner Kraft verloren zu haben, jenen Glanz und jene Kraft, die dafür sorgten, dass er im Büro unerbittlich verspottet wurde, wenn sie ihn als Billardkugel bezeichneten.

»Ich hasse es, dich so zu sehen«, sagte Tomek offen. »Wann hast du das letzte Mal geschlafen?«

»In der Nacht vor dem Vorfall. Richtig zumindest. Der Rest war einfach ein einziger... qualvoller... schmerzhafter... Tag.«

Sogar seine Stimme hatte all ihre Essenz verloren. Vorher hatte sie eine Lebendigkeit und einen Glanz (obwohl dieser kaum verspottet wurde) und war dafür verantwortlich, dass ein Raum mit fünfzehn Personen während ihrer Besprechungen gefesselt blieb. Jetzt war sie flach, monoton, wie ein Gespräch mit Andy Murray. Nur ohne den Akzent.

»Wie läuft die Ermittlung?«, fragte Nick, sehr zu Tomeks Überraschung.

»Wir müssen nicht über die Arbeit reden, wenn du nicht willst.«

»Doch, will ich. Es ist das Einzige, was meinen Geist aktiv hält. Es lenkt mich davon ab, ständig an Lucy zu denken. Die arme Maggie, sie hat nichts dergleichen, und ihre Arbeit erfordert nicht, dass sie während ihrer Schicht an etwas anderes denkt, also sitzt sie einfach da und grübelt, denkt nach, denkt zu viel nach.« Nick drehte seinen Finger in der Luft wie ein Windrad. »Victoria hat mich übrigens auf dem Laufenden gehalten.«

Das war neu für ihn.

»Ich habe sie darum gebeten. Glaub nicht, dass sie hinter deinem Rücken gehandelt hat.«

»Was hat sie mit dir geteilt?«

»Alles. Mein Gehirn braucht das.« Nick machte eine Pause und hob seinen Blick zum Wasser. »Also diese Fußballsache...«

Tomek fühlte sich plötzlich verlegen. »Ja.«

»Erzähl mir davon.«

»Nein. Ich will erst hören, was du darüber denkst. Wenn du alles gehört hast, was es zu wissen gibt, dann will ich wissen, was du denkst. Bin ich völlig verrückt, oder glaubst du, ich bin da einer Sache auf der Spur?«

Nick schaute Tomek an, als hätte er die Frage erwartet, doch der Rest seines Gesichtsausdrucks verriet nichts.

»Ich denke nicht, dass du völlig verrückt bist«, sagte Nick. »Ich glaube tatsächlich, du könntest einer Sache auf der Spur sein. Aber ich glaube nicht, dass eine Gruppe von siebzehnjährigen Jungs dahintersteckt. Ich denke, dein Killer ist jemand vom Verein. Entweder in der ersten Mannschaft oder jemand anderes vom Personal. Oder möglicherweise sogar jemand, der früher dort gearbeitet hat.«

»Warum?«, fragte Tomek, wirklich neugierig.

»Die Zeugenaussage bei den Konzerten. Wenn einer der Spieler aus der Akademie den Killer gesehen hat, ihn vielmehr *kannte*, dann ist das entscheidend.«

»Ich habe darum gebeten, mit dem Spieler zu sprechen, aber er ist in Frankreich. Victoria hat die Anfrage blockiert.«

»Ich habe davon gehört. Überlass das mir.«

Vielleicht wusste Nick wirklich alles, was vor sich ging.

»Du bist wie Gott, oder? Allgegenwärtig.«

»Ich glaube, du meinst allwissend«, korrigierte Nick. »Aber ja. Ich weiß alles über alles. Das hat mich zu einem so guten Vater gemacht. Jedes Mal, wenn Lucy mit einer Frage zu mir kam, wusste ich die Antwort. Und selbst wenn ich sie nicht wusste, habe ich sie erfunden und so getan, als ob. Sie hat den Unterschied nie bemerkt.«

Tomek legte eine Hand auf den Rücken des Mannes, da er spürte, dass die Tränen bald kommen würden.

»Niemand hat gesagt, dass du je aufgehört hast, ein guter Vater zu sein«, fügte er hinzu.

»Danke.« Und dann kamen die Tränen. Nur ein paar, aber sie waren da, obwohl Nick sein Bestes tat, um sie zu verbergen. »Entschuldige«, sagte er. »Es ist der Wind.«

»Erzähl mir davon«, antwortete Tomek. »Der Wind erwischt mich auch ständig.«

»Worüber hast du geweint?«

»Oh nein, nicht geweint. *Gefurzt*. Aus irgendeinem Grund lässt Kasia uns Bohnen zum Frühstück essen.«

Nick verdrehte die Augen und sagte dann: »*Bohnen, Bohnen, die musikalische Frucht...*«

»*Je mehr du isst...*«

Aber Nick entschied sich, den Reim nicht zu beenden.

Ein Moment der Stille, in dem sie dem Wind, den Wellen und den Schreien in der Ferne lauschten, verging zwischen ihnen. Während er zuhörte, schloss Tomek die Augen und konzentrierte sich auf seine Atmung. Ein. Aus. Ein. Aus. Einer der vielen Gründe, warum er es liebte, am Meer zu leben, war dessen Fähigkeit, ihn sofort zu beruhigen und zu entspannen. Als wäre es eine kleine Blase, in der alles zurückgesetzt wurde. Wo es einen Moment der Ruhe, der Gelassenheit, des Friedens gab. Und manchmal gab es nichts, was der ohrenbetäubende Schrei einer jungen Mutter, die ihr Kind anbrüllte, stören konnte.

»Hast du von dem Auto gehört?«, fragte Tomek. Dann wurde es ihm klar. »Natürlich hast du das. Nun, wir haben mit dem Besitzer gesprochen. Zeugwart bei Dagenham und Redbridge.«

»Noch mehr Öl ins Feuer«, kommentierte Nick. »Ist er dein Mann?«

Tomek grunzte. »Nicht sicher. Ich mag den Kerl nicht besonders, aber er behauptet, er hätte das Auto an einen Kumpel verkauft, an dessen Namen er sich komischerweise nicht erinnern kann. Aber keine Sorge, ich habe das Team bereits angesetzt, um tiefer zu graben. Falls also etwas auftaucht, wissen wir, wo wir ihn finden.«

»Guter Mann. Klingt, als hättest du alles gut im Griff.«

Tomek grinste, als sein Ego ein wenig anschwoll. Dann kämpfte er es nieder. Der Fall war noch nicht abgeschlossen, und es gab noch einen langen Weg zu gehen. Noch länger, wenn man den Prozess und den Antrag bei der Staatsanwaltschaft berücksichtigte. Sie mussten sicherstellen, dass absolut alles wasserdicht war, weshalb James Elliott vorerst außerhalb eines Verhörraums bleiben musste. Bis sie ihn mit den Verbrechen in Verbindung bringen konnten, war er ein unschuldiger Mann.

Unschuldig bis zum Beweis der Schuld. Das Rückgrat des gesamten Justizsystems. Und der Mann schlug ihnen allen ins Gesicht.

»Vielleicht brauchen wir dich ja doch nicht zurück«, sagte Tomek scherzhaft.

»Du kannst verdammt sicher sein, dass ich zurückkommen werde. Und ich werde dir so auf den Arsch steigen, als hätte sich nichts geändert.«

»Als hätte sich nichts geändert«, wiederholte Tomek grinsend.

KAPITEL
SECHSUNDVIERZIG

Das größte Problem der Ermittlung war das Warten. Warten, warten, warten. Es war der Fluch jeder Ermittlung. In den letzten zwei Tagen hatten Oscar und ein Team von Spurensicherungsbeamten James Elliotts Haus besucht, um DNA-Proben zu sammeln. Sie hatten diese zwar entnommen, aber jetzt würde es eine Woche, wenn nicht länger, dauern, bis sie herausfinden würden, ob James Elliotts DNA mit der vom Ziegelgebäude und dem Volvo X70 übereinstimmte. Eine Kombination aus der geschäftigen Weihnachtszeit, Jahresurlaub und dem Rückstau, der viele andere Ermittlungen verzögerte, stand dieser im Weg. Bis sie den Beweis hätten, dass James Elliott in den Mord verwickelt war, müssten sie warten. Und etwas anderes finden, um ihre Zeit zu füllen.

Oscar, oder Captain Klugscheißer, wie er im Team genannt wurde, hatte die Idee gehabt, das Grundbuchamt zu überprüfen, um herauszufinden, wem das kleine Grundstück gehörte, auf dem sich das Gebäude befand. Der kleine Funke Aufregung und Hoffnung, den diese Idee ausgelöst hatte, hatte gerade mal ein paar Stunden gedauert, bis eine schnelle Überprüfung bestätigte, dass das Land dem Verteidigungsministerium gehörte und dass es in der Nähe keine privaten Eigentümer gab, die das Gebäude hätten nutzen können. Das Team hatte mit mehreren Nachbarn gesprochen, aber nichts Beunruhigendes gefunden.

Die einzige kleine Aussicht auf Spannung kam in Form eines zweiten Satzes von Reifenspuren, die am Tatort von einem Spurensicherer entdeckt wurden. Aber die Aufregung hielt genauso lange wie die Grundbuchidee, weil sie schnell erkannten, dass es schwierig sein würde, das zweite Fahrzeug des Mörders allein anhand der Reifenabdrücke zu identifizieren. Es wäre großartig, wenn sie das Fahrzeug hätten, um die beiden Spuren zu vergleichen, aber da sie nicht einmal wussten, wonach sie suchten, war es unmöglich zu sagen.

Tomek hasste das Warten. Es machte ihn wütend, es ärgerte ihn. Und in einer Welt, in der fast alles sofort passierte, wurde er zunehmend frustrierter damit. Um seiner Ungeduld entgegenzuwirken, machte er sich einen Kaffee.

Er war gerade dabei, den Wasserkocher aufzusetzen, als sein Handy in seiner Tasche vibrierte.

»Ja?«, antwortete er, ohne die Anrufer-ID zu überprüfen.

»Ich habe den Artikel über Nick fallen gelassen.«

Abigail.

»Endlich. Danke. Ich weiß das zu schätzen.«

»Wie sehr?«

»Wie bitte?«

Er ahnte bereits, worauf das hinauslief, und während er die Kaffeegranulate in seinem Becher umrührte, seufzte er innerlich.

»Wie sehr schätzt du es?«, fragte Abigail.

»Ich habe keine Zeit für Spielchen, Abs. Was willst du dafür haben?«

»Ich habe etwas, das von Interesse sein könnte.«

»Wie was?«

»Wie eine deutsche Frau, die–«

»Ich bin nicht daran interessiert, mich auf etwas Seltsames einzulassen, danke«, sagte er, aber sie fand die komische Seite daran nicht.

»Halt die Klappe. Lass mich erklären. Nach deiner Pressekonferenz neulich hat mich etwas, was die Frau von der BBC sagte, zum Nachdenken gebracht.«

Tomek wusste genau, worauf sie sich bezog: Während seiner Pressekonferenz hatte einer der gesichtslosen Journalisten, der sich hinter dem Scheinwerferlicht versteckte, die Möglichkeit aufgeworfen, ob der

Mörder jemals im Ausland getötet hatte. Zu diesem Zeitpunkt hatte Tomek es ignoriert. Aber offensichtlich hatte Abigail das nicht.

»Die Leute von der BBC machen deinen Job für dich«, sagte er.

»Ich bin überrascht. Normalerweise sind sie zu beschäftigt damit, sich aus irgendeinem Skandal herauszuwinden«, sagte Abigail, ihre Stimme durchsetzt mit Groll und Verachtung. Dann fügte sie hinzu: »Aber es hat mir eine Idee gegeben. Ich dachte, ich würde bei einigen meiner Kontakte von ausländischen Publikationen nachfragen, ob sie von jemandem gehört haben, der an einer allergischen Reaktion gestorben ist oder fast gestorben wäre.«

»Ich vermute, sie haben dich ausgelacht.«

»Ja, aber nachdem ich erklärt hatte, was hier passiert, haben sie plötzlich den Mund gehalten und zugehört.«

»Und?«

»Und ich glaube, ich habe eine Frau in Deutschland gefunden, die unter verdächtigen Umständen fast an einer allergischen Reaktion gestorben wäre.«

Tomek ließ den Löffel auf die Küchentheke fallen, ohne zu bemerken, wie er über die Oberfläche rutschte und auf den Boden fiel.

»Welche verdächtigen Umstände?«

»Genau die gleichen wie bei Diana Greenock.«

Tomek hielt den Atem an.

»Inwiefern?«

»In jeder Hinsicht. Erdgeschosswohnung. Vermisste Katze, die durchs Fenster kam. Und sie ist auch schwer asthmatisch.«

Tomek nickte, während er in den Küchenschrank starrte, sein Kopf frei von Gedanken.

»Er hat geübt«, flüsterte er zu sich selbst.

»Was?«

»Was unterscheidet sie von Diana Greenock? Warum hat *sie* überlebt und Diana nicht?«

»Weil diese Frau jemanden bei sich hatte, in der Nacht, als die Katze hereinkam. Sie hatte jemanden, der den Notdienst rufen und sie retten konnte.«

»Wer ist sie?«

»Martha Buhl.«

»Hast du Kontakt mit ihr aufgenommen?«

»Noch nicht. Ich wollte es erst mit dir besprechen.«

Tomek nickte, seine Gedanken rasten.

»Okay. Gut. Gut. Großartig. Du solltest den ersten Kontakt herstellen, dann erklären, was hier passiert, und dann mich ins Bild bringen.«

»Glaubst du also, sie könnte wissen, wer der Mörder ist?«

Tomek wollte nichts überstürzen. Bisher wusste er nur, dass eine Frau unter sehr ähnlichen, fast identischen Umständen wie Diana Greenock fast gestorben wäre. Das war alles. Nicht mehr, nicht weniger. Es wäre irrational und fast leichtsinnig von ihm anzunehmen, dass mehr als ein Zufall dahintersteckte. Nicht bis sie handfeste Beweise hätten.

Die Verbrechen waren durch Hunderte von Kilometern getrennt.

Aber das waren Diana Greenocks und Mandy Butlers auch.

»Wann ist das alles passiert?«, fragte Tomek.

»Vor ungefähr zehn Jahren«, sagte sie.

Tomek erstarrte.

Das passte in den Zeitrahmen.

Fünf Jahre Abstand zwischen dem Vorfall in Deutschland und dem Mord an Diana Greenock.

Drei Jahre zwischen ihr und Mandy Butler.

Weitere zwei Jahre zwischen Mandy und Lily.

Und jetzt ein Abstand von zwei Wochen zwischen Lilys und Ferns Tod.

Ein Mörder, der langsam die Kunst des Tötens perfektionierte.

Ein Tötungsrausch, der sich über Jahre hinweg anbahnte.

KAPITEL
SIEBENUNDVIERZIG

Jedes Jahr veranstaltete das Team, organisiert von niemand anderem als ihrer hauseigenen Party-Organisatorin Nadia, ein Event an Silvester. Es war gewöhnlich ein wahres Sammelsurium aus Alkohol, Musik und einer Handvoll Snacks und Häppchen, wobei das Catering vom örtlichen Tesco Express in der Hauptstraße kam, mit ein paar Süßigkeiten vom nahegelegenen Poundsaver. Der Abend bot ihnen die Gelegenheit, die Zügel locker zu lassen und auf das Jahr zurückzublicken, um sich selbst zu gratulieren, dass sie es bis zum Ende geschafft hatten.

In den Vorjahren hatte Tomek an dem Event teilgenommen und sich am Ende mehrerer Bierflaschen wiedergefunden, und bei der einen oder anderen Gelegenheit war er an seinem Schreibtisch eingeschlafen. Aber das war in den jüngeren, sorglosen Tagen seiner späten Zwanziger und frühen Dreißiger gewesen. Dieses Jahr jedoch war er gezwungen, darauf zu verzichten. Stattdessen hatte er einen Abend mit Trinken, Reden, Musik und Spaß gegen genau dasselbe eingetauscht. Der einzige Unterschied war der Ort. Und die Gesellschaft, mit der er es tun würde.

»Wirst du heute Abend den ersten Schritt machen?«

»Welchen Schritt?«, fragte Tomek.

»Den, den man in allen Filmen sieht.«

»Leider ist das Leben nicht so.«

»Aber wirst du es tun?«

Tomek war sich nicht ganz sicher, wann Kasias Faszination für sein Liebesleben begonnen hatte, aber sie hatte sich in den letzten Wochen verstärkt. Bis zu dem Punkt, an dem er überlegte, sie in jedes Gespräch einzubeziehen, das er jemals mit einem Mitglied des anderen Geschlechts führte. Jemals. Vielleicht war sie wie ein Drogenspürhund und konnte die Einsamkeit und Verzweiflung in ihm riechen und war verzweifelt darauf aus zu helfen.

»Ich werde nichts *tun*. Wir gehen nur zu Silvester rüber«, sagte Tomek ihr. »Es gibt keinen Grund, da etwas hineinzuinterpretieren.«

»Zu spät«, sagte sie mit einem Lächeln, das ihr Gesicht erleuchtete.

Nach ein paar weiteren Minuten im Auto kamen sie vor Louises und Sylvias Haus an. Wie sie hatten auch die beiden die Weihnachtsdekoration vom Fenster entfernt, und Tomek war dankbar, dass er jetzt einen Verbündeten in dieser Sache hatte. Kasia davon zu überzeugen, dass es falsch war, die Deko sogar nach Neujahr noch hängen zu haben, hatte sich als schwieriges Argument für ihn erwiesen, aber schließlich hatte sie nachgegeben. Und um sie sich mit der Entscheidung besser fühlen zu lassen, hatte Tomek vorgeschlagen, zu Louise und Sylvia zu fahren für einen Abend voller Spaß, Trinken, Musik, Gesprächen und vielleicht sogar ein paar Gesellschaftsspielen.

»Guten Abend, ihr beiden«, sagte Louise entzückt, als sie ihnen die Tür öffnete. »Genau rechtzeitig. Wir sind gerade mit dem Aufbau fertig geworden.«

»Toll«, antwortete Tomek und stieß Kasia leicht an die Schulter. »Das hat uns wenigstens Arbeit erspart!«

»Keine passenden Pyjamas heute Abend?«, fragte Louise.

Tomek schaute zwischen sich und Kasia hin und her. »Leider nicht. Obwohl ihr euch auch nicht die Mühe gemacht habt, also fühle ich mich nicht ganz so schlecht.«

Für den Abend hatte Tomek eine Flasche Weißwein – 11 Pfund von Sainsbury's – für sich und Louise gekauft und ein kleines Viererpack alkoholfreien Cider für die Mädchen. Als sie die Küche betraten, nahm Louise die Flasche von Tomek und betrachtete sie.

»Oyster Bay. Mein Lieblingswein. Woher wusstest du das?«

»Ich bin Polizist. Ich habe meine Quellen und kleine Informanten überall.« Er zeigte auf Sylvia, die gerade aus dem Wohnzimmer kam, und Kasia, die so nah wie möglich bei ihr stand. »Nämlich diese beiden.«

»Das ist sehr nett von dir«, sagte Louise und wandte sich dann den Ciderdosen zu. »Und für wen sind die?«

»Für die Informanten.«

Daraufhin verschwand das strahlende, überschwängliche Lächeln auf Louises Gesicht und wurde dunkler, als ob sich gerade ein Schatten darüber gelegt hätte.

Tomek sah die Notwendigkeit, sich zu verteidigen.

»Sie sind alkoholfrei. Nach dem letzten Mal dachte ich, dass dies ein guter Einstieg für sie ist. Sie können sich an die Geschmacksrichtungen in jungen Jahren und in einer kontrollierten Umgebung mit Menschen gewöhnen, die auf sie aufpassen. Du musst es nicht erlauben, wenn du nicht willst. Und wenn du sie überhaupt nicht hier haben willst, können wir sie in den Müll werfen.«

Louise nahm die Packung und betrachtete sie eingehend. »Ich denke, du hast recht. Es hat keinen Sinn, das Unvermeidliche zu verhindern, nur es zu verzögern.«

Nachdem das geklärt war, schenkten Tomek und Louise die Getränke ein, während die Mädchen ins Wohnzimmer gingen, wo sie sofort in den Wundern des Fernsehers und ihrer Smartphones versanken.

»Wie läuft's bei der Arbeit?«, fragte Louise.

»Schwierig. Lang. Aber ich habe eine halbe Beförderung bekommen, das ist ganz nett.«

»Wie funktioniert eine halbe Beförderung?«

»Es ist eine von denen, bei denen sie dich die ganze zusätzliche Arbeit machen lassen, während jemand für ein paar Wochen krank oder im Urlaub ist.«

»Also bist du eine Übergangslösung?«

»Absolut.«

»Na dann, herzlichen Glückwunsch. Ein bisschen Erfahrung auf höherer Ebene ist nie eine schlechte Sache.«

Das war es nicht, und Tomek war sich dessen völlig bewusst. Das machte ihn aber nicht weniger verbittert darüber, mit Victoria umgehen zu müssen.

»Übrigens danke«, begann er, als sie mit den Getränken in der Hand ins Wohnzimmer gingen.

»Wofür?«

»Dafür, dass ihr eure ganze Weihnachtsdekoration abgenommen habt. Wir hatten heute früher ein paar Streitereien deswegen.«

Louise verdrehte die Augen und atmete tief aus. »Erzähl mir davon. Sylvia war genauso. Aber ich sagte ihr, wenn ich es nach meinem Willen hätte, wären sie am zweiten Weihnachtstag schon runter.«

»Oder gar nicht erst aufgehängt.«

Sie drehte sich zu ihm um und lächelte. »Da ziehe ich die Grenze. Ich bin ein großer Weihnachtsfan, versteh mich nicht falsch, aber wenn es vorbei ist, ist es vorbei.«

Ihr Gespräch wurde beendet, als sie das Wohnzimmer betraten. Auf einem Pouf in der Mitte des Teppichs stand ein großes Tablett mit Leckereien, ein weiteres Tablett befand sich auf einem Couchtisch. Eine köstliche Auswahl an leichten Snacks und Naschereien: pikante Käsehäppchen, Thai Sweet Chili Chips, Grissini, Lindt-Schokoladen, eine Schachtel Celebrations, Käse, Cracker und eine kleine Schale mit Trauben. Aber das wahre Highlight, das, was Tomek am meisten ansprach und überraschte, war das kleine Glas mit *paluski*. Die schmalen, mit Salz bedeckten Stäbchen ragten wie ein kleiner Wald aus dem Glas heraus. Sie waren ein Grundnahrungsmittel der polnischen Küche und wurden zu fast jedem Anlass genossen. Eigentlich brauchte man dafür nicht einmal einen besonderen Anlass. Sie waren salzig, lecker und teuflisch unwiderstehlich.

»*Paluski*!« schrie Tomek aufgeregt. »Wo hast du die her?«

»Auch ich habe meine Quellen und Informanten«, sagte Louise mit einem Lächeln.

Als er nach einem *paluski* griff, bemerkte er, wie sie den Mädchen zuzwinkerte.

»Zumindest kennen wir den Weg zu unseren Herzen.«

Die Worte waren seinem Mund entschlüpft, ohne dass er es bemerkt hatte. Und jetzt starrten ihn alle drei an.

Schnell. Schnell. Denk dir etwas aus.

»Und ich vermute«, der Weg zu *euren* Herzen ist Weihnachten.«

»Weihnachten!« riefen die Mädchen, drehten sich zueinander und begannen, über ihre Dekorationen zu plappern und wie traurig sie waren, diese abzubauen.

Gute Rettung, dachte Tomek.

Sie verbrachten die nächsten Stunden vor dem Fernseher, ohne wirklich den Mist zu schauen, der gesendet wurde. Stattdessen unterhielten sie sich, lachten, und dann hatte Tomek die brillante Idee, Brettspiele zu spielen. Zum Glück hatte er genau das Richtige dabei.

»Essex Monopoly? Ich wusste nicht einmal, dass es ein Essex Monopoly gibt.«

»Glaub es ruhig, Baby«, sagte er, während er die Verpackung öffnete. »Wisst ihr alle, wie man spielt?«

Alle bestätigten, dass sie es wussten.

»Großartig. Nächste Frage. Habt ihr alle drei freie Arbeitstage, um das zu spielen?«

Alle bestätigten, dass sie die hatten.

»Nun, ich habe keine, also muss ich euch in wenigen Stunden schlagen!«

Und genau das tat er. Drei Stunden würfeln, kaufen, Miete kassieren, besitzen, bauen und sich strategisch an die Spitze bringen. Nachdem alle anderen Spieler offiziell bankrott waren, zählte Tomek seine Gewinne vor ihnen.

»Na los«, sagte Louise, während sie ihr drittes Glas Wein in der Hand hielt. »Mit wie viel hast du gewonnen?«

»Ich habe den Überblick verloren«, antwortete Tomek, während die Wahrheit war, dass seine Gewinnmarge zu groß war, und um ihnen die Peinlichkeit zu ersparen, behielt er die Information für sich.

Beflügelt von seinem überwältigenden Sieg schlug Tomek das nächste Spiel vor. Singstar auf der PlayStation. Ein Spiel, das zwei Mikrofone und zwei willige Karaoke-Enthusiasten erforderte. Das Ziel des Spiels war einfach: zu einem populären Lied möglichst tonsicher mitzusingen. Zu Beginn des Spiels machte sich Tomek keine Illusionen darüber, wo er in der Rangliste landen würde. Aber am Ende des ersten Liedes hatte er festgestellt, dass er mit tonsicherem Summen anstelle des tatsächlichen Singens der Worte davonkommen konnte und endete auf dem ersten Platz, sehr zum Ärger seiner Gegner. Für den Rest der Session wurde er gezwungen, das Spiel "richtig" zu spielen, indem er sich mit seinem gottverdammt schrecklichen Gesangstalent blamierte. Am Ende belegte er jedoch einen respektablen dritten Platz, knapp vor Louise, mit Kasia an der Spitze.

»Macht das zwei zu null für die Familie Bowen?« fragte Tomek selbstgefällig.

»Ihr seid unsere Gäste«, antwortete Louise. »Wir müssen euch gewinnen lassen.«

»Oder wir waren einfach besser heute Abend. Schlechte Verliererin.« Tomek zwinkerte ihr zu und goss sich sein letztes Glas Wein ein. Er hatte nur eines getrunken, und mehr würde ihn über das Limit bringen. Ganz zu schweigen davon, dass es ein schreckliches Beispiel für seine Tochter setzen würde.

Kurz darauf begrüßten die vier das neue Jahr mit einer Umarmung, Luftschlangen und dem Klang klingender Gläser. Viel ruhiger und gelassener als der Tumult von dreißig Menschen, die sich mit Alkoholatem gegenseitig ins Gesicht schreien und sich mühsam durch den Raum bewegen, um sicherzustellen, dass sie jedem ein frohes neues Jahr wünschen.

»Frohes Neues Jahr, Mädchen«, sagte Louise. »Was habt ihr euch gewünscht?«

Sylvia und Kasia schauten sich gegenseitig an, bevor sie antworteten.

»Wir haben uns gewünscht, dass Lucy wieder gesund wird.«

Stolz schwoll in Tomek an. Von all den Dingen, die sie hätte verlangen können – die Apple Watch, die er ihr zu Weihnachten nicht gekauft hatte, oder die Kleidung und Schuhe, mit denen sie ihn fast wöchentlich nervte – hatte sie stattdessen etwas Tieferes gewählt, etwas Bedeutungsvolleres und Heilsameres.

»Nun, die gute Nachricht ist, dass es ihr besser geht«, erklärte Tomek. »Ich habe Nick neulich gesehen und er sagte, sie sei immer noch im Koma, aber sie macht Fortschritte.«

»Das *sind* gute Nachrichten«, stellte Louise fest.

»Habt ihr schon gefunden, wer es getan hat?« fragte Sylvia.

Die Frage verblüffte Tomek. Soweit er wusste, hatte sie am Tag nach dem Vorfall eine Zeugenaussage gemacht.

»Was meinst du, Schätzchen?« fragte Louise.

»Der... der andere...« Sie schluckte tief und vermied ihren Blick.

Als sie nicht fortfuhr, nahm Tomek es auf sich, sie sanft zu drängen.

»Gibt es etwas, das du uns sagen musst, Sylvia? Du kannst es hier sagen. Dies ist eine sichere Umgebung.«

Sie zögerte, wartete. Beherrschte sich.

»In dieser Nacht«, begann sie leise und starrte auf den Teppich. »In dieser Nacht sah ich eine andere Gestalt... einen Mann. Zumindest *glaube* ich, dass ich ihn gesehen habe. Es geht mir die ganze Zeit im Kopf herum. Er stand einfach... dort, in der Dunkelheit, beim Fish-and-Chips-Laden und beobachtete uns.«

KAPITEL
ACHTUNDVIERZIG

»**D**er Mörder war in der Nacht von Lucys Vorfall anwesend.« »Wie kannst du dir sicher sein, dass es der Mörder war?«, fragte Victoria.

»Intuition.«

»Ich möchte nicht, dass wir voreilige Schlüsse ziehen, Tomek«, sagte sie sanft.

Die beiden waren in ihrem Büro eingeschlossen und diskutierten über das wichtige Puzzlestück, das Sylvia ihnen gegeben hatte. Die Nachricht von der anonymen Gestalt hatte sich im Rest des Teams verbreitet, und sie untersuchten es gerade.

»Es könnte nichts sein«, sagte er. »Aber andererseits könnte es *etwas* sein. Und wenn dem so ist, dann will ich sicherstellen, dass wir jede verfügbare Waffe in unserem Arsenal einsetzen, um herauszufinden, wer es ist.«

»Hast du dich gefragt, warum der Mörder dort sein könnte?«, fragte Victoria.

Der Gedanke war ihm nicht gekommen. Nicht, dass es nötig gewesen wäre.

»Hast du dich gefragt, warum der Mörder verdammt nochmal überhaupt Menschen umbringt?«, fragte er als Gegenangriff. »Warum macht er das alles überhaupt?«

Darauf hatte Victoria keine Antwort. In ihrem Sessel sitzend, schlug sie die Beine übereinander und legte ihre Hände auf ihr Knie. Dann gähnte sie tief, streckte ihren Mund weit auf und entblößte ihre Zähne. Sie rieb sich die Augen, während sie gegen ein zweites Gähnen ankämpfte.

»Anstrengende Nacht gestern, was?« Die Verachtung in Tomeks Stimme war unüberhörbar.

»Ein bisschen«, antwortete sie. »Viele von uns kämpfen heute Morgen mit ein paar Kopfschmerzgremlin.«

Es gab eine Zeit, in der Tomek es bedauert hätte, die jährlichen Silvesterfeierlichkeiten zu verpassen – ein klassischer Fall von FOMO, der Angst, etwas zu verpassen – aber jetzt war es ihm scheißegal, wie es ihnen allen ging. Ja, in früheren Jahren hätte er sich genauso gefühlt, müde, mit hämmerndem Kopf, übel im Magen und verzweifelt nach etwas Fettigem und Saurem verlangend, um dem Gift in seinem System entgegenzuwirken, aber er hatte es immer geschafft, seinen Job zu erledigen. Er hatte es immer durchgezogen. Und gerade jetzt bekam er von Victoria den Eindruck, dass sie wollte, dass die anonyme Gestalt noch einen Tag warten sollte, dass Tomek es verschieben sollte, während sie heimlich in ihrem Büro mit geschlossenen Jalousien und einer Sonnenbrille über den Augen ein Nickerchen machte.

Nun, das würde er nicht dulden.

Nick hatte es nie getan, also warum sollte er?

Als Tomek beobachtete, wie Victoria eine Wasserflasche öffnete, als hätte sie Parkinson, öffnete sich die Tür und Chey steckte seinen Kopf herein. Sein Gesicht, dank der Brillanz der Jugend, konnte den Kater verbergen, unter dem er offensichtlich litt. Leider hingen Spuren davon in seiner Stimme, rau und gebrochen. Ganz zu schweigen vom Alkoholgeruch, der in seinem Atem verblieb, weil er sich die Zähne nicht richtig geputzt hatte.

»Entschuldigung... Entschuldigung, dass ich störe, Wachtmeister, *Ma'am*.«

»Schon gut«, schnappte Tomek. »Was hast du?«

»CCTV-Aufnahmen von der Fischbude und ein paar der Restaurants entlang der Old Leigh Promenade.«

Tomek schoss von seinem Stuhl hoch und folgte Chey zu seinem

Schreibtisch, wo er Martin, Nadia und Rachel bereits wartend vorfand. Alle gespannt auf die Neuigkeiten wartend.

Als er sich näherte, bemerkte er, dass die Luft um sie herum schwer mit Parfüm und Aftershave war, ein Geruch, der sich hinten in seinem Hals festsetzte. Wenn ihre Versuche, den Alkohol zu verbergen, der gerade aus ihren Poren sickerte, diskret sein sollten, waren sie alles andere als das.

»Hallo, alle zusammen!«, brüllte Tomek und schlug wiederholt mit den Handflächen auf den Tisch.

Nach dem ersten Knall legten alle ihre Hände an den Kopf und bedeckten ihre Ohren. Alle außer Nadia, die dank des in ihrem Bauch heranwachsenden Babys die ganze Nacht nüchtern geblieben war und es genoss, ihre Kollegen im Selbstmitleid zu sehen.

»Was zum Teufel machst du, du Arsch?«, fauchte Martin, der von allen am meisten verkatert war.

Tomek klopfte dem Mann auf den Rücken und sagte: »Ich stelle nur sicher, dass ihr alle lebendig und frisch seid heute Morgen.«

»Du kannst froh sein, dass niemand gekotzt hat«, sagte Nadia. »Es war... *übel*.«

Tomek nahm den Platz ganz vorne ein, der für ihn freigehalten worden war. Wenige Augenblicke später hatte das klarste Mitglied des Teams (abgesehen von Tomek und Nadia) das Videomaterial geladen und auf Play gedrückt.

Auf dem Computerbildschirm des Polizisten war Dunkelheit zu sehen, die Umrisse von Formen kaum erkennbar. In der Mitte der Aufnahme war der Strand, links waren Lucy Cleaves und Paddy Battersby, und unten, gerade außer Sichtweite, war die anonyme Gestalt, eine schwarze Silhouette, ihre Gesichtszüge nicht erkennbar.

Als die Aufnahmen fortschritten und die Mädchen auf den Vorfall reagierten und sich auf Paddy stürzten, bewegte sich die Gestalt. Zunächst waren seine Bewegungen langsam, zögerlich, aber als er zuversichtlicher wurde, dass er nicht gesehen werden würde – die Mädchen waren zu sehr darauf konzentriert, Paddy festzuhalten und sich um ihre Freundin zu kümmern – ging er direkt an ihnen vorbei. Am Ende der Promenade sprang er auf den Strand und verschwand in der Ferne, hielt einen großen Abstand, bis er das Ende des Strandes erreichte, wo er wieder auf die Promenade kletterte und in der Dunkelheit in Richtung Southend-on-Sea weiterging.

»Wohin geht er danach?«, fragte Tomek.

»Nun, es gibt keine Aufnahmen in der Gegend. Es ist nur ein enger-«

»Was ist, wenn es nach Chalkwell kommt?«

»Du hast mich nicht ausreden lassen«, schnappte Chey. Dann klickte er ein paar weitere Tasten und ein zweiter Bildschirm mit Dunkelheit erschien. »Dies sind Aufnahmen weiter entlang der Küstenpromenade zwischen Chalkwell Beach und Southend.« Er zeigte auf einen sich bewegenden Schatten am Strand. »Nach meiner Einschätzung ist das derselbe Typ. Gleiche Größe, gleicher Körperbau, gleiche Kleidung.«

»Wohin geht er?«

Und dann fand er die Antwort in einem weiteren CCTV-Aufnahmestück. Die Gestalt, maskiert durch einen großen Mantel und ihre Nähe zu den Kameras, bewegte sich in Richtung Grosvenor Casino.

»Geh zurück zur ersten Aufnahme, an Bell Wharf.«

Chey tat, wie ihm befohlen wurde, und Tomek beugte sich für einen genaueren Blick vor, seine Augen nur Zentimeter vom Bildschirm entfernt.

»Wonach siehst du, Wachtmeister?«, fragte Chey.

»Ich versuche herauszufinden, wer es ist«, sagte er. Und fügte dann hinzu: »Ich glaube, es ist James Elliott.«

KAPITEL
NEUNUNDVIERZIG

Die frühere Untersuchung der Finanzunterlagen von James Elliott hatte gezeigt, wie ungesund seine Vergangenheit mit dem Casino an der Strandpromenade und den verschiedenen Online-Plattformen gewesen war. Eine ungesunde Vergangenheit, die fast zu einer Scheidung und zum Verlust seines Jobs geführt hätte. Im Laufe von zwei Jahren hatte er fast dreißigtausend Pfund verloren und wäre beinahe in Gefahr geraten, sein Haus zu verlieren.

Tomek hatte in seinem Leben etwas Ähnliches erlebt. Zwei seiner Schulfreunde waren aufgrund ihrer Spielsucht fast bankrottgegangen. Sie hatten ihre Partner belogen, sich selbst belogen und waren am Ende gestorben, nachdem sie zu tief in Schulden bei einem Kredithai geraten waren, den sie nicht zurückzahlen konnten.

Was James Elliott betraf, machte sich Tomek keine Sorgen, dass das Gleiche passierte. Vielmehr dachte er das Gegenteil. Dass James Elliott derjenige war, der die Morde beging.

»Wo ist Ihr Ehemann, Mrs. Elliott?«

Amber Elliott, eine Frau, die genauso müde aussah, wie Rachel sich neben ihm fühlte, tupfte mit einem Taschentuch an ihrem schweren Eyeliner. Sie hatte geweint, seit sie angekommen waren, und ihr Verstand begann bereits, das Schlimmste zu befürchten. Es war Neujahrstag, einer der geschäftigsten Tage im Fußballkalender der National League, und ihr Ehemann war nirgends zu sehen. Er war am

Morgen nicht zur Arbeit erschienen für das Spiel von Dagenham & Redbridge FC gegen Eastleigh um drei Uhr. Auch von einem nächtlichen Ausflug war er nicht nach Hause gekommen.

»Ich weiß nicht, wo er ist«, antwortete sie schniefend.

»Wann haben Sie ihn zuletzt gesehen?«, fragte Rachel.

Tomek hatte sie gebeten, ihn zu begleiten, zusammen mit Anna, die derzeit die beiden Töchter der Elliotts in der Küche unterhielt.

»Er ist gestern Abend ausgegangen«, antwortete sie, wobei ihre Stimme mittendrin brach.

»Wissen Sie wohin?«, fuhr Rachel fort.

Tomek war zufrieden damit, sich zurückzuhalten und seine Kollegin das Gespräch führen zu lassen.

»Er sagte, er gehe zu einer Fußballveranstaltung. Sie haben normalerweise eine Silvesterparty für die Spieler und Mitarbeiter. Eine zahme Sache. Nichts zu Wildes, weil sie am nächsten Tag ein Spiel haben. Die Familien sind eingeladen, aber Lara fühlte sich gestern Abend nicht so gut, deshalb sind wir nicht gegangen.«

»Geht es ihr jetzt besser?«, fragte Rachel, während sie auf die andere Seite des Wohnzimmers hinüberrutschte und sich neben Amber setzte.

»Ja, jetzt geht es ihr gut. Danke.« Amber tupfte wieder an ihren Augen, wobei sie das Taschentuch mehrmals faltete.

»Wann haben Sie bemerkt, dass etwas nicht stimmt?«, fuhr Rachel fort.

»Als ich heute Morgen aufgewacht bin. Er war nicht da. Ich habe sein Handy versucht, aber er ging nicht ran. Ein Teil von mir dachte, er wäre im Club geblieben und würde direkt von dort zum Spiel fahren, da es ein paar Stunden Fahrt entfernt ist. Aber als ich einen Anruf von einem seiner Kumpels vom Verein bekam, der sagte, dass er ihn auch nicht erreichen könne, da wusste ich, dass etwas nicht stimmte. Dass ihm etwas zugestoßen sein könnte.«

Oder dass er vielleicht jemand anderem etwas angetan hat.

»Hat Ihr Ehemann so etwas schon einmal gemacht? Ist er für eine Nacht verschwunden und nicht nach Hause gekommen?«

Amber Elliott konnte Tomeks Blick nicht begegnen, als sie langsam, feierlich nickte. »Damals, als... damals, als die Dinge wirklich schlimm waren... mit dem Geld und dem Spielen«, begann sie und hustete dann, als sie an den Tränen würgte, die in ihrem Hals aufstiegen. »Damals, als es schlecht zwischen uns stand, gab es Zeiten, in denen er zum Spielen ausging und erst am nächsten Morgen nach Hause kam, nachdem er all unser Geld verloren hatte.«

Die Bedenken in Tomeks Kopf wuchsen weiter. Wenn James Elliott nächtelang weg war, konnte man nicht wissen, was er sonst noch getan haben könnte. Spielen, ja. Konzerte besuchen und in der Zwischenzeit unschuldige Mädchen töten? Möglicherweise.

Aus der Küche hallten spielerische Schreie und Gelächter durch die Tür. Amber hob den Kopf und drehte sich zur Küche um.

»Mrs. Elliott«, sagte Tomek und zog ihre Aufmerksamkeit zurück auf sich. »Ihren Kindern geht es gut. Sie sind in guter Gesellschaft. Ich werde Ihnen jetzt einige Fotos zeigen und Ihnen einige schwierige Fragen stellen, okay? Und ich möchte, dass Sie wirklich angestrengt für mich nachdenken. In Ordnung?«

In diesem Moment wandte sich Amber an Rachel, um emotionale Unterstützung zu bekommen. Die Polizistin zeigte ihr diese, indem sie einen Arm um ihre Schulter legte und sanft ihren Rücken streichelte. Anhand ihrer Reaktion bekam Tomek den Eindruck, dass sie wusste, worum es ging.

»Wo war Ihr Ehemann am Abend des neunzehnten Dezember?«

In der Nacht, als Fern Clements starb.

Während sie gegen die Tränen kämpfte, holte Amber ihr Handy aus der Hosentasche und schaute in ihren Kalender. »Er war bei einem Auswärtsspiel. Sie spielten gegen Tranmere Rovers.«

»Und drei Nächte davor?«

Die Nacht, in der Lily Monteith starb.

»Er... ich kann mich nicht erinnern. Ich glaube, er war zu Hause.«

»Aber Sie können nicht sicher sein?«

»Nein. Tut mir leid.«

Als Tomek den Mund öffnete, wollte er sie fragen, wo ihr Ehemann vor zwei Jahren war, in der Nacht, als Mandy Butler starb, aber dann wurde ihm klar, dass es unfair wäre zu erwarten, dass sie so etwas wüsste.

»Ist Ihr Ehemann jemals zu Konzerten gegangen, Mrs. Elliott?«, fragte Tomek.

»Ich... Warum? Was hat das mit irgendetwas zu tun?«

»Beantworten Sie einfach die Frage, bitte«, erwiderte er bestimmt.

»Ich meine, vielleicht hat er das. Wir waren nie bei welchen. Jedenfalls nicht seit langer Zeit. Nur als wir anfingen, uns zu treffen. Das änderte sich alles, als er seinen Job bekam. Er ist immer unterwegs, besucht Orte, reist durchs Land.«

»Was ist mit Bienen? Hat Ihr Ehemann Interesse an ihnen oder hat er jemals Bienen im Gespräch erwähnt?«

»Ich... ich... ich glaube nicht.«

Tomek nickte. »Wie oft sehen Sie Ihren Ehemann, Mrs. Elliott?«

»Nicht viel.«

»Wie viel?«

Sie warf ihre Hand aggressiv auf ihr Knie. »Wollen Sie, dass ich eine Zahl nenne? Wollen Sie, dass ich Ihnen einen Prozentsatz gebe?«

»Bitte«, sagte Tomek mit einer leichten Neigung des Kopfes.

Seufzend antwortete Amber: »Fünfundzwanzig Prozent der Zeit. Vielleicht sogar mehr. Er ist kaum zu Hause. Und ich bin auch ständig bei der Arbeit beschäftigt, also müssen die Mädchen die meiste Zeit der Woche selbst zurechtkommen. Zum Glück sind sie in einem Alter, in dem sie das können, aber es war nicht immer so einfach.«

Tomek wartete einen Moment, bevor er zur nächsten Frage überging. In der Küche hielt das Geräusch von Aufregung und spielerischem Gelächter an, was Amber ein wenig entspannter machte.

»Ich verstehe, dass ihr beide vor zwei Jahren eine schwierige Phase durchgemacht habt.«

»Ja.«

»Was ist passiert?«

»Das war, als ich zum ersten Mal von der Spielsucht erfahren habe. Er hat es abgestritten, wie zu erwarten, aber ich hatte Beweise. Ich habe sein Bankkonto gesehen und all die E-Mails, die er von den Wettunternehmen mit Angeboten und Gratiswetten bekommen hat. Also bin ich ausgerastet. Es hätte uns fast auseinandergebracht. Die zwei Monate, die wir getrennt waren, haben uns wirklich geholfen, unsere Beziehung zu kitten. Wir wären jetzt nicht zusammen, wenn das nicht gewesen wäre.«

Tomeks Ohren spitzten sich. Das Zeitfenster von Mandy Butlers Tod erschien in seinen Gedanken.

»Ihr wart getrennt?«, fragte Tomek zur Klarstellung.

»Ja.«

»Hast du etwas dagegen, wenn ich frage, wann das war?«

Bei dieser Frage richtete sie sich auf. »Nun, du hast nach allem anderen gefragt, ich sehe nicht, warum ich ein Problem mit *dieser* Frage haben sollte.«

Tomek antwortete nicht, und als sie merkte, dass er es auch nicht vorhatte, fuhr sie fort: »Es war zwischen März und Juli. Vor zwei Jahren. Ich erinnere mich daran, weil wir kurz vor den Schulferien wieder zusammenkamen und er uns mit einem Urlaub nach Florida verwöhnte. Gekauft und bezahlt mit seinen Gewinnen.«

Tomek nahm sich einen Moment Zeit, um die Information zu verarbeiten. James und Ambers Trennung war zur gleichen Zeit wie Mandy Butlers Tod geschehen. Was ihn sehr stark unter Verdacht für ihren Mord stellte.

Dann blieb noch eine: Diana Greenock.

War es möglich, dass er auch sie getötet hatte? Tomek wollte es gerne glauben, konnte aber keine Möglichkeit finden, wie das zusammenpassen könnte. Und dann fiel es ihm ein: Dagenham & Redbridge FC. Die National League hatte zwei Mannschaften aus dem Raum Manchester: Rochdale und Oldham Athletic. Vielleicht hatte James sie irgendwann kennengelernt, möglicherweise bei einem der Spiele. Vielleicht hatten sie Nummern ausgetauscht und wochenlang oder monatelang per SMS geflirtet und die Tage bis zu seinem nächsten Besuch gezählt. Und vielleicht war er in dieser Nacht in ihr Haus eingebrochen, um sie zu töten.

Es war nicht völlig unmöglich. Aber es würde definitiv noch mehr Nachforschungen erfordern.

»Sagen dir die Namen Diana Greenock, Mandy Butler, Lily Monteith oder Fern Clements etwas, Amber?«, fragte Tomek und reichte ihr einen Ausdruck, den Chey erstellt hatte. Darauf waren aktuelle Fotos der vier Opfer, mit ihren Namen über den Köpfen. »Bitte, lass dir Zeit.«

Und das tat sie. Zwei Minuten lang sogar. In dieser Zeit holte Tomek sein Handy heraus und prüfte seine E-Mails, während Rachel verschwand, um eine Tasse Tee für sich und Amber und ein Glas Wasser für ihn zu holen.

Als sie zurückkam, hatte Amber das Dokument fertig analysiert.

Tomek hatte es zunächst nicht bemerkt, aber als sie zu ihm aufblickte, sah er die Tränen, die sich in ihren Augen bildeten, und die zwei, über die sie bereits die Kontrolle verloren hatte, die nun ihre Wangen hinabseilten.

»Bedeutet das, was ich denke?«, fragte sie mit wackeliger Stimme.

»Wir wissen noch nichts mit Sicherheit, Frau Elliott.«

»Glaubst du, dass mein Mann das getan hat?«

»Wir verfolgen derzeit alle Ermittlungsansätze«, antwortete Tomek. »Sagt dir einer dieser Namen etwas?«

Langsam, zögerlich, zeigte Amber Elliott auf einen Namen auf dem Blatt.

»Lily Monteith. Sie geht in dieselbe Schule wie die Mädchen.«

Die Nacht, für die Amber den Aufenthaltsort ihres Mannes nicht bestätigen konnte.

KAPITEL
FÜNFZIG

»**E**s muss konkreter sein«, sagte Victoria und ließ eine Alka-Seltzer in ein Glas Wasser fallen.

Die Blasen zischten und sprudelten wie Tomeks Frustration.

»Wie viel mehr brauchen wir denn?«, fragte er. »Willst du, dass wir direkt daneben stehen, während er ein Mädchen entführt und mit seiner neuesten Methode umbringt, nur damit wir absolut sicher sein können?«

Victoria warf ihm einen verächtlichen Blick zu. »Es besteht kein Grund, sarkastisch zu werden, Tomek.«

»Manchmal denke ich schon. Bisher ist James Elliott der einzige Verdächtige, bei dem wir mit einem gewissen Grad an Sicherheit, egal wie hoch dieser ist, sagen können, dass er unser Killer ist.« Tomek griff in seine Blazertasche, zog sein Notizbuch heraus und blätterte zu den Seiten nahe am Anfang. »Tracy Pickards forensisches Profil deutete darauf hin, dass er in einer Macht- und Autoritätsposition ist, jemand weitgehend attraktives, jemand, der fähig ist, die Barrieren seiner Opfer zu durchbrechen. Und ich denke, Elliott passt ins Bild. Auch wenn er nur ein Zeugwart ist, kommt er von einem Fußballverein. Bestimmte Typen von Mädchen scheinen das zu lieben, besonders wenn er in seinem Trainingsanzug unterwegs ist. Als ich mit ihm sprach, wirkte er selbstbewusst und leicht manipulativ. Und ich bin zwar kein Experte, aber ich würde sagen, er ist auch recht gutaussehend. Ganz zu schweigen davon, dass er Lily Monteith kennt, möglicherweise vom Herumhängen vor ihrer Schule, und seine Frau kann seinen Aufenthaltsort in der Nacht ihres Todes nicht bestätigen. Er reist quer durchs Land, also ist es möglich, dass er irgendwann mit Diana Greenock und Mandy Butler in Kontakt gekommen ist. Er ist Teil des Fußballvereins und hat Verbindungen zu Darren Edgerton und Harrison Rossiter, und seine Merkmale sind in jeder der Phantombildzeichnungen unserer Zeugen erkennbar.«

»Das ist nicht dein Ernst, oder?«, fragte Victoria, während sie einen großen Schluck des sprudelnden Wassers nahm. Als sie fertig war, verzog sie das Gesicht und stellte das Glas auf den Tisch, wobei sie die Blasen aus ihrem Schädel schüttelte. »All diese Zeichnungen zeigen einen weißen Mann mit braunen Haaren und einer spitzen Nase. Das sieht aus wie fast die Hälfte der Kerle in dieser Stadt. Eine davon sieht sogar ein bisschen aus wie *du*.«

Tomek stimmte stillschweigend zu. Eine davon sah ihm ähnlich, und obwohl man sich normalerweise nicht so stark auf Phantombilder verlassen sollte, hatten sie durchaus ihren Nutzen – unter anderem, um seine amtierende Hauptkommissarin von der Gültigkeit seiner Behauptungen zu überzeugen.

»Beantworte mir eines«, begann Victoria. »Was hat seine Spielsucht mit irgendetwas zu tun?«

Das war der Teil, der auch Tomek verwirrt hatte. Es schien ihm nicht so offensichtlich wie der ganze Rest, aber er war sicher, dass es irgendwo eine Verbindung gab. Und manchmal war der einzige Weg, sie zu finden, einfach anzufangen zu reden.

»Ich habe darüber nachgedacht«, begann er, »und ich glaube, es hat etwas mit dem Auto zu tun, was ja noch etwas ist, das wir gegen ihn haben, richtig? Das Auto ist auf den Namen seiner Familie registriert, und er wollte uns nicht sagen, an wen er es verkauft hat. Ich glaube nicht, dass er es überhaupt an jemanden verkauft hat.«

»Die Spielsucht, Tomek«, sagte Victoria streng und durchschaute seine Fassade trotz ihrer gedämpften Reaktionszeit. »Was ist die Verbindung zur Spielsucht? Welches Motiv gibt ihm das, diese Mädchen zu töten?«

»Es hängt überhaupt nicht zusammen«, sagte er. »Die Spielsucht war einfach nur eines seiner Laster. In der Nacht, als Lucy am Strand angegriffen wurde, war er aus einem anderen Grund dort. Vielleicht war er sowieso auf dem Weg ins Casino. Er war einfach zur falschen Zeit am falschen Ort. Seine Frau hat uns erklärt, dass er manchmal nachts verschwindet und dass er immer beim Fußball ist. Vielleicht hat er auf diese Weise seine Sucht befriedigt und wollte in der Dunkelheit an der Strandpromenade entlanglaufen, um seine Identität zu verbergen.«

Victoria rieb sich die Augen und dachte einen Moment nach. Bevor sie antworten konnte, klopfte es an der Tür zu ihrem Büro. Victoria bat die Person herein.

Es war Oscar, alle eins sechzig von ihm.

»Wie können wir helfen, Käpt'n?«, fragte Tomek.

»Es geht um James Elliott.«

»Hat jemand ihn in eine Ausrüstungstasche gequetscht gefunden?«

»Nein, aber Streifenpolizisten patrouillieren wie von dir ange-ordnet auf den Feldern in der Gegend nach weiteren Opfern, und wir haben Warnmeldungen für alle vermissten Personen herausgegeben, die unseren Mordopfern ähneln.«

Tomek nickte. »Guter Mann. Worum geht's?«

»Eigentlich geht es um das, was du gerade gesagt hast, Chef.«

»Haben sie ihn in einer Ausrüstungstasche gefunden?«

»Ja. Und nein. Ich habe gerade mit der Personalleitung gesprochen, und sie haben mich informiert, dass sie James Elliott vor etwa zwei Monaten entlassen haben. Gefeuert, weil sie von seinem Spielproblem erfahren haben. Sie können es sich nicht leisten, jemanden mit so einer Sache im Verein zu haben. Grund für sofortige Entlassung. Er arbeitet seit etwa acht Wochen nicht mehr dort.«

Tomek drehte sich zu Victoria, dann zurück zu Oscar. »Also, was zum Teufel hat er in dieser Zeit gemacht?«

Dann blickte er auf den Ausdruck mit den Namen und Gesichtern der Opfer.

»Also war er in den letzten Wochen ein arbeitsloser Spielsüchti-ger, der seine Familie belogen hat«, sagte Victoria und fungierte als die höllische Stimme der Vernunft. »Das erklärt immer noch nicht seine Verbindung zu all den Mädchen. Hast du die Listen überprüft?«

Die Listen. Die verdammten Listen mit allen Männern, die jemals im Leben der Opfer aufgetaucht waren. Über vierhundert Namen auf vier verschiedenen Tabellen.

Tomek nickte. »Ich habe für jede eine einfache Suchfunktion ausgeführt, ja.«

»Und?«

»Nichts.«

»Da hast du's also.«

»Aber die Listen sind nicht als Evangelium zu betrachten«, verteidigte er sich. »Ich würde sagen, sie sind etwa so nützlich wie die Phantombilder.«

»Was war dann der Sinn, sie zusammenzubringen?«

In dem Gefühl, dass diese Diskussion außerhalb seiner Liga war, begann Oscar langsam, sich aus dem Raum zurückzuziehen. Tomek bemerkte ihn aus den Augenwinkeln, und gerade als er den Mann ansprechen wollte, erschien Sean in der Türöffnung und füllte sie vollständig mit seinen riesigen Schultern aus.

»Was ist das? Eine Party in meinem Büro und jeder ist eingeladen?«

»Nein, Ma'am. Es ist besser als eine Party, nicht dass Sie keine gute Party veranstalten könnten, das könnten Sie sicher, es ist nur...« Sean kam schließlich zu einem allmählichen Halt und starrte tief in Victorias Augen. Für einen kurzen Moment dachte Tomek, er sähe aus wie ein verlorener Schuljunge, der auf Anweisungen wartet.

»Was haben Sie zu sagen, Sean?« fragte Victoria sanft.

»Jemand hat gerade eine Vermisstenanzeige für ein vierzehnjähriges Mädchen aufgegeben. Zuletzt gestern Abend gesehen.«

Tomek warf der Inspektorin einen schnellen Blick zu. »James Elliott und ein Teenager-Mädchen verschwinden in derselben Nacht. Zufall?«

Dagegen konnte sie nichts einwenden.

Das Mädchen hieß Remi Sane, was nur einen Buchstaben von dem entfernt war, wo ihre Eltern sie haben wollten: safe.

»Sie ist gestern Abend zu einer Freundin gegangen und sollte nach Hause kommen, aber sie kam nie«, erklärte Roger Sane, Remis Vater. »Wir haben immer wieder versucht anzurufen, aber sie geht einfach nicht ran. Wir haben all die Dinge gesehen, die in den Nachrichten über die Morde und die anderen Mädchen, die gestorben sind, berichtet wurden, und wir sind so besorgt, dass ihr etwas zugestoßen sein könnte.«

»Was ist ihre Allergie?« fragte Tomek plump, ohne sich der möglichen Beleidigung bewusst zu sein.

»Allergie? Sie... sie hat keine.«

»Verstehe.«

Genau so flogen ihre Hoffnungen, dass das vermisste Mädchen mit Lily Monteith und den anderen Opfern in Verbindung stehen könnte, geradewegs aus dem Fenster.

»Was macht das für einen Unterschied?« fragte Phoebe Sane an der Seite ihres Mannes. »Sie wird immer noch vermisst, ob sie nun eine Allergie hat oder nicht.«

Es bedeutet nur, dass sie mit viel größerer Wahrscheinlichkeit noch am Leben ist, dachte Tomek. Dann entschied er, dass es im Interesse aller wäre, wenn er nichts mehr sagte.

»Absolut«, warf Anna ein. »Wir wollten Ihre Tochter nur aus unseren Ermittlungen zu den Morden, die Sie erwähnten, ausschließen. Der Killer hat einen bestimmten Opfertyp, und basierend auf Ihrer Beschreibung Ihrer Tochter passt sie nicht dazu. Sie brauchen sich in dieser Hinsicht also keine Sorgen zu machen.«

»Sie sagen also, sie könnte vermisst sein, Sie glauben nur nicht, dass sie tot ist.«

Und es war alles so gut gelaufen. Tomek fand, Anna hatte es professionell und diplomatisch gehandhabt, aber offensichtlich nicht gut genug für den Geschmack von Remis Eltern.

»Es ist wichtig für uns zu wissen, mit wem Ihre Tochter gestern Abend zusammen war«, fuhr sie fort und vermied die Anschuldigung.

»Mit ihren Freunden.«

»Ja. Kennen Sie zufällig ihre Namen?«

So sehr er es auch hasste, es zuzugeben, sobald er entdeckte, dass Remi keine Allergie hatte, begann Tomek abzudriften. Wenn sie nicht mit den Morden in Verbindung stand, dann verschwendete er seine Zeit, die er besser damit verbringen könnte, James Elliott zu finden.

Tomeks Gedanken waren versponnen mit Vorstellungen von dem Mann, der sie alle belogen hatte. Der sie über seinen Job belogen hatte, über seine Sucht, über das Auto, das vor dem Gebäude in Shoeburyness gefunden worden war. Der Mann hatte eine große Zielscheibe auf seinem Kopf, und Tomek konnte es kaum erwarten, ihn im Fadenkreuz zu haben.

Es vergingen einige Minuten des halben Zuhörens, Nickens, wenn er dachte, dass etwas Wichtiges oder Sensibles gesagt worden war, und Lächelns, wenn er glaubte, etwas Aufmunterndes gehört zu haben. In der Zwischenzeit ging sein Kopf mit sich selbst durch. Mit über hundert Stundenkilometern.

Diana Greenock. Mandy Butler. Lily Monteith. Fern Clements. Der Volvo. Das Gebäude. Dagenham & Redbridge FC. Billy der verfickte Kuhkämpfer.

Aber bevor er weiter darüber nachdenken konnte, kam ein Geräusch von der Haustür. Laut, abrupt. Ein Klopfen. Nicht eines der Not, aber die Verzweiflung dahinter war offensichtlich.

»Remi!« rief Phoebe aus, als sie vom Sofa aufsprang und ihren Mann zurückließ.

Roger folgte ihr kurz darauf aus dem Wohnzimmer, mit Tomek und Anna im Schlepptau. Als die drei es in den Flur schafften, hatte Phoebe ihre Arme um ihre Tochter geschlungen, umarmte sie fest, drückte sie an ihre Brust, wiegte ihren Hinterkopf und küsste ihre Stirn.

Hielt sie nah bei sich.

Remi Sane war jetzt genau da, wo ihre Eltern sie haben wollten.

In Sicherheit.

»Sieht so aus, als würden Sie uns nicht mehr brauchen«, sagte Anna, als die beiden zum Ausgang gingen.

KAPITEL
EINUNDFÜNFZIG

Tomek saß seit Stunden an seinem Schreibtisch und trieb sich langsam in den Wahnsinn. Er arbeitete sich in einen katerähnlichen Zustand hinein und erlebte all die gleichen Symptome. Kopfschmerzen, Müdigkeit, Depression, Selbsthass, Verlust der Würde und Reue.

Ein Kater seiner eigenen Art.

Stundenlang hatte er auf dieselben Informationen gestarrt und versucht, die Teile in das Puzzle einzufügen, einen Weg zu finden, wie alles Sinn ergeben würde. Doch am Ende war er kurzsichtig geworden, und alles verschwamm vor seinen Augen.

Erst als er eine feste Hand auf seiner Schulter spürte, blinzelte er. Oder glaubte zumindest, geblinzelt zu haben. Er konnte sich nicht genau daran erinnern, wann er das letzte Mal geblinzelt hatte.

»Du siehst aus, als könntest du etwas Schlaf gebrauchen«, sagte Sean, als er sich neben ihn setzte.

»Oder einen Drink.«

»Ein freches Neujahrstags-Bier später im Last Post?«

Tomek zuckte mit den Schultern. »Würde ich gerne. Aber Kasia. Sie ist den ganzen Tag zu Hause. Ich will nicht...«

»Ich verstehe. Die neue Normalität.«

»Die neue Normalität.«

Beide Männer grinsten einander an und tauschten einen Blick, der Tomek beruhigte.

»Wir müssen etwas in den Kalender eintragen«, sagte er. »Wie Frauen das tun.«

»Wir könnten von Nads lernen. Ich glaube, sie hat die Halloween-Einladungen fürs nächste Jahr schon verschickt.«

Tomek verdrehte die Augen und kicherte. »Ich glaube, ich trage mich da als 'vielleicht' ein. Nicht nach der Katastrophe dieses Jahr.«

Seine Ex-Freundin hatte die Veranstaltung gecrasht, sich an Ort und Stelle von ihm getrennt und dann einen Pädophilen getötet. Er hatte definitiv schon angenehmere Abende mit dem Team verbracht.

»West Ham spielt Ende des Monats zu Hause, wenn du Lust hast mitzukommen?«

»Sehr gerne. Ich bin sicher, die Kleine wird damit glücklich sein, sie kann einfach zu ihrer Freundin gehen oder so.«

»Und ihre Mutter kann auf beide aufpassen.«

»Apropos Liebesleben«, begann Tomek.

»Liebesleben?« Seans Augen weiteten sich. »Wir haben doch gar nicht über-«

»Ich frage nach dir«, erwiderte Tomek hastig. Bemüht, das Gespräch wieder auf Sean zu lenken. »*Dein* Liebesleben. Ich will wissen, was bei dir los ist.«

»Bei mir?« Sean sah sich im Raum um und senkte den Kopf. »Ich habe kein Liebesleben.«

»Und was war dann dieses Herumgestammele vorhin? In Victorias Büro?«

»Oh, mit Vicky? Das war-«

»Vicky?« Jetzt war es an Tomek, die Augen weit aufzureißen. »Ihr seid jetzt also auf niedlicher Vornamenbasis?«

Sean zeigte ihm den Mittelfinger und sagte, er solle sich verpissen. Was Tomek keineswegs vorhatte.

»Du bist derjenige, der zu mir rübergekommen ist«, fügte er hinzu. »Jetzt erzähl mir alles.«

Zum erst zweiten Mal, seit Tomek ihn kannte, sah Sean verlegen aus und nahm denselben nervösen Schuljungenblick an, den er schon früher im Büro der Inspektorin gezeigt hatte.

»Wir sind nur eines Abends etwas trinken gegangen. Der Rest von euch war, glaube ich, schon nach Hause gegangen, also dachten wir, scheiß drauf, und sind in den Pub. Dann haben wir einfach geredet. Du weißt schon, wie das läuft.«

»Immer der Junggeselle«, bemerkte Tomek. »Und die Dinge... entwickeln sich in die richtige Richtung?«

Sean nickte, seine Wangen röteten sich noch dunkler.

»Oh Mann. Ich kann's kaum erwarten, wie du das Nick erklärst, wenn er zurückkommt.«

»Auf keinen Fall. Das überlasse ich ihr.«

Tomek lachte. »Wer sagt, dass Ritterlichkeit tot ist? Das muss es sein, was sie an dir sieht, dieses unsterbliche Bedürfnis, andere vor dich selbst zu stellen. In diesem Fall tust du genau das – du wirfst sie dem Wolf zuerst zum Fraß vor.«

»Ich weiß nicht einmal, was sie an mir findet.«

»Na, zumindest müssen wir uns keine Sorgen machen, dass du dich unter Wert verkaufst!«

Tomek konnte das Lachen nicht zurückhalten, das aus ihm herausplatzte. Der Klang hallte durch das Büro und störte die, die ihnen am nächsten saßen. Als er die Augen öffnete, sah er Sean, der sich den Bauch hielt und ebenfalls über den Witz kicherte.

Es waren Momente wie dieser, die Tomek daran erinnerten, dass es auch im Dunkeln Licht gab. Ihr Job war normalerweise so deprimierend und verheerend, dass sie etwas Helligkeit brauchten, egal wie klein, um ihre Stimmung aufrechtzuerhalten.

»Jetzt musst du mir von *deinem* Liebesleben erzählen«, sagte Sean zu Tomek und brachte sein Lachen abrupt zum Verstummen. »Oder sollte ich sagen, *Liebesleben*?«

»Ich? Liebesleben? Nein. Ich habe keine Ahnung, wovon du sprichst.«

Bevor Sean antworten konnte, begann Tomeks Handy laut auf dem Tisch zu vibrieren.

»Gerettet durch die Glocke.«

Bis er sah, wer anrief.

Edith, seine Nachbarin.

Das vierte Mal in weniger als zwei Tagen. Sie ließ ihn wissen, ob sie etwas Seltsames oder Verdächtiges in der Straße gesehen hatte. Sie fragte nach, wann er das Sicherheitssystem, das er für das Gebäude gekauft hatte, installieren würde (Antwort: wenn er sich erinnerte und wenn er Zeit hatte, was selten gleichzeitig vorkam).

»Hey, Edith«, sagte er und verdrehte die Augen in Seans Richtung.

»Hallo, Tomek. Wie geht es dir heute?«

»Gut, danke. Ist alles in Ordnung?«

»Ich wollte dir nur mitteilen, dass ich ihn wieder gesehen habe.«

»Wen?«

»Den Mann.«

»Ach so.«

»Ja. Er ist schon etwa zwanzig Minuten dort, würde ich sagen. Hast du keine Benachrichtigung auf deinem Handy bekommen?«

»Welche Benach-? Ach, *die*. Nun, ich hatte noch keine Gelegenheit, die Sicherheitskamera anzubringen, fürchte ich.«

»Ach so. Verstehe.«

»Tut mir leid. Die Arbeit ist im Moment wirklich sehr stressig. Ich würde ja sagen, Kasia könnte es machen, aber ich glaube, sie wäre noch nutzloser als ich.«

»Schon in Ordnung. Ein andermal.«

»Möchtest du zu ihr rübergehen?«, fragte Tomek. »Es könnte sich lohnen zu sehen, ob sie den Mann auch gesehen hat. Sie macht einen guten Tee, falls du Lust hast?«

Das Geräusch von Rascheln hallte durch das Telefon.

»Ich gehe jetzt und klopfe an die Tür. Mal sehen, ob sie etwas bemerkt hat.«

Tomek wartete am Telefon, während sie das tat. Das Geräusch von langsamen, gleichmäßigen Füßen, die die Treppe hinaufschlurften - die gleichen Dielen, die er jedes Mal zu vermeiden versuchte, wenn er spät nach Hause kam, aber kläglich scheiterte - klang in seinem Ohr.

Bis... »Die Tür steht offen«, sagte sie. »Sollte die Tür offen stehen?«

»Nein.« Tomeks Stimme begann zu brechen.

Edith bewegte sich näher zur Tür. Er konnte sie fast sehen, wie sie ihre Hand auf den Griff legte und sanft die Tür aufdrückte.

»Kasia?« kam der sanfte Ruf durch das Mobiltelefon.

»Kasia?«

Nichts.

Mittlerweile hatte Tomek aufgehört zu atmen, sein Körper hatte sich angespannt und sein Verstand war ins Stocken geraten.

»Kasia?«

Immer noch nichts.

Dann... »Bist du sicher, dass sie zu Hause sein sollte, Tomek? Weil sie ist nicht hier.«

KAPITEL
ZWEIUNDFÜNFZIG

Tomek war noch nie so schnell nach Hause gefahren.

Eigentlich war er noch nie irgendwohin so schnell gefahren. Gefährlich schnell. Er schlängelte sich durch den Verkehr, überfuhr rote Ampeln, ohne den Fuß vom Gas zu nehmen. Alle anderen Autos, die ihm gefolgt waren, hatten Mühe mitzuhalten. Und als er vor seinem Haus anhielt, rief Sean ihm zu: »Du verdammter Idiot! Du nützt Kasia nichts, wenn du tot bist!«

Das mochte stimmen, aber im Moment war ihm das egal. Das Wichtigste für ihn war, Kasia lebend zu finden und nicht tot auf irgendeinem Feld.

»Ich will alle verfügbaren Einheiten, die die Felder in der Gegend durchsuchen«, befahl er an niemanden im Besonderen. »Hadleigh. John Burrows. Ich will, dass alle nach James Elliott Ausschau halten.«

Es waren nicht mehr als fünfzehn Leute in seiner winzigen Zweizimmerwohnung. Das gesamte Team, außer Nadia, die gezwungen war, zurückzubleiben und die Telefonleitungen zu überwachen, falls etwas hereinkommen sollte. Eine Einheit von vier uniformierten Beamten und ein zweipersoniges Team der Spurensicherung waren alle zu ihm gekommen.

Das war das Ausmaß ihrer Armee. Fünfzehn hochspezialisierte und ausgebildete Mitglieder der Polizei gegen einen Mann.

Bisher hatten sie die gesamte Wohnung auf den Kopf gestellt, wobei Tomek den Großteil der Arbeit erledigt hatte, und doch gab es keine Spur von ihr.

Keine Anzeichen eines gewaltsamen Eindringens. Keine Anzeichen eines Kampfes.

Als er mitten in ihrem Schlafzimmer stand, zwang er sich vorzustellen, wie es passiert sein musste. Wie es geklingelt haben muss, wie sie geöffnet haben muss, in der Erwartung, dass er es sei, und wie sie überwältigt worden sein muss. Zur Unterwerfung gezwungen, auf den Kopf geschlagen, gefesselt, gebunden und dann zurück zum Auto des Killers getragen.

Dann fiel sein Blick auf das kleine Amazon-Paket auf dem Boden neben Kasias Kleiderschrank.

Das verdammte Heimüberwachungssystem.

Es verspottete ihn, lachte ihn an, sagte ihm *hab's dir ja gesagt.*

Wenn er es nur früher installiert hätte. Wenn er nur das getan hätte, worum er unzählige Male gebeten worden war, hätte er zumindest gesehen, wer sie entführt hatte. Er hätte den Killer zumindest in seiner ganzen hinterhältigen Pracht gesehen.

Wut schwoll in ihm an, blubberte wie Victorias Alka-Seltzer. Bis sie schließlich kochte und überlief. Tomek spannte seinen ganzen Körper an, griff nach der Schachtel vom Teppich und begann, sie auf dem Bett zu zerreißen. Pappe, Plastik und die Bauteile des Geräts flogen in die Luft, als wollten sie seinen wütenden Fängen entkommen.

Erst als Sean ihn an der Schulter packte, hörte er auf.

»Was zum Teufel machst du da?«, schrie er Tomek ins Gesicht.

»Ich muss es installieren. Jemand muss es installieren.«

»Das wird niemand können, wenn deine großen Hände das verdammte Ding kaputt gemacht haben.«

Tomek hielt inne und betrachtete das Chaos, das er angerichtet hatte.

»Lass es jemanden machen«, befahl er. »Es muss erledigt werden. Jetzt.«

»Hast du einen Bohrer? Einen Schraubenzieher?«

Tomek sah ihn verwirrt an.

»Ich werde diese Dinge brauchen, wenn ich es anschrauben will.«

Sein Gehirn funktionierte nicht richtig. So sehr, dass er Seans Frage nicht beantworten konnte und aus dem Zimmer ging, um den Mann allein zu lassen. Als er ins Wohnzimmer kam, zeigte er auf Chey und sagte: »Hilf Sean, einen Schraubenzieher oder so was zu finden. Wusste nicht, dass man zwei Leute braucht, um eine verdammte Sicherheitskamera zu installieren.«

Chey nickte, unsicher, und rannte dann ins Schlafzimmer.

Als Tomek sich in seiner Wohnung bewegte, war er sich allem und jedem um ihn herum nicht bewusst. Sie waren zu einem Wirrwarr aus Formen und Farben verschwommen. Doch der klare Teil seines Gehirns erkannte, dass es immer noch Objekte waren und dass man ihnen ausweichen musste.

Er ging von Ort zu Ort, lief auf und ab, ohne nachzudenken.

Sein Verstand arbeitete auf Hochtouren, da sich Panik breit gemacht hatte. Er begann jetzt endlich, die Qualen, die alle vom Killer betroffenen Familien durchgemacht hatten, vollständig zu verstehen und nachzuvollziehen. Wie sie sich vor Angst fast in den Wahnsinn getrieben haben mussten. Obwohl er erst in der ersten Phase war, der unmittelbaren Panik, wusste er, was noch kommen würde.

Paranoia. Verzweiflung. Angst.

Jedes mit seinen eigenen nuancierten Gefühlen und Verhaltensweisen.

Ausrasten gegenüber Freunden und Familie, denen, die sich um ihn sorgten.

Sich selbst in den Wahnsinn treiben mit Gedanken, die wie im Large Hadron Collider in seinem Kopf umherschwirrten.

Er betete nur, dass seine Situation nicht wie all die anderen enden würde. Mit einer toten Teenagerin, die auf einem Feld liegt.

Bei diesem Gedanken schwoll ein Kloß in seinem Hals an.

Er verschwand, sobald er sah, wer gerade durch die Tür gekommen war.

»Ich habe mit deiner Nachbarin gesprochen. Sie hat eine Zeugenaussage bei der Uniform gemacht. Wir haben ihre Nummer, falls wir etwas brauchen.«

»Was machst du hier?«, fragte Tomek.

»Was glaubst du? Ich bin zurück.«

»Um zu helfen?«

Nick legte eine feste, aber tröstende Hand – die Hand eines Vaters – auf seine Schulter. »Lucy geht nirgendwo hin, und ich kann fühlen, wie ich dünner werde, wenn ich nur herumsitze und nichts tue. Außerdem könnte ich die Ablenkung gebrauchen.«

Ein schwaches Flackern eines Lächelns huschte über Tomeks Lippen. Nick, der Ritter in glänzender Rüstung. Der in letzter Minute kommt, um ihn zu retten und den Tag zu retten.

Als Tomek sich gerade dem nächsten Punkt zuwenden wollte, kamen Chey und Sean aus dem Schlafzimmer, die Sicherheitskamera in der Hand, und trugen sie vorsichtig, als hinge das Schicksal der Welt davon ab.

»Schön, dich zurück zu haben, Chef«, sagte Sean zuerst.

Dann Chey. »Schön, Sie wiederzusehen, Sir.«

»Meine Herren.«

»Habt ihr alles, was ihr braucht?«, fragte Tomek die beiden Handwerker.

»Wir haben einen Schraubenzieher und einen Bohrer in deinem Zimmer gefunden. Seltsamer Ort, um sie aufzubewahren, aber ich frag nicht nach. Allerdings fehlen uns jetzt noch ein paar Batterien.«

KAPITEL
DREIUNDFÜNFZIG

Die Batterien mussten von einem Nachbarn geliehen werden. Nur wenige Leute in den vier Häusern, mit denen sie gesprochen hatten, besaßen welche. Und die, die welche hatten, hatten keine funktionierenden.

Nach mehreren frustrierenden Versuchen, bei denen sie falsch in die Wand gebohrt oder das Gerät jedes Mal auf den Boden fallen gelassen hatten, hatten Chey und Sean endlich die Türklingel mit Kamera installiert, und sie funktionierte jetzt einwandfrei, wobei ständig Benachrichtigungen auf seinem Handy eingingen.

Zwei uniformierte Beamte waren zusammen mit Martin vorerst in seiner Wohnung geblieben, und während sie ein- und ausgingen, entweder für Zigarettenpausen oder Telefonate oder nur um den Zustand der Straße zu überprüfen, klingelte Tomeks Handy ständig. Die ersten paar waren erträglich, überschaubar gewesen, aber kurz danach hatte er die Entscheidung getroffen, die Benachrichtigungen auszuschalten. Das Geräusch machte ihn wahnsinnig, und er konnte sich nicht mehr dazu zwingen, es anzuhören. Außerdem würden sie anrufen, wenn es einen Notfall oder ein Update gäbe.

Es war fast zwei Uhr morgens, und er war einer der wenigen Teammitglieder, die noch im Büro waren. Sean, Rachel und Nick waren geblieben, während der Rest des Teams nach Hause gegangen war, bereit für einen frühen Start am nächsten Morgen.

»Ich glaube, du solltest dasselbe tun, Kumpel«, sagte Nick zu ihm.

Tomek schüttelte den Kopf und antwortete: »Bei allem Respekt, Chef, nein. Zuhause ist der letzte Ort, an dem ich sein möchte. Ich bin einer der wenigen Menschen, die tatsächlich etwas gegen das unternehmen können, was mit Kasia passiert ist. Der Rest dieser Familien, die sowas durchmachen, sind gezwungen, dazusitzen und das Schlimmste zu befürchten. Sie sind hilflos, sie können nichts tun, um ihre Lieben zu finden. Während ich es kann. Ich bin in der privilegierten Position, das tun zu können. Ich werde das nicht wegwerfen.«

Nick kaute auf seiner Unterlippe. »Bewundernswert, ich verstehe das. Aber du musst irgendwann schlafen.«

»Es gibt ein bequemes Sofa in einem der Vernehmungsräume. Oder ich verbringe einfach eine Nacht in einer der Zellen.«

»Damit du dich noch mehr quälen kannst?«, fragte Sean einige Meter entfernt. »Verdammt, Mann, hätte dich nie für einen Masochisten gehalten.«

Tomek zeigte ihm den Mittelfinger und wandte seine Aufmerksamkeit dann wieder dem zu, was er gerade tat.

Es war mitten in der Nacht, und bisher hatte keines der Teams von uniformierten Beamten, die in den vielen Feldern und Parks von Hadleigh und Leigh stationiert waren, irgendwelche Sichtungen gemeldet. Leider war der Bezirk Castle Point so groß, mit Dutzenden von möglichen Orten und nicht genug Personal, um sie alle abzudecken, dass die Teams gezwungen waren, ständig herumzufahren und sporadisch in jeden Ort einzutauchen. Es war nicht die ideale Vorgehensweise, aber Tomek war schnell zu der Erkenntnis gekommen, dass wenn Kasia in einem der Felder in der Gegend gesichtet worden wäre, sie tot sein müsste. Eine harte Wahrheit, der er sich auf der Toilette stellen musste, während er in den Spiegel starrte und sich die Tränen aus den Augen wischte.

Der einzige Ort, an dem sie einen begründeten Verdacht hatten, dass der Mörder sie hingebracht haben könnte, war das Gebäude in Shoeburyness. Aber Tomek machte sich darum nicht allzu große Sorgen, da seit ihrer Entdeckung ein ziviles Polizeifahrzeug draußen stationiert war, falls der Mörder zurückkehren sollte.

In der Zwischenzeit war Tomek gezwungen, zu seinen Wurzeln

zurückzukehren, zu den Aufgaben, die er früher als Detective Constable erledigt hatte.

Die Telemetriedaten für Kasias Handy waren angefordert worden, aber es stellte sich heraus, dass ihr Handy ausgeschaltet war, genau wie bei allen anderen Opfern.

Haus-zu-Haus-Befragungen waren in seiner Straße durchgeführt worden, aber niemand hatte etwas Besonderes gesehen, und diejenigen, die etwas gesehen hatten, hatten nichts Wichtiges oder Nachforschungswürdiges gesehen. Stattdessen war er gezwungen, durch die verschiedenen CCTV-Aufnahmen der Hausbesitzer zu suchen, auf der Jagd nach dem Mörder in den kleinsten Bildern.

Nach zwanzig Minuten geistlosen Starrens auf den Bildschirm sah er ein Auto, das an der Wohnung hielt. Aber aufgrund des Verkehrs auf der belebten Straße und des Kamerawinkels konnte er weder Marke, Modell noch Kennzeichen erkennen. Alles, was er sehen konnte, war das Dach des Fahrzeugs, weiß und schmal, ein kleiner Teil der Seitenverkleidung und ein Paar Scheinwerfer. Nichts weiter. Selbst die Bilder der Figur, die aus dem Auto ausstieg, waren körnig und völlig unbrauchbar.

»Zeitverschwendung«, zischte Tomek, als er die Tastatur frustriert wegschob.

»Ich weiß, dass du das bist«, begann Sean, »aber was bin-«

Bevor er den Satz beenden konnte, klingelte das Telefon im Büro und durchbrach die Stille. Das Geräusch war so laut, dass Tomek zusammenzuckte.

»Scheiße nochmal!«, schrie er. »Wer zum Teufel ruft j-?«

Und dann wurde es ihm klar. Kasia. Jemand, der Informationen hatte.

Sofort sprang Tomek von seinem Stuhl auf und rannte durch das Büro zum nächsten Schreibtisch mit einem Telefon darauf. Er riss das Gerät vom Hörer und drückte auf den Knopf, der es auf Lautsprecher stellte.

»DS Bowen, Southend CID am Apparat«, sagte er.

»Alles klar, Sarge?«, kam die Stimme eines jungen Mannes, der klang, als hätte er die Pubertät gerade hinter sich gelassen. »Nur kurz. Ein Auto ist gerade an dem Gebäude vorbeigefahren, das wir beobachten.«

Das Gebäude, in dem Fern Clements zu Tode gestochen worden war.

»Okay.«

»Wir glauben, wir haben es auch in der Nacht zuvor gesehen.«

»Wann gestern Nacht?«

»Gegen Mitternacht. Vielleicht zur gleichen Zeit.«

Tomek schaute auf die Uhr: 02:16. Er konnte sich nicht vorstellen, dass zu dieser Nachtzeit viele Autos unterwegs waren, es sei denn, sie waren aus einem bestimmten Grund dort: zum Töten oder um einen Mord zu planen.

»Was sollen wir tun, Sarge?«

»Was meinst du?«, fragte Tomek verwirrt.

»Sollen wir ihm folgen?«

»Was denkst du denn? Natürlich verdammt nochmal. Folgt ihm und ruft nicht zurück, bis ihr es gefunden habt.«

KAPITEL
VIERUNDFÜNFZIG

Sanftheit.

Eine Sanftheit, die sich anfühlte, als würde sie sie beschützen.

Das war das Erste, was sie spürte. Die Weichheit der Matratze. Darüber hinaus war alles andere taub. Ihre Beine, ihre Hüften. Sogar ihre Hände und Füße, dank der Fesseln, die sie zusammenhielten. Der einzige Teil ihres Körpers, der *fühlen* konnte, war ihr oberer Rücken.

Dann öffnete sie die Augen und sah, was wie ein Schlafzimmer aussah. Der einzige Hinweis darauf, dass es sich um einen solchen Raum handelte, war die Matratze, auf der sie gerade lag, und der Holzschrank in der Ecke. Abgesehen davon gab es nichts anderes. Die Wände waren kahl, bis auf die Löcher, wo Bilderrahmen oder andere persönliche Gegenstände gehangen hatten. Am oberen Rand der Wände, nahe der Decke, begann die klebrige Tapete abzublättern und zu zerfallen.

Der nächste ihrer Sinne, der zurückkehrte, war der Geruch.

Der Geruch von Feuchtigkeit und Schimmel und all den Dingen, die sie gerochen hatte, als sie noch bei ihrer Mutter wohnte. Gerüche, die sie zurück in diese schreckliche Zeit, in dieses schreckliche Zuhause transportierten.

Aber dies war nicht dieses Zuhause. Dies war nicht diese schreckliche Zeit.

Dies war viel schlimmer.

Sie wusste, was das war. Hatte alle Fallnotizen ihres Vaters durchgelesen, wenn er nicht hingeschaut hatte, hatte ihn bei seinen Telefonaten belauscht und gehört, wie er in ihren Gesprächen miteinander darauf anspielte.

Das war der Serienmörder, der Mädchen in ihrem Alter entführt und sie mit ihren Allergien getötet hatte.

Nun, wenn das der Fall war und sie sich im geheimen Versteck des Mörders oder in seinem Zuhause befand, dann war sie am Arsch.

Schon der Gedanke, in die Nähe einer Tüte Nüsse zu kommen, reichte aus, um bei ihr einen anaphylaktischen Schock auszulösen.

Sie hatte keine Ahnung, wie sie dorthin gekommen war. Alles, woran sie sich erinnerte, war, dass sie einem Mann mit Maske die Tür geöffnet hatte, der Handschuhe trug; die gleichen Handschuhe, von denen ihr Vater Tausende von Paaren besaß.

Forensische Handschuhe. Die Art, die verhinderte, dass seine DNA auf Beweisen auftauchte.

Was würde er mit ihr machen? Würde er sie gleich töten? Oder würde er sie warten lassen?

Es dauerte lange, bis sie eine Antwort auf diese Fragen fand.

Es war noch dunkel draußen, als sie ein Geräusch von unten hörte. Mitten in der Nacht. Welche Uhrzeit genau, wusste sie nicht. Aber sie war in den letzten ein oder zwei Stunden immer wieder in den Schlaf gefallen und wieder aufgewacht, hatte ihre Zehen immer wieder in die Gewässer der Bewusstlosigkeit getaucht und wieder herausgezogen. Zog sich jedes Mal aus dem Wasser, wenn sie eine knarrende Diele oder eine sich bewegende Fensterscheibe hörte.

Aber diesmal hörte sie das Geräusch wirklich. Das Geräusch von sich nähernden Schritten. Näher, näher...

Eine Pause, als der Mörder auf der anderen Seite der Tür wartete. Das Geräusch seines Atmens war hinter dem Holz hörbar.

Kasia hielt den Atem an, um die Stille nicht zu stören.

Hielt ihn an, bis ihre Lungen zu platzen drohten.

Und dann drehte sich die Gestalt um und ging wieder nach unten. Das Geräusch der Schritte verebbte sanft, bis schließlich das ganze Haus still wurde.

An diesem Punkt, als sie feststellte, dass sie so sicher war, wie sie jemals sein würde, tauchte Kasia ihre Zehen wieder in das Wasser der Bewusstlosigkeit. Und innerhalb weniger Sekunden tauchte sie komplett ein.

KAPITEL
FÜNFUNDFÜNFZIG

Der postpubertäre Polizist rief nie zurück, was, wie Tomek gleich erfahren sollte, bedeutete, dass sie das Auto nie eingeholt hatten.

Als endlich das Licht über dem Horizont anbrach, hatte Tomek beschlossen, dem kleinen Gebäude einen Besuch abzustatten. Es hatte wenig Sinn, sich mitten in der Nacht dorthin zu wagen, wo seine Fähigkeiten und sein Fachwissen im Dunkeln weniger als nutzlos gewesen wären. Jetzt allerdings, da die Sonnenstrahlen durch den dicken grauen Dunst über ihnen drangen, hoffte er, dass sich das ändern würde.

Ein leichter Regen, durchsetzt mit der Kälte in der Luft, war seit dem frühen Morgen gefallen und machte die Fahrt zu dem Gebäude in Shoeburyness mühsam und gefährlicher als nötig. Die Straßen waren ohnehin schon schmal genug, und es wurde noch schlimmer durch den Schlamm, der den Asphalt bedeckte, und seine unbarmherzige Ungeduld, so schnell wie möglich dorthin zu gelangen.

Vor dem Gebäude warteten die beiden Polizisten, die das Gebäude über Nacht beobachtet hatten. Sie waren beide so jung wie Chey, wenn nicht jünger. Anfang zwanzig. Sehr frühe Zwanziger. Und sie sahen aus, als wären sie gerade vom College abgegangen. Sie waren in fast jeder Hinsicht identisch, in Größe, Statur, Frisur und Haarfarbe. Sie hatten sogar die gleiche gebräunte Haut – mit Ausnahme ihrer Nasen.

Cody, der Polizist, der den Anruf getätigt hatte, war der stolze Besitzer einer dünnen, schmalen Nase, während Flint, der andere Polizist, eine größere, gebrochene Nase hatte, die wie ein Anhängsel von seinem Gesicht zu hängen schien.

»Morgen, Wachtmeister«, sagte Cody und streckte seine Hand aus.

Tomek schüttelte sie und wiederholte die Geste bei Flint. Beide jungen Männer hatten für ihr Alter einen kräftigen Händedruck. Er musste nicht rätseln, warum.

»Erzählt mir alles, was ihr wisst«, sagte Tomek.

Bevor Cody beginnen konnte, kam der Konvoi an. Nick, Rachel, Sean und das Team der Spurensicherung. Tomek hatte sich selbst einen Vorsprung vor ihnen verschafft und dabei unterwegs ein paar Geschwindigkeitsgesetze gebrochen. Als sie alle aus ihren jeweiligen Autos ausgestiegen waren und die Vorstellungen abgeschlossen hatten, begann Cody zu sprechen.

Er hatte die volle Aufmerksamkeit, alle sieben blickten zu ihm auf und hörten aufmerksam zu. Und es war deutlich zu erkennen, dass ihm die Nervosität der Situation zu schaffen machte. Noch bevor er überhaupt begonnen hatte, weiteten sich seine Augen und er begann, sich am Hinterkopf zu kratzen.

»Also, wir haben es zum ersten Mal in der anderen Nacht gesehen, oder?«, fragte er Flint. »Nicht letzte Nacht. Sondern in der Nacht davor. Die Nacht vorher.«

»Zwei Nächte hintereinander«, kommentierte Tomek ungeduldig. »Ja, wir haben's kapiert. Mach weiter.«

»Richtig. Nun, beim ersten Mal haben wir uns nichts dabei gedacht, verstehen Sie? Wir dachten nur, es sei irgendein Anwohner, der hier auf der anderen Seite der Höfe wohnt, aber als wir es dann letzte Nacht wieder sahen, eigentlich eher in den frühen Morgenstunden von heute, dachten wir, dass etwas nicht stimmen könnte. Es ist nicht so üblich, dass dasselbe Auto zwei Nächte hintereinander um drei Uhr morgens hier herumfährt. Verstehen Sie, was ich meine?«

Tomek seufzte innerlich. Obwohl ihm klar war, dass der Polizist noch jung war, und er ihm den Vorteil der Unerfahrenheit und Naivität zugestand, fand er es dennoch quälend, ihm zuzuhören.

»Woher wisst ihr, dass es dasselbe Auto war?«

»Weil ich es wiedererkannt habe«, antwortete Cody. »Nun, eigentlich war es Flint, der es in Frage gestellt hat.«

»Okay«, sagte Tomek, als er sich dem anderen Polizisten zuwandte. »Flint, du klingst wie der Aufgeweckte. Was hast du gesehen?«

»Nun, es war weiß.«

»Guter Anfang.«

»Und das war's auch schon.«

Tomek seufzte schwer, diesmal äußerlich. Aber als er das tat, fegte eine Windböe über das Feld, die verhinderte, dass ihn die anderen hörten.

»Also habt ihr ein weißes Auto gesehen und gedacht, ihr ruft uns an?«

»Ja, Wachtmeister.«

»Gab es irgendwelche besonderen Merkmale an dem Auto?«, fragte Rachel und schaltete sich ein. »Habt ihr das Kennzeichen lesen können? Die Marke? Das Modell?«

Flint überlegte einen Moment. »Ich meine... es war stockdunkel, und die Scheinwerfer waren ausgeschaltet. Aber ich glaube... ich glaube, es war ein Cactus oder so.«

»Ein was?«, fragte Tomek. »Wir sind nicht in der Wüste, Junge.«

»*Tomek*«, behauptete Nick streng und trat dann einen Schritt vor. »Meinst du den Citroën Cactus?«

Flint nickte. »Der mit dieser massiven Verkleidung in der Mitte der Seite, die aussieht, als hätte ein Kind einfach einen Briefkasten darauf gezeichnet.«

Tomek wusste nicht, auf welches Auto sie sich bezogen, aber nach den Gesichtsausdrücken seiner Kollegen zu urteilen, wussten sie genau, nach welchem sie suchen mussten. Ein weißer Citroën Cactus.

Ein weißer Citroën Cactus, in dem seine Tochter eingesperrt war. Tomek versuchte, an James Elliotts Autos zu denken; an die Autos, die auf seinen Namen zugelassen waren, oder die in seiner Einfahrt standen. Aber da er nicht wusste, wie das Auto überhaupt aussah, wurde ihm klar, dass das Unterfangen vergeblich war und dass die Aufgabe besser für jemanden im Büro geeignet war.

»Habt ihr im Gebäude nachgesehen?«, fragte Nick.

Beide Polizisten schüttelten den Kopf.

»Wir haben es die ganze Nacht überwacht. Soweit wir wissen, war niemand drinnen.«

»Außer als ihr dem Auto gefolgt seid.«

Codys Wangen färbten sich rot. »Nun, ja. Außer dann.«

»Also war es dann doch nicht die ganze Nacht, oder?«, sagte Tomek unverblümt.

»Nein. Ich schätze nicht.«

»Dann sag nicht Dinge, die nicht wahr sind-«

»Wachtmeister!«, Nicks Stimme durchschnitt den Wind wie eine Sense und brachte Tomek sofort zum Schweigen, ebenso wie das Rascheln der Blätter und Bäume um sie herum. »Das reicht, danke. Nun, meine Herren, könntet ihr mich bitte zu dem Gebäude führen?«

Der Besuch war sinnlos. Es war genau so, wie Tomek es zuletzt gesehen hatte. Nichts hatte sich verändert, nichts war anders. Und was noch wichtiger war, er hatte Kasia nicht dort gefunden. Das bedeutete, dass sie immer noch irgendwo da draußen war, an einem geheimen Ort festgehalten wurde, von dem sie nichts wussten.

Wo? fragte sich Tomek. Aber ihm fiel nichts ein. Während ihrer gesamten Ermittlung war dies das einzige Gebäude, das sie entdeckt hatten. Der einzige Ort, der den Anschein von Bösartigkeit und Übel hatte. Und es gab nichts, was darauf hindeutete, dass James Elliott seine Opfer in seinem Haus festgehalten hatte oder dass er eine andere Immobilie besaß, in der er sie gefangen hielt.

Kurz nachdem sie das Innere des Gebäudes gesehen hatten, schlug Nick vor, zur Dienststelle zurückzukehren. Da sie auf der Straße nicht wenden und den gleichen Weg zurückfahren konnten, mussten sie den langen Weg nehmen. Tomek führte den Konvoi an, mit der Autokolonne in seinem Rückspiegel. Inzwischen hatte der Regen nachgelassen und die Wolken begannen aufzubrechen. Im Radio dröhnte der neueste Popsong laut durch die Lautsprecher. Kasia hörte gerne laut Musik, wahrscheinlich weil ihre Trommelfelle durch die Lautstärke in ihren Kopfhörern bereits so zerstört waren, und er brachte es nicht übers Herz, die Lautstärke zu reduzieren.

Als Tomek die engen, kurvigen Straßen befuhr und dabei den tief hängenden Ästen und dem rutschigen Asphalt auswich, fiel ihm etwas auf. Vögel. Genauer gesagt, Krähen. Große, bösartige Krähen, die über einer bestimmten Stelle auf einem Feld zu seiner Rechten kreisten. Direkt über der Stelle schwebte eine kleine, dünne schwarze Wolke.

Tomek hielt abrupt an und zog die Handbremse. Hinter ihm quietschten Reifen, als die anderen Fahrzeuge zum Stehen kamen, aber er schenkte dem kaum Beachtung, als er aus dem Auto stieg. Er wusste nicht warum, aber irgendetwas zog ihn zu den Vögeln, zu dieser Stelle. Eine Anziehungskraft, seine Intuition.

»Was zum Teufel machst du da, Tomek?« fragte Nick, als er aus seinem Auto platzte. »Wo gehst du hin?«

Tomek ignorierte sie und ging weiter. Er sprang über nasse Erdhaufen, platschte in Pfützen, watete durch die Reihen von Gemüse, das dort wuchs. Der Schwarm Krähen war nicht weiter als ein paar Meter entfernt, aber Tomek hatte die Leiche schon lange vorher bemerkt, dank des Geruchs, ranzig, faulig, der vom Wind aufgenommen und zu seinen Nasenlöchern getragen wurde.

»Hier drüben!« schrie er, seine Stimme brach. »Schnell! Hier ist eine Leiche!«

Tomek näherte sich vorsichtig und suchte den Boden nach Schuhabdrücken oder Vertiefungen ab, wo die Leiche über die Oberfläche gezogen worden war. Sein Magen verkrampfte sich und sein Körper wurde kalt vor Angst.

Nur wenige Meter trennten ihn davon, möglicherweise in die Augen seiner toten Tochter zu starren.

»Bleibt dort!« rief Tomek zurück. Wenn das Kasia war, die mit dem Gesicht nach unten auf dem Boden lag, wollte er niemanden sonst dabei haben. Er wollte einen Moment mit ihr allein sein, bevor das Team kam und den Rest erledigte. Bevor sie sie berührten und bewegten.

Er näherte sich der Leiche langsam, seine Beine zitterten.

Nach und nach kam sie in sein Blickfeld.

Und dann atmete er erleichtert auf.

Die Schuhe waren anders: Männerschuhe. Ebenso die Jeans und der Mantel. Und die Haare waren auch anders.

Die eines Mannes. Definitiv die eines Mannes.

Als Tomek sich neben dem Mann hinkauerte, erkannte er, wer es war.

Mit dem Gesicht im Boden, halb in der Erde versunken, lag James Elliott.

KAPITEL
SECHSUNDFÜNFZIG

Tomek verspürte eine verwirrende Mischung aus Erleichterung und Verzweiflung.

Erleichterung darüber, dass Kasia nicht tot war, dass ihre Leiche nicht irgendwo mitten auf einem Feld entsorgt worden war.

Und Verzweiflung, weil sie immer noch vermisst wurde, weil immer noch die Möglichkeit bestand, dass ihre Leiche jederzeit mitten auf einem Feld entsorgt werden könnte.

Die einzige Frage blieb, wo... und wann.

Aber er versuchte, nicht daran zu denken. Versuchte, positiv zu denken, optimistisch. Das Glas ist halb voll und all das.

Seit der Entdeckung von James Elliotts Leiche waren einige Stunden vergangen. In dieser Zeit war ein Zelt der Spurensicherung über ihm errichtet worden, und ein großes Team von Kriminaltechnikern sammelte derzeit Beweise am Tatort. Es würde noch lange dauern, bis sie fertig wären und nach Hause geschickt würden. Die Todesursache war Erdrosselung, und die Arbeitshypothese lautete, dass er anderswo getötet und dann zur Farm transportiert worden war, wo sein Mörder am Straßenrand angehalten, seine Leiche zum Fundort getragen und dort abgelegt hatte. Bisher hatte das Team keine Schuhabdrücke im Schlamm gefunden, was darauf hindeutete, dass seine Leiche dort abgelegt worden war, als der Boden trocken gewesen war. Sie hatten jedoch am Straßenrand Reifenspuren entdeckt, die mit den Spuren übereinstimmten, die früher bei dem Ziegelgebäude im Laufe der Ermittlungen gefunden worden waren. Dies bestätigte zwar immer noch nicht die Marke oder das Modell, nach dem sie suchten, aber es erhöhte zumindest die Wahrscheinlichkeit, dass das gesuchte Auto tatsächlich ein Citroën Cactus war.

Aufgrund von James Elliotts Verwesungszustand hatte Lorna Dean geschätzt, dass der Materialwart mindestens sechsunddreißig Stunden, vielleicht achtundvierzig, dort gelegen hatte.

Die erste Nacht, in der Flint und Cody den Citroën Cactus gesichtet hatten.

Silvester.

Die Nacht, in der das Auto nicht von den beiden Polizisten verfolgt worden war.

Die Nacht, in der James Elliott verschwunden war.

Was bedeutete, dass jemand ihn entführt und getötet hatte.

Ihn zum Schweigen gebracht hatte.

Aus einem bestimmten Grund. Und Tomek hatte vor, herauszufinden, was das war. Aber in der Zwischenzeit gab es etwas, das er tun musste, jemanden, mit dem er sprechen musste.

Tomek klopfte an die Tür und wartete. Der Regen hatte wieder eingesetzt, diesmal stärker, begleitet von einer Rachsucht, einer dunklen Vorahnung auf das, was noch kommen würde.

Die Tür öffnete sich wenige Augenblicke später. Vor ihm stand Mrs. Turpin, Billys Mutter, in einem weißen Bademantel, und sah aus, als wäre sie gerade geweckt worden.

»Was machen Sie hier? Ich will Sie nicht in der Nähe meines Sohnes haben. Sie müssen gehen, sonst rufe ich die Polizei.«

Tomek musste über diesen letzten Kommentar in sich hineinlachen. Das brachte ihn immer zum Lachen. »Ich bin die Polizei«, erwiderte er.

»Das ist Belästigung!« Mrs. Turpin griff in die Tasche ihres Bademantels und zog ihr Handy heraus.

Tomek hob kapitulierend die Hände und senkte seine Stimme. »Bitte«, sagte er. »Sie verstehen nicht. Ich muss mit Ihrem Sohn sprechen.«

»Nein!«

»Es geht um meine Tochter. Sie ist... sie wird vermisst.«

Das schien sie aus der Bahn zu werfen. Langsam senkte sie ihr Handy und lockerte ihren Griff an der Haustür. »Oh mein Gott, geht es ihr gut? Ich meine, wissen Sie, ob es ihr gut geht? Ob sie verletzt wurde? Wie lange wird sie schon vermisst?«

»Seit gestern Abend. Sie wurde aus unserem Haus entführt.«

Billys Mutter zögerte einen Moment und neigte dann den Kopf zur Seite. »Das tut mir so leid«, sagte sie. Dann fügte sie hinzu: »Aber was hat das mit Billy zu tun?«

»Ich möchte mit ihm sprechen, sehen, ob er etwas weiß.«

»Natürlich weiß er nichts. Warum sollte er etwas über das Verschwinden Ihrer Tochter wissen?«

»Wegen des Fußballvereins«, gab Tomek zu. »Jemand aus seinem Fußballverein ist dafür verantwortlich, und ich muss wissen, ob jemand Kontakt zu ihm aufgenommen hat, ihm Nachrichten über Kasia geschickt oder persönliche Fragen über sie gestellt hat.«

Billys Mutter zögerte und wägte ab, ob sie ihn eintreten lassen sollte.

Schließlich gab sie nach und trat beiseite. Tomek nickte ihr dankbar zu, als er eintrat.

Billy war im Wohnzimmer und spielte auf einer Nintendo Switch, die Beine auf einem Sofa überkreuzt, das so groß war, dass es ihn völlig verschluckte.

»Billy, Kasias Vater ist hier, um dich zu sehen.«

»Was? Warum?«

Seine Mutter legte eine Hand auf seine Schulter. »Ich lasse ihn erklären.«

Dann überließ sie Tomek das Wort, der seinen Blick senkte und Billys Augen traf. Die Augen des jungen Jungen waren wild vor Angst und Beklemmung. Als ob er wüsste, dass er etwas Schlimmes getan hatte und darauf wartete zu erfahren, was Tomek wusste.

»Letzte Nacht wurde Kasia aus unserem Haus entführt. Ich möchte wissen, ob du etwas darüber weißt.«

»Ich... Nein...« Billy ließ die Spielkonsole auf das Sofa fallen und drückte seine Knie näher an seine Brust. »Geht es ihr gut?«

»Ich weiß es nicht.«

»Wie ist es passiert?«

»Ich hatte gehofft, du könntest es mir sagen«, sagte Tomek. »Hat jemand vom Fußballverein Fragen über Kasia gestellt? Wollte jemand ihre Bewegungen wissen?«

Billy musste nicht lange darüber nachdenken; er schüttelte fast sofort heftig den Kopf.

»Ich habe keine Ahnung. Niemand vom Fußball hat mir Nachrichten geschickt oder so. Ich weiß nicht, warum jemand ihr das antun würde.«

Tomek wusste es. Tomek hatte sofort gewusst, warum sie entführt worden war. Ihre Nussallergie. Die, die Billy vergessen hatte und sie deswegen ins Krankenhaus gebracht hatte.

Jetzt, wo er darüber nachdachte, wurde ihm klar, dass die schwarze Gestalt aus einem anderen Grund am Strand gewesen war. Er war wegen Kasia da gewesen, hatte sie beobachtet. Gewartet. Wenn sie in dieser Nacht nicht so aktiv gewesen wäre, ihre Freundin verteidigt und die Polizei gerufen hätte, fragte sich Tomek, ob sie nicht schon früher entführt worden wäre. Ob sie nicht bereits tot wäre.

Daran sollte man lieber nicht denken.

Doch es blieb im Vordergrund seiner Gedanken, verfolgte ihn, blitzte ab und zu vor seinen Augen auf. Quälte ihn.

»Du weißt also nichts darüber, was mit ihr passiert ist?«

Billy schüttelte den Kopf. »Es tut mir leid. Nein, ich weiß nichts.«

Tomek blickte auf den Teppich und ließ die Schultern hängen. »Wenn Ihnen etwas einfällt oder wenn jemand mit Ihnen Kontakt aufnimmt, rufen Sie mich bitte an.«

Er griff in seine Tasche und holte eine Visitenkarte hervor. Billys Mutter nahm sie vorsichtig entgegen und betrachtete sie.

»Natürlich. Wir melden uns, wenn wir etwas hören. Ich hoffe, Sie finden sie. Und ich hoffe, es geht ihr gut.«

Das hoffte Tomek auch. Aber wenn die jüngste Vergangenheit ein Anhaltspunkt war, dann schloss sich das Zeitfenster, um sie lebend zu finden.

Und zwar schnell.

KAPITEL
SIEBENUNDFÜNFZIG

omek war gerade mal dreißig Sekunden zurück auf der Wache, als Nick seinen Kopf aus der Bürotür streckte und ihn zu sich rief.

Keine Zeit, mit jemandem zu plaudern. Keine Zeit für ein Update. Keine Zeit für irgendetwas.

Und etwas an der Art, wie Nick ihn herübergerufen hatte, deutete darauf hin, dass der Chief Inspector ihm auch nichts Wichtiges mitzuteilen hatte.

»Setz dich«, befahl Nick bestimmt.

Tomek tat wie ihm geheißen, wie er es schon so oft in der Vergangenheit getan hatte.

»Ein paar Dinge sind mir zu Ohren gekommen«, begann Nick, »aber zuerst möchte ich wissen, wie es dir geht.«

Wie glaubst du, dass es mir verdammt nochmal geht? wollte Tomek sagen, hielt es aber zurück. Er erinnerte sich an sein Gespräch mit Nick über Lucy und wie Nick auf die gleiche Frage reagiert hatte: ruhig, kontrolliert und respektvoll, obwohl er höchstwahrscheinlich genau dasselbe gefühlt hatte wie Tomek jetzt.

Schließlich antwortete Tomek: »Ich will sie einfach nur finden. Ich will einfach nur wissen, dass sie in Sicherheit ist und dass ihr nichts passiert ist.«

»Das verstehe ich. Wirklich. Aber ich habe gesehen, wie du mit den

Leuten redest, wie du sie herumkommandierst. Du kannst Menschen nicht wie Scheiße behandeln, Tomek. Die Art, wie du vorhin mit Cody und Flint gesprochen hast, das war inakzeptabel, Kumpel.«

Tomek biss sich auf die Lippe. Ließ seine Frustration an seinem Zahnfleisch aus.

»Und wie du Teammitglieder herumkommandierst. Wir alle wollen Kasia finden. Ehrlich, das wollen wir. Aber sich so zu verhalten wird nicht helfen und wird uns nicht effektiver arbeiten lassen. Du stehst unter *enormem* Stress, das verstehe ich, *wir* verstehen das, aber es gibt Grenzen, Kumpel. Gott weiß, was du durchmachen musst. Das ist nichts im Vergleich zu dem, was mit Lucy passiert ist, aber ich denke, von allen hier stehe ich der Situation am nächsten. Und ich hatte nichts mit der Verhaftung von Paddy Battersby zu tun, und ich denke, das war gut so. Ich glaube, ich musste davon Abstand haben. Andernfalls... verdammt nochmal, ich wäre in diesen Vernehmungsraum gegangen und hätte ihn krankenhausreif geprügelt.« Nick fuhr mit der Hand über seinen kahlen Kopf, als poliere er ihn mit seinem Schweiß. »Verstehst du, was ich sagen will?«

Natürlich verstand er, was Nick sagte. Wie könnte er nicht? Es war so offensichtlich und blendend wie die Reflexion auf Nicks Glatze.

»Du willst, dass ich bei den Ermittlungen zur Entführung meiner eigenen Tochter einen Schritt zurücktrete?«

»Ich-«

»Das ist doch wohl ein Witz, oder? Nein. Auf keinen Fall. Ich werde nicht verdammt nochmal dasitzen und die Füße hochlegen wie ein Arschloch.«

»Das verlangt niemand von dir. Du kannst immer noch eine aktive Rolle bei der Suche nach deiner Tochter spielen. Du solltest nur...«

»Was?«

»...uns das Reden überlassen.«

Tomek hatte genug davon, mit den Zähnen zu knirschen, und biss stattdessen so fest auf seine Zunge, dass er schnell Metall in seinem Mund schmeckte.

»War's das?«, fragte er schroff. »Meine Tochter ist verschwunden und du kommst nur her, um mich anzumeckern und mir zu sagen, dass ich überreagiere und mich benehme, wie ich mich eben benehme.«

»Als hätte sich nichts geändert... erinnerst du dich?«

Tomek wurde an ihr Gespräch an der Strandpromenade erinnert.

»Als hätte sich nichts geändert«, sagte er, stieß Luft durch seine Nasenlöcher aus und wandte sich vom Chief Inspector ab.

»Wirst du dich beruhigen, bevor du wieder nach draußen gehst?«, fragte Nick.

»Vielleicht. Warum?«

»Weil ich das brauche. Ich habe eine Überraschung für dich.«

»Wenn du nicht meine Tochter gefunden hast, würde ich dieses Wort an deiner Stelle nicht in meiner Nähe benutzen.«

Nick rutschte unbehaglich auf seinem Stuhl hin und her. »Richtig. Ja. Entschuldigung.«

»Also... Raus damit, was ist es?«

»*Überlass das mir*«, hatte Nick ihm an der Strandpromenade gesagt.

Und das hatte er getan. Aber nicht, weil er darauf vertraute, dass Nick sein Versprechen halten würde (das war ohnehin selbstverständlich), sondern weil er es komplett vergessen hatte. Harrison Rossiter war in den Hintergrund gerückt, als die Suche nach James Elliott und seiner Tochter in den Vordergrund trat.

Aber jetzt war der junge Mann hier. Er würde in weniger als zehn Minuten auf der Wache eintreffen. Von Nick mit einem Last-Minute-Flug eingeflogen.

»Wie hast du ihn herbekommen?«, hatte Tomek gefragt.

»Nun, ich habe ihm gesagt, dass es sich um polizeiliche Ermittlungen handelt, und wenn er nicht kommt, würden wir die französische Polizei zu seinem Haus schicken. Das hat ihm Angst gemacht, und jetzt ist er hier.«

Zehn Minuten später betrat Harrison Rossiter, der Ligue-1-Akademiespieler, die Türen der Wache und wurde von Anna und einer zivilen Unterstützungsbeamtin begrüßt. Er wurde dann in einen der Vernehmungsräume geführt und Tomek wurde benachrichtigt.

Auf dem Weg zum Raum begann Tomek zu schwitzen, und ein Geruch drang aus seinen Achselhöhlen. Er war nervös. Mehr als nervös. Er schiss sich fast ein.

Der junge Mann, alle ein Meter neunzig von ihm, kannte möglicherweise die Identität des Mörders.

Kannte die Identität des Entführers seiner Tochter.

Die Antwort darauf, wo Kasia gefangen gehalten wurde und wer sie unter seiner Kontrolle hielt.

Tomek wappnete sich, als er seine Hand auf den Türgriff legte.

Er öffnete die Tür.

Harrison Rossiter saß am Tisch, mit geradem Rücken, die Hände ineinander verschränkt, ruhig auf der Oberfläche liegend. Das komplette Gegenteil von Billy, dem Kuhkämpfer. Er stellte sich vor, wie der Siebzehnjährige im Stuhl gelümmelt hätte, die Beine weit gespreizt, vielleicht sogar mit einem Fuß auf der Tischkante. Aber nicht Harrison. Der junge Erwachsene strahlte Anstand, Respektabilität und gute Manieren aus. Als hätten die Franzosen ihm diese Eigenschaften nicht nur auf dem Fußballplatz, sondern auch für das wirkliche Leben eingetrichtert.

Denn, wie Tomek so häufig las, waren die Chancen, es jemals zum Profi zu schaffen, astronomisch gering, weshalb sie ihre Akademiespieler auf die größere Welt des Lebens vorbereiten mussten.

Tomek hoffte nur, dass er genauso ehrlich wie respektvoll war.

Er streckte seine Hand aus. »Freut mich, dich kennenzulernen, Harrison. Danke, dass du so kurzfristig gekommen bist.«

»Das ist... schon in Ordnung.«

»Weißt du, warum du heute auf die Wache gebracht wurdest?«

Sobald die Fragen begannen, fing Harrison an, mit seinen Fingern zu spielen. »Der Beamte, mit dem wir gesprochen haben, Hauptkommissar Cleaves, sagte, es ginge um ein Konzert vor ein paar Jahren.«

»Ja. Das stimmt ungefähr. Insbesondere das Konzert, das du vor zwei Jahren im Cliffs Pavilion besucht hast. Erinnerst du dich daran?«

Harrison überlegte nicht lange. »Catfish haben gespielt.«

»Genau das. Was kannst du mir über diesen Abend erzählen?«

Tomek kämpfte gegen jeden Drang in seinem Körper an, den Jungen geradeheraus zu fragen, von wem er die Drogen gekauft hatte, aber er unterdrückte es. Gegen sein besseres Urteil. Es war klüger, den Jungen erst einmal zu beruhigen, ihn an die Fragen und Fragetypen zu gewöhnen, und dann würde er zum entscheidenden Punkt kommen.

»Es war Avenas Idee hinzugehen. Ich war selbst kein großer Fan, aber ich bin immer dabei, wenn es darum geht, mit meinen Kumpels etwas zu unternehmen, Erinnerungen zu schaffen und so. Also habe ich die ganze Organisation ihnen überlassen und einfach meinen

Anteil bezahlt und bin aufgetaucht. Soweit ich mich erinnere, waren wir ziemlich früh da, damit wir vorne stehen konnten, aber im Laufe des Abends wurden wir alle getrennt, weil zwangsläufig jemand auf die Toilette musste, also ging jemand anderes mit, und dann merkte jemand anders, dass er auch gehen musste. Also, ich meine, vor dem Unfall waren nur noch ich, Avena und Priti zusammen.«

»Wie weit wart ihr von der Bühne entfernt?«

Harrison lachte leise. »Typischerweise, weil wir ständig getrennt wurden, trieben wir immer weiter von der Bühne weg in die Mitte. Es war niemand da, um unsere Positionen zu sichern, und du weißt ja, wie das ist, jeder versucht, sich so weit wie möglich nach vorne zu drängeln.«

»Und an welchem Punkt hat dir jemand Drogen angeboten?«

Dann stockte das Gespräch. Harrisons Körper verlor jede Haltung, er hörte auf, mit seinen Fingern zu spielen, und das gleichmäßige Heben und Senken seiner Brust beschleunigte sich.

Als sich sein Gesicht in tiefen Gedanken verzog, begannen sich seine Pupillen zu weiten.

»Du bist deswegen nicht in Schwierigkeiten«, sagte Tomek. »Und niemand muss es deinen Eltern erzählen, wenn du dir darum Sorgen machst. Jugendliche nehmen ständig Drogen. Offensichtlich mögen wir das überhaupt nicht. Aber womit wir wirklich ein Problem haben, und womit *ich* wirklich ein Problem habe, ist, wenn Leute diese Drogen mit Chemikalien und Gift versetzen. Das ist deiner Freundin Avena passiert, nicht wahr?«

Harrison senkte seinen Blick in seinen Schoß und nickte, unfähig, Tomek in die Augen zu sehen.

»Glücklicherweise hatte deine Freundin Glück. Sie hatte Glück, dass sie vernünftig genug war, nur die Hälfte dieser Pille zu nehmen, und sie hatte Glück, dass ihr alle so schnell reagiert habt. Aber einige andere Leute hatten nicht so viel Glück. Verstehst du, was ich meine?«

Ein weiteres Nicken, diesmal hob er seinen Kopf ein bisschen höher.

»Die Person, die dich und deine Freunde mit Drogen versorgt hat, hat seit dieser Nacht viel Schlimmeres getan«, fuhr Tomek fort. »Und jetzt müssen wir herausfinden, wer er ist und wo er ist.«

Mehr Nicken, mehr Anheben.

»Und als ich mit Avena gesprochen habe, teilte sie mir mit, dass du die Person zu kennen schienst, die euch die Drogen verkauft hat. Sie sagte, du hättest ihn umarmt. Sie sagte, du kanntest ihn vom Fußball. Stimmt das?«

»*Oui*«, sagte Harrison und korrigierte sich dann. »Ja.«

»Gut. Ich möchte dich nur wissen lassen, dass, indem du mir seinen Namen sagst, dir nichts passieren wird. Wir werden dich nicht verhaften, und wir werden deinen Namen so weit wie möglich aus den Ermittlungen heraushalten, aber ich hoffe, dass du wie ich diesen Kerl dorthin bringen willst, wo er hingehört. Hinter Gitter, richtig?«

»Richtig.«

»Gut. Jetzt möchte ich, dass du mir in deinem eigenen Tempo sagst, wer dir diese Drogen vom Fußballverein verkauft hat.«

KAPITEL
ACHTUNDFÜNFZIG

Wenige Sekunden später stand der Name, den Harrison Rossiter ausgesprochen hatte, ganz oben auf der Tafel im Einsatzraum.

Innerhalb von Minuten war es allgemein bekannt, und jeder im Team, einschließlich der Notfalleinsatzeinheiten, die zu seiner letzten bekannten Adresse geschickt worden waren, wurde informiert.

Als Teil ihrer früheren Unterhaltung hatte Nick darum gebeten, dass Tomek zurückbleiben sollte, während der Rest des Teams auf die Jagd ging. Auf diese Weise würde Tomek, falls er auf ihn treffen sollte, nicht in Versuchung geraten, dem Mann das Gesicht zu zertrümmern.

Nicht dass er das tun würde, denn in den letzten dreißig Minuten war er nicht in der Lage gewesen, irgendetwas zu verarbeiten. Er konnte nicht einmal an seinen eigenen Namen denken, geschweige denn jemanden bis zur Bewusstlosigkeit zu prügeln.

Obwohl er mit der Entscheidung, zurückzubleiben, nicht einverstanden war, erkannte er, dass er die Zeit nutzen konnte, um die Rolle des Killers bei jedem Mord besser zu verstehen. Um Beweise für jeden Mord zu sammeln, damit die Staatsanwaltschaft alles Nötige hätte, wenn der Fall vor Gericht käme.

Es war eine ziemlich logische, gut durchdachte Entscheidung, die ihn selbst überraschte.

Zunächst begann er mit dem jüngsten Fall. Fern Clements. Das fünfzehnjährige Mädchen aus Hadleigh. Er ging alle Beweise durch, die das Team über Wochen zusammengetragen hatte; die Liste der Personen an ihrer Schule, ihre Lehrer, ihre Familienfreunde, jeden, mit dem sie online gesprochen hatte, und fand den Namen des Killers unter all dem.

Dann ging er zu Lily Monteiths Tod über. Sichtete die Beweise, die bei ihrem Mord gesammelt worden waren, ähnliche Beweise wie die für Fern Clements. Fand auch dort den Namen des Killers.

Und dann, nach einer Stunde der Ermittlung, war er beim Tod von Mandy Butler angekommen. Und bei all den anderen Opfern, die K.-o.-Tropfen bekommen hatten. Tomek fand den Namen des Killers unter ihnen allen. Verbunden durch eine Sache: ihre Schule. An jedem Punkt waren alle fünf Opfer auf dieselbe Schule gegangen, befanden sich aber später aus dem einen oder anderen Grund in verschiedenen Einrichtungen.

Und dann kam Diana Greenock. Und die Liste der Mieter, die im selben Gebäude wie sie gewohnt hatten. Die Liste, die seit einer Woche auf seinem Schreibtisch lag. Die, für die er zu beschäftigt gewesen war, um sie durchzusehen. Der Name, der in der fünften Zeile dieser Liste stand.

Der Name des Killers.

Zuletzt überprüfte Tomek die Liste, die ihm von der Personalverwalterin des Dagenham & Redbridge FC gegeben worden war. Auf dieser bestimmten Liste konnte er den Namen des Killers nicht finden. Aber nach einem schnellen Telefonat mit derselben Frau, die ihm ursprünglich die Liste gegeben hatte, erhielt Tomek die Bestätigung, die er brauchte, um zu beweisen, dass der Killer in begrenztem Umfang und nur für kurze Zeit im Club gearbeitet hatte.

Am Ende fühlte er sich erschöpft, fast verloren. Sein Verstand hatte es gerade erst verarbeitet, und er wusste nicht, was er denken sollte. Wusste nicht, wie er denken sollte.

Er hob seinen Blick, um den Namen des Killers auf der Tafel zu lesen.

Spürte, wie sein Blut zu kochen begann.

Und dann vibrierte sein Handy.

Eine Benachrichtigung von seiner Überwachungskamera zu Hause, diesmal ohne Ton.

Jemand war an seiner Tür.

War vor zwei Minuten angekommen.

Tomek tippte auf die Benachrichtigung und wartete, bis die Biometrie seines Gesichts das Gerät entsperrte.

Und dann sah er es. Der Killer, Kasias Entführer, hielt seine Tochter in den Armen und trug sie in sein Haus.

Mit ihrem Schlüssel.

Dann schloss er die Tür hinter ihnen.

Tomek hätte sein Handy fast auf den Schreibtisch fallen lassen.

Der Killer war dort. Der Killer war in seinem Haus.

Aber wichtiger noch, Kasia lebte.

Zumindest vorerst.

KAPITEL
NEUNUNDFÜNFZIG

Weichheit.

Eine Weichheit, die sich anfühlte, als würde sie sie beschützen.

Und diesmal tat sie es auch.

Vertraut. Freund statt Feind.

Die Weichheit einer Matratze, die ihre eigene war. Der Geruch ihres Persil-Waschmittels und Körpergeruchs, der in die Fasern eingedrungen war. Die Kuhle in der Mitte ihres Kissens, die Abdrücke ihres Körpers von der Stelle, an der sie in Embryonalstellung schlief.

Sie war in ihrem eigenen Bett, ihrem eigenen Schlafzimmer. Es sei denn, es war eine unheimlich genaue Nachbildung.

Dann gingen die Lichter an, und sie bekam die Bestätigung.

Ihr Schlafzimmer, ihre Wohnung.

Aber warum? Warum hier?

Hatte er seine Meinung geändert und wollte sie zurückgeben? Oder würde er sie hier töten, um es symbolischer zu machen?

Die letzten Stunden waren wie im Nebel vergangen. Sie hatte die meiste Zeit regungslos dagelegen, das Sonnenlicht durch die Vorhänge beobachtet, gelauscht, gewartet. Das Knurren ihres Magens ignoriert. Sie konnte sich nicht erinnern, wann sie zuletzt gegessen hatte, noch wann sie zuletzt Wasser getrunken hatte. Und sie fühlte sich schwach, ihr Körper war all seiner Energie beraubt. Wenn er jetzt hereinkäme und sie angriffe, glaubte sie nicht, dass sie sich verteidigen könnte. Sie glaubte nicht, dass sie irgendetwas tun könnte.

Und dann öffnete sich die Tür. Und sie sah ihren Angreifer zum ersten Mal. Bei all ihren bisherigen Begegnungen hatte er eine Maske und Gummihandschuhe getragen. Und jetzt war es nicht anders. Nur trug er keine Gesichtsmaske, und in seinen Armen hielt er mehrere riesige Tüten mit Nüssen verschiedener Sorten. Erdnüsse. Cashews. Macadamia. Paranüsse. Pistazien.

All die Nusssorten, die sie töten könnten, wenn sie nicht dringend ärztliche Hilfe suchen würde.

Die bizarrste und lächerlichste Mordwaffe aller Zeiten.

»Guten Abend, Kasia«, sagte er, seine Stimme gedämpft, kalt. »Oder sollte ich sagen, *dzien dobry?*«

KAPITEL
SECHZIG

Tomek kam mit quietschenden Reifen mitten auf der Straße zum Stehen. Noch bevor der Motor vollständig abgestellt war, sprang er bereits aus dem Wagen und rannte auf das Fahrzeug des Killers zu.

Den Citroën Cactus des Killers.

Das Auto, das er mehrmals gesehen, aber nie beachtet hatte.

Bevor er das Büro verlassen hatte, hatte Tomek eine Schere gegriffen, eher als Verteidigungs- denn als Angriffswaffe, und als er auf den Bordstein neben dem Citroën sprang, stach er die Klingen in die Reifen und durchbohrte jeden einzelnen, während er um das Auto herumging. So würde es keine schnelle und einfache Flucht geben.

Mit der Luft, die hinter ihm aus dem Gummi zischte, eilte er zu seinem Haus. Die Haustür war geschlossen, abgeschlossen.

Bastard.

Wenn er mit voller Wucht hineinstürmen würde, was er eigentlich tun wollte – er wollte die Tür eintreten und den Killer wie beim Rugby zu Boden werfen – würde er das Überraschungsmoment verlieren und Kasias Leben noch mehr gefährden. Mehr als es ohnehin schon war.

Stattdessen musste er jetzt langsam vorgehen.

Die Zeit verstrich, während er leise seinen Hausschlüssel aus der Tasche nahm und ins Schloss steckte.

Tick. Tack.

Bilder von Kasia, die irgendwo in der Wohnung lag – *tot* – blitzten in seinem Kopf auf.

Tick. Tack.

Und dann war die Tür aufgeschlossen. Er war drin.

Am Fuß der Treppe hielt er an, wartete, hielt den Atem an, lauschte.

Die Geräusche eines Kampfes, von Unbehagen hallten durch die Wohnung. Aber nicht die Laute von Verzweiflung oder Schreien.

Hatte er schon angefangen? Oder lag sie in ihren letzten Zuckungen, kämpfte mit den letzten Todeskrämpfen, während sie auf dem Boden oder dem Bett litt?

Tomek beschloss, nicht länger zu warten. Scheiß auf das Überraschungsmoment.

Scheiß auf alles.

Er stürmte die Treppe hinauf, nahm immer zwei Stufen auf einmal, seine schweren Schritte ließen das Gebäude erbeben. Von oben sah er, dass in Kasias Schlafzimmer Licht brannte, und ging darauf zu. Er wartete nicht an der Tür – unaufhaltsame Kraft traf auf unbewegliches Objekt – und stürmte hindurch.

Der Anblick trieb ihm fast die Tränen in die Augen.

Dort lag sie, in der Mitte des Bettes, mit hinter dem Rücken gefesselten Händen – Kasia. Seine Tochter, seine wunderbare Tochter. Um sie herum türmten sich Nüsse und Erdnüsse, bedeckten jeden Zentimeter ihrer ungeschützten Haut und ihrer pastellfarbenen Bettdecke. Sie hatte sich zu einem Ball zusammengekauert, keuchte und rang nach Luft, während ihr Körper um die Kraft zum Überleben kämpfte.

Er wusste nicht, wie lange sie schon so dalag, aber er wusste, dass sie sofort medizinische Hilfe brauchte.

Und dann sah er den Killer. Den Mann, der so viele Mädchen verfolgt und ihre Träume beendet hatte und zweifellos in den Albträumen anderer Mädchen wie ihnen lebte.

Den Mann, der mehrmals in sein Haus gekommen war.

Den Mann, der Kasias Allergien aus erster Hand miterlebt hatte. Zufällig, ja, aber er hatte sie trotzdem miterlebt.

Phillip Balham.

Er stand auf der anderen Seite des Bettes über ihr und streute Erdnüsse über den fast leblosen Körper seiner Tochter.

»*Część*, Tomek«, sagte Phillip, während hinter seinen Zähnen ein Anflug eines Lächelns aufblitzte.

»Fick dich!« spuckte Tomek aus und stürzte zu Kasias Nachttisch, wo er einen ihrer EpiPens ergriff. Dann kroch er auf seinen Knien zurück an ihre Seite, fegte einen Haufen Nüsse von Kasias Bein und zog ihre Jogginghose herunter, um den oberen Teil ihres Oberschenkels freizulegen. Ohne nachzudenken riss er die Verpackung auf und drückte den Pen in ihr Bein, wobei er das Gegenmittel langsam in ihren Blutkreislauf injizierte.

»Kasia!«, schrie er und schlug ihr sanft ins Gesicht. »Kasia, kannst du mich hören?«

Aber sie konnte nicht. Ihre Augen verdrehten sich nach hinten.

Er schlug ihr wieder ins Gesicht, diesmal härter. Schüttelte sie. Wollte sie zum Bewusstsein bringen, damit ihr Geist in die Gegenwart zurückkehrte, ins Schlafzimmer, zu ihm.

»Kasia! Nein, nein, nein! Komm schon, bleib bei mir. Wage es ja nicht, mir so etwas anzutun. Ich kann dich nicht verlieren.«

Mehr Schläge, mehr Schütteln.

Bis schließlich ihre Augen klarer wurden, als hätte sie jetzt die volle Kontrolle über sie. Und dann blinzelte sie. Wiederholt.

»Papa?«

Es war nicht viel, aber es reichte, um ihm zu zeigen, dass sie in Ordnung sein würde. Dass sie leben würde.

Dass er sie gerettet hatte.

»Ich bin hier, Liebling«, sagte er zu ihr. »Es wird alles gut. Ich werde dafür sorgen. Aber zuerst muss ich noch etwas anderes erledigen.«

Tomek griff nach einem ihrer Kissen und legte ihren Kopf vorsichtig darauf. Dann wandte er seine Aufmerksamkeit dorthin, wo Phillip Balham gestanden hatte.

Aber der Mann war nicht mehr da.

Phillip Balham war, genau wie während der gesamten Ermittlung, Tomeks Fängen entglitten.

KAPITEL
EINUNDSECHZIG

Tomek gefiel die Idee nicht, Kasia allein zu lassen. Aber die Idee, Phillip Balham entkommen zu lassen, gefiel ihm noch weniger.

Also traf er die Entscheidung, Kasia im Schlafzimmer zurückzulassen. Allein. Doch als er das Gebäude verließ, hielt er an der Wohnung darunter an und hämmerte mit seinen Fäusten gegen ihre Tür.

»Edith! Edith! Ich bin's, Tomek. Bist du zu Hause? Ich brauche deine Hilfe. Kannst du-«

Die Tür öffnete sich, und vor ihm stand eine müde und verängstigte Edith, die sich hinter der Tür versteckte.

»Du bist zu Hause«, sagte Tomek nach Luft schnappend. »Ich brauche deine Hilfe. Du musst einen Krankenwagen rufen. Es ist ein Notfall. Kasia hat einen anaphylaktischen Schock. Sag ihnen, dass sie eine EpiPen-Injektion bekommen hat. Sag ihnen, wer ich bin, und lass sie die Polizei schicken. Ich brauche dich, um bei ihr zu bleiben, während ihr wartet.«

»Ist es da oben sicher?«, fragte sie schwach.

»Ja. Der Mann, der das getan hat, ist weg.«

»Wohin?«

Das war jetzt die Frage.

»Ich weiß es nicht«, sagte er und drehte sich zur Straße. »Aber ich habe vor, es herauszufinden.«

Er machte sich auf den Weg, bevor sie antworten konnte. Am Ende der Einfahrt hielt er an. Der Citroën Cactus stand noch da, vermutlich zurückgelassen, nachdem Phillip die Reifen bemerkt hatte. Das bedeutete, der Mann flüchtete zu Fuß.

Aber wohin? In welche Richtung? Links oder rechts?

Tomek erinnerte sich an eine ähnliche Situation, in der er sich im letzten Monat befunden hatte, als Kasia weggelaufen war. Während er sich von ihrer Lehrerin verabschiedet hatte, war sie aus dem Schlafzimmerfenster geschlichen und zum Strand von Old Leigh verschwunden. Damals hatte Tomek Sean gebeten, ihr Handy zu orten. Aber dafür würde jetzt kaum Zeit sein. Nicht mit dem, was er für Phillip geplant hatte, wenn er ihn endlich in die Finger bekommen würde.

Denk nach, Tomek, denk nach.

Wenn er Phillip Balham wäre, wo würde er sein? Welchen Weg hätte er genommen?

Er ging die Informationen durch, die er über den Hyperpolyglotten wusste: Der Mann lebte irgendwo in Southend, nicht in Leigh, was darauf hindeutete, dass er die Gegend möglicherweise nicht sehr gut kannte. Aber es gab einen bestimmten Bereich von Leigh-on-Sea, von dem Tomek mit Sicherheit wusste, dass Phillip damit vertraut war.

Und das war derselbe Ort, zu dem Kasia gegangen war, als sie wegzulaufen versuchte.

Bell Wharf Beach, Old Leigh.

Derselbe Ort, an dem Lucy Cleaves angegriffen worden war. Wo, wie ihm jetzt klar wurde, Phillip und nicht James Elliott gewartet hatte, in den Schatten lauerte und dann entlang der Strandpromenade zum Grosvenor Casino geflohen war: seinem Arbeitsplatz.

Der Weg zur Strandpromenade betrug knapp einen halben Kilometer. Ein zehnminütiger Spaziergang an einem guten Tag. Und Phillip hatte bereits einen Vorsprung. Zu Fuß. Rennend.

Tomek wusste nicht viel über die sportlichen Fähigkeiten des Mannes, aber er wusste, dass er selbst in ziemlich guter Verfassung war. Tägliches Laufen in den letzten zwanzig Jahren hatte ihn so fit gehalten, wie er es nur schaffen konnte. Allerdings hatte er in den letzten Wochen, seit Kasia in sein Leben getreten war, festgestellt, dass der Brunnen, der einst die Zeit zum Laufen und seinen Willen dazu enthielt, plötzlich ausgetrocknet war. Und als er das Ende der Straße erreichte, etwa zweihundert Meter vom Haus entfernt, begann er es ernsthaft zu spüren. Keuchend, völlig außer Atem.

Es war, als hätten seine Lungen jetzt die Kapazität eines Sechzigjährigen, und er war nur ein paar Schritte davon entfernt umzukippen.

Aber auch Phillip Balham.

Tomek entdeckte den Mörder ein paar hundert Fuß vor sich, schwankend, sein Tempo verlangsamend.

Und dann schaute der Mann zurück. Sobald er Tomek sah, der hinter ihm hersprang, erhöhte er sein Tempo und vergrößerte den Abstand zwischen ihnen.

Ein paar Minuten später, beide nach Luft schnappend, beide wünschend, sie wären nie gelaufen, erreichten sie die steilen Stufen, die nach Old Leigh hinunterführten. Es waren die metaphorischen Stufen zwischen neuen und alten Stadtzentren, und Tomek hatte sie hunderte Male erklommen – allein, beim Joggen, mit Freunden – aber keines dieser Male war schwerer als dieses. Als er sie erreichte, waren seine Beine wie Pudding, und mit jedem Schritt hatte er das Gefühl, sein Körper würde nachgeben. Zum Glück gab es ein Geländer, an dem er sich festhalten und sein Gewicht abstützen konnte. Er benutzte es, um sich die Stufen hinunterzuführen, glücklich, für einen Abend auf seine Würde zu verzichten.

Am Fuße der Treppe humpelte er hinter Phillip her, der immer noch ein paar Schritte voraus war und auf eine kleine Brücke zulief, die die Bahnlinie von London's Fenchurch Street nach Shoeburyness überquerte. Diesmal musste er die Treppe hinaufsteigen, und er ächzte bei jedem Schritt, seine Lungen und sein Körper schrien ihn an.

Der Abstand zwischen ihnen verringerte sich allmählich.

Zehn Fuß.

Neun.

Tomek konnte die Verzweiflung des Mannes riechen, zu entkommen.

Und er konnte seinen eigenen Wunsch riechen, ihn um jeden Preis aufzuhalten.

Als der Abstand zwischen ihnen nur noch wenige Fuß betrug, stürzte sich Tomek auf Phillip und tackelte den Mann am höchsten Punkt der Brücke zu Boden. Der Körper des Mannes fühlte sich weich an, als er sein ganzes Gewicht darauf legte. Jahre des Rugby-Trainings, sowohl gesellschaftlich als auch für das Team der Polizei, hatten ihn gelehrt, wie man richtig, sicher und ohne Verletzungen angreift. Es hatte ihn auch gelehrt, wie man jemanden auf die schlimmstmögliche Weise zu Boden tackelt, indem man sein Körpergewicht gegen das des anderen einsetzt, um ihn zu zerquetschen und so viel Schmerz wie möglich zuzufügen.

Für Phillip Balham hatte Tomek die letztere Technik angewandt.

»Geh von mir runter!«

»Fick dich! Du kannst froh sein, dass ich dich nicht von dieser verdammten Brücke werfe!«

Mit seinem linken Unterarm drückte Tomek Phillips Gesicht auf die Betonbrücke und presste seinen anderen Arm in den unteren Rücken des Mannes.

Er kämpfte gegen jeden Drang in seinem Körper an, seinen Unterarm auf den Hals des Mannes zu senken und dort zu halten.

»Du wirst für das bezahlen, was du getan hast«, sagte er.

»Ich glaube, du bist zu spät gekommen«, sagte Phillip und stachelte ihn an. »Zu spät, um deine eigene Tochter zu retten. Was für ein Vater bist du?«

»Einer, der kurz davor steht, das Gesetz in die eigenen Hände zu nehmen.«

Phillips Augen wanderten für einen Moment vom Boden zu Tomek.

»Tu es«, sagte er, während er an Dreck kaute und ihn wieder ausspuckte. »Tu es. Es wird sie nicht zurückbringen. Es wird keine von ihnen zurückbringen.«

»Ich weiß, dass es das nicht wird. Aber es wird dich davon abhalten, weitere Opfer zu nehmen.«

»Kasia sollte immer die Letzte sein«, sagte Phillip. »Ich habe sie für den Schluss aufgehoben.«

»Warum?«

»Weil sie das große Finale war. Tod durch Berührung. Tod durch Erdnüsse. Wie kann etwas so Winziges und Unbedeutendes diese Wirkung auf einen Menschen haben? Ich tat allen einen Gefallen. Ich befreite die Welt von ihren Schwächen.«

»Du hast also Teenager-Mädchen durch ihre Allergien getötet?

Dich mit ihnen angefreundet, bis sie dir vertrauten? Dir genug vertrauten, um wenigstens in dein Auto zu steigen?«

»Diese Mädchen haben mir nicht vertraut«, keuchte Phillip zwischen Atemzügen, als Tomek den Druck auf sein Gesicht verstärkte. »Sie haben mich nur ein paar Mal pro Woche in der Schule gesehen oder wenn ich vorbeikam, um ihnen Sprachen beizubringen. Sie waren dumm und blöd und sahen, dass ich ein Auto hatte. Ich war der freundliche Polnisch-, Französisch-, Deutsch- und Spanisch-Tutor; wer würde jemals auf die Idee kommen, mich zu hinterfragen?«

Tomek hatte es nicht getan. Der Mann hatte ihm keinen Grund dazu gegeben. Phillip hatte nach allem, was man wusste, normal gewirkt. Nur ein gewöhnlicher Kerl, der versuchte, seinen Weg in der Welt zu finden und mit dem Geld, das er durch Nachhilfe, Unterrichten in Schulen und Arbeiten im Casino verdiente, über die Runden zu kommen.

»Hast du auch James Elliott getötet?«, fragte Tomek, sobald ihm der Gedanke in den Kopf kam.

Phillip antwortete nicht. Stattdessen begann er, wahnsinnig in den Schmutz zu lachen.

»James war ein loser Faden, der gebunden werden musste«, antwortete er. »Er wollte sich an Silvester treffen, also habe ich eingewilligt. Er machte sich Sorgen wegen der Fragen, die du bezüglich des Autos gestellt hast, also habe ich mich um ihn gekümmert. Konnte nicht zulassen, dass er seinen Mund öffnet und meinen Namen ausspuckt.«

Tomek kämpfte darum, die in ihm kochende Wut zu unterdrücken. Sie verstärkte sich jedes Mal, wenn Phillip sprach, jedes Mal, wenn der Mann ihn selbstgefällig angrinste. Als ob er stolz auf seine Erfolge wäre, stolz auf alles, was er erreicht hatte: die Welt von fünf Personen zu befreien, die eine einzigartige Schwäche besaßen. Tomek spürte, wie eine Welle der Frustration durch ihn strömte, und erhöhte den Druck auf das Gesicht des Mannes.

Drückte weiter und weiter.

Drückte und drückte.

Dachte an Kasia... Und das Bett... Und die Erdnüsse... Und das Eindringen in sein Zuhause.

Bis...

»Tomek! Tomek!«

Der tiefen, rauen Stimme folgten schwere Schritte, die auf Beton stampften. Einen Moment später erschien Nick oben auf der Brücke, keuchend, hechelnd, sein Bauch und seine Männerbrüste folgten dem Rest von ihm einen Bruchteil einer Sekunde später.

»Was machst du hier?«, fragte Tomek, während er noch immer sein Gewicht auf Phillip drückte.

»Ich bin dir gefolgt«, sagte er. »Hat nur eine Weile gedauert, bis ich aufgeholt habe.« Nick kam wenige Meter von Tomek entfernt abrupt zum Stehen, legte die Hände auf die Knie, beugte sich nach vorne und keuchte. »Tu nichts Dummes, Tomek. Er ist es nicht wert.«

Nick machte einen vorsichtigen Schritt nach vorne und hob langsam die Hände.

»Geh von ihm runter, Tomek. Lass mich das übernehmen.«

Aber Tomek konnte ihn nicht hören. Konnte überhaupt nichts hören. Inzwischen hatte die Aggression und Wut in seinem Kopf alle anderen Geräusche übertönt, und das Einzige, woran er merkte, dass er Phillips Gesicht immer noch in den Beton drückte, war der sich windende Mann selbst.

Als Nick sich näherte, legte er eine Hand auf Tomeks Schulter und holte ihn zurück.

»Geh von ihm runter, Kumpel«, sagte Nick sanft. »Es ist vorbei. Es ist zu Ende. Du hast ihn.«

Aber Tomek hörte ihn nicht. Alles, woran er denken konnte, war, dass es vorbei war. Dass Phillip Balham niemandem mehr wehtun würde.

Dass Kasia sicher sein würde.

KAPITEL
ZWEIUNDSECHZIG

Tomek wachte auf, sobald er die sanfte Berührung ihrer Finger auf seinen Händen spürte. Er öffnete müde und benommen die Augen und sah Kasia am Ende des Krankenhausbettes, angeschlossen an die Maschinen, ihr braunes Haar über dem Kopf zusammengebunden.

In diesem Moment ähnelte sie ihrer Mutter so sehr. Schön, elegant, stark, obwohl alles an der Situation und ihrer Umgebung das Gegenteil vermuten ließ.

»Wie lange bist du schon hier?«, fragte sie.

»Ich bin nie gegangen«, antwortete er, während er sich gerade hinsetzte. Dann drückte er ihre Hand und spürte, wie die kleinen Knochen und Knorpel unter seinem Druck nachgaben. »Wie fühlst du dich?«

»Als wäre ich von einem Bus überfahren worden.«

»Doppeldecker oder Einzeldecker?«

Kasia verdrehte die Augen. »Kleinbus, *eigentlich*«, sagte sie mit einem "eigentlich", auf das der Captain stolz gewesen wäre.

Dann begann sie zu lachen. Aber sobald sie anfing, brach sie in einen Hustenanfall aus. Innerhalb weniger Augenblicke war der Inhalt ihrer Lunge auf ihren Händen, und sie wischte sie am Bett ab.

»Der Arzt meinte, das könnte eine der Nebenwirkungen sein«, sagte Tomek.

»Husten?«

»Nein. Einen trockenen Humor zu haben.«

»Ich glaube, das ist einfach ein Symptom davon, deine Tochter zu sein.«

Der Gedanke brachte ihn zum Lächeln.

Deine Tochter.

Seine Tochter.

Meine Tochter. Selbst die Vorstellung davon erschien ihm noch immer seltsam. So viel war passiert, seit sie in sein Leben getreten war, eine komplette Umwälzung, aber er hätte nichts daran ändern wollen.

Nun ja, nicht ganz nichts.

»Das war deine letzte Polnischstunde. Wenn du die Sprache lernen willst, kannst du polnische Fernsehsendungen anschauen und sie so aufschnappen. Oder du kannst zu deiner Oma gehen und sie in der Gemütlichkeit ihres Wohnzimmers von ihr lernen. Deine Wahl.«

Eine Weile antwortete Kasia nicht. Ihr Gesicht verzog sich und sie sah aus, als wäre sie in tiefe Gedanken versunken.

»Nicht wörtlich übrigens. Du musst dich nicht sofort entscheiden.«

»Ich weiß, ich... nur...« Sie ließ den Kopf hängen. »Ich habe mich gefragt... Was ist mit ihm passiert? Habt ihr... habt ihr ihn gefunden?«

»Ja«, sagte Tomek knapp und kam direkt auf den Punkt. Er wollte ihr gegenüber transparent und ehrlich sein und hoffte, dass sie eines Tages in der Zukunft ihm gegenüber transparent und ehrlich sein würde. »Du wirst Phillip Balham nie wieder sehen müssen.«

»Warum nicht?«

»Weil wir ihn zur Polizeistation gebracht haben und er für das, was er dir angetan hat, angeklagt wird.«

»Wie Paddy«, wiederholte Kasia. »Genau wie bei Lucy?«

»Ja, genau so.«

»Hast du Mama gesagt, dass ich hier bin?«, fragte Kasia.

Nicht nur ihre Stimme überraschte ihn und riss ihn aus seinen Gedanken, sondern auch der Inhalt ihrer Frage erschreckte ihn. Kasia hatte seit Wochen nicht mehr über ihre Mutter gesprochen, fast bis zu dem Punkt, an dem Tomek vergessen hatte, dass sie existierte, und an dem er überzeugt war, dass auch sie sie vergessen hatte.

Aber jetzt hatte sie sich entschieden, sie zu erwähnen. Ausgerechnet jetzt.

Er seufzte und kaute auf seiner Unterlippe.

»Nein, habe ich nicht. Noch nicht. Möchtest du, dass ich es tue?«

»Ja.«

Und dann kam ihm eine Idee.

»Wie wäre es, wenn wir es ihr persönlich sagen, zusammen?«

Ein Funken Dankbarkeit huschte über ihr Gesicht.

»Ja, bitte. Aber mach es an einem Schultag. Ich will einen Grund haben, nicht hingehen zu müssen«, sagte sie und legte dann ihren Kopf wieder auf das Kissen.

Das war ein Argument, dem Tomek nicht widersprechen konnte.

KAPITEL
DREIUNDSECHZIG

Alles daran war ihm mittlerweile vertraut geworden. Das Geräusch von Rufen, Geplauder und Gelächter über dem Lärm des bratenden Essens. Der Duft von Speck und Ei und allerlei köstlicher Herrlichkeiten, der durch die Luft wehte und sich behaglich in seiner Nase festsetzte. Der Anblick der Stammkundschaft des Cafés.

Und sogar die Gesellschaft, in der er sich befand, war ihm inzwischen vertraut geworden.

Abigail Winters hatte, wie immer, das Treffen in letzter Minute arrangiert und erwartete von ihm, dass er alles, was in seinem Leben vor sich ging, für sie fallen ließ. Und in diesem Fall hatte er glücklicherweise für sie nichts, was ihn beschäftigte: Nick hatte ihn gezwungen, sich zurückzuhalten, während er verarbeitete, was mit Kasia geschehen war. Währenddessen war Kasia in die Schule zurückgekehrt. Die Wohnung war also leer, und es gab nichts für ihn zu tun.

Die Frau, die neben Abigail saß, war ihm jedoch nicht vertraut.

Abigail hatte sie als Martha Buhl vorgestellt, möglicherweise das erste Opfer von Phillip Balham.

»Du weißt, du solltest das wirklich mit Sean oder jemand anderem im Team machen«, sagte er zu Abigail, gerade als die Kellnerin mit ihren Portionen Doppel-Ei, Doppel-Speck und Doppel-Toast ankam. Tomek dankte ihr und beobachtete dann, wie sie ging. Und als sie wegging, bemerkte er, wie sie zurückblickte und seinen Blick auffing.

»Ich *will* mit niemandem sonst im Team reden«, erwiderte Abigail und holte ihn zurück ins Gespräch. »Ich möchte, dass Martha *dir* davon erzählt.«

»Gut. Dann erzähl mir.« Er wandte sich Martha zu, die ihr Essen zur Seite geschoben hatte. »Was hat Phillip Balham dir in Deutschland angetan?«

Und dann erfuhr er es.

Vor einigen Jahren, genau genommen vor zehn, hatte Martha Buhl in einem Wohnblock in einem ruhigen, abgelegenen Teil von Frankfurt gelebt. Sie war Phillip zum ersten Mal begegnet, kurz nachdem er in das Gebäude eingezogen war, und die beiden waren Freunde geworden. Sie hatte seinen Mut bewundert, für ein Jahr in ein anderes Land zu ziehen, nur um die Sprache zu lernen. Damals hatte Martha in einem Krankenhaus gearbeitet, in einer Erdgeschoss-wohnung gelebt, zu allen Tages- und Nachtzeiten gearbeitet und sich zu allen möglichen Tageszeiten schlafend wiedergefunden. Bis eines Abends, als ihr damaliger Freund zu Besuch war, eine Katze durch das Fenster hereinkam und bei ihr eine schwere allergische Reaktion auslöste. Wenn ihr Freund, von dessen Existenz Phillip nichts wusste, sie nicht mit ihrem EpiPen und einem schnellen Anruf beim Notdienst gerettet hätte, hätten ihre Allergien – über die Phillip *alles* wusste – sie letztendlich getötet. Marthas erste Verdachtsmomente hatten begonnen, sobald Phillip angefangen hatte, ein reges Interesse an ihren Allergien und ihrer Abneigung gegen Katzen zu zeigen. Er hatte, laut ihr, während seines Aufenthalts im Gebäude eine Katze adoptiert und sie behandelt und gefüttert, als wäre sie sein eigen. Dieselbe Katze, die nachts durch ihr Fenster geklettert war, um sie zu töten, dorthin gebracht vom rachsüchtigen Mörder Phillip Balham.

Sobald sie aus dem Krankenhaus entlassen worden war, hatte Martha den Fall zur Polizei gebracht, nur um ausgelacht und wegge-schickt zu werden. Und als sie zum Wohnblock zurückgekehrt war, war Phillip aus dem Gebäude ausgezogen und in einen anderen Teil des Landes gezogen. Eine kurze Zeit lang hatte sie im Internet geschrien und Aufruhr gemacht, aber am Ende war ihr die Puste ausgegangen, und sie hatte beschlossen, dass er nie zurückkommen würde, um ihr zu schaden.

Bis sie von den Geschichten im Vereinigten Königreich gehört hatte.

Die in Manchester, die die gleichen Merkmale aufwies, und die, die so gut wie bestätigt war, weil Phillip Balhams Name zur gleichen Zeit auf der Mieterliste auftauchte, als Diana Greenock gestorben war.

»Abigail hat mir erzählt, dass Phillip vier weitere Frauen getötet hat?«, schloss Martha.

»Ja. Er kannte sie entweder, weil er in ihren Schulen in einer pastoralen Rolle arbeitete und sich so intensiv in das Leben derer einmischte, die Allergien hatten, oder weil er ihnen Fremdsprachen beibrachte, entweder in der Schule oder... in der Bequemlichkeit ihrer eigenen vier Wände. Er hatte es auf sie abgesehen, basierend auf ihrem Alter und ihren Allergien. Sie waren schwächer, verletzlicher, anfälliger für ihn.«

»Er ist verabscheuungswürdig«, zischte sie.

»Das ist er«, sagte Tomek. »Das ist er.«

»Wie hat er es gemacht?«

»Nun, sein erstes Opfer im Vereinigten Königreich war Diana Greenock aus Manchester. Eine Krankenschwester, allergisch gegen Katzen, die in einer Erdgeschosswohnung lebte, genau wie du. Wir glauben, er hat sie während seiner Zeit bei Fußballspielen kennengelernt. Eine zufällige Begegnung, die zu einem Mord führte. Und basierend auf dem, was du mir erzählt hast, würde ich sagen, was er dir angetan hat, war die Blaupause für das, was er ihr angetan hat. Zu der Zeit unterrichtete er in der Gegend, wo er sich mit Mandy Butler anfreundete, seinem zweiten Opfer. Dort brachte er ihr Spanisch in ihrer weiterführenden Schule für ihre GCSEs bei. Und nachdem er herausgefunden hatte, dass sie nach Essex zog, folgte er ihr. Nur um auf eine Fülle von Möglichkeiten in unseren Schulen zu stoßen. Es dauerte eine Weile, bevor er wieder tötete, aber in dieser Zeit wählte er sie aus und arbeitete sich auf die eine oder andere Weise in das Leben seiner Opfer ein. Er unterrichtete sie, half ihnen, gewann ihr Vertrauen.« Tomek beendete sein Frühstück. »Aber jetzt wird er niemanden mehr verletzen können. Außer sich selbst.«

»Das wäre für ihn der Weg eines Feiglings«, erwiderte Martha.

»Leider glaube ich, dass er genau diese Art von Person ist.«

Als das Treffen schließlich zu Ende war, bezahlte Tomek die Rechnung und begleitete dann die beiden Frauen zu Abigails Auto. Martha glitt auf den Beifahrersitz, während Abigail um die Vorderseite des Fahrzeugs herumging und direkt vor ihm stehen blieb.

»Hab ich dir doch gesagt, dass ich dir ein Treffen mit ihr verschaffen kann«, sagte sie triumphierend und musterte ihn von oben bis unten.

»Ich bin beeindruckt.«

Sie legte eine Hand auf seinen Arm und drückte ihn. »Das weiß ich. Vergiss nicht«, sagte sie, als sie die Fahrertür öffnete.

»Was soll ich nicht vergessen?«

»Du schuldest mir was.«

»Nein, tue ich nicht«, antwortete er.

»Ein Date, Tomek Bowen. Das ist alles, worum ich dich bitte. Es ist ja nicht so, als würde ich dich bitten, mich zu heiraten.«

DAS ENDE

Das Ende. Aber nicht ganz. Die Geschichte geht weiter in Der Kuss Des Todes:

Der Tod eines Obdachlosen erregt kaum Aufmerksamkeit in Southend-on-Sea - bis die Obduktion ihn als Herbert Tucker identifiziert, einen umstrittenen Parlamentsabgeordneten mit einer Geschichte voller Feindschaften. Zwischen den Strandhütten von Thorpe Bay gefunden, wirft sein sorgfältig inszeniertes Ableben mehr Fragen auf als es Antworten liefert. Unter wachsendem Druck muss DS Tomek Bowen die letzten Tage eines Mannes rekonstruieren, der von Kontroversen lebte. Seine Ermittlungen decken ein Netz aus Täuschungen auf, das sich von den Korridoren Westminsters bis in die dunkelsten Ecken von Essex erstreckt. Doch je näher Bowen der Wahrheit kommt, desto klarer wird ihm - dies war nicht nur Mord. Es war eine Botschaft. Und jemand wird alles tun, um ihre Bedeutung im Verborgenen zu halten.

Erfahren Sie jetzt auf Amazon, was in Der Kuss Des Todes passiert!
Klicken Sie HIER, um Ihr Exemplar zu sichern!
Oder blättern Sie um, um einen exklusiven Auszug zu lesen.

DER KUSS DES TODES - EXKLUSIVER AUSZUG

KAPITEL
EINS

Herbert Tucker hatte sich noch nie wirklich Gedanken über den Tod gemacht.

Er hatte es nie wirklich nötig gehabt. Der Gedanke daran war ihm nicht so oft durch den Kopf gegangen wie vielleicht der breiten Masse. Während die in zwölfstündigen Warteschlangen beim Nationalen Gesundheitsdienst standen, erhielt er erstklassige Privatbehandlung. Während die zwischen zwei der am stärksten verarbeiteten Tiefkühlgerichte auf dem Planeten wählten, aß er frisches, biologisches, gesundes Fleisch und Gemüse. Während die verschmutztes Leitungswasser tranken, gönnte er sich das feinste Wasser aus Südamerika, abgefüllt und verschifft mit einem entsprechend hohen Preisschild.

Der Tod oder das Sterben war Herbert Tucker nie wirklich in den Sinn gekommen.

Dank Privilegien, Macht und dem einen Ding, das wir alle für heilig halten – Geld.

Während der Spruch, dass es kein Glück kaufen könne, nicht unbedingt immer stimmte (er stellte fest, dass es in den meisten Fällen schwer war, jemanden zu finden, der nicht dachte, dass der Kauf eines Jetskis *keinen* Spaß machte), hatte er herausgefunden, dass Geld eine Verlängerung des Lebens kaufen konnte, ein Aufschieben des Unvermeidlichen. Dass es den langsamen, endlosen Marsch, der auf uns alle zukam, hinauszögern konnte.

Stampf.

Stampf.

Stampf.

Und so waren die makabren Gedanken über Tod, Leben und Existenzialismus nie in seinen Kopf gekommen.

Bis zu diesem Abend.

Die bittere Kälte des Januars, einer der kältesten seit Beginn der Aufzeichnungen, schnappte nach seinen Fingern wie eine Krabbe, die sich verteidigt, als er in seine Taschen griff und nach seinen Autoschlüsseln und seinem Handy fischte. Dicke, schwere Nebelschwaden seines alkoholgeschwängerten Atems waberten vor seinem Gesicht und störten fast den Blick auf seinen geliebten Jaguar F-Type. Oder es waren die zwei Gläser Wein, die sie jeweils getrunken hatten, die seine Sicht trübten.

Als er den Parkplatz überquerte, sein Handy entsperrte und die Mobilnummer wählte, bemerkte er eine Gestalt auf der anderen Straßenseite.

Wahrscheinlich eine der Ratten der Stadt.

Um diese Nachtzeit waren sie überall. Köter, Nagetiere, einige der ärmsten und einsamsten Individuen der Straßen. Die zurück zu welchem Loch auch immer rannten, aus dem sie gekommen waren.

Die Ratten waren überall in diesem Ort, und es war sein Job, die Straßen von ihnen zu säubern.

Der Anruf wurde verbunden, bevor er der Gestalt weitere Gedanken widmen konnte.

»Herbert...«, begann sie. »Was machst du? Wie spät ist es?«

»Weiß nicht«, sagte er ihr barsch und schluckte einen Rülpser hinunter, der kurz darauf hochkam. Er schmeckte widerlich und brannte in seinem Hals.

»Es ist drei Uhr morgens.«

Aber die Uhrzeit war ihm egal. Ihm war alles egal. Nicht sie, nicht die Ratten und besonders nicht die verdammte Uhrzeit.

»Ich...«, begann er, hielt dann inne, als er beim Jaguar ankam. »Ich will die Scheidung. Diesmal kein Herumgeficke. Kein Zurücknehmen meines Wortes oder so. Ich bin mit dir fertig. Ich will die Scheidung und ich will dich aus meinem Leben haben.«

Sie sagte etwas, aber für ihn war es nur Lärm. Wie eine weitere kleine Ratte, die in seinem Ohr quiekte.

Dann erregte etwas seine Aufmerksamkeit. Eine andere Gestalt, anders als die erste, kam auf ihn zu.

»Hey...«, sagte er. »Was... Was machen Sie hier?«

Bevor er eine Antwort erhielt, war die Gestalt über ihm, legte ein schwarzes Tuch über seinen Kopf und hüllte ihn in eine alles verschlingende Dunkelheit. Er öffnete seinen Mund, um zu schreien, aber eine dicke, starke Hand hinderte ihn daran. Panisch atmete er in scharfen und hektischen Zügen die Staub- und Faserteilchen des Tuchs ein. Dann spürte er einen Stoß in den Rücken und einen weiteren in die Rippen, Schmerz blitzte über jeden Knochen, bevor seine Aufmerksamkeit vom nächsten brennenden Schmerz in einem anderen Teil seines Körpers abgelenkt wurde, wie Feuerwerk am Nachthimmel. Seine Atemversuche machten es nur schlimmer. Ein Arm wurde um ihn geschlungen, der diesmal seine Krallen eingrub und ihn vom Boden hob. Im Kampf ließ er das Handy fallen, das auf dem Beton zerschellte.

»Ahh!«, japste Herbert.

Aber seine Schreie wurden sofort unterbrochen, als er in der Luft schwebte, schwerelos, mit Armen und Körper, die herumschlackerten, als würde er zum ersten Mal schwimmen lernen. Und für einen kurzen Moment fragte er sich, ob das wie der Himmel war.

Wie der Tod war.

Dann hörte er das Geräusch der sich öffnenden Autotür und spürte, wie sich sein Körper darauf zubewegte. Wer auch immer ihn festhielt, überwältigte ihn fast im Verhältnis zwei zu eins. Es war ein unfairer Kampf. Und er stellte sich vor, dass es eine der Ratten der Stadt war – vielleicht sogar die Ratte, die er auf der anderen Straßenseite gesehen hatte. Sie waren stärker geworden, intelligenter.

Verfickte Ratten.

Aber das bedeutete nicht, dass Herbert aus dem Kampf ausgestiegen war. Noch nicht. Als er spürte, dass sich sein Körper der Autotür näherte, streckte er die Arme aus und trat mit den Beinen, schrammte mit seinen Schuhen an der Verkleidung, während er versuchte, sich zu schützen, zu verhindern, dass sein Körper in den Rücksitz seines Jaguars geworfen wurde.

Um das Unvermeidliche hinauszuzögern, den langsamen Marsch des Todes.

Stampf.

Stampf.

Stampf.

Sie hatten ihn gewarnt, dass so etwas passieren könnte. Sie hatten ihm Training gegeben. Sie hatten sich mit ihm hingesetzt und ihm alle Dos und Don'ts erklärt. Und, stellen Sie sich vor, er hatte nicht aufgepasst. Sein Ego war ihm in die Quere gekommen, in dem Glauben, er könne sich verteidigen, wenn er offensichtlich nicht einmal um Hilfe schreien konnte. Wertvolle und kostbare Sekunden waren verloren, als er die Gelegenheit hatte, aber jetzt hatte er sie verschwendet.

Verspätet versuchte er es. Ein schriller Schrei brach aus seinen Lippen hervor, aber er wurde sofort mit einem Kopfstoß ins Gesicht erstickt. Einem harten noch dazu. Direkt auf die Nase. Knochen zersplitterten und sein Gehirn wurde gegen seinen Schädel geschleudert wie eine Ratte, die versucht, aus einem Käfig zu entkommen.

Oh Gott.

Die Ratten.

Sie waren wirklich überall.

KAPITEL
ZWEI

Ich gehe. Wieder einmal. So beginnen diese Dinge immer. Gehen. Na ja, nicht richtiges Gehen. Eher wie Gehen, nur schneller. Dieses Mitteltempo zwischen Gehen und Joggen. Halbjoggen. Genau das. So habe ich es früher genannt.

Meine kleinen Beine bewegen sich so schnell sie können, aber es fühlt sich an, als würde etwas sie zurückhalten, etwas verlangsamt sie. Eine Art Widerstand.

Es ist dunkel. Wie immer. Nur die Straßenlaternen sind desorientierend, und jedes Mal, wenn ich eine anschaue, sehe ich danach nur einen rot-blauen Fleck vor meinen Augen. Das verdammte Ding blendet mich fast, und als ich die Straße überquere, sehe ich das Auto nicht, das auf mich zurast.

Das Auto muss eine Vollbremsung hinlegen, und ich muss mich entschuldigen und davoneilen, als wäre nichts passiert, obwohl es passiert ist und alle anderen Autos es wahrscheinlich gesehen haben und mich jetzt für dumm halten.

Mein Herz rast und es fühlt sich an, als würde es buchstäblich aus meiner Brust explodieren.

Das ist neu. All das ist neu. Ich glaube nicht, dass ich mich daran schon einmal erinnert habe. Es fühlt sich... unvertraut an. Aber als ich beim Magnet-Küchenladen ankomme, fühlt sich alles wieder vertraut an, alles fügt sich wieder zusammen. Ich weiß jetzt, wo ich bin, ich weiß, was ich tue.

Aber noch wichtiger, ich weiß, was als Nächstes passiert...

Ich weiß, dass die Kinder auf der anderen Straßenseite sein werden, herumlungernd vor dem Spirituosenladen, wahrscheinlich versuchen sie etwas zu stehlen oder etwas zu tun, was sie nicht tun sollten.

Aber ich ignoriere sie, wie ich es gewöhnlich tue. Ich habe keine Zeit für sie. Ich muss zu Michał. Er wartet auf mich. Immer noch.

Und während ich mich dem Park nähere, wo er sein wird, wird der Lärm der Autos leiser, und die Straßen werden weniger befahren.

Und dann ein Schnitt.

Und dann rase ich eine Treppe hinunter. Die, die ganz nach unten nach Old Leigh führt. Aber dieses Mal bin ich größer, älter – dreißig Jahre älter. Meine Beine sind kräftiger, aber mein Körper ist es nicht. Er ist kaputt, und ich habe Mühe, mich am Geländer abzustützen.

Unten angekommen, renne ich ein kurzes Stück Beton entlang, bevor ich zu einer kleinen Brücke komme, die die Bahngleise überquert.

Und dann ein Schnitt.

Zu dem Mann am Boden. Phillip Balham.

Sein Gesicht gegen den Beton gepresst. Mein Körper über seinem. Halte ihn dort fest, drücke seinen Hals, drücke das Leben aus seinem nutzlosen, beschissenen, bastardverdammten Körper.

Und dann höre ich einen Schrei.

Den eines Mannes. Nick, der kommt, um mich aufzuhalten. Kommt, um mich davon abzuhalten, dieses Stück Scheiße zu töten.

Aber als ich wieder auf den Mann hinunterblicke, hat sich der Körper verändert.

Statt Phillip starre ich Kasia an, mein Körper drückt ihren in den Beton. Ich töte meine eigene Tochter, ersticke sie. Aber als ich aufstehe, bemerke ich, dass ich es überhaupt nicht bin. Dass es ihre Erdnussallergie ist, die sie schnell erstickt. Sie zuckt, ihr Körper verkrampft sich, ihre Lunge nach Luft schnappend.

»Kasia!« schreie ich.

Aber es ist zu spät. Sie hört auf, sich zu bewegen, hört auf zu atmen. Ihr Körper liegt da, vollkommen still, makellos, friedlich.

Ich war es, der sie getötet hat. Ich habe ihr den letzten Atemzug genommen... Ich habe ihre Luftröhre zerquetscht und dafür gesorgt, dass sie nie wieder atmen wird.

Und dann ein Schnitt.

Tomek klemmte den Stift zwischen die Seiten seines Notizbuchs und schloss es, versiegelte es fest mit dem dünnen Gummiband, das an der Kante entlanglief. Dann legte er es in die oberste Schublade seines Nachttischs und ging zur Küche. Er brauchte dringend etwas zu trinken; Alpträume aufzuschreiben war durstige Arbeit. Das war der erste seit langer Zeit gewesen. Und noch beunruhigender war sein Inhalt. Kasia, der Vorfall, Phillip Balham. Die beiden Alpträume verschwammen zu einem.

Er war sich sicher, dass die Bedeutung dahinter ernst war, ein Spiegelbild seiner schlechten psychischen Verfassung und der Art, wie er verarbeitete, was in jener Nacht passiert war. Aber jetzt konnte er nur an ein Glas Wasser denken. Etwas, um den Durst zu stillen und seinen trockenen Mund zu befeuchten.

In der Küche füllte er ein Glas und trank es in einem Zug aus, bevor er es wieder in die Spüle stellte. Auf dem Weg zurück in sein Schlafzimmer schlich er auf Zehenspitzen durch die Wohnung, achtete auf die knarrenden Dielen und passte auf, Kasia nicht zu wecken. Doch als er an ihrem Zimmer vorbeiging, hörte er eine Bewegung, ein Geräusch. Über die Jahre als Detective Sergeant bei der Essex Police waren seine Sinne fein abgestimmt worden, um die kleinen Dinge zu bemerken, Anzeichen von Störungen. Sie hatten sich an Geräusche und Anblicke gewöhnt, die fehl am Platze waren. Und dies war einer dieser Fälle.

Es war kurz nach drei Uhr morgens, und Kasia sollte schlafen – beide sollten das. Aber das Geräusch deutete darauf hin, dass sie wach war. Und versuchte, diese Tatsache zu verbergen.

Tomek näherte sich ihrer Tür, umfasste den Griff mit seinen Fingern und öffnete sie vorsichtig. Als das schwache Licht der Straßenlaternen von draußen in den Raum fiel, erwischte Tomek sie dabei, wie sie versuchte, ihre Augen zu schließen.

»Du bist wach?«, flüsterte er, obwohl er das nicht nötig hatte.

»Du auch.« Kasia richtete sich im Bett auf.

»Ich konnte nicht schlafen. Du?«

»Ich auch nicht.« Sie zog ihre Knie an die Brust und schlang ihre Arme darum, kauerte sich zu einem Ball zusammen. In den Wochen nach dem Vorfall war sie zurückhaltender, vorsichtiger geworden. Und die psychologischen Auswirkungen ließen sie auch älter wirken. Sie sah ein paar Jahre älter aus als sie war. Vorsichtiger, bewusster für die Schrecken, die in der Welt existierten.

Tomek wollte lieber nicht darüber nachdenken, wie sehr er in der gleichen Zeit gealtert sein musste...

»Noch ein Alptraum?«

Sie nickte.

»Das Gleiche?«

»Ja.«

Tomek setzte sich auf die Bettkante und legte seine Hand auf die Stelle in der Bettdecke, die sie trennte. Noch etwas, das ihm seit jener Nacht aufgefallen war: Sie hatte sich körperlich von ihm distanziert. Es gab keine Umarmungen, wenn er nach Hause kam oder bevor sie ins Bett ging. Selbst die kleinste Berührung am Arm war zu viel für sie. Phillip Balham hatte alles Vertrauen zerstört, das sie in irgendjemanden oder irgendetwas hatte. Und er hatte absolut keine Ahnung, wie er es zurückgewinnen konnte.

»Willst du darüber reden?«

»Nein.«

»Es muss nicht mit mir sein«, fuhr er fort. »Ich kann jemanden für dich finden, mit dem du reden kannst. Wie besprochen.«

»Ich weiß. Aber nein. Ich will nicht... Ich will nicht. Nicht allein. Nicht, es sei denn, du kommst mit mir.«

»Du willst, dass ich dabeisitze, während du es jemandem erklärst?«

Sie schüttelte den Kopf. »Nicht so. Über *deine* Alpträume. Die, die du schon länger hast als ich.«

Tomek gefiel das nicht. Er war dort gewesen, hatte es getan. Ein paar Sitzungen mit einem Berater nach dem Tod seines Bruders, und keine positiven Ergebnisse damit erzielt. Er hatte sein Albtraumtagebuch; das war mehr als genug. Wozu brauchte er die Hilfe eines Fachmanns?

»Ich denke darüber nach«, sagte er ihr.

Bevor Kasia etwas Weiteres zu dem Thema sagen konnte, klingelte sein Telefon im anderen Zimmer. Das Geräusch, wie es auf dem Tisch vibrierte, hallte durch die ganze Wohnung.

Gerettet durch die Glocke.

Er entschuldigte sich, verließ Kasias Schlafzimmer und eilte in sein eigenes.

»Hallo?«, meldete er sich.

»Entschuldigen Sie die Störung, Sarge«, erklang die Stimme von DC Martin Brown am anderen Ende der Leitung. »Aber es gibt ein Problem.«

»Die gibt es zu dieser Tageszeit normalerweise.«

»Herbert Tucker wird als vermisst gemeldet, Sarge.«

»Wer?«

»Herbert Tucker.«

»Sollte ich wissen, wer das ist?«

»Ich meine…«

Tomek hatte keine Ahnung, von wem Martin sprach. Und er dachte nicht, dass es einen Unterschied machte, ob er es tat oder nicht. Alles, was er wusste, war, dass der Name ihn an eine Figur aus *The Thick Of It* erinnerte. Er sagte dem Constable, dass er so schnell wie möglich da sein würde, legte auf und ging zurück zu Kasias Schlafzimmer.

»Ich muss los«, sagte er. »Aber wir setzen dieses Gespräch später fort?«

»Ok.«

Gerettet durch die Glocke.

Es kam nicht oft vor, aber manchmal hatte es seine Vorteile, der diensthabende Sergeant zu sein.

AUCH VON JACK PROBYN

Die DS Tomek Bowen Krimireihe:

BUCH 1: DIE RACHE DES TODES

Southend-on-Sea, Essex: Detective Sergeant Tomek Bowen - getrieben, hartnäckig und vom Tod seines Bruders verfolgt - wird zu einem der schockierendsten Tatorte gerufen, den er je gesehen hat. Ein Mann wurde rituell ermordet und in einer Kleingartenanlage in der Nähe des örtlichen Flughafens abgelegt. Erste Ermittlungen deuten darauf hin, dass dieser Mann eine Vergangenheit hatte. Eine Vergangenheit, die ihm viele Feinde einbrachte.

Die Roche Des Todes herunterladen

BUCH 2: DER GRIFF DES TODES

Annabelle Lake glaubte, den Ford Fiesta, der vor ihrer Schule wartete, und den Fahrer darin zu erkennen. Sie lag falsch. Ihre Leiche wird einige Zeit später entdeckt, baumelnd an einer Schaukel auf einem Spielplatz auf Canvey Island.

Der Griff Des Todes herunterladen

BUCH 3: DIE BERÜHRUNG DES TODES

Als sich an einem Dezembermorgen in Essex der Nebel lichtet, wird die Leiche eines Teenager-Mädchens mit dem Gesicht nach unten in einem Feld entdeckt. Der Fall landet schnell auf dem Schreibtisch von DS Tomek Bowen, der, während er versucht, sein neues Leben als alleinerziehender Vater einer dreizehnjährigen Tochter zu meistern, die tödlichen Ereignisse aufdecken und die Wahrheit ans Licht bringen muss.

Die Berührung Des Todes herunterladen

BUCH 4: DER KUSS DES TODES

Der Tod eines Obdachlosen erregt kaum Aufmerksamkeit in Southend-on-Sea - bis die Obduktion ihn als Herbert Tucker identifiziert, einen umstrittenen Parlamentsabgeordneten mit einer Geschichte voller Feindschaften. Zwischen den Strandhütten von Thorpe Bay gefunden, wirft sein sorgfältig inszeniertes Ableben mehr Fragen auf als es Antworten liefert. Unter wachsendem Druck muss DS Tomek Bowen die letzten Tage eines Mannes rekonstruieren, der von

Kontroversen lebte. Seine Ermittlungen decken ein Netz aus Täuschungen auf, das sich von den Korridoren Westminsters bis in die dunkelsten Ecken von Essex erstreckt. Doch je näher Bowen der Wahrheit kommt, desto klarer wird ihm - dies war nicht nur Mord. Es war eine Botschaft. Und jemand wird alles tun, um ihre Bedeutung im Verborgenen zu halten.

Der Kuss Des Todes herunterladen

BUCH 5: DER GESCHMACK DES TODES

An einem windigen und eisig kalten Morgen besucht Morgana Usyk, Besitzerin eines der Lieblingsplätze von DS Tomek Bowen, Morgana's Café, den etwas über eine Meile vor der Küste gelegenen Mulberry Harbour. Kurze Zeit später wird ihre Leiche in den flachen Gewässern gefunden, treibend neben dem Hafen. Erste Berichte und Augenzeugenaussagen besagen, dass sie den Mörder vom Tatort fliehen sahen. Doch als Sturm Alisha aufzieht und alle Beweise wegspült, steht Bowen mit seinem Team auf verlorenem Posten. Jetzt steigt das Wasser. Und Morganas Leiche wird nicht die einzige sein, die sie darin finden werden.

Der Geschmack Des Todes herunterladen

BUCH 6: DER ENGEL DES TODES

Als die Flugbegleiterin Angelica Whitaker nach einer Nacht in einem der beliebtesten Nachtclubs von Southend als vermisst gemeldet wird, wird der Fall zum ersten Mal in seiner Karriere an DS Tomek Bowen übergeben. Sobald die Ermittlungen beginnen, richtet sich der Verdacht auf den Mann, mit dem sie im Club getanzt hat. Doch als ihre Leiche später in einer Kirche gefunden wird, positioniert wie ein Engel, deuten dieselben Indizien auf einen berechnenden, gefassten und sadistischen Killer hin. Aber während die Ermittlungen voranschreiten und Tomek tiefer in das Leben des Opfers eintaucht, wird klar, dass es keinen Mangel an Verdächtigen gibt und jeder seine Geheimnisse hat – manche mehr als andere...

Der Engel Des Todes herunterladen

REZENSION SCHREIBEN

Da wären wir. Ende.

Also, ich sage « wir » … ich meine euch. Danke.

Danke, dass ihr bis hierhin durchgehalten habt und mir treu geblieben seid, während ich mir diese unglaublich wilden und bizarren Geschichten ausdenke und sie später zu Papier (oder besser gesagt, in digitale Dateien) bringe.

Amazon ist voll von Millionen von Büchern (buchstäblich, und ich verwende diesen Begriff nicht leichtfertig), daher ist es oft schwierig, die nächste Lektüre zu finden. Man möchte einfach wissen, in welches Buch man als nächstes eintauchen soll. Aber manchmal hat man keine Zeit, sie alle durchzugehen. Was also tun?

Natürlich die Rezensionen lesen.

Wir nutzen sie in jedem Bereich unseres Lebens. Restaurants. Filme. Unser nächster Fernseher. Kopfhörer. Fast alles wird von den Gedanken anderer bestimmt.

Verrückt, nicht wahr?

Aber was passiert, wenn man auf ein Buch ohne Rezensionen stößt? Man schreckt vielleicht davor zurück. Es ist schwer, dem Buch zu vertrauen.

Ihre Zeit ist kostbar. Sie wollen sie nicht mit enttäuschenden Geschichten verschwenden. Niemand möchte das. Und das möchte ich auch nicht für Sie. Manchmal mache ich mir Sorgen, dass dieser Geschichte dasselbe passieren könnte. Aber es gibt eine Lösung.

Eine Rezension hilft viel. Und sie gibt mir das Selbstvertrauen, die verrückten Gedanken in meinem Kopf weiter zu verarbeiten. Wenn Sie einen Moment Zeit haben, würde ich mich sehr über eine Rezension freuen. Es muss nicht viel sein – nur ein paar Worte darüber, wie Sie das Buch finden.

Vielen Dank.

Ihr freundlicher Autor,

Jack Probyn

TRETEN SIE DEM VIP-CLUB BEI

Ihr KOSTENLOSES Buch wartet auf Sie

Verfügbar, sobald Sie dem Club beitreten
Holen Sie sich jetzt Ihr KOSTENLOSES Exemplar der Prequel-Novelle
zur DS Tomek Bowen-Reihe auf jackprobynbooks.com, wenn Sie
meinem VIP-E-Mail-Club beitreten.

9 781805 201175